PAUL VALÉRY

VARIÉTÉ

文艺杂谈

[法] 保罗·瓦莱里 著

段映虹 译

生活·讀書·新知 三联书店

Simplified Chinese Copyright © 2017 by SDX Joint Publishing Company.
All Rights Reserved.
本作品简体中文版权由生活·读书·新知三联书店所有。
未经许可,不得翻印。

图书在版编目(CIP)数据

文艺杂谈/(法)瓦莱里著;段映虹译. —北京:生活·读书·新知三联书店,2017.2 (2021.8重印)
(法兰西思想文化丛书)
ISBN 978-7-108-05655-9

Ⅰ.①文… Ⅱ.①瓦…②段… Ⅲ.①文艺评论 Ⅳ.① I06

中国版本图书馆 CIP 数据核字(2016)第 048876 号

责任编辑		李 佳
装帧设计		康 健
责任印制		董 欢
出版发行		生活·讀書·新知 三联书店
		(北京市东城区美术馆东街 22 号 100010)
网 址		www.sdxjpc.com
经 销		新华书店
印 刷		河北鹏润印刷有限公司
版 次		2017 年 2 月北京第 1 版
		2021 年 8 月北京第 2 次印刷
开 本		880 毫米×1092 毫米 1/32 印张 13
字 数		258 千字
印 数		6,001-9,000 册
定 价		68.00 元

(印装查询:01064002715;邮购查询:01084010542)

"法兰西思想文化丛书"编委会

(以姓氏笔画为序)

王东亮　车槿山　许振洲　杜小真

孟　华　罗　芃　罗　湉　杨国政

段映虹　秦海鹰　高　毅　程小牧

"法兰西思想文化丛书"总序

20世纪90年代,北京大学法国文化研究中心(前身为北京大学中法文化关系研究中心)与三联书店合作,翻译出版"法兰西思想文化丛书"。丛书自1996年问世,十余年间共出版27种。该书系选题精准,译介严谨,荟萃法国人文社会诸学科大家名著,促进了法兰西文化学术译介的规模化、系统化,在相关研究领域产生了广泛而深远的影响。想必当年的读书人大多记得书脊上方有埃菲尔铁塔标志的这套小开本丛书,而他们的书架上也应有三五本这样的收藏。

时隔二十年,阅读环境已发生极大改变。法国人文学术之翻译出版蔚为大观,各种丛书不断涌现,令人欣喜。另一方面,质与量、价值与时效往往难以两全。经典原著的译介仍有不少空白,而填补这些空白正是思想文化交流和学术建设之根本任务之一。北京大学法国文化研究中心决定继续与三联书店合作,充分调动中心的法语专家优势,以敏锐的学术眼光,有组织、有计划地继续编辑出版这套丛书。新书系主要包括两方面,一是推出国内从未出版过的经典名著中文首译；二是精选当年丛书中已经绝版的佳作，由译者修订后再版。

如果说法兰西之独特魅力源于她灿烂的文化，那么今天在全球化消费社会和文化趋同的危机中，法兰西更是以她对精神家园的守护和对人类存在的不断反思，成为一种价值的象征。中法两国的思想者进行持久、深入、自由的对话，对于思考当今世界并共同面对人类的未来具有弥足珍贵的意义。

谨为序。

北京大学法国文化研究中心

目 录

"法兰西思想文化丛书"总序 …………… i
关于《文艺杂谈》 ……………………… 1

文学研究

维庸与魏尔伦 …………………………… 7
蓬图斯·德·梯亚尔 …………………… 28
关于《阿多尼斯》 ……………………… 31
论博须埃 ………………………………… 59
论女人费得尔 …………………………… 62
《波斯人信札》前言 …………………… 73
伏尔泰 …………………………………… 86
纪念歌德的演讲 ………………………… 103
司汤达 …………………………………… 132
用形式进行创造的维克多·雨果 ……… 171
回忆奈瓦尔 ……………………………… 181

波德莱尔的地位 ················ 193

（圣）福楼拜的诱惑 ············· 213

斯蒂凡·马拉美 ················ 222

关于马拉美的信 ················ 226

象征主义的存在 ················ 240

纪念马塞尔·普鲁斯特 ············ 265

诗论和美学

诗歌问题 ···················· 275

关于美学的演讲 ················ 291

诗与抽象思维 ·················· 316

诗学第一课 ··················· 347

论诗 ······················ 370

艺术的一般概念 ················ 391

美学创造 ···················· 402

关于《文艺杂谈》

"如同任何真正的诗人，雨果是第一流的批评家"，保罗·瓦莱里对雨果的评价，完全适用于他自己。作为杰出的诗人，瓦莱里在文艺批评和诗歌理论领域同样卓有建树，《文艺杂谈》（*Variété*）即是他重要的论文集。第一本《文艺杂谈》于1924年问世，此后又陆续出版了四集。1944年《文艺杂谈五集》出版时，作者为历来收入该书名下的论文开列了一份清单并重新作序，分为"文学研究""哲学研究""近乎政论""诗论和美学""教学"和"诗人的回忆"等六个部分。1957年法国著名的"七星文库"出版了两卷本瓦莱里作品集，将先后出版的五集《文艺杂谈》合而为一，并尊重了作者本人对文章顺序的排列。一般说来，"七星文库"的版本应被视为定本，读者眼前的这本《文艺杂谈》即根据这个版本译出，但只是一个节译本而已。本译本所选的文章，《维庸与魏尔伦》等17篇选自原书"文学研究"，《诗歌问题》等7篇选自"诗论和美学"，其余几部分则由于篇幅所限，很遗憾未能选译。眼前的中译本约占原书篇幅的百分之三十。

在"文学研究"中，除了一篇关于歌德的长文，瓦莱里论及了法国文学史上从中世纪到与他本人同时代的二三十位诗人和作家。在这些专论中，瓦莱里绝不重复他人说过的话，总是另辟蹊径，做出见解独到而又令人信服的评述。值得一提的是，在对某些作家和诗人的研究中，作者特别注意探究当他们真正独自一人时，如何面对自己。瓦莱里写道："我甚至想象，一个人的生命中最值得注意、最敏感的东西对形成其作品的价值并无多大意义。一棵树的果实的滋味并不依赖于周围的风景，而依赖于无法看见的土地的养分。"作者之所以偏爱这种研究方法，大概由于他本人从每天清晨独自进行的沉思冥想中获益良多。在"诗论和美学"中，瓦莱里并没有刻意建立某种新的诗学或美学体系，而是着重对"创造行为本身，而非创造出来的事物"进行分析。当然，即使是瓦莱里的诗论，无论如何精彩，也不过是一家之言，仍属见仁见智的问题。我们所尤其推崇的，是其严谨的思维方式和对于诗歌的独特理解。

我们甚至将瓦莱里视为思想家也并不为过。稍稍了解一点诗人的生平，我们就可以知道，从1894年，也就是诗人23岁那年起，瓦莱里每天凌晨即起，第一件事就是将自己的思想活动记录下来。他不仅记录思考的内容，更注重的是记录下思考活动的过程，即大脑运作的真实状况。这一工作不间断地持续了51年，其结果是令人叹为观止的257本笔记，是时时在其作品中闪现的睿智的思辨。大画家德加是诗人的忘年交，曾这样斥责他："你有一个严重的缺点，瓦莱里，你想理解一切……"正是这样一个摆脱不了的"缺点"，促使诗人不仅去思考诗、文学和历史，还终生孜孜不倦地研习数学和物理……

这里还要指出的是，晚年的瓦莱里声誉日隆，各种官方或学术活动纷纷邀请他作演讲和报告，许多书的出版或再版也纷纷请他撰写前言，诗人的足迹遍及西欧各国，所到之处国王、总统、部长、大使纷纷充当他的听众，诗人自嘲成了"某种形式的国家诗人"。收入《文艺杂谈》的文章，相当一部分就是上述各类活动的产物。虽为应景之作，这些文章却并没有沾染此类文字一般难以避免的华而不实的通病。关于瓦莱里对论题所作的透辟的分析，无须在此赘言。值得注意的是，瓦莱里在字里行间往往捎带着针砭时下的流弊，无论是文坛的还是社会的，着墨不多却能一针见血。比如在《回忆奈瓦尔》中，作者写道："这一如此纯粹、如此平易优美的传统如何会枯竭？我们的民族似乎从此丧失了诗歌创造力，毫不设防地陷于愚蠢和粗俗的源泉中那些最低级，而且越来越低级的东西里，何以至此？"在《伏尔泰》中，针对日趋不合理的世界政治经济结构，作者慨叹："那个伏尔泰，那个今天振臂一呼的声音在哪里？"

1945年7月20日，巴黎尚沉浸在战后的喜悦气氛之中，保罗·瓦莱里溘然长逝。法国政府为诗人举行了隆重的国葬，无数青年学生为诗人守灵，整个巴黎熄灯以示哀悼，只有一幢建筑物依旧明亮，那就是法国历代伟人的长眠之地——先贤祠。然而，根据诗人的遗愿，他被送回了地中海海滨小城塞特，安葬在故乡的墓地里。"哦，思考之后的酬劳／悠长的目光注视着神明的宁静。"墓志铭上的诗句，正出自为诗人赢得不朽声誉的长诗《海滨墓园》。

原文中出现的多处拉丁文和意大利文，译者曾求教于北京大学西语系的张冠尧教授。如今张先生已不幸辞世，他潇洒而坚毅的人格令人难以忘怀，译者谨借此机会向这位素所敬爱的前辈表示深切的怀念。

翻译瓦莱里是一件吃力不讨好的差事。作者的思想本身已极其深邃，渊博的学识更为其文章平添了一种纵横捭阖的气势。在翻译过程中，译者每每沉醉于原文思想与文采之美妙，却又每每惊醒于用中文转达之力所不逮。舛谬之处，敬祈各位方家读者不吝指教。

译者

2002 年 3 月

文学研究

维庸与魏尔伦[*]

将弗朗索瓦·维庸和保罗·魏尔伦的名字相提并论是件再容易不过的事情了,并且这样做不久前还显得极其自然。论证这两个人物的相似性,对那些喜欢在历史之间,换言之,即在想象之间建立起对称关系的人而言,只不过是一个游戏而已。两人都是出色的诗人;两人都放浪形骸;两人都在其作品中表达了最虔诚的感情,并将这种表达与最自由的描写和词句交织在一起,语调转换无比自如;两人都是诗歌艺术和各自时代的语言的真正大师,他们运用语言时在涵养中加入了即时感,这种即时感来自活生生的语言,来自他们周围大众本来的声音,这些人随心所欲地对词语和形式进行创造、改变和组合;两人的拉丁文都不错,更熟知行话切口,视心情而言,他们去教堂或酒馆;由于不同的原因,两人都曾经尝过身陷囹圄之苦,与其说他们在狱中改过自新,不如说他们从中提炼出了表达愧疚、懊悔和恐惧等感情的诗

---

[*] 1937年1月12日,在年鉴大学(Université des Annales)发表的演讲。

意；两人都曾经堕落、忏悔、再堕落，重新站立起来时已成为大诗人！相似性被提出来而且还能自圆其说。

但是，这些如此轻易和似是而非地被拉拢和叠加到一起的东西，也可以不费力地分离和解体。不可在这些东西上大做文章。有人出于消遣，将法国文学中的大家进行精心挑选和组合，然后将他们放到对称的位置上，从而构筑了一座异想天开的殿堂，在那儿维庸和魏尔伦也许令人愉快地相互呼应。有时，这些大家是按照所谓的反差来排列的：如高乃依和拉辛，博须埃和费纳龙，雨果和拉马丁；有时则是根据他们的相似之处，正如前面我们谈到的。但这样做只是暂时地愉悦眼目，经过思考之后就会发现，这些漂亮的安排站不住脚和无足轻重。况且，我指出这一点只是为了提醒你们，不要受到一种装饰性的修辞手段的引诱而将其与一种真正的批评方法混为一谈，要警惕这种混淆带来的危险，只有真正的批评方法才能引出确实的结论。

我还要说一说维庸—魏尔伦这一体系，两个出类拔萃的人之间这种表面的、吸引人的关系，我要和你们谈的正是这一点，如果说这种关系勉强成立并且由某些生平事迹加强了的话，相反地，当我们将作品像人那样放到一起时，这种关系就会减弱或解除。我下面将论述这个问题。

总之，将他们联系到一起的想法来自他们生平中那些相似的片段，这种想法促使我在这里做我通常持批评态度的事。我认为，——我的悖论之一正在于此，——了解诗人的生平对于我们应该如何去领会其作品如果说不是有害的，也是无用的。我们对作品的领会在于要么从中得到享受，要么从艺术上受到启迪和发现问题。拉辛的爱情经历于我何用？我关心的是费得尔。俯拾皆是的素材有什么要紧？令我感动和向往的是才华，是转化的能力。世上的全部激情，人生经历的全部事件，哪怕是最动人的那些事，也不能够写出一句美丽的诗行。甚至在最好的情形下，并不是因为这些东西作者成为赋予它们价值和生命的人，而是他们因此不仅仅是人。如果我说对生平的好奇有害无益的话，是因为借着好奇心我们往往不去对一个人的诗歌做精确细致的研究。当人们自认为彻底了解这个人的诗歌的时候，相反只不过是远离它、拒绝接触它，而且，通过迂回地寻找一位作者的祖先、朋友、他经历的烦恼和他的职业，这种做法无异于自欺欺人、舍本逐末了。对于荷马的生平我们一无所知，但《奥德修纪》的海洋之美并不因此而损失丝毫……对于《圣经》的诸位诗人、《传道书》的作者以及《雅歌》的作者，我们又所知几何呢？但这些古老篇章的美并不因此而稍有减损。对于莎士比亚我们又知道什么呢？我们甚至不确定《哈姆雷特》是否出自他的手笔。

但这一次，生平问题不可避免。问题摆在我们面前，我得去做我方才指责过的事情。

我这样做是因为维庸—魏尔伦是一种特殊的情形，其特点罕见而引人注目。他们各自的作品中都有相当一部分与自己的生平有关，并且从某些方面看来，这些作品也许还是自传性的。他们两人都曾细述心迹，我们对这些表露是否确切没有把握。如果说他们道出的是实情，那么他们没有道出全部实情，而且他们所说的也并不只是实情。艺术家哪怕在自白的时候也是有所选择的，此处轻描淡写，彼处夸大其词。

我说过这是一种罕见的情形。诚然，大多数诗人都滔滔不绝地谈论自己。甚至可以说抒情诗人只谈论自己。他们还有什么人、什么事好去谈论呢？抒情是表达自我的声音，这种声音如果说不是最高昂的，也是最纯粹的。但这些诗人谈论自己就像音乐家所做的那样，那就是将他们生活中所有具体事件激起的感情融化为一种能表达普遍经验的内在物质。要想理解他们不难，只需享受过日光，体验过幸福，尤其是不幸，曾经向往过、拥有过、失去过和悔恨过——只要体验过人生中那几种极简单的感情就足矣。这些感情人皆有之，诗琴上的每一根弦都代表着其中的某一种……

通常情况下如此足矣，对于维庸则不然。很早以来这个事实就已经为人所洞察，早在四百多年前，克莱芒·马罗（Clément Marot）就说过，倘要"认识和理解"维庸的相当一部分作品，"则需认识其生活时代之巴黎，并了解其言及之地方、风物与人物；对此类事物之记忆愈淡漠，则愈难于理解其诗作。唯其如此，欲令其文传诸后世者，不可自如此低微及殊异之事物中取材。"

因此，了解弗朗索瓦·维庸的生平际遇必不可少，并且还要利用他提供的细节，或者识破他字里行间的影射以期还其生平以本来面目。维庸在其作品中列举了一些人名,这些人曾在他动荡不安的生活中起到过或好或坏的作用;他感激其中一些人,对另一些人则报之以嘲笑和诅咒;他提到经常光顾的酒馆,并且总是用精当的三言两语来描绘城市的一些场所和风貌。所有这一切都与他的诗歌密切地融为一体,不可分割,而对于那些想象不出那个时代的巴黎之风情万种和阴森可怖的人来说,所有这一切又令他晦涩难懂。我认为读几章《巴黎圣母院》当是读维庸的一种不错的入门方法。在我看来,雨果以他令人惊异地有力而准确的方式清楚地看到了——或巧妙地虚构了——15世纪末的巴黎。但我尤其向各位推荐皮埃尔·尚彼庸(Pierre Champion)先生的杰作,在他的书中可以读到人们所知道的关于维庸及其时代的巴黎的一切。

理解维庸作品的困难不能仅仅归因于时代久远,人事已非,还在于作者是个特殊人物。这个才华横溢的巴黎人是个可怕的家伙。他丝毫不同于那时的大学生或资产者,这些人喜欢舞文弄墨,时而放荡一回,他们的冒险也不过如此而已,就像他们的见识也仅限于同时代与他们地位相当的人所能见识的那样。维庸是个特殊人物,——因为他的情况在我们这个行当里是绝无仅有的(尽管这个行当在思想上相当具有冒险精神):一个诗人是强盗,罪大恶极之徒,很可能干过拉皮条的营生,参加过恐怖团伙,靠抢劫过活,会撬锁,见机行凶,始终处于戒备状态,他在感到绞索就套在脖子上的同时还写下了精彩的诗篇。由此可知这位被追捕的诗人,这个绞刑架的猎物(对于维庸的结局,我们尚不得知,但想必是可怕的),在他的诗中引入的很多表达法和词汇属于黑社会那种闪烁其词和机密的语言。他有时通篇使用这种语言,这类作品对我们来说几乎是不可捉摸的。使用这种语言的人喜欢黑夜胜于白天,以至于在话语方面,他们形成了一种介乎晦明之间的风格,也就是说他们保留了日常话语的句式,而采用的则是一套秘密传授并且更新极快的词汇。这套词汇往往是丑恶的,听上去卑鄙下流,但往往富于表现力。甚至当我们不明白词语的意思时,我们可以通过它粗鲁和漫画式的外形来猜测,词语的形式本身强烈地暗示意思和形象。

一种原始状态的真正的诗歌创造正在于此,因为诗歌创造中首要的和最值得注意的正是话语。尽管黑话、隐语或切口插入在正人君子使用的言语之中,它们仍然是一种在低级下流的场合、在监狱里、在大城市最阴暗的角落里,由一群敌视世界的人不断创造和修改的独特体系,这些人既可怕又胆怯,既粗暴又悲惨,他们所思所虑的一方面是犯罪、纵欲或复仇,另一方面是不可避免的严刑拷打(在那个时代往往是残酷的),在这些永远惶惶不安的头脑里,受刑不过是迟早的事,他们终将像笼中困兽一般在罪与罚之间奄奄待毙。

弗朗索瓦·维庸的生活,如同他的作品一样,无论从哪方面讲都是相当晦暗的。无论他的生活还是他的作品中都疑云重重,而且他的个性亦然。

我们所知的关于他的一切对于了解他真实的天性并无多大用处，因为一切，或者说几乎一切，都来自他自己的诗或司法部门的材料，——这两处资料来源在事实方面基本吻合，将二者结合起来我们可以设想出这样一个形象：一个十足的坏蛋，报复心强，干任何坏事都不在话下，但突然间他虔诚而柔和的语气又令我们大吃一惊，就像在那首著名的、令人钦佩的诗中一样，他让我们听到了他母亲的祈祷，这位可怜的妇人，在1435年前后的一天，将这个命中注定与恶、荣耀、锁链和诗歌结下不解之缘的孩子，将这个名叫弗朗索瓦·德·蒙戈彼埃（François de Montcorbier）的孩子交到圣伯努瓦-勒贝图奈教堂里的圣约翰小教堂的神甫纪尧姆·德·维庸（Guillaume de Villon）大人手中。

让我们来回忆一下这支谣曲，它堪称法国诗歌的瑰宝之一：

> 我是个妇人贫穷又老迈，
> 无知无识；从来未曾念书
> 我是修道院的教民，在这里我看见
> 彩画的天堂里有竖琴和诗琴……

除了几个词略有变化之外，这仍然是我们今天的语言；这些诗句写成至今将近五百年了：我们仍能从中得到享受和受到感动。令人赞叹的还有创造出这首形式完美的杰作所运用的技巧，小节的结构既清晰又在音乐上无可挑剔，诗节中的句法富于变化，一系列饱满而又自然的修辞与十音节十行押四韵的格式自如地结合在一起。我对路易十一时代创造出的这种价值能延续至今赞赏不已。从中我看到了我们的文学的连续性，我们的语言穿过岁月长河而其精髓依旧的活生生的例证。在欧洲，几乎只有法国和英国可以为拥有这一连续性而自豪；自15世纪以降，这两个民族不断地产生第一流的作品和作家，代代相继。

总之，无论维庸是否被绞死，他仍然活着：他同今天的作家们一样活着；他活着，因为我们听见了他的诗歌，因为他的诗歌影响着我们，——更因为，他的诗歌为其后四百年里出现的那些大诗人提供了一个比较的基础，看看他们是否带来了更有力和更完美的东西。这是因为形式具有金子的价值。

但我要从作品的经历回到人的经历上来。我说过有关维庸的生平我们只了解只鳞片爪。这就像一幅伦勃朗的画，大部分淹没在阴影里，但从阴影里浮现出来的某些局部和细节却异乎寻常地精确和惊人地清晰。

你们将会看到，这些细节我们是从一些刑事诉讼案卷中得到的，这些案卷包含了我们掌握的所有关于维庸的准确消息，我们得以看到这些材料应当归功于三四位第一流学者的杰出工作。值此机会，我要向隆尼恩（Longnon）、马塞尔·施沃布（Marcel Schwob）和皮埃尔·尚彼庸表示敬意。在他们之前，关于我们的诗人，除了一些非常可疑的情况以外，我们一无所知。他们先后发掘了国家档案馆，在巴黎议会成捆的卷宗里发现了主要的资料。

我与奥古斯特·隆尼恩素未谋面，但与马塞尔·施沃布相熟，我怀着感动回忆起我们在黄昏时分进行的那些长谈。施沃布聪明非凡，极富洞察力，在谈话中他向我介绍他的研究、他的预感和他的发现，他的目的是要找出维庸案件的真相。在研究中，他具有爱伦·坡一般的归纳想象力以及如同一位精于文本分析的语文学家那样细致入微的洞察力，同时他还有着那些超凡出众的人、那些不甘于平凡的人所具有的特殊趣味，正是这种趣味使他发现了不少书籍，并且让人们认识到这些书的文学价值。

像隆尼恩那样——在具体实践中，还像警察那样——为了把握和理解维庸，施沃布采用了撒网捕鱼的方法。他将网撒向可能是犯罪同伙的人，他想一网打尽，也就是说，在识别出整个团伙的时候，抓获罪犯。他让我欣赏在那个时代人们多么巧妙地跟踪犯罪事件。他向我讲述一天晚上，一帮维庸的同伙干的坏事。施沃布在第戎找到了他们，这帮人在这里无恶不作。眼看着要被抓住，他们四散逃开。但他们没有逃出第戎议会检察官的眼睛。他向一位同事递交了一份报告，详尽地交代了逃犯们的命运。他们中的三个人，带着赃物躲进了某个林子深处。在那里，其中两人合计后用双刃短剑从背后袭击他们的同伴，结果了此人的性命，两人瓜分财物后也分手了。其中一人后来在奥尔良被吊死，我想是这样的；另一人由于散布伪币在蒙塔吉被活活煮死。可见那时的司法部门，既无电报也无电话，既无照片也无指纹等罪犯人体测量记录，不也干得挺好！

维庸是重大嫌疑犯，人们怀疑他加入过这个被称作"贝壳会"或"贝壳帮"的团伙。他可悲而又丰富的一生可能是短暂的，他很可能连四十岁都没有活到。下面我简短地概括一下他的一生，或者不如说，我概括的是上文提及的那些学者能够建立起来的事实，他们的书值得一读，既是为了更好地读这位伟大诗人的诗作，也是为了欣赏精确完美地使历史复活的著作，还是为了理解有一种寻找的天才，如同有一种发现的天才，有一种阅读的天才，如同有一种写作的天才。

维庸，原名弗朗索瓦·德·蒙戈彼埃，1431年出生于巴黎。迫于穷困，他的母亲将自己无法养活的孩子交给了纪尧姆·德·维庸，这位博学的神甫属于圣伯努瓦-勒贝图奈修道院，还在那里有住所。弗朗索瓦·维庸就在那里长大并接受基础教育，他的养父似乎一直对他很好，甚至不乏慈爱。十八岁时，年轻人取得了业士学位。二十一岁时，即1452年夏天，又获得了学士学位。他知道些什么？大概就是多多少少上过文学院课程学到的那些东西：语法（拉丁文语法）、形式逻辑和修辞（二者都是根据当时人们所认识和理解的亚里士多德来讲授的）；后来还学过一点形而上学以及那个时代精神科学和自然科学的概况。

但"学士学位"在此一语双关[1]。刚刚得到学位，维庸

---

[1] 在法语中，licence一词既可指学士学位，也有放荡、放纵之意，故一语双关。——译注

就过上了一种越来越自由的生活，而且这种生活很快变得危险起来。那时教士的圈子真可谓鱼龙混杂。所有那些自忖迟早有一天要同司法部门打交道的人都渴望谋到个教士资格。作为教士，就可以要求由神职法官审判，从而逃脱严酷得多的普通法庭。教士中不乏品行恶劣之辈。很多无耻之徒结交教士，并自愿当教士；有时在监狱里还上一些特别的拉丁文课程，以便使某个罪犯为了改换法官，能够自称是教士。

维庸就在这个成分复杂的圈子里结识了一些社会渣滓。那里的女人们也许丝毫不缺乏风韵。很自然，她们在诗人的思想和经历中扮演过相当重要的角色。但她们之中谁也不会想到这个年轻人将会赋予她们某种程度的不朽。无论是修鞋的白姑娘，还是胖胖的玛戈，无论是制头盔的美人儿，还是做风帽的让奈特，或者是做钱包的卡特琳，谁也不会想到。请注意这些各行各业的名字……似乎所有的行业都向女神祭献了他们的女人，似乎中世纪的手工艺人都不可避免地遭遇到了妻子的不忠。

放荡荒淫终于发展成为暴力。1455年6月5日，维庸犯下命案。这件事我们知道得很清楚，因为由查理七世颁布的赦免令里对此作了详尽的叙述："弗朗索瓦·德·洛日先生，又名德·维庸，二十六岁，或左近，于安息日在吾巴黎城之圣-雅克大街，坐于圣伯努瓦-勒贝图奈教堂大钟之钟面下方之一石上，一名为吉尔之神甫与一名为伊萨博者与彼同在，时约九时或左近。"

此时来了一位名叫菲力浦·塞尔穆瓦兹，或谢尔穆瓦的教士和一位热昂·勒·马尔蒂先生。据赦免令，其依据则是维庸的叙述，不加评判，这位塞尔穆瓦兹教士向诗人寻衅，诗人起初好言作答并起身让位……但塞尔穆瓦兹从他的袍子下面拔出一柄大匕首向维庸扎去，"以至血流如注；维庸，为安全计，着一大衣，并于其下腰间藏匿一柄匕首"，也抽出匕首刺向塞尔穆瓦兹腹股沟，"不意竟将其刺中"（这个托词十分可疑）。由于对方似乎并没有被击倒而且继续追赶他，维庸用一块石头朝他的脸上拍去。所有证人都逃之夭夭。

维庸跑去让一位理发匠替他包扎。这位师傅循例应该上报，便向顾客打听姓名。维庸告诉他假名米歇尔·莫顿。至于塞尔穆瓦兹，起初被送到一座修道院，后来又转到主宫医院，第三天上，"因救治不力"而死在那里。凶手采取逃为上策。

数月之后，我引述过的那封赦免书下达给了维庸。值得注意的是，这项快速的怀柔措施所依据的仅仅是维庸先生本人的陈述和申辩。没有做任何调查。正当防卫的辩解被毫无异议地接受了。当事人的断言仅凭口述就让人相信了，自从这桩不愉快的事件发生后，他的行为也无可指责。但他的叙述还是不禁使人生疑：塞尔穆瓦兹教士为何要袭击他？维庸为何要给理发匠富盖留个假名？他为何要出逃？为何证人们无影无踪？——总之，此事件疑点重重。别的很多人因为比这小的事都被送上了绞架。不过，我们也不必比国王更严厉，国王"好仁慈而舍严苛"，宽恕并了结了这桩案件——赦免书中还写道："令检察官对此事永保沉默。"但沉默不久就会被打破。

关于已知的维庸的第二次犯罪，就没有任何可疑之处了，《刑法》规定的所有可能确定性质的情况都存在于这个案子中。无一遗漏：这是一桩盗窃案，发生在夜间，在一居住区内、翻墙入宅、撬锁、假钥匙，罪犯用上了入室盗窃的全套装备。

维庸是此案的头目，他和几个职业撬锁匠以及另外几个同伙一起，用上述方法偷到了属于奈瓦尔学院的五百金埃居，这些钱原本是放在学院小教堂圣器室内的保险箱里的。案发后两个月才被发现。国王的检察官在查特莱（Châtelet）所作的调查中发现那些细节真是奇怪之至。在此仅举一例。

调查官们传唤了九名号称专家的锁匠，这些锁匠都进行了特别的宣誓，而且他们的姓名和住址都登记在案，流传至今。他们极其准确地将窃贼们的作案手段做了还原。但案犯们都逃到海上去了。算他们倒霉，他们中一个爱唠叨的同伙走漏了口风，此人在某个酒馆里谈论奈瓦尔学院失窃的话被一个教士听见了。这位教士似乎生来并不是为了从事圣职而更应该在警察局的情报处供职，他着手进行了一场出色的调查，顺藤摸瓜查到了弗朗索瓦·维庸头上。维庸急忙出逃外省。

天晓得这期间他过的是什么日子！……他一会儿被投

进监狱，一会儿又与王子诗人奥尔良的查理交往，他还很可能时不时地参加一些"贝壳帮"的行动。无论何种情况，他好像因为偷了一个圣器室中的圣餐杯而品尝过卢瓦尔河上的蒙城（Meung-sur-Loire）的主教监狱的严酷滋味。奥尔良主教蒂博·德·奥克西尼对维庸进行了严厉的惩治，他被上水刑拷问，还被套上锁链关在地牢里，这一切给他留下了残酷的回忆。路易十一将他救了出来，他回到巴黎，可惜却不是为了在那里好好生活！他同老相识们勾搭上了，又结交了一些新关系，都不是些好人，与这些人的交往使他陷入了他一生中最大的麻烦。在维庸参与的一场斗殴中，一位主教公证人被打伤，维庸被查特莱判处在巴黎受绞刑。维庸不服判决上诉，议会将死刑减为流放外省十年。维庸一直害怕被处以极刑，他曾满怀恐惧地想象过，也曾生硬地咏唱过死刑。从维庸得到减刑的消息后表现出的欣喜可以判断，在受刑期间，想象着自己的尸体摇荡在绞架上的可怕情景，他一定度过了极端焦虑恐惧的日子。得知可以保住性命后，维庸的心情大为放松，一口气写下了两首诗：一首写给监狱看门人，庆幸自己做了上诉，另一首呈给宫廷以表谢忱：

　　肝、肺和脾都在呼吸，

　他调动了所有的感觉、所有的肢体和所有的器官来称颂宫廷！

他于是离开巴黎,为如此幸运地脱身而高兴。
随后……但是随后,我们就什么也不知道了。
维庸是什么时候,又是如何完结的呢?

> 告诉我在何处,在何方?

我们完全一无所知。

这个有着诸多疑点的生命消散在黑暗之中了。但是从16世纪初起,这个罪犯的作品就被印刷了;这个流浪汉、窃贼和死刑犯跻身于法国诗人之列,地位不可动摇。我们的诗歌,自维庸以来,借鉴古人,确立了一种高贵和崇尚精美的风格。它偏爱沙龙胜于巢穴和市井。然而维庸总有人读,甚至包括布瓦洛。他的声誉在今天更胜以往;如果说他的无耻行径被自己的作品所暴露和证实后比过去更加昭然于世的话,应当承认这些事不恰当地抬高了对他的作品的兴趣。纵观每个时代的文学和众生万象,我们可以看到,罪行大有吸引力而且那些有德行或者有一定德行的人们对邪恶并非不感兴趣。就维庸而言,这是一个罪犯在说话,而且是作为第一流的诗人在说话。如果说我懂得心理学一词的确切含义的话,我要说摆在我们面前的是一个心理学问题。

一方面是对罪行的策划、思考以及犯罪的决心,另一方面某些诗中又表现出敏感,艺术本身要求的敏感,此外还有强烈的自我意识,这种意识在著名的《心与肉体之辩》中不仅表现出来了，而且还十分明确地宣布和表达出来了，这一切如何能在一个脑袋里共存？这位被绞刑吓得发抖的匪徒，如何有勇气让那些吊在绳索上在风中飘荡和解体的不幸的木偶唱出令人赞叹的诗句？他的恐惧并不妨碍他去推敲韵脚，他可怖的想象则运用于诗歌创作中：它是有用的，但与司法机构所期望的那种用途毫不相干，司法机构称之为惩罚的警诫性，并用它来证明自身及其严格措施的合理性。司法机构将一些人绞死，将另一些人五马分尸或煮死，都是徒劳无益的。有那么一个不可谓不大的罪犯，但他更是一个大诗人，将他的劣迹、他的罪行、他的恐惧、他的内疚和悔恨写成诗，从这种可怜与可恨的交织中提取出我们所知道的杰作。

诗人身份——如果说这是一种身份的话——也许可以与一种很规范的社会生活相协调。大多数，绝大多数，我敢肯定，在过去和现在都是社会上最受尊敬的人，有时甚至是最享有尊荣的人。然而……

只要稍对诗人做一思考，旨在为其找到在社会上的恰当地位，我们很快就会被这种无法定义的类型所困扰。让我们来设想一个井然有序的社会，——也就是说在这样的社会里，每个社会成员从中得到与他的贡献相符的回报。这种十全十美的公平将所有那些贡献无法估算的人排除在外。诗人或艺术家的贡献正是如此。他们的贡献对一些人来说微不足道，对另一些人则意义重大。不存在任何与之相符的东西。这些人只能在一种不太好的社会制度中生存下去，以便最美好的东西得以被创造出来，这些最美好的东西是人创造的,它们反过来也造就了真正的人。这样一个社会接受不精确的交换、权宜之计、施舍以及所有能让一个魏尔伦生活下去的办法,这样他不必像我们的维庸那样,头天夜里翻墙入室,在富裕的圣器室的保险柜里偷窃财物,然后靠着黑社会的分赃来维持生计。

对魏尔伦的生平我不再赘述:它与我们相距太近,我也不再去重新翻开那些卷宗,它们已从蒙斯(Mons)法院的书记室被移至布鲁塞尔的王家图书馆里去沉睡了(虽然也曾被唤醒过几次),就像维庸的卷宗从议会的柜子里被移到国家档案馆的柜子里。维庸离我们已经相当遥远了:我们谈起他时可以像谈起一位传说中的人物。但是魏尔伦!……多少次我看见他从我的门前走过,怒气冲冲,哈哈大笑,骂骂咧咧,用残疾人或凶恶的流浪汉的粗棍子敲打着地面。如何想得到这个流浪汉,有时他的外貌和言语如此粗鲁、肮脏,既让人害怕又让人同情,然而他的诗却如音乐般细腻,他用词语写成的旋律新颖动人,在我们的语言中无出其右?在他身上,所有可能的罪恶都并不妨碍,也许还播种甚至发展成为这种美妙的创造能力,这种表达柔情、热情和沉思的方式。没有人像他那样表达过,因为他熟知最高明的诗人们的一切微妙之处,没有人像他那样,懂得将一种完善的艺术所具有的手段隐蔽或融化于那些看似容易,语气天真近乎童稚的作品之中。让我们回忆一下:

> 朦胧中的宁静
>
> 是高高的树枝做成……

有时，他的诗句让人联想到教理问答中那些低声的、有节奏的祈祷词朗诵；有时，他的诗句用最通俗的语言写成，有一种惊人的漫不经心。诗人有时尝试一些新的诗律，就像《爱情的罪过》[1]这首奇异的十一音节的诗。此外，他还使用过几乎所有可能的音步：从五音节直至十三音节。他还运用过一些不寻常的或自16世纪以来就被废弃了的组合，还写过一些只押阳韵或只押阴韵的诗。

如果一定要将魏尔伦与维庸相比，不是作为有过犯罪记录的人，而是作为诗人相比，我们发现，——或者，至少，我发现，因为这只是我个人的印象，——我吃惊地发现维庸（撇开词汇不谈），在某些地方，是一个比魏尔伦更加现代的诗人。他更加准确和更加生动。他的语言明显地更加有力：《心与肉体之辩》是用高乃依式的清晰、朴素的对白写成的。他的诗中令人难以忘却的警句层出不穷，每一句都是一个新发现，一个堪称古典的新发现……但在一切之上，维庸的荣耀来自这部真正伟大的作品——著名的《遗言集》，他在其中表述的独特、完整的观念，比如在《最后审判》中，一个年仅三十却已经有

---

[1] "爱情的罪过"原文为拉丁文 crimen amoris，指夫妻之间的不忠实行为。——译注

太多经历的人对人情世态的看法。这一组诗按遗嘱条文的形式排列，与《死神舞》和《人间喜剧》相似，主教、王公、刽子手、强盗、妓女和胡闹的同伴，人人都得到一份遗赠。所有曾善待过诗人的人和所有曾对他冷酷无情的人都在那里，被总是决定性的一笔、一句诗固定下来。在这个奇特的结构中，作者勾画了清晰的肖像，专有名词、绰号，甚至人们的地址都被讲出来了，就在这些肖像之间，作为更普遍的形象，作者留下了人间最美的谣曲。惯常的独白在它们面前戛然而止。自白变成了颂歌，展翅飞翔。维庸常用的顿呼成了抒情手段，还有他作品中常见的疑问式：

> 昔日的白雪今安在？
> ……
> 就任他在那里，可怜的维庸？
> ……
> 告诉我在何处，在何方？
> ……
> 这光滑的前额如今怎样，
> 金黄的头发，弯弯的眉毛？……

不一而足，经过反复，尤其是经过重音，疑问式产生了一种悲怆的力量。他是唯一懂得从复沓中获取强有力的效果，并且将这种效果不断加强的法国诗人。

至于魏尔伦，当我对你们说（由我本人承担一切后果），在我看来他不如维庸有文采时,我并不想说他更天真;他们谁也不比谁更天真,都不比拉封丹更天真;诗人只有当他们不存在时才天真。我想说的是魏尔伦特有的这种诗歌,即《美好歌曲》《智慧集》及其他,初看起来似乎不如维庸的诗歌有那么多文学积淀,但这只不过是表面:我们可以用这个观点来解释这种印象:他们中一人处于我们诗歌的一个新时代的开始和中世纪诗歌艺术的尾声,中世纪的诗歌艺术是属于寓言诗、道德剧、传奇和宗教故事的。维庸,以某种方式,是朝向即将来临的时代的,在这个时代里,创作将完全自觉地并且以自身为目的地发展。文艺复兴是为艺术而艺术的滥觞。而魏尔伦的情况恰好相反:他来自其中,出自其中,他摆脱巴那斯派,他处于,或者他自认为处于一种美学异端的尾声。他反抗雨果,反抗勒贡特·德·李尔,反抗邦维尔;他与马拉美关系颇好,但马拉美与他却是两个极端,他们唯一的相似之处在于有着差不多一样的信徒和差不多一样的反对者。

于是乎!魏尔伦的这种反抗行为使他致力于创造一种与旧形式截然对立的形式,旧形式中的完美在他眼里已变得索然无味……有时,人们以为他在音节和韵脚当中摸索,以为他在寻找那一瞬间最富音乐性的表达法。但他很清楚自己在做什么,他甚至宣告:他宣布一种诗歌艺术,"音乐高于一切",并且,为此,他偏爱自由……这项法令是意味深长的。

这种天真是一种苦心经营的原始,是一种似乎前无古人的原始，它来自一位非常高明和自觉的艺术家。真正的原始艺术家中没有任何人与魏而伦相像。也许在1885年前后，当人们议论他时将他列为"颓废诗人"更为确切。从未有过比这种艺术更加微妙的艺术，它意味着逃避另一种艺术，而非领先于它。

魏尔伦，如同维庸一样，最终让我们不得不承认，品行不端、与艰辛漂泊的生活的抗争、不稳定的状态、牢狱和疾病、出入社会底层，甚至犯罪，这一切与最美妙精致的诗歌创作毫不抵触。如果我要在这一点上进一步探讨，应当注意的是诗人不是一个特别具有社会性的人。只要他是诗人，他就不会进入任何功利主义的组织。对世俗法律的尊重在他锤炼诗句的洞穴门口烟消云散。最伟大的诗人，莎士比亚如同雨果，都偏爱想象和塑造过一些栩栩如生的人物，他们中有不合常规的人、有反叛一切权威的人、有偷情的男女，诗人们将这些人塑造成英雄和引起好感的人物。当他们打算颂扬道德的时候，他们远远不够自如：正人君子，唉！都是些坏人。由浪漫派作家们确立的对资产者的蔑视归根结底是对常规生活的蔑视。

因此，诗人具有某种不良意识。但道德天性总会藏匿在某个地方。我们清楚地看到，在最无耻的恶棍身上，在最可怕的环境里，也存在着规矩和弱肉强食的法则。在诗人那里，法典里只写着唯一的条文，这也是我的结束语：

"违者处以诗的死刑，我们的法律写着，有才华，甚至……不妨多一点。"

蓬图斯·德·梯亚尔 *

蓬图斯·德·梯亚尔（Pontus de Tyard）不是一位大名鼎鼎的人物。他的名字只不过让人想到七星诗社，凭借着从这个星座中借得的一些光亮，他才得以流传至今。

但如果我们以学者的眼光对这位龙沙和杜贝莱的同伴略加关注，我们就会发现，梯亚尔具有他那个时代的伟人们所具有的所有高贵素质。我们知道这些人天赋超常并且激情澎湃。

从达·芬奇到弗朗西斯·培根，那个世纪涌现出大批博学者。对感觉的好奇、对知识的迷恋以及创造的激情，在那个神奇的时代达到的强度是其他时代所无可比拟的。艺术、科学、希伯来语、希腊语、数学、思辨或实用政治学、战

---

* 发表于《法兰西缪斯》第 3 辑，第 2 期，1924 年 2 月 10 日。这是一期关于七星诗社的专号，其中一个部分的标题为"新七星诗社的诗人论龙沙的七星诗社"。瓦莱里在这期专号里谈论蓬图斯·德·梯亚尔，并不是出于偏好，乃是出于偶然——也许他原本想写龙沙，但后者分配给了著名女诗人德·诺阿依夫人。

争、神学……凡此种种，在这些变化多端、渴求知识与权力的妖魔们看来无一不令人向往、无一不美妙和容易，他们吞咽下过去的一切并开创整个未来。

我们的蓬图斯也在他们之列，虽然地位略逊一筹。这位诗人是天文学家；这位天文学家是主教；这位主教是国王的官员并参加论战。诗琴、主教冠和星盘都应当出现在他的墓上。但在墓碑的第四个角上还应该用另一个图案来装饰，这个图案对于梯亚尔来说和其他几个一样合情合理。那就是一个大腹便便的酒瓶，只要是勃艮第的葡萄酒，梯亚尔能饮且善饮，那是他故乡的酒，也是他最喜欢的酒。

至于爱情，梯亚尔和所有人一样，也少不得给这位不可回避的主宰以应有的位置。他曾钟情于一位名叫帕西苔的女子。作为回报，爱情也给他以灵感写下颇多美妙的诗句；在爱情的启迪下，他写了诗集《爱之过》，下面这些优雅的诗句就出自其中：

> 哦，宁静的夜为我温柔地组成
> 阴影，墨尔菲斯在他烟雾笼罩的大厅
> 也从未描绘出
> 如此活跃的变形……

谈及蓬图斯·德·梯亚尔，我不会忽略一种说法，据称他是用我们的语言写作十四行诗的第一人。加诸我们主教头上的这一评价虽有猜测之嫌，但哪怕是猜测也是荣耀的。

十四行诗是一种完美的形式，无论米开朗基罗还是莎士比亚都没有畏惧其短小和严格，它迫使诗人追求完美。因此仅仅被怀疑将十四行诗介绍给法国人，已经是无上光荣。

梯亚尔喜欢倒装句，他在诗中对这种句式运用得稍嫌突出和频繁；但倒装对诗歌而言是一种有意义和有用的自由，因为它堂堂正正地扰乱天然的语序和平淡的表达。

1605年，梯亚尔去世时正逢一次日全食，他年事已高但并不衰弱，他经历了八十四次地球的公转；他曾忠心耿耿而且互不干扰地服务于阿波罗、维纳斯、乌拉尼亚、亨利三世、巴库斯和教会。

关于《阿多尼斯》*

据说拉封丹慵懒而耽于梦想，常常心不在焉，神思恍惚，这让我们很容易以为他是一位向来随心所欲的传奇人物。在那些从来就离我们不远的内在形象中我们仿佛看见他，尽管这些形象是很久以前形成的，而且是由我们所知最早的版画和历史所塑造的。

也许，从我们孩提时代起，拉封丹这个名字本身，就永久地将想象中诗人的形象与某种模模糊糊的新鲜、深度，与某种源自水的魅力联系在一起了？[1] 有时一个音就

---

* 发表于《巴黎评论》(1921年2月1日)，是为拉封丹的《阿多尼斯》一个即将面世的新版本撰写的序言。
阿多尼斯（Adonis）是希腊传说中的人物。阿芙洛狄特嫉妒美丽的腓尼基公主弥拉（Myrrha），使她与其父乱伦，生下俊美非凡的阿多尼斯。后来阿芙洛狄特与阿多尼斯相爱，但阿多尼斯外出打猎时被野猪杀死。地狱中的阿多尼斯美貌不减，被冥后帕希法娜（Perséphone）爱上。悲伤欲绝的阿芙洛狄特向宙斯求情，宙斯于是决定阿多尼斯每年一部分时间回到人间与阿芙洛狄特团聚，一部分时间留在地狱与帕希法娜相伴。对阿多尼斯的崇拜盛行于古代腓尼基地区。——译注
[1] 拉封丹这个名字的原文是 La Fontaine，即"泉，泉水"之意。——译注

能形成一个神话。很多神祇诞生于文字游戏,那也是一种偷情的方式。

因此他是一个爱幻想、世上最天真的人。我们自然而然地想象他在林子里,或者在风光优美的乡间寻找一片阴凉。我们想象他是一位从来也没有真正孤独过的快乐的孤独者;要么他在宁静的环境里怡然自得;要么他同狐狸、蚂蚁或者其他动物聊聊天,路易十四时代的动物都会说优美的语言。

如果动物们离他而去了,因为哪怕最听话的动物也是好动的,稍微一点风吹草动就让它们不安,这时他就回到太阳下的原野,倾听芦苇、风车与山林水泽女神相唱和。他静静地聆听,他的安静也构成了交响乐的一部分。

他只享受一天中的美妙之处(还需要这些美妙之处自己送上门来,他不会强求或强留它们),似乎他的命运只需要用一条丝线引出每一时刻所包含的最甜美的东西:它从中脆弱地抽取出无尽的时光。

这位爱梦想的人望着天上的云,什么也比不上那片闲散的云朵更像他自己:这片懒懒地飘荡在天空中的云,让他不知不觉地忘记了自己,忘记了他的妻子和孩子;让他忘记了自己的事务,不去想结果,也不去想将来,因为想超越将我们带走的那阵微风是徒劳的;也许更加徒劳的是,总想按自己的一时冲动行事。

《阿多尼斯》(*Adonis*)是用平韵写成的长达六百行的优

美长诗；要克服多少困难，捕捉多少感觉，才能完成如此连贯而严密的结构，这些困难和感觉相互叠加、压紧并融为一体，最终仿佛成为一幅巨大而丰富多彩的壁毯；尽管作品中也有狩猎活动和爱情的悲欢离合，但内行人还是透过幻象看到了作者花费的工夫，我们愈看到这一点，就愈加赞叹不已，它让我们彻底抛弃了最初关于拉封丹的看法。

一个纵情于田园山水的人，浪费时间就像丢失了袜子；惊诧而富于灵感；有些傻气，爱嘲弄和教训人；喜欢援引谚语来评判身边的动物，我们再也不要相信这样一个人能写出《阿多尼斯》。请注意，他的漫不经心是高明的；他的懒散是用心良苦的；他的平易是艺术的最高境界。至于他的幼稚，那一定是无稽之谈：在我看来，如此精致的艺术和纯粹排除了一切懒惰和天真的可能。

一个好心人是不会耍手腕的；那么，凭着心不在焉和想入非非也写不出如此优美和罕见的语句。作为一位真正的诗人的真正的条件，是他在梦想状态中仍然保持最清醒的头脑。我从中只能看到有意识的追求、变得灵活的思想、同意受到一些美妙羁绊的心灵以及牺牲的不断胜利。

哪个人若想描写他的梦想，也应该保持无比清醒。如果你想相当准确地模仿你刚才神思恍惚中古怪和不能自主的想法和举止；如果你想在内心深处追踪陷于沉思的心灵，就像在漫无边际的记忆中寻找一片落叶，你不要以为没有极其深人的注意力会取得成功，这类作品中的杰作会令那种仅仅描写梦想的作品大为惊异。

所谓准确和风格要求的是梦想的反面；如果我们在一部作品中看到它们，就应该想到，作者为了抵抗思想的不断分散而付出的艰辛和时间。无论是最美的还是其他，全都是影子；在这里，幽灵在活人的前面。要想使优美、清晰和时间避免精神事物的流动性，将经过的事物转化为存在的事物，从来不是轻而易举之事。我们所觊觎的猎物越是惊疑不定，越需要我们的介入和意愿，让它始终处于逃逸的状态却又始终在我们眼前。

即便一位寓言作家，也远远不是我们从前漫不经心地想象出的那副漫不经心的样子。费得尔优美无比；写作《寓言集》的拉封丹也不乏技巧。如果他们只是坐在树下，倾听喜鹊啁啾，乌鸦暗笑，就不会让它们说出那么巧妙的语言：在小鸟、树荫和思想对我们说的话语与我们让它们说出的话语之间，有着一道奇异的深渊：一道不可设想的间隔。

这种神秘的差异，存在于哪怕最清楚的印象或创造与它们最终的表达形式之间，当作家将格律诗的体系加诸其语言之上时，这种差异成为有可能存在的最大差异，——因此也是最引人注目的。这一约定一直没有得到很好的理解。就此我要说几句。

自由如此诱人；对于诗人们来说尤其如此；它出现在诗

人们的奇思异想中，带着一些如此似是而非的理由，其中大部分是站得住脚的；它如此恰当地以智慧和新颖作为装饰，利用那些我们难以看见阴影的好处，催促我们对古老的规则进行重新思考，让我们看到其荒谬之处，将其归结为人们起先不知道如何反抗心灵和听觉的自然法则，故而唯有遵循而已。这个蛊惑人心的自由，当它轻而易举地向我们指出数量惊人的低劣、简单和中规中矩的格律诗时，我们是否可以回答，说它在危险地鼓吹粗疏？我们可以用同样大量的可恶的自由诗来驳斥它。两个阵营之间相互进行这种指责：对于一方来说最充分的理由在另一方就是薄弱之处，它们之间如此相像，以至于难以解释它们为何有分歧。

因此，决定是否有绝对必要性是一件很棘手的事。至于我，我认为每个人都自有其道理，应该各从其愿。但我忍不住吃惊的是，从古代一直到我的青年时代，诗人们却执着地自愿套上锁链。难以解释的事实是，这种束缚一直以来几乎不为人知，而人们一旦察觉到它就觉得简直难以忍受。为什么自古以来，人们会遵守那些今天在我们看来无聊的命令？为什么那些杰出的人会延续这个错误，而他们本来可以让自己的精神得到最大限度的自由？是否应该用词汇的不和谐来解释这个谜，就像逻辑减弱以来所流行的那样，是否应该认为存在着一种人为的知觉？这些词注定要被放在一起。

另外一件事也让我吃惊。我们这个时代出现的诗律几乎和诗人一样多，也就是说，体系比人头还要多一点，因为有些人可以炮制好几个体系。但与此同时，科学和工业采取的却是完全相反的策略，它们创立统一的度量标准；它们制定单位，它们制成计量标准并通过法律和协定来强制实施；然而，每一个诗人却将自己当作标准大全，建立自己的体系，将其节奏的个人周期，其气息的长度作为绝对类型。每个人将自己的耳朵和心当作普遍的定音笛和时钟。

这样做难道不是冒着被误解、误读和错误地朗诵的风险吗？或者，至少是完全出乎意料地被如此对待？这种风险总是很大的。我并不是说一个理解上的错误对我们总是有害的，一面弯曲度奇怪的镜子有时也会美化我们。一些人害怕作者与读者之间交流的不确定性，他们肯定能在旧诗固定的音节数目、多少有些做作的对称中找到以某种非常简单——或者说，非常粗略——的方式来限制这种风险的好处。

至于这些规则的任意性，其本身并不比语言、词汇或者句法的任意性更大。

既然要辩护，我不妨更进一步。我并不认为，赋予这些颇有争议的规定和规则以一种适当和特别的价值是不可能的。写作格律诗，大概可谓遵循一条陌生的律令，它相当荒唐，但总是很艰巨，有时甚至令人难以忍受；它将无数美好的可能性从生活中分离出去了；它从很远的地方招来很多没有料到会被孕育出来的想法。（至于这些想法，我认为其中有一半连产生的价值都没有，而另一半则相反，它们带给我们美妙的惊喜和并非预定的和谐,这样得失相抵,我也就不在此多费口舌了。)但是,押韵的要求、音步、难以理解的禁止元音重复的规则,却最终妨碍了将停留在头脑中的无数美丽词句写出来,在我们看来,它们似乎构成了一个巨大损失,实在令人惋惜。让我们试着来享受一回这个事实:一位智者总是强迫自己将损失转化为表面的损失。只需要思考,只需要深入,往往就可以成功地将我们起初有关得失的幼稚想法变为理想的材料。

一百尊黏土泥塑,无论捏造得多么完美,也不如一尊差不多同样美丽的大理石雕塑给人留下的印象庄严。前者比我们本身还脆弱一些;后者则稍微更加坚强。我们想象它怎样抗拒过雕塑家;它不愿走出它那幽暗的晶体。这张嘴,这双手臂,都花费了长久的时间。艺术家敲打了几千下,在这些富于弹性的敲击中,他慢慢思忖着将要出现的形象。密实而纯粹的阴影化为碎片,化为闪亮的粉末逃走了。人借助时间前进,与石头斗争;他艰难地摩挲着深深沉睡在未来中的情人,他为这个渐渐受骗上当的创造物做出轮廓,它终于从浑然一体的世界中分离出来,就像经过犹豫不决终于拿定主意。现在它变得极其优美、坚硬,它从同一个思想的延续和力量中诞生出来,它存在的时间尚不确定。这些不驯服的结合才是最珍贵的。伟大的心灵以这样一种偏好为标志,它想在自身挖掘某种让自己吃惊的东西,与它相像并与它融为一体的东西,为了变得更加纯粹,更加坚不可摧,并且在某种意义上，比它自其中诞生出来的生命本身更加必要。然而心灵独自只能孕育出它的才能和力量的混合物，它并不能轻易分清二者；它恢复善和恶；它做自己所想的，但它只想它所能的；它自由，但并不君临一切。心灵，请试着用你的全部才能去克服一个障碍；去叩问花岗岩，向它挑战，在一段时间里感到失望。看看你的热情陡然消退，你的意愿受到挫折。也许，你还不懂得应当喜欢你的决定胜于你的满意。你是否觉得这块石头太坚硬，你梦想蜡的柔软和黏土的顺从？但沿着你被激怒的思想走下去吧，你很快就会看见这句不怀好意的铭文："*世间万物之美，皆不及不存在之物。*"

严格的诗律规则是人为的伎俩，它赋予自然语言以一种物质的特性，这种物质对于我们的心灵来说是坚韧和陌生的，对我们的愿望则充耳不闻。如果这些规则不是半疯狂的，如果它们不激起我们的反抗，那么它们就是彻底荒唐的。我们一旦接受了它们，就再也不能为所欲为；就再也不能信口开河；无论想说点什么，仅仅靠冥思苦想是不够的，一心沉醉其中也是不够的，也不能听任一个于我们不经意间已经几乎完成的形象避开神秘的瞬间。行为与思想不可言说的混合只属于神明。然而我们却必须付出努力；我们必须艰难地了解它们之间的区别。我们要追寻的是那些并不总是存在的词语以及那些虚幻的巧合；我们要让自己处于无力的状态，试图将声音与意义结合到一起，要在光天化日之下做一个噩梦，当梦中人没完没了地努力,想将像他自己一样不稳定的两条线的影子弄整齐时,他筋疲力尽。我们于是应该满怀激情地等待,就像人们调换工具那样调换小时和天日,——并且要希望,希望……但甚至不要过分希望。

如今,这些古老的清规戒律已经不再具有任何强制的力量和任何虚假的必要性,它们仅存的功能就是非常简单地定义一个表达法的绝对世界。至少,这是我为它们找到的新的意义。我们已经不再将自然——我指的是语言——置于它自己的规则之外的其他规则之下,后者并不是必要的,而是我们的;我们甚至将这种坚定性推进一步,我们不屑于发明规则:我们照原样接受。

它们将靠自己而存在和专门靠我们而存在的东西分得清清楚楚。这就是人类特有的:法令。然而我们的快感和情绪却并不因为服从于规则而消亡或受到损害:它们通过约定俗成的规范照样生生不灭。让我们看看那些下棋的人,他们奇怪的协定带给他们的所有坏处和热情,以及想象中对他们行为的限制:他们不可遏制地看见他们的象牙小马一定要跳到棋盘上的某个地方;他们感受到物理学一无所知的力量场和无形的束缚。吸引力随着棋局终了而消失,而长时间支撑着它的高度注意力也改变了性质,如一场梦一般消逝无踪……游戏的真实性只存在于人自身之中。

请听明白我的意思。我不是说"无路径的快乐"不是诗歌艺术的原则和目的本身。当我们的生活突然将无数回忆一下子扔进火盆时，我并不低估它给我们的意识带来的炫目的礼物。然而，迄今为止，似乎从未有一个新发现，或者一些新发现形成过一部作品。

我想指出的只是，规定的数目、韵、固定的形式，所有这些任意性一旦被接受并与我们自己相对立，就具有了一种特别的和哲理性的美。锁链随着我们的才华的每个动作绷紧，它时刻提醒我们那个熟悉的混乱必定会遭到蔑视，庸俗之辈将这种混乱称为思想，他们不知道其自然的条件同字谜的条件一样偶然和无价值。

高明的诗歌是深刻的怀疑论者的艺术。它以我们的全部思想和感觉方面不同寻常的自由为前提。神明亲切地无偿送给我们某一句诗作为开头；但第二句要由我们自己来创造，并且要与第一句相协调，要配得上它那超自然的兄长。为了使它与上天馈赠的那句诗相当，动用全部经验和精神资源并不为过。

《阿多尼斯》的作者一定是一个非常专注、细腻和考究的人。这个拉封丹，不久以后就写出了令人钦佩而富于变化的诗句，但二十年后才写了他称之为对称诗的那些作品；《阿多尼斯》是他在两者之间最美的习作。在此期间，他给他那个时代的观察者们留下了一幅天真而慵懒的景象，这些人则将其传统天真而慵懒地传给我们。

文学研究

文学史仿佛是由各种各样的圣徒传构成的。最荒诞不经的那些必定出自最忠实的见证人之手笔。那些诚实的人向我们讲述他们见到的事情，就像我们也亲眼见到了一样，还有什么比他们更具欺骗性呢？但看得见的东西对我有什么用呢？我所知道的最严肃、思想最有连贯性的人之一，通常却显得是轻浮的化身：另一种天性用废话掩盖了他。我们的精神如同我们的肉体：它们将自己觉得最重要的东西包裹在神秘之中，掩藏起来只留给自己；它们将其掩藏在深处，用这种方式来指明它和保护它。一切重要的东西都被遮掩得严严实实；见证人和资料使其更加扑朔迷离；行为和作品是故意用来伪装它的。

拉辛自己是否知道，他从哪里获得他那无法模仿的声音，他那微妙的音调变化，他那明朗的表达方式？正是这些特点使拉辛成为拉辛，如果没有它们，他只不过是一个无足轻重的人物，有关他的传记告诉我们的，只是他与其他成千上万法国人同样具有的诸多共同之处。所谓的文学史资料几乎没有触及创造诗歌的秘密。一切都在艺术家的内心进行，似乎我们在他的生活中可以观察到的一切事件，只对其作品有着表面的影响。更重要的东西——缪斯女神的行为本身——与他的经历、生活方式、遭遇以及一切可以在一部传记中披露的事情无关。历史能够观察到的一切都是无意义的。

然而，构成作品本质的是那些难以形容的情形，那些秘密的际遇，那些只有唯一的一个人能够看见的事实，其他事实在他看来，都因为太熟悉和太轻易而被忽略。我们通过自身就很容易发现，那些无休无止却又不可捉摸的事件，才是真正形成我们个性的主要材料。

每一个创作时对自己的力量半信半疑的人，都会感觉有一个熟悉的自己和一个陌生的自己，二者之间连续的关系和出乎意料的交流最终促成了某件作品的诞生。我不知道自己将做什么；然而我的思想以为了解自己；我以这种了解为基础，我相信它，我称它为自我。但是我将做出令自己吃惊的事；如果我怀疑这一点，我将一事无成。我知道不久以后我头脑里出现的某个思想将令我吃惊——然而我寻思会是什么样的惊奇，我以它为基础并相信它，就像我相信深信不疑的事。我期待我选定的某个意外，我需要熟悉的自我和陌生的自我。

究竟什么能让我们认识一部美的作品的真正作者？但实际上任何人也不是。如果我看见一个人在我的工作过程中时时改变主意和立场，看见他在我手中改变作品的面目；如果每次修改可能带来巨大的变化；如果许许多多有可能突然出现在我头脑中的回忆、关注或者感觉，最终在我完成的作品里却显得是我要努力实现的基本思想和最初目标，那么什么是同一个人？然而这确实是属于我自己的，因为我的弱点、我的力量、我反复说的话、我的癖好、我的阴影和我的光亮，总是可以在我的笔下辨认出来。

我们不要指望在这些方面获得清楚的观点。要用一幅图画来欺骗自己。我想象这位诗人才华横溢、诡计多端，在他尚未完成的作品的想象世界里假寐，为的是更好地等待猎物，即他自己的力量到来的时刻。在他迷茫深邃的眼中，其欲望的全部力量，其直觉的全部活力都绷得紧紧的。就在那里，神秘的阿拉克奈[1]密切注意着偶然的动静，她要在其中挑选食物；在那里她隐身于猎网和她用语言做成的秘密的竖琴之中，猎网和竖琴的纬线相互交织，一直在若有若无地颤动，狩猎女神伺机而动。

维纳斯和阿多尼斯的希腊文和拉丁文名字[2]具有一种柔弱而淫逸的谐音，他们早已命中注定要结合在一起。他们在一条小溪边相遇，一个沉浸在梦想中，

    他几乎看不见眼前的溪流；

另一个刚从她的车上下来。

维纳斯大名鼎鼎。这个骄奢淫逸的化身美妙无比，而她驾临此地也正是为了寻欢作乐。

一个维纳斯的形象是难以描绘的。因为她集所有完美于一身，几乎不可能将她描绘得真正诱人。一个人身上吸引我们的地方，并非这种无与伦比的美丽，亦非如此普通的优雅；而总是某种独特之处。

---

[1] 阿拉克奈（Arachné），希腊神话中擅长结网的少女，最终化身为蜘蛛。——译注
[2] 阿多尼斯的希腊文名字来源于闪米特语。——原注

至于维纳斯急于从他那里得到爱情的阿多尼斯,这位比布罗斯城[1]崇拜的神秘少年在拉封丹笔下却平淡无奇。这只是一位俊美的青年,人们除了赞美他之外也乏善可陈。也许他只会做一些愉快和优美的事情,对缪斯女神来说足矣,维纳斯也满心欢喜。他在此是为了爱情,然后死去:这些大事不需要什么头脑。

我们不必赞叹这些天真单纯的主人公:优美而有力的诗句才永远是一首诗的主要人物。

我们这对情侣幸福得无以复加。作者却并没有对此加以描绘:既要避免平淡无奇,还要注意不能有失体统。诗人要做的是什么?难道不就是只依靠诗歌的力量和优美的音乐,将我们有所了解并且只需要唤起回忆的东西一笔带过?

尽管维纳斯如此美丽,表面上如此心满意足,她也隐约感觉到一点点哲学对幸福丝毫无损。情侣之间所分享,或者不如说得到加倍的快感难免有单调之嫌。两个从对方那里得到差不多同样的快乐的人,有时最终会发现相互差别太小。一对处于幸福顶峰的情人构成了某种回音,或者——总之是一回事——两面相对的镜子,——波德莱尔说过:孪生子。

维纳斯在这里表现出了一种深度,它有可能来自她与

---

[1] 比布罗斯(Byblos)是腓尼基古城吉巴尔(Gebal)的希腊文名字,该城位于今天黎巴嫩境内,阿多尼斯系该城所崇拜的主要神祇之一。——译注

密涅瓦[1]的争执。她很明白如果爱情能够频繁地结束，它就不可能没有终止。我们见得很多了，在大多数情侣那里，他们不了解对方的思想就像他们了解对方的肉体一样自然。他们熟悉自己的好恶，他们已经将这些好恶配套或者说和谐地结合在一起；但他们对自己的哲学以及非实用的好奇心却一无所知，甚至甘愿一无所知。然而没有精神参与的爱情，就算两情相悦，没有任何障碍，也终归平淡无奇。还得来一点不幸和思想。

不管怎样，维纳斯试着想了想时间问题。显然她没有读过什么有关这个重大主题的书。赫拉克利特和芝诺尚未降生。康德、亚里士多德以及艰深的明科夫斯基[2]还乱七八糟地躺在搞错了的未来。然而，她很正确地注意到了时光永远不会倒流；但当她说出这样美丽的诗句时，她没有错：

从诸神身边它徒劳地悄然溜走。

那时她还难以预见她最美的庙宇将被摧毁，对她的崇拜也将式微；我的意思是，对她的公开崇拜。

阿多尼斯不听她说话。我们又回到快乐上，诗人自己有点厌倦了：

---

[1] 密涅瓦是罗马神话中的智慧女神。——译注
[2] 明科夫斯基（Minkowski，1864—1909），德国数学家。他关于空间的四维表现形式的理论为其学生爱因斯坦的狭义相对论奠定了基础。——译注

> 阴郁的时刻就要到来
> 伤心的维纳斯要离开她的爱人

诗歌如此仓促地变得平淡乏味,显然表明了诗人的疲惫。的确,在诗歌中,一切必须表达的几乎都是不可能很好地表达的。

维纳斯要动身前往巴福斯[1]去辟谣,那里有流言蜚语说女神再也不理睬她的崇拜者们了。奇怪的是她那么在乎被崇拜,即便当她爱着并被爱着的时候。

然而,我们认为必不可少的虚荣以及无聊的事,总是鼓动我们走出自己的房间,在这里是一片美丽的树林。哪怕在天神中,也没有一个人自我感觉强大到可以不把自己的信众放在眼里。至于藐视祭坛和神庙,藐视在其中消耗的祭品以及从中飘出来的祷告和香火;至于讨厌赞美,用厌恶来浇灭信徒的热情和烦恼,而这些人正是出于唯一的恐惧和破灭的希望才信神,我没有看见一个天神曾经在这方面下过决心。他们对我们的兴趣令我费解。

维纳斯,尽管她如此幸福,尽管她几乎无所不能,也要小别阿多尼斯去安抚她的信徒们。如果没有这些稀奇古怪的

---

[1] 巴福斯(Paphos),腓尼基古城,后被希腊人占领,该城盛行对阿芙洛狄特的崇拜。——译注

事儿,也许就根本不会有什么神,也不会有什么诗歌,也肯定不会有女人。

她要暂时抛下她的情人,她对他千叮咛万嘱咐。她要他提防两种想象中的危险,死亡和不忠,那段短短的话语匀称优美。当她请求阿多尼斯不要眷恋这片林子中的山林水泽女神时,有这样很美的一句,我仿佛突然看到了高乃依的磅礴气势。她说道:

> 她们的锁链在我的旁边是你的耻辱。

他们的告别场面是多么动人!短短八行诗句,但句句美妙无比;或者更确切地说,是八行诗句组成的一个美妙的整体,这远比八行美丽的诗句更难能可贵和更令人惊叹。不可能更加动人地描写两个人的分离了;这场面令人柔肠寸断,不可能再增添什么让我们想象他们在一起的甜蜜了。拉封丹在此运用的细腻笔触在我们的诗歌中实不多见,他抓住刚才让我们听到过的描写甜蜜时光的一个小调上的动机。他曾经让他的主人公们享受过这样的时光:

> 日子变成时刻,时刻由蚕丝织成。

现在他又将这样的时光从他们那里夺走:

> 为如此时光命运使他们的心愿成为多余
> 甜蜜时光,你们一去不复回!

阿多尼斯尝尽了离愁别绪。

换言之,他列数刚刚失去的幸福的种种完美之处。天各一方,两种现实的对比撕扯着心灵;他回想着那些从前甚至没有察觉到的柔情蜜意;对过去的回忆来自现在,但回忆中的过去似乎比消失了的现在更值得品味;无限温存曾经在不知不觉中使他们心心相印,离别的时间越来越残酷地使他们内心的联系变得僵硬。阿多尼斯如同一块失重的石头,在跌落过程中被突然挡住。如果这块石头有什么感觉,它当时想必会感受到一个动作被突然终止时的强烈效果;然后它会自由地感受到全部失去过的重量。爱情的感觉亦复如此,拥有时无暇顾及,失去时恋恋难舍。拥有,意味着置之不理;失去,意味着萦回脑际。

痛苦的阿多尼斯差不多快要有思想了。一段过于温柔美妙的时光留下的可怕回忆磨炼着他,让他变得深刻,几乎令他产生最重大的怀疑,它们正要将他带入艰苦的内心活动,这些内心活动不断分化我们的感觉而迫使我们变得聪明起来。

阿多尼斯就要有思想了,他急切地安排一场狩猎。要思考,毋宁死。

要承认这场不幸的狩猎是这首诗写得薄弱的部分。它对于诗人来说，几乎同对于主人公一样注定是不幸的。

如何描写一场狩猎？17、18世纪触及过这一精彩题材的作者们，为我们留下了用令人赞叹的生动而准确的语言写成的章节。维克多·雨果不惜从其中一位不太有名的作者那里借用了整整一页绝妙的描写，将其一字不差地，或者说几乎一字不差地，成功地移植到了关于英俊的佩科班（Pécopin）和美丽的波尔杜（Bauldour）的动人故事中。但是，尽管拉封丹是描绘山林水泽的高手，这首诗里的狩猎场面却颇为华而不实。人们原本期待这位未来的飞禽走兽世界的主宰描绘一场精彩有趣的狩猎，结果却只看到一场花哨的森林闹剧。人们设想，在这个奉诸神之命写作寓言的人笔下，那些动物本当何其生动，有些遭围追堵截，有些落网就擒，无不张皇失措，而猎犬和骑在马上的猎人则在号角声中追赶逃窜的猎物。诗人本应编造几段这些演员之间的谈话以及它们的想法；诗人还可以通过很自然的杜撰，让那些稳稳当当栖身于树上看热闹的飞禽，在交谈中告诉我们当天发生的事件。所有这些简单的心灵，它们内心的想法，它们的计谋，它们心中的激情，人们在这场残酷的娱乐中的表情，这些都是寓言里随处可见的题材，如果诗人利用了这些材料，他写出来的狩猎会新颖有趣得多。

但是，拉封丹似乎没有觉察，这时的自己已经很接近于稍后他将成为的那个人。他不仅没有预感到他的主题已将他引至其自然王国的边缘，相反，显而易见的是，他不无烦恼地完成了这场狩猎迫使他写的三百行诗句。然而，哈欠和笑声相距并不遥远，有时还会奇怪地结合在一起。它们有着共同的边界，在接近边界的地方，违心行为的可笑之处很容易转化为滑稽的行为。我在不允许喜剧效果的情节发展中，甚至在悲惨的事件发生时，看到了一些很可笑的句子，这让我感到，不耐烦的作者突然发起了报复，他用笔端无法控制的噱头来报复他那过于自觉的任务，报复他付出的辛劳。笑声和哈欠表现出的拒绝令我们吃惊。

因此，狩猎队伍难免不从几幅漫画中取乐。我觉得这一点很有趣，可笑之处在于诗句铿锵有力：

人们看见倔强的布隆特到来。

诗人还得向我们描绘一番那头怪物，那是一头面目狰狞的野猪；那种只相信自己獠牙的孤僻动物，它那尖利的牙齿可以撕破马匹和大猎犬的肚子。

尽管怪兽令人生畏，但描绘它的任务更加令人生畏。众所周知，在各种艺术中，这些可怕的怪兽从来都只能以可笑的面目出现。无论在绘画、诗歌还是雕塑中，我没有见过什么怪兽在让我们感到些许害怕的同时，还能让我们保持一本正经。一条大鱼吞噬过预言家约拿[1]，然后又在附近吃掉了爱

---

[1] 约拿（Jonas）是犹太预言家，曾被大鱼吞噬，在鱼腹中度过三天三夜，其事迹见《旧约·约拿书》。——译注

冒险的辛巴达[1]；同样这条鱼，在另外的情形下又可能是阿里翁[2]的救命恩人；尽管这条鱼谦恭有礼，尽管它老老实实地将吃掉的这些英雄豪杰送上岸，并且将他们毫发无损地恰好送到他们原本打算去的地方，让他们仍旧从事自己原来的活动，尽管这条鱼相当平易近人，没有发挥什么了不起的作用，但它仍显得十分滑稽可笑。但是，看看安格尔笔下，被全身甲胄的罗杰刺穿后倒在美丽的安吉莉卡脚下的那头巨兽；想象一下在大海上突然兴风作浪，惊动了希波吕托斯的马车的这只儒艮或者鼠海豚；听听头上长角在洞穴里嘶叫的可怜的法奈尔（Farner），——它们从来未曾让任何人真正害怕过。它们只有看到这个情况时会得到一点安慰：那些最具人性的怪物，比如那些独眼巨人（Cyclope），那些格温普兰（Gwinplaine），那些卡西莫多（Quasimodo）也不比它们更威风。与一头怪物相伴的，必定是小孩的头脑。

对这些巨兽而言，较之可怖的面目，可笑的形象更加令它们难堪。然而，究其原因，并非其创造者无能，也并非其天性及非凡的天职使然，这一点我们只需参观一下博物馆就可以明白。在那里，我们看见真正的怪物，沉重的身体上却长着双翼，颈项虽灵活，肚皮却颇厚重；在那里，我们看见曾经真实存在过的龙和吞婴蛇，在青石板岩上留下痕迹的水

---

[1] 辛巴达（Sindbad）是《一千零一夜》中的冒险人物。——译注
[2] 阿里翁（Arion），公元前7世纪的古希腊抒情诗人。据传说，阿里翁在海上遇劫后被扔进大海，但一只海豚为其歌声所感动，遂将其救起。——译注

螅，头大如猪的乌龟，所有这些先先后后在我们不平静的地球上生活过的居民，如今都已经从这个星球上消失了，它们为我们提供了一幅大自然的怪诞图画。这就像解剖学雕刻。我们不相信如此奇异的动物曾经存在过；最后我们的解决办法是认为这样的东西不太可能是真的，对如此笨拙的举动和原始的愚蠢行为，唯有付之一笑而已。

让我们暂且撇下怪兽，来看看正在进行的冷酷的搏斗。我只想从一段美妙的描写中抽取出两行诗，那嘲讽的调子一直令我津津乐道：

> 尼苏司，在一棵树上找到藏身之所，
> 幸灾乐祸地看着这位比大理石还要冷峻的猎人。

山林水泽女神们想保护阿多尼斯，就像在另一片天空下，莱茵河畔的那些疯姑娘想拯救西格弗雷德[1]，她们的行为举止相仿佛，变幻无常的习性和不确定的形态也相似，但她们的努力是徒劳的。得知年轻人正径直走向毁灭，她们试图让他迷失方向，错过死亡之约。她们用世上最美的诗句来与命运对抗：

> 仙女们的眼睛能看见未来，

---

[1] 西格弗雷德（Siegfried），德国神话传说中的英雄。——译注

她们让他迷失在幽暗的路上。
号角声消失在未知的魔力中……

命运却不在乎这些诗句;然而若没有这些诗句,命运的名字本身早已从实用词典中消失了。这个过路人径直向死亡走去,仙女们无法左右他的心灵。阿多尼斯应该死去:所有道路都应该将他引向死亡。在狩猎正酣的时刻,他急不可耐地要为受了轻伤的朋友帕尔米尔报仇;他挺身向前,他出手,他被击倒。怪兽和英雄都将死去;但他们的死壮美无比。奄奄一息的野猪:

沉沉欲睡的双眼痛苦地阖上,
它从此陷入最幽暗的黑夜。

而阿多尼斯:

我们再也见不到他嘴唇的光泽,
只看见它的轮廓。

维纳斯从风儿那里得到消息,发狂地赶去,但她能做的只不过是向我们哭诉她的绝望,女神的哀歌。没有什么比这高贵的结束部分的开始和展开更美的了;但另一方面,我发现这最后的哀怨有特别重要之处。拉辛几年之后方才显示出来的几乎所有品质都出现在这四十来行诗里。如果《费得尔》的作者想过，要让他的女主人公见到希波吕托斯的尸体并倾吐悔意，我不知道他能否将悔恨写得更完美，能否让绝望的王后发出更优美的哀叹。

值得注意的是，《阿多尼斯》写于1657年前后，十年后拉辛将大放异彩。在我谈论的这一段哀伤的咏叹中，语气、前后连贯、宏伟的轮廓以及音色本身，有时与拉辛那些最出色的悲剧如出一辙。

是谁写下这样的诗句？

> 难道我的爱情不能让你热爱生命？
> 狠心人，你离开我！至少睁开你的眼睛，
> 让我知道你感觉到我忧伤的诀别；
> 你看看爱你的人何等痛苦！
> 唉！我白白号啕：他听不见我的哀怨。
> 永恒的黑夜逼迫他离开了我……
> 我多想跟随他去那暗无天日之地！
> 什么能阻止我在鬼魂中游荡！
>
> 我未曾请求狠心的命运女神
> 用永恒的痛苦来织网；
> 无力阻拦她完成，
> 我但求暂缓片刻，却未能如愿……

尚且不论其余。我们很容易猜错作者的名字。

文学研究

当这些诗句流传开来的时候，阿康特（Acante）时年十九岁。很多人都应该知道这首诗，诗人曾将书法家尼古拉·加利（Nicolas Jarry）书写的杰作送给富凯[1]，如果有些人不知道这篇著名的手稿，至少其他抄本也会流传，从一个人到另一个人，从一个团体到另一个团体，从一个沙龙到另一个沙龙。

我敢打赌拉辛很可能将我们的《阿多尼斯》熟记于心。

也许，对于我刚才提到过其品质的那个纯粹的声音来说，维纳斯的这些语句给它以最初的启迪，并让它开始意识到自己？只需稍加点拨，就可以将一个不了解自己天赋的年轻人造就为伟人。最伟大，甚至最神圣的那些人，都曾需要过先驱者。

我们惋惜那些没有诞生的美好事物是自然而又荒谬的，尽管事实已经证明这个世界上没有它们的位置，但在我们看来，它们还是有可能存在的。这种奇怪的感觉与对历史的审视几乎密不可分：我们眼中的时间序列就像一条道路，上面的每一个点都是十字路口……

我，面对《阿多尼斯》，我惋惜拉封丹耗费在写作大量故事上的那些时间，这些流传下来的故事，我难以忍受其粗俗而虚假的语气，其简单得令人厌恶的诗句：

---

[1] 富凯（Fouquet，1615—1680？），曾经担任路易十四的财政总监，富甲天下，权倾一时，后于1661年被捕。拉封丹与之交谊甚厚。——译注

> 我们两口儿,据故事说,
>
> 没有一刻不争吵……等等。

这些诗句俗不可耐,其令人生厌的放荡不仅与享乐背道而驰,而且对诗歌是致命的弱点。我更惋惜的是,他本来可以再写几篇像《阿多尼斯》这样的诗作,但他却写了那些让人烦闷的故事。他天生就是为了写作那么优美的田园牧歌!舍尼埃[1]曾满怀幸福投身于写作田园诗,他虽然追随一点拉封丹的道路,却不能弥补我们想象中的损失。与我们的诗人相比,他的艺术略显单薄,不那么纯粹,也不那么神秘。我们能更清楚地看见他运用的手法。

拉封丹的这首《阿多尼斯》是大约两百六十年前写成的。从那时以来,法语起了一些变化。此外,今天的读者与1660年的读者也大不相同。他有着另外一些回忆以及一种完全不同的"感受力";如果说他有某种文化的话(有时他有多种文化,也有可能他根本没有),那也与从前的不同;他有所失也有所得;他几乎完全属于另外一类人。但是,在文学创作中,最重要的因素是考虑到最有可能的读者;无论作者是否愿意或者是否知道,他的思想要与他自己必然形成的关于读者的

---

[1] 舍尼埃(André Chénier, 1762—1794),法国诗人,其诗歌以真挚的感情和高度技巧对19世纪浪漫主义诗歌产生过重要影响。——译注

观念相符合；因此，时代的变化，也就是读者的变化，它类似于在文本自身发生的变化，它不可预料，也是不可算计的。

值得庆幸的是我们还能读《阿多尼斯》，而且还能从中体会到乐趣；但是不要以为，我们与作者的同时代人读到的是同一首诗。他们最欣赏的地方，我们也许毫不察觉；他们视而不见的，有时却深深触动我们。某些可爱之处变得深刻了；另一些，变得平淡无奇。设想今天的一位受到现代诗人熏陶的读者，这首诗会在他那里激发什么样的魅力和厌恶；他后来阅读的东西已经培养起了他的阅读习惯；他的头脑和耳朵容易感受到的印象，是《阿多尼斯》的作者从来不曾想到要制造的；而它们对于诗人精心构思的效果却无动于衷。比方说，当拉辛写下著名的诗句时：

我留在荒凉的东方多么痛苦！[1]

他根本想不到，除了描写一位情人的绝望之外还有什么别的意思。但是，随着时间的流逝，在19世纪，这三个词语之间绝妙的配合，却在浪漫主义诗歌中意想不到地得到了加强并引起强烈反响；在当今一位读者的心目中，它与波德莱尔最美的一些诗句巧妙地联系在一起。它脱离了安蒂奥库斯，而获得了一种纯粹的、怀旧的普遍意义。它

---

[1] 这句诗出自拉辛的悲剧《贝蕾尼斯》(I, 4)，是安蒂奥库斯的一句台词。——译注

完美的优雅变得无限美丽：在路易十四时代结合在一起的这个"东方"、这个"荒凉"和这个"痛苦"，在另一个只能将它们置于自己的色彩之中的时代里，获得了无限的意义和强大的魅力。

《阿多尼斯》亦复如此。今天我们还能从这个爱情故事中得到什么乐趣？它那如此甜美的形式和如此清晰的旋律，与我们的不和谐音体系和我们顺从地接受的夸张的传统形成了反差，也许，正是这种反差赋予它生命力。我们被烧灼的眼睛，希望在这些朦胧的韵致和透明的阴影中得到休憩；我们干渴的嘴唇，在清澈的水中重新找到了些许异样的感觉。甚至还有可能，吸引我们的是巧妙的表达方式本身。

1920 年，La Graulet

论博须埃 *

在作家中,我认为无人在博须埃之上;没有人用词比他更有把握,语言更为有力,在话语的所有方面更为雄健和更为灵活,句法更为大胆和更为巧妙,总而言之,没有人比他更能主宰语言,也即自己。从通俗到华美,从清晰明了到余音不绝的强烈艺术效果,无不在他的完全把握之中,这种奇特的本领意味着,对于语言的一切方式和一切功能,有着一种意识或一种超凡的思想在场。

博须埃说他想说的话。他基本上是畅所欲言的,就像所有那些我们称之为古典作家的人一样。他从构造着手,而我们却从偶然事件着手;他看重的是他建立起来的期待,而现代人则寄希望于意外。他从沉默中迈出坚定的步子,一点点地激活、充实、提升和组织他的句子,他的句子有时形成一个穹顶,周边由巧妙排列的分句支撑,句子凸显出来并将它

---

* 这篇文章原来是致《公益》(*Bien Public*)主编的一封信,1926年发表在该杂志的一期专号上。

下面的插入句推开，以便触摸到拱顶石，经过一系列神奇的从属和平衡关系后，句子沉落到确定的词上，直至力量完全消解。

至于博须埃的思想，得承认今天它们看来已经难以强烈地激发我们的头脑了。相反，是我们自己应该通过认真的努力，并借助一些学识来赋予它们一点生命。三个世纪以来，所有文学体裁都经历了深刻的变化和革命，在此期间还发生过无数事件和产生过无数思想，对身为后人的我们而言，这一切必然使与我们的时代差异甚大的另一个时代的作品，其实质显得天真或奇怪，有时甚至难以理解。但另外的东西保存下来了。大部分读者将他们称之为内容的东西的重要性，置于他们称之为形式的东西之上，甚至远远在其上。然而，有一些人对内容的态度则截然相反，他们将其视为纯粹的迷信。他们大胆地认为，表达结构本身具有一种实在性，而意义或思想只不过是一个影子。思想的价值是不确定的；它随着人和时代而变化。一个人认为深刻的东西，在另一个人看来却显而易见或者荒唐至极。最后，只需环顾周围就会发现，还能使现代人对古代文学感兴趣的地方不属于知识范畴，而属于榜样和范例的性质。

对于这些形式的爱好者来说，虽然一种形式总是由某种思想激发或要求的，但它比任何思想都更有价值，甚至更有意义。他们在形式中看到行为的力量和高贵；而他们在思想中找到的只不过是事件的不稳定性。

博须埃对于他们是修辞和遣词造句的宝库。他们可以满怀激情地欣赏这些大手笔的文章,就像欣赏一些庙宇建筑:圣殿空空如也,当初是出于什么样的情感和原因修建这些庙宇也早已被人淡忘。而拱顶犹存。

论女人费得尔[*]

作品读完,大幕落下,《费得尔》留给我的是关于某一个女人的观念,以及对措辞之美的印象,——这些是可以持久的效果和价值,将对我产生影响的价值。

这是因为头脑回到自然状态,形形色色的感觉和思想无拘无束地流动,这样,在大量可能的范例和美学标准中,头脑无意识地抓住了一部过去的作品中将对它具有重要性的东西。在头脑中,这样的东西从构成这部戏的所有借口和事件组合中,不知不觉却又必然地分离出来。线索、情节和事件立刻黯然失色,事件的纯戏剧性手段所具有的趣味也随之消散。这里讲述的只不过是一桩罪行:乱伦的企图,由中间人犯下的谋杀,以及一位大概作为执行者的神……但是一旦恐惧缓和、正义平息、死亡降临到无辜者连同罪人的头上,一旦在一个由事件和行为组成的暂时的体系之上,死亡如大海

---

[*] 这是为《费得尔》的一个著名版本(Les bibliophiles franco-suisses, 1942)撰写的导言。

一般合上，罪行有什么用？戏剧表演和凝练带来的感情随着布景烟消云散，长久注视的眼睛和紧张的心情，也从明亮有声的舞台对整个人施加的束缚中解脱出来了。

所有人，除了王后；悲惨的希波吕托斯刚刚在惊涛拍岸的海边死去，特拉门尼刚刚宣读了他的报告，忒修斯、阿莉齐雅、爱诺妮以及隐身的海神自己，都以尽可能快的速度融化消失了：他们不再假装存在，他们曾经存在也只不过是为了服务于作者的主要意图。他们根本没有存在下去的养分，他们的故事已将他们耗尽了。他们活着的时间只不过是为了用来激起一个女人的热情和愤怒、悔恨和忧虑，这是一个典型的被欲望弄得精神错乱的女人：他们被用来让她从她那拉辛式的胸怀中发出激情所煽起的欲念与悔恨的最高贵的声音。他们活不下去，但她要活下去。作品被压缩为对一段独白的回忆；并且在我心中从初始的戏剧状态过渡到纯粹抒情状态，——因为抒情只不过是一段独白的变形。

爱情，在恼怒的费得尔心中，丝毫不同于贝蕾尼斯心中的爱情那般温柔。这里，肉欲是唯一的统治者。这个君临一切的声音急切地呼唤拥有爱人的身躯，它只瞄准一个目标：和谐享乐的至高境界。那些最激烈的场景于是成了一生的主宰，撕裂着它的日日夜夜，它的责任与谎言。肉欲的力量不断再生而又未得到满足，其作用如同一个病变，它是激活自己的痛苦永不枯竭的源泉，因为只要病变存在下去，痛苦就只会加剧。这就是它的法则。它可怕的本质在于，人们无法习惯它，它却永远化作新的痛苦而存在。当执拗的爱情陷入痛苦时就是如此。

在费得尔身上，没有任何东西掩盖、缓和、美化、装饰或者建立性欲的冲动。头脑，她的高深、轻佻、狡黠的把戏，她的逃避、她的闪光、她的好奇和她的诡计，绝不参与进来排解或者美化这种最简单的激情。费得尔无知无识。希波吕托斯也许是个傻小子。有什么要紧？欲火中烧的王后需要头脑，但只是将它用来进行报复、制造谎言和听命于本能。至于心灵，它只剩下纠缠不休的能力，只剩下强硬而固执的意愿，要抓住和引诱它的受害者以实现其生死攸关的大事，要与受害者一起快乐地呻吟和死去。

这种缺乏形而上学的爱情，正是一些时代的文学所描绘或者假想的，在那些时代，某种心灵几乎只在哲学家们的思辨中出现，人们根本看不到情人们在他们的床边，在亲吻之间乞灵于宇宙，关心"作为意志和表象的世界"。

的确，这个时代的诸神也不比人类爱得更有深度。况且，他们对我们的事情感兴趣，他们作为普通凡人来帮助或阻碍我们的事情，他们也参与其中打成一片；只不过他们更有本事，但并不比我们更有头脑，他们心肠更硬，顾忌更少，直觉更敏锐，更随心所欲，什么也不能抑制他们的堕落和热情，荒淫无度也不能损耗和毁坏他们坚不可摧的体质。

有时这些出色的情人还让我们凡世间的女人怀孕，这是一种奇迹并提出了一个超生物学的问题，这个问题完全可以与《创世记》中一节奇怪的诗提出的问题相提并论，它有好几种解决方法。

拉辛丝毫没有让费得尔发泄和歌唱的这种处于原始状态的欲望沉浸在柔情之中，这样做无疑是正确的。她的双亲米诺斯和帕西法埃基本上未能传给他们的孩子他们自己天性中没有的东西。他们对这种甜蜜的天赋、我们心中涌起的这种甘美一无所知，当心灵无所防备地沉溺于爱恋之中时，这种甘美令心灵的全部力量惬意地放松。这是一对生硬的人。大多数神话中出现的那种古代的爱情只表现出其无情、本能的实质。它还只是一种"自然的力量"，并且被这样接受和承认。其目的绝对不是唯一与唯一亲密无间的结合，那种处于最强烈的共同的肉体兴奋之外、之中、之上的结合：其目的只不过是这种淫逸的撞击本身，因为大自然只需要一道闪电。在简单的爱情中，任何对快乐这个字眼的偏离都是反自然的。这种必要而且充分的爱情只看重占有一个人的身体，而不怎么在乎这个人的心灵之特别美妙之处：通过诡计和强迫，它将得到它想要的东西。欺诈、强暴、劫持丝毫不会让它感到为难。有些东西在人类的欲望中徒劳地酝酿着，古代诸神代表实现它们的力量，他们可以轻易地完成人类只能梦想的事情：他们不在乎感情，正如他们不在乎自然规律，为了取乐他们不惜强迫、欺骗和破坏。寓言是关于禽兽的。宙斯变成天鹅、老鹰、公牛、金雨和云朵，也就是意味着不用自己的本来面目来取悦。他只需征服就够了：他的所作所为不是为了让人想到他。但这些变形也许只不过象征着人类用以达到自己纵情声色的目的所用的形形色色的花招和计谋，人们视情况和各自的本领，各显神通，装腔作势，玩弄他们看得见的活力，他们的金钱、名誉、才智，——甚至所有这一切的反面，因为有一些不幸的人，他们的苦难、丑陋以至于缺陷本身，都能够激起带有爱情的怜悯，能够触动某颗心使它不惜奉献一切，因为在品位方面没有什么是不可能的，本人就看到过最离奇的成功。

通过其笔下颇具兽性的费得尔，拉辛创造了由行为展开的最简洁明了的结构方式。此外，这出悲剧所讲述的特殊情形看上去可悲可叹，却并不那么异乎寻常。遭到拒绝的爱情要求报复。爱我，上帝自己对我们说，爱我，否则我将你永生永世地杀死。我们还可以在《圣经》中读到"约瑟夫身材优美，容貌姣好，有一次他主人的妻子望着他，对他说：与我同寝吧"[1]。被彬彬有礼地回绝后，这位波提乏的女人告发了他，诬陷他企图对她非礼，正如忒修斯的妻子告发希波吕托斯，令他遭到父亲强烈的憎恶。因此我担心，他几乎要用伦勃朗看波提乏的女人时那种思想的冷酷无情的眼光来看费得尔，在伦勃朗刻的铜版画上，她的身体愤怒地扭曲并伸向逃跑的约瑟夫。他将她刻成了一幅不知廉耻、惊心动魄的版

---

[1] 见《旧约·创世记》第三十九章。——译注

画。《圣经》中的女人，整个腹部暴露着、赤裸、肥硕、白得耀眼，紧紧抓住约瑟夫的袍子，约瑟夫挣脱这个袒露的疯狂女人，她狂怒的动作带起了一片狼藉的床上一大堆软绵绵的东西和她那沉甸甸的肉体，床单被褥凌乱不堪。这个狂热的下腹蕴含、吸收和散发出构图的全部光线和力度。放纵的欲望从未被如此粗暴地描绘过，无耻的力量从未得到过更强烈的表现，这种力量催促肉体像一张怪兽的嘴那样呈现出去。这位埃及女人并不美丽，而且也丝毫不需要她美丽。她以其丑陋表明，她确信自己陷于绝境的性欲应当足够并将征服对方。这不是一个很罕见的错误；它也并不总是一个错误。但我只能想象一个非常美丽的费得尔，甚至在美丽的极致中，在她的美丽中，我们下面还要谈到这个问题。

在爱的激情中分泌出了一种毁灭的毒液，它开始时难以察觉，隐隐约约地起着作用，很容易被驱散。但一件又一件微不足道的事会使它变得强烈起来，它可以突然间变得比理性的全部力量以及对人和神的任何畏惧更加强大。

这是因为只有当人们不知不觉中，将一种使人痛苦的力量赋予所爱之物时，人们才会无意间强烈地爱上，这种力量远远大于人们给予或要求所爱之物让你幸福得心醉神迷的力量。如果拥有某人作为必不可少的条件在另一个人的内心生活中确立起来的话（这正是绝对爱情的法则本身），这种成为生命之根本的感情一旦被绝望撕裂，它就不会在乎任何生命。谋杀的念头变得司空见惯。自杀的念头随之而来：荒谬的事情于是变得自然。

费得尔，当她绝望时，杀人。杀人之后，她自杀。

费得尔不可能是一个很年轻的女人。她正处于那些真正或者说专门为爱情而生的女人们感到洋溢着爱的力量的年纪。她处于这样一个阶段，生命充沛而又尚未盈满。远景是身体的衰弱、蔑视和灰烬。于是这个充满活力的生命意识到其全部价值。它的价值孕育着它在潜意识中想得到的东西，于是不知不觉中所有这些过于沉重的珍宝，都潜在地指定给了某个不确定的诱骗者，他会骗取、激发和消耗这些珍宝，他虽然尚未出现，但已经被装饰上了由一种焦急的等待、一种日渐炽烈的渴望所赋予他的全部才能。此时有生命的物质的内部活动不再限于保证机体越来越相似的保存。身体比自己看得更远、更前面。它产生旺盛的生命，这种增长带来的所有神秘的不安，都消耗在梦想、诱惑、冒险之中，消耗在思想的空白与炯炯目光的交替之中。整个肉体自告奋勇。正如一株在自己沉甸甸的果实重压之下的植物，弯下腰来似乎祈求让人采撷，女人主动献身。

也许这里应当想到，在我们身上奇怪地共存的那些力量之间某种不易被察觉的冲突，其中的一些力量不停地制造我们，也就是保存我们，另一些则只以复制我们为目的。个体要服从于族类。承诺是后者在完全在场的情况下暗中起作用，并且在敏感性和总体结构上将正在成熟的、无法看见的卵子那些奇异力量的效果施加给个体。活下去的命令与活着的重要性相抗争。萌芽虽然尚未完成,但它所激起的那些难以言说的感觉远距离地改变着整个思想状态。这种思想状态聚积了一种无限价值的全部力量,并准备将这一价值赋予即将到来的冒险。爱情使心理保持常态。

费得尔正值此第二青春期的年纪,她具有这一阶段的所有奇异之处和所有烦恼。

以上谈及的全部内容,都可以看作为充分理解一个修饰语所做的准备,这个修饰语很值得注意,它出现在这句著名的诗里:

这是整个维纳斯……

此处指的当是有罪的维纳斯,而且是整个维纳斯。如何将维纳斯这个名字在非寓意的语言中译出来,如何理解这个整个?在我看来这是一个令人叫绝的表达法,它的位置如此恰如其分以至我犹豫不决,不知在此是否容我赘言。但拉辛可以对这种完美感到满意并立刻写下去,然而上面引用的这些词语如今唤起了不止一种想法,在它产生的时代这些想法尚未清楚地形成。今天我们能够从中发现的丰富性和深度胜于当初作者的本意,我们还能注意到这些词里包含着预感。这归因于问题的生理学,本人不具备专业知识,无意深入探讨;但我想一位比我博学的人会做进一步的阐述,我仅限于我能谈的一点点,而且站在远处来谈。

费得尔处于我描绘过的这个不稳定阶段,一场神经质风暴的所有条件都已具备。事件突然间发生。某个人出现了,他立刻显得正是应该出现的那个人。为何不是另一个人?我们总可以怀疑,是否另一个俊美的青年就不会做出同样的决定?但这是希波吕托斯。他将焦虑的心灵所承受的欲望的重负吸引到自己身上来了。一切,顷刻之间,变成了完全不同的东西,在她内部,在她周围。天光变色,时间的流逝本身也不再均匀。机体一切有规律的活动都受到了影响。心脏和呼吸被抓住了:一道目光、一次迟到、一个猜疑、一声脚步、一个影子都会使它们加速或中止。生活的基本行为找到了它们的主人,那就是一个幽灵、一桩心事。它带来了异乎寻常的迷信。最大的关注、最令人惊讶的漫不经心、最疯狂的举动都发生了,有时几个小时、几天无所用心的发呆,但这种思想的停滞就像受伤的人一动不动,她等待着极小的动作就会带来的巨大痛楚。所有这些徒劳的装饰、这些沉沉地压在王后头上的面纱,只有一位已经被爱情压垮了的女人才能感受到它们的分量。她的整个生活好像都由一个根本的、焦虑的念头重新组织了,一切价值都听凭一种陌生的心血来潮所摆布,都从属于附在另一个人以及他代表的希望之上的无限价值。假如整个人全身心投入并且已经损害了其机体的、心理的与社会的平衡,而这种完全献身得到的回应却是抵抗和拒绝,那么极度快乐的希望之蜜汁、强烈刺激过深处活力的爱情之甘露就会变为一种无可比拟的暴力的毒液。没有什么不被这种仇恨和愤怒的汁液所攻击、咬啮和分解;她生活中所有安身立命的东西都遭到了损害：维持生命的交换、自然功能、常规习惯、道德或民事法律……这是整个维纳斯将她的猎物紧紧拥抱[1]。对生活的兴趣以及至高无上的享乐的意愿能改变恋爱中女人的面貌，这是维纳斯缚在上面首先带来的效果，并且她那越来越炽烈的欲望从本质上使她变得越来越令人渴望。费得尔本身已是美人，在爱情之前已是美人，像所有的美人一样，在她宣布其激情的那一刻，她达到了其美丽的辉煌。我说辉煌，因为一个决定性行为的火焰在她的脸上闪耀，在她的目光中燃烧，激活了她的整个形体。但紧接着，女神的前额黯淡了：悲怆的表情将它占据。这个前额变得沉重，这双眼睛变得灰暗。痛苦、心灵的破裂立刻将她完全变成了另一个人，一种可怕的美丽：鼻孔紧闭，面容扭曲，一副复仇女神的样子……维纳斯终于放弃了她的猎物。爱情的毒液起了作用。一个女人相继经历了激情的种种状态；在这个世界上她已无事可做。再有一点另一种毒药，一个药房的低级产品，就会将她尽快送到地狱去表白。

至于语言，对这部作品能说些什么呢？它如此敏感，又经常而且很好地被谈论过，再让人去读它是否没有意义？我不会去赞颂它的形式，因为所有人都已经这样做过了，这种形式完成了艺术与自然的结合，它似乎对韵律的锁链浑然不觉，相反，它将锁链化为一件饰物，有如给赤裸的思想披上

---

[1] 出自《费得尔》(I, 3)，是费得尔本人的一句台词。——译注

一条织锦。我们伟大的诗歌艺术在此保存并发展了一种最高级的自由,赋予话语以一种平易晓畅,我们要经过一定思考之后,才能理解这种平易晓畅的技巧以及为达此境界所做的艰难蜕变。本人不揣冒昧,讲述不久前发生在我身上的事情,这件事在我头脑中正好与上述内容相关联。我希望人们不要在这番坦白中看出什么虚荣。几年前,我为一部清唱剧写脚本,我大概写得挺快,用的是亚历山大体。有一天,我放下这件工作去学士院,当我漫不经心地在河岸边一个橱窗前停下来时,脑子里还在构思着一个段落,橱窗里陈列着一页美丽的诗,大开本,字体漂亮。于是在我自己和这个外形高贵的片段之间产生了一种奇怪的交流。我觉得自己仿佛还在我的草稿面前,在长长的一瞬间里,我无意识地试着在展开的作品上修改起来……我就像一位雕塑家将双手放到一块大理石上,梦想着自己在重塑一块湿润而柔软的泥土。

但这页作品不容改动。《费得尔》抗拒着我。凭着直接的经验和即时的感觉,我知道了什么是一部作品的完美。这样的醒悟可并不美妙。

《波斯人信札》前言[*]

——致亨利·德·雷尼叶[1]

妙趣横生的《波斯人信札》更多地发人深省而非引人遐想。也许可以将孟德斯鸠作为托词作进一步思考，并探寻其奇思妙想的深意。我将严肃地谵语。

一

一个社会从野蛮上升到秩序。既然野蛮是事实的时代，秩序的时代必然是虚构的王国——因为没有任何力量能够将秩序建立在用身体束缚身体这唯一的基础之上。为此需要虚构的力量。

---

[*] 为1926年Terquem版的《波斯人信札》而作的序。
[1] 亨利·德·雷尼叶（Henri de Régnier，1864—1936），法国作家。其诗歌创作受巴那斯派及象征主义美学思想的影响，其小说则表达了对逝去的贵族生活的怀旧情绪。——译注

二

秩序要求不在场的事物的出席行为,并来自用理想去平衡直觉。

一个信用或常规体系在发展中,它给人与人之间带来了种种想象中的联系和障碍,其结果却是真实的。它们对于社会是必不可少的。

渐渐地,神圣、正义、合法、体面、值得称道的行为及其反面,在人们的头脑中形成并固定下来。庙宇、宝座、法庭、论坛、剧场和配套的建筑,作为秩序的大地测量信号次第出现。庙宇自己装点自己:祭品、布道、表演固定了集体的钟点和日期。仪式、形式和习俗完成了对人类动物的驯化,制止或者衡量他们即时的动作。他们冥顽不化的野蛮天性发作越来越少,不值一提。但是整体只有凭借图像和词语的力量才得以继续生存。对于秩序来说必不可少的是,当一个人罪有应得该被吊死时,他要感到自己将被吊死。如果他对这幅图像不是深信不疑,一切就行将崩溃。

三

秩序的统治,即象征与符号的统治,终归会达到解除几乎全部武装,解除武装首先从放弃看得见的武器开始,逐渐赢得人心。所谓化干戈为玉帛。人们不知不觉远离了事实统治的时代。在预见或传统的名义下,未来和过去本来只是想象中的视野，却统治和制约着现在。

社会世界于是在我们看来同大自然一样自然，而它其实是只靠魔力支撑的。实际上，难道这个建立在文字、被服从的话语、被信守的诺言、有效的图像、被遵循的习惯和常规等纯粹虚构之上的体系，不正是一座魔力的大厦吗？

四

这个由关系构成的世界，由于我们习以为常，显得同物质世界一样稳定和自发；尽管它是人类的作品，是人类自古以来就共有的作品，其复杂和神秘并不逊于物质世界。我脱帽，我致敬，我做千百件奇怪的事情，其由来如同物质的起源一样隐秘。如果有人想出生、死亡、做爱，他在其中掺杂进了大量抽象和无法理解的东西。

长此以往，一个社会的机械构造会出故障。如此间接的原动力、如此模糊的回忆和如此众多的中继站，会让人迷失在一个由错综复杂的规定和关系构成的网中。有组织的民众的生活是一大套各种各样的联系，其中大部分都已成为历史陈迹，它们只有在远古时代才会产生结果，那样的情形已不复存在。谁也不再知道它们的轨迹，不能服从它们的操纵。

五

秩序最终稳固了，——也就是说现实伪装得差强人意，野兽也虚弱了,——思想的自由遂成为可能。

在秩序中,头脑逐渐大胆起来。借助于建立起来的稳定,得益于所谓的理所应当已不复存在,重新站起来并抖擞精神的思想看到的只是社会上的客套带来的羁绊或者怪异之处。对社会秩序的条件和前提的遗忘完成了;这种消失几乎总是在从这种秩序中得到最多服务或受惠最多的那些事物上最快实现的。

六

秩序的深层要求越好地得以实现,思想则越无须顾及这些要求,越能摆脱它们而沉醉于自己相对的安逸之中,玩味于自己特有的智慧和纯粹的组合之中。

它敢于思辨而无须考虑极为复杂的制度,尽管是这个制度使它独立于事物并脱离原始的需求。表象将实质向它隐藏起来。于是推理一发不可收拾;人以为自己就是思想。问题、嘲讽和理论到处生长;它们都只不过是对可能性的使用和对脱离行为的话语无限制的练习。对理想的批评到处闪耀着、活跃着,理想为智力提供了批评它们的娱乐和机会。

然而,保留和永存之本能变得衰弱或堕落了。

七

就这样,通过思想观念的迂回并在其运动的旋涡中,混乱和事实阶段将以损害秩序为代价而重现和再生。

有时可以通过一条人们完全料想不到的路径,来回复到事实阶段,而人可能因为其最有力的思想出乎意料的后果,而重新变为新型的野蛮人。

今天某些人认为,实证科学的胜利将把我们引向或重新引向一种野蛮,尽管其形式是勤奋和严谨的;这种新的野蛮较之从前的野蛮,因其更加准确、更加统一和远为强大而更加可怕。我们也许又回到了事实的时代——但是科学事实。

然而相反的是,社会是建立在模糊的事物之上的;至少迄今为止,它们是建立在相当神秘的概念和实体之上的,这样使得不驯服的心灵永远不能确信它是否摆脱了它们,并且犹疑不定不知是否只畏惧它看得见的东西。一位雅典的暴君,他倒不失为思想深刻的人,曾说过诸神被发明出来为的就是惩治秘密的罪行。

一个社会本应消除所有那些模糊或非理性的成分,以便回到可衡量和可证实的事物上来,但它能够生存下去吗?——问题确乎存在而且困扰着我们。整个现代呈现出对精确程度的要求不断提高的趋势。所有不灵敏的东西都不可能变得精确,并在某种意义上落后于其余一切。通过对比,人们必然越来越视其为毫无意义。

八

秩序总是令个人不安。而混乱则令他渴望警察或死亡。

在这两种极端的情形之下，人的天性都会感到不自在。个人寻求一个令人惬意的时代，在其中他既是最自由的，又会得到最多的帮助。这个时代可以在一个社会制度的终结初露端倪时找到。

于是，在秩序与混乱之间，有一段美妙的时光。权利与义务的分配所能带来的一切好处已然获得，现在人们可以享受这种制度的第一次放松了。各个机构依然存在，高大威严。然而，尽管从表面看它们完好无损，但它们也不过徒有这副美丽的外表而已；它们已经使完浑身解数；它们的前途已暗暗地耗尽；它们不再具有神圣的性质，或者说它们只剩下神圣的性质了；批评和蔑视使它们筋疲力尽，掏空了它们任何未来的价值。社会缓缓地丧失明天。享乐和全体消费的时刻到了。

九

一幢政治大厦的末日几乎总是奢华和淫逸的，直到那时为止人们一直不敢消耗的东西，都被用来装点得灯火通明以庆祝这个末日。

国家机密，个人廉耻，未言明的想法，长期以来被压抑的梦想，极度兴奋、快乐地绝望的那些人的内心世界，都被显示出来并扔给公众思想。

一束还带着梦幻色彩的火苗将燃成燎原之势，它燃起来了，掠过整个世界。它奇怪地照亮了原则和资源之舞。风俗、遗产在熔化。奥妙和珍宝化为蒸汽。敬意烟消云散,一切锁链都在生与死的热力中软化,这种热力将增长直至谵妄。

十

如果命运女神让某个人在过去所有的世纪中自由地挑选他最中意的一个,让他生活在那个时代,我敢肯定这个幸运儿会说出孟德斯鸠那个时代的名字。我并非没有偏爱;我会做出同他一样的选择。当时的欧洲是可能存在的最好的世界;权威、便利在那时形成;真理保留一定的分寸;物质和能量并不直接统治,它们还没有取得统治地位。那时的科学已经算得上美丽;艺术则甚为精妙;宗教尚存。个性既可以发挥,规矩也相当严格。达尔杜夫们、愚蠢的奥尔贡们、阴险的"先生们"、荒唐的阿尔塞斯特们[1]幸而都已被埋葬;爱弥尔们、勒内们、无耻的罗拉们[2]尚未降生。甚至在大街上人们照样举止优雅。商贩懂得如何遣词造句。乃至包税

---

[1] 达尔杜夫、奥尔贡皆系莫里哀的名剧《伪君子》中的人物,达尔杜夫是伪君子的代名词,奥尔贡则是保守、愚蠢的典型;"先生们"所指不详,也许指冉森教派信徒;阿尔塞斯特是莫里哀的另一出喜剧《愤世者》的主人公,一位与他人和社会格格不入的人。——译注
[2] 爱弥尔是卢梭的同名小说的主人公。在这部作品中,作者借讲述爱弥尔从出生到结婚的经历,阐述其既尊重人的天性,又注重培养公民素质的教育思想;勒内是夏多布里昂的同名小说的主人公,是法国文学中最早的浪漫主义主人公;罗拉是缪塞同名长诗的主人公,是一个醉生梦死的年轻人。——译注

人、青楼女子、密探、细作措辞皆不同于今天的任何人。税官逼债时也彬彬有礼。

土地尚未被完全开发;各民族在世界上悠然生息,世界地图上还有辽阔的空白,在非洲、美洲和大洋洲还有人烟稀少的地带令人向往。日子丝毫不紧凑和急促,而是悠闲自在;日程表不会将思考切割成碎片,不会让人成为时间的奴隶,也不会让一些人成为另一些人的奴隶。

人们对政府大叫不满;他们还相信可以做得更好。但忧虑一点也不过分。

那时有一批活跃和好享乐的人,他们的聪明才智令欧洲兴奋不已,并冒冒失失地撼动了一切事物,无论是神圣的还是其他。贵妇们关心新出现的微分,以及在显微镜里活蹦乱跳的、对爱情来说几乎是根本的微小动物;她们像仙女一样,俯身看着玻璃和铜做的摇篮里稚嫩的电力。

诗歌本身力图清晰明了和杜绝废话;但此乃不可能之事:其结果只是益发枯瘦。

十一

这时出现了一种轻盈、纯洁的精神,各色各样的放浪形骸在它看来,只不过是一个精明的人所做的无关紧要的练习,这个人不会让任何东西,哪怕最坏的东西抓获。甚至猥亵也不能让他落入圈套。人们如此追求精神、如此不轻信、如此爱好智慧,因此自信不会被观念、被最大胆的言辞和最热烈的体验所玷污、贬低和削弱。他们的做作到了登峰造极的地步,即发明天性和追求简约。这类花招总是标志着演出结束和风雅将尽。

十二

尽管如此,这个社会自认为与过去的任何社会一样好,也许还更好。

它不乏明镜可鉴。它经常地、温柔而又残酷地揽镜自照,如同任何一个凡人。孟德斯鸠们、狄德罗们、伏尔泰们以及许许多多不甚重要的证人,向它呈示着它的面孔和姿态。它从中看自己仍然比实际上更自由、更大胆、更忧虑、更耽于声色;时而,更不幸。

但就算不幸,甚至濒临死亡,一个社会看着自己也会忍俊不禁。如何承受得了看自己?

十三

——如何才能成为波斯人?

回答是一个新的问题:如何才能成为真正的自己?

几乎一想到这个问题,它就让我们走出了自己;我们立刻发现自己处于不可能状态。发现自己身为某人的惊讶,任何面孔和个人生活的可笑,我们的行为、信仰、外表的重复所具有的批评效果立刻就会重现;一切社会性的东西都变得滑稽可笑；一切人性的东西都变得过于人性，变得奇怪、荒唐、机械、愚蠢。

我刚才谈到的常规体系变得滑稽、阴险、看上去难以忍受、几乎难以置信！法律、宗教、习俗、服装、假发、佩剑、信仰，——一切都显得奇怪，像一场假面舞会，——都是些集市上或博物馆里的东西……

然而为了获得这种偏差、这种强大的惊叹，以及模特儿在自己的画像前嘴角浮现出的笑和微笑，有一种非常简单、几乎百试不爽、几乎总能成功的招数。大多数曾将他们那个时代的图像向那个时代本身，也向我们反射过的作者都使用过这一招。没有什么更巧妙、更容易设想的办法了，尽管实行起来有一点棘手。

在一个世界中仔细选取某个人，然后突然间将他抛入另一个世界，他强烈地感受到我们不能感知的一切荒谬之处，诸如奇特的习俗、怪异的法律、独特的风尚、情感和信仰，人人安之若素，全能的神大笔一挥，猛地将他打发到这些人中间去生活，还让他连连吃惊——这就是文学手段。

于是人们往往创造出一个土耳其人、一个波斯人，有时是一个波利尼西亚人，作为讽刺的工具；更有甚者，为了变换一下手法，居然到茫茫宇宙中去挑选参照物，——一个土星或天狼星的居民，一个米洛梅加[1]；有时是一位天使。有

---

[1] 米洛梅加（Micromégas）系伏尔泰同名小说的主人公，是一位到地球上来旅行的天狼星居民。——译注

时，这位被杜撰出来的来访者仅仅因为无知或古怪而难免大惊小怪，并因此变得对我们已熟视无睹的东西极其敏感；另一些时候，他被赋予一种超人的敏锐、才能或洞察力，这种能力通过这位丑角提出的一些问题和意见渐渐显露出来，这些问题和意见简单得令人惊讶而深具嘲讽意味。

进入到人群中去搅乱他们的思想，让他们对自己的所作所为、所思所想感到惊异，并且惊异自己从来没有过别样的做法和想法，这即是利用或真或假的技巧让人感受到现存秩序中一种文明、一种习惯性信心的全部相对性……这也是预言某种混乱的回潮；甚至做得比预言多一点。

十四

直到现在为止，我还没有明确提到《波斯人信札》；我只暗示了它产生的时代，假定那些信件讲述的事情就发生在那个时代。何况它们自己谈自己就谈得不错。没有什么作品写得比它更高雅。在这本完美的书中，趣味的改变、剧烈方式的发明均未留下痕迹，然而这本书有一切理由担心野蛮状态的某种回潮，许多迹象已经显露，哪怕是文学的迹象。人们感到正在回复的事实阶段将慢慢使人们甚至不再懂得阅读；我指的是有深度的阅读。现在已经开始出现不少这样的人，如果人们要求他们做一点最小的思考努力，就好像冒犯了他们。这就是文学领域中各文类纷纷追求简易的结果，不知从何时起，这种简易读物就成了当今世界的一宗大买卖。

作家在一部作品中所运用的清晰明了的风格,与他的观念处于一种不可回避、几乎不由自主的关系,这种观念即是作家如何看待他眼中的读者。孟德斯鸠没有和我们这样的读者交谈。他不是为我们而写作的,他料想不到我们如此原始。他喜欢省略的修辞手法,在他的众多格言警句中,他仔细掂量句子,最终将句子与句子本身重新连接起来,他预想的读者头脑比我们灵活一点;他向那些聪明的头脑提供高尚智力的乐趣,并且提供给他们享受这种乐趣所需的东西。

十五

这本书大胆得令人难以置信。面对任何敌人,作者只担心失去自己在学士院的席位,而这种担心也只不过是浮云一现;这实在令人钦佩。他得到了光荣、席位和巨大的发行量。那个时代的思想自由是了不起的,这些轻浮而又庄严的信件丝毫没有影响议长[1]和哲学家的生涯。虚伪在某些时代必不可少,在那些时代表面上需要简朴,人性的复杂不被接受、对权力的向往或舆论的愚蠢强加给人们一个模式。这个模式迅速被当成了面具。

只有当形势强烈要求所有公民都符合一种简单类型时,虚伪才会存在,这种简单类型易于定义,因此也易于操纵。

1720年前后,这种必要性在两个伟大世纪之间稍事休息。

---

[1] 此处应指孟德斯鸠曾任波尔多议会议长。——译注

十六

通过在奇情异彩的东方和丰富多姿的巴黎之间建立起的通信,波斯宫廷、法国沙龙、苏丹后妃们的阴谋与舞女们的骄纵、袄教徒、教皇、伊斯兰教长老、咖啡馆里的闲谈、波斯后宫中的梦想、想象的政体、政治见解交相往来,这是充分展现一个头脑的灵活生动,当他没有别的原则时,只能发光、只能不断与自己决裂、只能向自己显示自己的正确、快速和活力。这是一部小说、是一出喜剧、几乎是一出正剧,鲜血淋漓;但血流得很远,甚至愤怒和秘密行刑在这里都富有文学性,尽如人意。

十七

最后我要指出一个重要事实。在18世纪,以这种敏捷并带一点毒辣的笔调写成的几乎所有作品里,十分有规律地出现了实际上相去甚远的两类人的代表:耶稣会士和宦官。这几乎成了这类作品的一条法则。耶稣会士还说得过去。大多数好作家都曾蒙他们的教诲,但对于先生们当年给过他们的戒尺及思维和修辞训练,这些作家则以嘲讽和漫画相回敬。

但谁来向我解释所有这些宦官呢?我相信这些人物在作品中几乎必不可少地出现有一个隐秘而深刻的理由,他们悲惨地与许多事物相分离,并在某种意义上与其自身相分离。

伏 尔 泰[*]

我不时梦想,有一天会有人写这样一部特别的作品,它大概很难写,但并非不可能,作为《人间喜剧》合乎愿望的发展,它将在我们的文学宝库中赢得其侧的一席之地,它的内容有关智慧的冒险与激情。这将是一部智力喜剧,讲述那些献身于理解与创造的人生。我们将在其中看到,将人类从单调的动物状况中区分出来并稍加提升的一切,都应归功于为数有限的一些人,是他们为我们提供了思考的东西,就像耕耘者为我们提供了赖以生存的东西。

此外,我们深知,每一个文明民族,即每一个赋予思想以比它在实际生活中的地位更大的重要性的民族,对于其他所有民族来说,是由几个作家的名字来代表的,这些作家将其民族语言提升到了具有普遍价值的表达法的崇高地位。当我们说莎士比亚、塞万提斯、托尔斯泰时,就等于说:英

---

[*] 1944年12月10日,在巴黎索邦大学为纪念伏尔泰诞辰250周年发表的演讲。

国、西班牙、俄罗斯。

但是某些伟人的名字让人想到的不仅仅是一个民族,不仅仅是一些令人赞叹的作品,还令我们想到几种创造性的生命,几种对我谈到的智力喜剧来说几乎不可或缺的性格。

法兰西富有这样最伟大的人物,他们的荣耀伴随着一种也许不朽,但是近乎亲切的存在。举世公认,蒙田、帕斯卡尔、卢梭不仅仅是作家:他们代表着各不相同的生活态度,以至于只有当我们想到他们的人生时,才能想到他们的作品。甚至对那些不甚了解他们作品的人而言,蒙田意味着某个人,帕斯卡尔意味着某个人,伏尔泰亦然。这些是有意义的人物。

蒙田、帕斯卡尔、伏尔泰固然不是一份完整的名单。即便如此,这份名单也足以显示一个民族的丰富面貌,这个民族绝不可能被压缩为一个种族,而是一个更为微妙的组合体。

我们的多样性在伏尔泰身上体现得尤为生动。他恐怕有着人们喜欢加到我们头上的几乎所有缺点;如果说他不具备我们的一切优点,他也具有其中的一些而且发挥到了极致。我们得承认或宣告——根据各人的兴趣——他只能是法国人,难以想象他会生活在别的天空下,我甚至可以说,在巴黎以外的天空下。正因为此,二百五十年后的今天,他的名字还在我们当中激起强烈的和截然对立的反应。有人仍然害怕,他们痛恨这个喜欢讥笑他们信奉之物的人,这个经常对信仰进行毁灭性嘲弄的人,这个从《圣经》中搜寻出与其深意和精神相悖的字句的人。另一些人则视他为思想自由的使徒，那些人人都应该享有的神圣权利的捍卫者。其实，福音书和人权在基本问题上是一致的，即人的无限价值。法国似乎少不了这一类理想的分歧和意见的对立，这就是为何人们诅咒或者颂扬伏尔泰，只要一说出他的名字，立刻就会在我们的政治生活中激起无休止的对立和争论。伏尔泰仍然活着，伏尔泰仍将活下去：他永远具有现实意义。

伏尔泰二十一岁那年路易十四去世。他本人享年八十四岁，辞世时已然是欧洲的精神领袖。他埋葬了一个时代，由于我们从幼年起就习惯于这个时代的语言以及庄严的秩序，从而对它的奇特性和极端新颖视而不见。这个时代是豪华而又简约的；它将逻辑和任意，将思想的严谨和外表的浮华熔于一炉；意志在一切艺术形式中留下烙印，它通过技巧来追随天性并有时通过抽象来获得天性。朴素与戏剧性在那个时代结合在一起。在君王本人的生活中，一种发自内心的虔诚，一种对宗教义务的严格遵守与众所周知的、接连不断的激情同时并存，不合法的私生子得到公开承认并在国家占据高位。

伏尔泰将这个世纪送进坟墓。但他怀着何等崇敬，通过何等完美的作品来展现这个世纪的荣光！他将君主的名字赋予这个时代。他第一个看到，在路易十四治下，欧洲承认我们的民族在指导思想和精神作品的总体风格方面，以及在礼仪方面享有至高无上的地位，无论是滥用职权，还是军事上的失利，抑或王国最终的国库空虚都未能动摇这种地位。伏尔泰还在一段历史中介绍了当时文学和艺术的发展情况，这不失为一种全新和独到的想法。正是他准确无误和毫无遗漏地列出了我们称之为古典作家的那些伟大作家的名单，后人没有在这份名单中增删某个名字。

毋庸置疑，是他创造了古典主义这个著名的、权威的、十分法国味的概念，是他在自己的盛年将近时，用无比清醒的眼光从整体上考察了一批第一流的文学作品，这些作品从此十全十美，而且正在成为一个完美的权威体系。在结构和布局方面，这些作品直接从古代最纯粹的典范中受到启发；另一方面，又得到了拉丁文《圣经》中神圣的简朴风格的滋养；最后，这些作品还浸透了严谨的观念，这种观念来自笛卡尔以来上流社会有教养的人中间不少人对几何学的爱好。

然而，伏尔泰终其一生将不遗余力地用生命之火去摧毁、去耗尽这个伟大世纪的残余，其传统、信仰、排场而非其作品的残余。从他的年轻时代到他去世的时代，其间有着最为惊人的反差。如果他再多活十年，这个曾见过路易十四的人就会看到恐怖时代的结束，除非他在热月之前就已被处死。

正是在这一点上，他让人想到雅努斯（JANUS），罗马人给了这位神两副相反的面孔，他代表着起始和结束。但是，青年伏尔泰的脸，看着辉煌却又忧伤的黄昏，太阳王在深红的暮色中不堪荣耀的重负陷入黑夜，像一轮庄严的太阳一般沉落，永远不再升起。但这位雅努斯的另一张面孔，老年伏尔泰的脸,看着东方不知何处的曙光照亮了一大片云彩。地平线上闪烁着亮光……

在他漫长的一生中,活动异常丰富。

他才智超群,极其机敏、灵活和清醒。与他相比,所有人似乎都在沉睡或者胡思乱想。他也犯错误,但他改正错误能像他犯错误一样敏捷。他在各个领域都提出问题,又从各个方面做出回答。他就一切事情发表意见,有时难免冒失,但永远不乏机敏,这种机敏在他身上仿佛随着年事渐高而与日俱增。此人是生理学上的一个奇迹。他就是活力本身,他使用甚至过度使用着一副脆弱多病的身体,他的身体始终受着不适、头晕、乏力的折磨,经过一次又一次的病痛和一次又一次的康复,到了老迈之年他已是瘦骨嶙峋,然而直至最后一天,他仍然保持着似乎永不枯竭的反应能力。

没有任何名人的脸比这张面孔更著名——如果有的话,也许是拿破仑·波拿巴,——这是一张老人的脸,两颊瘦削、颧骨高耸、眼眶深陷,以至于脸上僵硬的笑容使他看上去像个死人。但是就在这枯骨的眼眶中,双目炯炯有神,胜过大多数人的眼睛,世上任何可笑之事、任何不平之事、任何丑恶之事永远逃不过这双眼睛。这是因为他直到最后都保持着美妙的易怒性格。他似乎出于游戏(也许出于机体需要),树敌众多,被这些形形色色的敌人包围、簇拥、激怒,甚至可以说陶醉,他完全以活着的或抽象的敌人为生,他比任何人都更应该感激所有那些在道德上、在作品中、在人格上易受攻击并授他以笑柄的人和事。如果说一开始他表现出的是描绘历史的杰出才能,他很快便显示出自己是个天才漫画家。他三言两语就勾勒出妙不可言的丑角,在想象的外表下勾画出贤人、智者、法官、贵妇或者惊人的德国人的真实面目,我们不禁要想起伟大的杜米埃[1],并且暗暗可惜从前没有人想到请这位了不起的艺术家为天真汉或查第格画像。这对于我们的艺术来说是个不幸,是个应该弥补的损失,是个失去的机会,思想造成了这些遗憾又为此悲叹。

但是伏尔泰本人的生活就像是他写的一部小说。他的故事中有滑稽歌舞剧、有梦幻剧、有正剧的影子以及精彩的高潮。他令人崇敬、喜爱、痛恨、敬畏、棒打、褒奖,他在激起各种不同的感情,树立死敌,信徒和狂热崇拜者以及关心每一个人方面无不精通,同时,与人有关的一切他都不陌生,一种永不满足的好奇心折磨着他。一切都激起他认识、征服和战斗的欲望;一切都是他的养分,供他维持这团明亮、炽烈的火焰,这团火里永远进行着蜕变,热情前后相继,分解的天才解析着当时仍然残存并被懒于思考的人们所接受的真理的每一个表象。

后世的哲学家们丝毫不同意他是哲学家。他们拒绝给他一个他的整个时代给予他的头衔。也许,他们认为哲学家是一个停留在词语上的人,似乎词语比它们在每个人头脑中活

---

[1] 杜米埃(Daumier, 1808—1879),法国画家、雕塑家,以政治、社会漫画而著名。——译注

跃的时候所处的空间和精神状态更为坚实和更有深度。但伏尔泰飞翔在它们之上。也许他凭着自己敏感的天性深深地感受到,精神的价值就像闪电一样倏忽即逝,而精神才是生命,生命在本质上是可以传递的。

不,他不是哲学家。他是一个尝试过所有文体的人,他尝试过一切,悲剧、讽刺短诗、历史、史诗、小说、随笔以及无数通信;是他让人们认识了莎士比亚,确立了拉辛的荣誉;是他尽其所能研究、颂扬甚至歌唱过牛顿;是他嘲笑过莱布尼茨,领导了一场反对宗教的持久战;但他却在自己费尔奈(Ferney)的宅第门前建立了一座小教堂,并将它奉献给上帝:DEO EREXIT VOLTAIRE[1]。

一个写过那么多的人,一个关于他人们写过那么多的人,人们可以说出他的许多好处,也可以说出许多坏处,而且还远远没有说完。对他又敬又恨的约瑟夫·德·梅斯特[2]结合自己的信条和趣味,以反衬的方式对他做出了这项判决,他说:"我想为他塑一尊雕像……借刽子手之手。"不,这个怪人根本不是哲学家,其游移不定、足智多谋和自相矛盾使他成为一个只有音乐,而且是最生动的音乐才可能跟随的人物,跟随他直到最后,直到这个时刻:在八十四岁高龄时他仍然不能安分,他被送到巴黎,凯旋仪式在剧场里等待

---

[1] 拉丁文:伏尔泰为上帝而建。——译注
[2] 约瑟夫·德·梅斯特(Joseph de Maistre, 1753—1821),法国作家,宣扬教皇绝对权力,反对大革命。——译注

着他。他在那里得到了最高荣誉。他死了，这位砸碎偶像的人死去时也已成为偶像。

但是，就像哲学家们将他从他们的哲学中放逐出去，诗人们也一样，随后而来的那些新世纪的孩子们拒绝承认他的诗歌天赋。人们认为他枯燥、缺乏热情和色彩，他的怀疑主义令人懊恼。的确，他显得没有韵味，他的诗句太符合达朗贝尔可恶的主张，后者竟敢说最好的诗句是那些最接近一篇好散文的诗句。但谁知道后世又将如何评价那些浪漫主义者？龙沙在伏尔泰的时代处于一种绝望的境地；拉辛在1840年前后显得十分令人烦闷。在文学的永恒里，最死寂的也有一点复活的希望；某一段时间里最活跃的，也最有可能在遗忘的图书馆里烟消云散。

几乎所有这些反对伏尔泰的论点都是针对其过多的才智提出的。既然他有这么多才智，那么他是肤浅的。既然他有过多的才智，那是因为他冷酷无情。这些就是世人的评判。但是，与谚语相反的是，远非所有人都比伏尔泰更有才智，有可能所有人都很蠢。可惜，发生的事件往往证实这一点，它们最终是所有人的行为对所有人产生的后果。

但是，正当他进入生命的最后三分之一时，似乎他之所以被赋予所有才智，并在长达四十年的时间里施展、培养、磨砺和激发这样的才智，只是为了将它炼成一件专门为最高尚的战斗做准备的武器，我们这位才智超群的人突然间有了全新的使命和热情。有人说他枯燥和肤浅，就算吧！但是多少深刻的人、多少敏感的人，没有为人们做过这位怀疑主义者、这位善变的伏尔泰那时做过的事？得承认他那"可怕的微笑"阐明和勾画了无数可怕事物的毁灭。

化身为人类的朋友和捍卫者，是他的一生中造就其不朽之名的决定性事实。在对一般人来说事业行将结束的年纪上，他已经享有一个人所能享有的一切文学声誉，他受到万众景仰，并且富有，他只需享受那个时代百科全书的氛围中盛行的那种轻快的博学了。这是智慧的黄金时代，博学令智慧陶醉，就在这个时候，他变成了我们今天颂扬的那个人。如果他只活到六十岁，到今天可能几乎被遗忘了，我们也不会在这里隆重纪念《梅罗波》(*Mérope*)、《札伊尔》(*Zaïre*) 和《亨利亚德》(*La Henriade*) 的作者。我们深知这个集会的真正目的，并不在于纪念一位杰出人物的诞生，也不在于纪念这个人及其作品，尽管其作品十分重要并光彩夺目。我们的目的是，在我们，在法国人中间颂扬他最持久和最崇高的激情，即对精神自由的激情。我们懂得这种自由的价值。我们知道为赢得它所付出的代价。但我们也许更应该知道，这种自由最高尚的用途、它的标志和它持久的保证在于，它应该为自己的权力划定界限，对一切事物进行质疑正是自由既珍贵又可怕的权力。一旦越过这些有时难以识别的边界，这种自由就面临危险，甚至丧失殆尽。

伏尔泰于是在六十岁左右开始了一种以司法为基础的真正的政治活动。我们知道法庭辩论在各个时代国家的公众生活中所起的重要作用。从一些司法上的错误或滥施刑罚出发，伏尔泰煽动，甚至可以说建立起一系列事件，他的威望和才华在这些事件中激起的回响丝毫没有随着时光的流逝而减弱。几个案例因为他而永久著名，并在我们现实生活的冲突中还有着影响。他在晚年显示出一种积极的宽宏大量，还有一种对于合法的敲诈勒索与不公平的出人意料的敏感，而直到那时，这些敲诈和不公平似乎都是一个有组织的社会存在下去不可避免的后果（如果说不是必要条件的话）。随着思想的演变，一些犯罪行为显得越来越有争议；但它们仍然受到严酷刑罚的制裁；那时拷打犯人有一套可憎的程序，却无任何保证可以让被告得到辩护。伏尔泰对这些案件追根溯源，考察援引的事实；他仔细掂量这些事实；他评判证据，将空洞的罪名与过于严酷的镇压相比较。他晓之以理，但动之以情。有什么能抗拒真理与怜悯的结合呢？像法典上所说的那样，当人自由地成为自己，当人无恨无惧时，真理与怜悯触动的是人身上最具人性之处、是人心中油然而生之情。但正是在那里，一种未经承认的个人力量介入到社会生活的常规中来，它敢于与公众力量相较量，它凭着其介入的高尚目的和证明其迫切需要而为自己赢得了合理性，它有赖于才华，仅仅是才华。不，我错了！是才华连同勇气和信念。伏尔泰将他经手的这些案件从狭隘的、几乎机械的评估中，从法官的冷漠或职业化的僵硬无情中解脱出来，并在终审时将它们呈交给这位尚且不太明了自己身份的法官、这位对自己的能力和权力尚且一无所知的法官，那就是人。他将法律传唤到人的面前。此举定然引起一片混乱。

但是在一个民族铁板一块的平均意识中,确乎需要在这里或那里存在着某种激怒和毁灭的因素,用以分解或腐蚀那些死去的部分,那些曾经真实但已不复如此的东西;用以加速那些不懂得死去的东西的死亡,激励那些应该并且也能够生存的东西的诞生。那些在过于平稳的安逸中休息和沉睡,那些掌握着过于稳定的财富和权力的事物,它们在安宁中有时应该被打扰一下,它们应该被唤醒看看这种状态下深藏的恶果,因为有些恶性疾病在很长时间里不会引起任何痛苦;而有一些痛苦即便感觉到它的人也不知如何描述,不知如何抱怨并加以防备。那时一些可憎的诉讼程序还没有引起人们的憎恶,它们似乎与司法工作不可分割,在让所有人意识到这个问题的那些人中,伏尔泰是第一个也是最活跃的一个。他唤起对某些诉讼程序尚不存在的顾忌和尚不自知的一种恐惧,长期以来的敬畏之情使人们接受了诉讼程序中无用的、不公正的和可怕的严厉,伏尔泰因此成为一种新型的立法者,因为他定义并确立了一种有关全新罪行的律条。直到那时,刑法只惩治对社会秩序、对国家以及对国教的违背和损害。但伏尔泰宣布有违反人性的罪行以及违反思想的罪行,并且对这些罪行发出指控。他还让人们懂得惩罚有时会变成罪行,因为酷刑的场面会唤醒和维护一些人潜在的残暴,而在另一些人眼里,它又将本来只不过是个可鄙的罪犯的那个人变成一个几乎无辜的受害者。如果群情激奋,如果这种力量发泄在一个罪犯的身体上,如果它与愤怒结合到一起或者进行报复，执法的国家这个抽象而纯粹的概念就会因此被损害和贬低。人们发现国家自身是由它本不应具有的本能来执行的，国家只有牺牲其存在的理由才能具有这些本能。

伏尔泰确认了自己对这些犯罪案件的审判权，从而掌握了人类。仅仅凭借着笔的力量，除了思想之外别无他物，他将自己所处的整个时代搅得天翻地覆。（这一点，当我们想到的时候，让人有点头晕目眩。）他再次展开了16世纪杰出的榜样们发起过的大进攻：一个孤军奋战的精神事业尽管是在统治力量的控制下诞生和行动，却从根本上威胁着后者，这个体系中虚假的力量多于真实的力量，它只能通过各种思想或多或少有意识的参与才能继续存在下去：但尤其通过它们的不参与。一个社会建筑要求用以维护它的力量愈少就愈加坚固。

长久以来我们已经知道，除了单纯的阅读乐趣以外，文学还可以用于其他目的。它在原则上只不过是赋予语言的自由，语言利用这种自由充分行使其职能，为人们的娱乐提供传奇故事的消遣或者形式的魅力。但在这些借口和这些有趣情形的掩盖之下，通过娱乐消遣的迂回方式，对道德、法律、当时的权贵和权势的批评也贯穿其中，批评中暗藏的毒液啜饮起来越甘美，其毒性越强。18世纪初，到处群情激昂；但仍然需要使用计谋。孟德斯鸠化装成波斯人。在一种绝对隐蔽的状态下，并且这种状态还会持续很久，圣-西门为其《回忆录》发明了这种奇异的语言，其猛烈的抨击和极具概括力的长句子将令未来的行家们赞叹不已。

但是，与一百年前《外省信札》那位令人生畏的作者[1]所使用的剑术相比，伏尔泰经过无数次个人论战之后，精通了一种更加快速，虽不太严谨但同样具有杀伤力的剑术，他创立了一种清醒、富于进攻性和迅捷的散文，就这样牺牲了他年轻时代深受滋养的那些严密的、气势宏大的作家所使用的大手笔。在很多读者看来，这些重要的作家读起来很困难。他们笔下过于高贵、严整和精巧的结构，难倒了那些缺乏耐心或学识平庸的头脑，这些人很快就迷失在大量抽象段落的推理中了。

伏尔泰将大量的说理代之以一种快速战术，他采用短兵相接、声东击西并用嘲讽进行骚扰。他从逻辑过渡到诙谐、从理性过渡到纯粹的奇思妙想，他发掘出对手的一切弱点，即便他最终没有将对手变得十分可憎，也将其置于可笑的境地。

就这样，他获得了一个尚未得到足够重视的可观的后果。人们所谓的意见，直到那时一直是在凡尔赛宫廷周围形成的；它传到巴黎，一段时间之后才能够再从那里波及外省为数有限的贵族阶层和上流社会中的一些人。伏尔泰打破了这个圈子，扩大了书面语的行动范围。他的风格、与他对正义的呼唤相伴随的强烈兴趣以及它们制造的轰动，使他在整个王国和国界以外赢得了众多读者。曾经是宫廷和巴黎的看法成为了大众的意见。我们从中看到对形式略加修改所具有的重要性和意义：一种容易的形式创造了大众。让我们继续扩大这个数量，让我们进一步放弃语言任何性质的束缚；让

---

[1] 指帕斯卡尔。——译注

它立刻成为大众能接受的语言；让我们向大众借取他们通俗的或生动的表达方式。当我们谈到书面语所针对的——它想感动、说服和鼓动的那些人的总体时，我们再也不应该说大众，而应该说人民，真正的革命正在于此。

我认为，在那些享有文学带来的声望的文人中，伏尔泰是第一个将使用或者滥用这种声望的人。当这些文人达到这种荣耀的顶峰时，他们禁不住渴望另一种他们认为更加令人陶醉或更值得去向往的荣耀。他们迫不及待地想在政界开始一种新生涯，他们梦想用他们的思想去鼓动人们，在此之前，他们只限于教育、感动以及用画面和诗歌去满足人们。根据各自的性情，热衷政治的夏多布里昂、拉马丁、雨果和左拉都将从他们同时代人入手，寄希望于通过心灵去操纵时局，就像他们曾经通过各自天才的纯文学作品操纵过心灵。

伏尔泰既不曾指望在立法议会中占据一席之地，也不曾觊觎某部大臣之职。然而，无论人们是否愿意，无论人们是否喜欢他，在他生命最后三分之一的时间里，一切都发生了，似乎指引和驱动他的只是他所关心的大众的福祉。如果他复活了……他会看到什么，又会说些什么？

我前面谈到一部值得一写的智力喜剧，它将与巴尔扎克的鸿篇巨制《人间喜剧》相应和。但我们的时代也许会产生一部可怕的兽性喜剧。我在说些什么！这是一部我们应得的神话。我们处在、我们生活和游移在英雄和妖魔的中间。它们时而是些可怕的家伙，似乎一切人类的感情于他们都是陌生的；时而是些难以想象的人，在他们那里轻信、粗暴、愚蠢有时是有组织的、装备好的、有纪律的，但在非常情形之下，又会与鲁莽、与尽可能将想象和科学能够发明的一切坏事干绝的想法危险地结合起来；时而是些性命攸关亟待解决的问题，但这些问题的复杂性连最聪明的头脑也抓不住、跟不上，——这些就是我们的七头蛇[1]、我们的斯芬克斯[2]、我们的牛头人身怪物[3]、我们的美杜莎[4]！但我们也有我们的忒修斯和我们的珀尔修斯……应该归功于他们，我们今天才得以在这里自由地畅所欲言。

然而，伏尔泰以其自己的方式也是一种英雄。但在今天他又能做些什么呢？一个才智之士能做些什么？如今什么声音能高于其他声音之上？谁能压倒爆炸的碎裂声，机器的嘈杂声和来自四面八方、每时每刻、充斥每家每户的形形色色、喋喋不休的宣传说教？那个将会控诉现代社会的伏尔泰在哪里？仿佛我们所有的思想力量，我们的实际知识前所未有地增长，只不过用来加强了将它们连同人类一起毁灭的手段，使这些手段达到了压倒一切的、野蛮的力度，而首先要毁灭的是人类千百年来怀有的改良其天性的希望。是否最终

---

[1] 传说中有七个头的蛇怪，其中每个头被砍掉后都会立即重新长出。终被赫拉克勒斯制服。——译注
[2] 希腊神话中长着双翼的狮身女怪，路人若不能解答它的谜语就会被它吃掉。最后它的谜语被俄狄浦斯解答，它羞愤之下自杀。——译注
[3] 被关在克里特岛上迷宫中的怪物，后被雅典的英雄忒修斯所杀。——译注
[4] 希腊神话中的蛇发女怪，其目光能将看到它的人化为石头，后被珀尔修斯所杀。——译注

我们应该承认，没有什么残酷的、野蛮的、居心叵测的东西能被废除并彻底从世上消失？取消酷刑的那条敕令如今怎么样了？海牙的那些协定、公约和怯生生的尝试，那些表达人们一致的愿望（我指的是长着人脸的人们），并从他们的代表那里获得的机构和仲裁条文又怎么样了呢？那个伏尔泰，那个今天振臂一呼的声音在哪里？相形之下，从前的罪行不过是见利忘义的凶杀，如今需要一个何等巨大的伏尔泰才能与这个燃烧的世界相称？他将如何去谴责、诅咒、修复今天那些全球性的滔天大罪？因为我们今天面临的不再是几个无辜受刑的人，不再是可以数计的受害者……我们今天要数以百万计——所以我们甚至不再去数有多少个卡拉[1]和巴尔[2]。因为我们面临的不再是修改几个判决和几条法律。问题在于政治经济世界的整个结构，早在平安无事的时候，由于出现始料不及的新需求它就已经摇摇欲坠了，它在过量和不足之间、在现有的习惯及形势的惰性与创造性及正在苏醒的雄心的纷乱的自发性之间摇摆，它深受燃遍全球的战火之苦……所有这一切都是在思想的关注下形成的（当我们的思想不时得以稍微左右其目光时），所有这一切向思想呈现出

---

[1] 卡拉（Jean Calas，1698—1762），图卢兹商人，加尔文派教徒。因被指控为阻止其长子皈依天主教而将其杀死，卡拉被处以车轮刑。伏尔泰就此事件写下《论宽容》（1763）一文，并帮助卡拉的家属为死者恢复了名誉。"卡拉事件"遂成为天主教对新教进行迫害的典型例证。——译注
[2] 巴尔（Barre）是个年轻骑士，因被人诬告亵渎耶稣像，而被当时的宗教狂热者割去舌头并被法院判处火刑烧死。伏尔泰闻知此事后悲愤至极，多次撰文控告宗教狂热的罪恶。——译注

一个充满矛盾的混沌世界，命运的一系列反复和逆转。数月之内，它看到希望变成失望，也看到过相反的情形发生；它看到最紧密的联合转化为敌对；胜利破灭为失败；失败重整旗鼓终成胜利。

人类的这种状况使人越来越不理解自己，就像随着人类在大自然中发现更强有力的行动方式，也似乎不那么理解大自然了。面对这幅奇异的图画，伏尔泰还会不会有我们熟悉的那种著名的微笑？也许——如果我可以就此结束这篇议论一位大逆不道之人的谈话——他会想起这句至理名言，这句最深刻、最简单、最真实的话，这句话曾经是就人类而言，当然，也就其政治、科学的进步、学说及其冲突而言——也许他会喃喃低语这句如此显而易见的格言：他们不知道自己在干什么。

纪念歌德的演讲[*]

共和国总统先生，

女士们、先生们：

有一些人对世界，尤其是欧洲，应该成为什么样子提出了想法——或者说幻想：如果政治力量和思想力量能够相互渗透的话，或者至少二者之间能够维持略为稳定的关系的话。那样现实也许会令思想更加平和；精神也许会令行为更加高贵；人们就不会发现，在人的文化与其行为之间存在着奇异并且可憎的反差，这一反差令所有那些认识到它的人不安。但也许这两种力量都过于强大；也许原本就应该如此。

在我上面提到的那些人当中，在我看来，一些出现于12和13世纪。另一些在文艺复兴时期大放异彩。最后一些出生于18世纪，他们连同对某种文明的希望一起熄灭了，这种文明主要建立在关于美的神话以及关于知识的神话之上，这两种神话都是古希腊人的创造或发明。

---

[*] 1932年4月30日，在巴黎索邦大学为纪念歌德逝世一百周年发表的演讲。

歌德就是这些人中的一个。我并且立刻要说,在他之后再也没有这样的人了。在他之后,只能看见形势越来越不利于形成独特而渊博的伟人。

因此,纪念歌德逝世一百周年也许具有特殊意义,也许标志着世界的一个时代,因为,这个世界的变化所引起的焦虑和活动动摇了许多事物,对许多价值提出了质疑,除此之外,这种焦虑和活动还以种种方式考验或威胁着精神生活以及根本的个人价值。

各位先生:

我们由衷地赞美巴黎大学这所学府,因为来自各国的文学和科学伟人都在其中享有一席之地,因为她在此隆重纪念德国最伟大的诗人,但丁、维庸以及众多前程远大的学子都曾经是这所索邦大学的学生。然而,先生们,对于你们就今天在此发表讲话的人所做出的选择,我却不敢恭维。本人虽感无上光荣,但无数理由却令我对自己将要说出的话惴惴不安。歌德是从古至今最博大、最完备的天才之一;他的著作卷帙浩繁,而我又不幸地并不懂得他的语言;对于其诗歌的力量,我只能透过译文的面纱窥探其生动与和谐;我要就这样一位人物及其作品发表讲话,而我只见听众中比我更能胜任这一任务者大有人在,我要对丝毫不乏资深研究者的听众宣讲对我而言几乎陌生的内容,——这就是我一开始的感受,我因此踌躇不前。

除此以外,在我看来最令人不安,也许同样是最令我困惑的情况是丰富得无法穷尽的材料,这些由于种种机会产生的文字、令人头晕目眩的大量资料和评论、来自四面八方的无数观点和论文,每时每刻都在丰富着已经形成了一个世纪之久的歌德的形象,动摇着在水平如镜的时间里休息的东西。

即便在此之前,人们看到的已经是世界上最复杂的形象了,然而新的研究还在毫无边际地继续。所有努力都得到了补偿。每一种新的看法都在增添对研究对象的兴趣。这是多么奇妙的事情,逝世一百年以后,还在给予人们新的东西,还在发人深省,还在唤起人们思考那些被忽略的问题,重新成为思考的焦点并引发微妙的难题!

但是我发现自己突然处于一个奇怪的境地,我面临的任务有双重困难,我要对一个被盛名所美化、被荣耀所淹没的人物形成一个看法,这个看法一方面要清晰得足以进行阐述,另一方面又要模糊得足以避免谬误。永远要审慎地对某个人下定义。无论是他的作品,还是人们从他嘴里收集到的只言片语都并非最可靠的材料,它们也并不一定能将我们引向我们想探究的秘密。我深知,多少错误引诱我们去寻找作品产生的原因,人们想重建一位作者的生平却往往迷失在这个天真的愿望里。难道真的是在他的作品中,在他的文件中,在他爱情的纪念物中,在他一生最出色的事件中,我们会发现那些重要的、将他与其他人彻底区别开来的东西吗?——也就是说:他头脑运作的真实情况;以及,简而言之,当他真正独自一人时,他如何面对自己?我甚至想象,一个人的生命中最值得注意、最敏感的东西对形成其作品的价值并无多大意义。一棵树的果实的滋味并不依赖于周围的风景，而依赖于无法看见的土地的养分。

如何在这些书本中分清楚哪些属于人的根本，哪些来自瞬间，哪些出于故意，哪些出于偶然？根本与偶然混杂其中。自发的与深思熟虑的、必然的与任意的，所有这一切交融在外在的表达中，正如铜与锡融合而成青铜；我们以为一个人是一部作品的创造者，如同一个原因只能产生这个结果，然而相反的是这个人才是创造物，正如整个人生只是通过时间的透视原则才看得见的一个幻象。我们应该知道，一个人的作品也可能是另一些作品，正如我们每个人的记忆也可以由另一些回忆组成。试图恢复一位作者的真正面目，就是试图恢复他创造完全不同的作品的能力，然而这些作品也只有他才能创造出来。

不要抱有希望，——我不抱希望，——也就是说：我只依赖于自己的感觉。我感到我们可以将那些凌驾于我们之上的伟人看作这样的人，他们只不过比我们对于心灵深处的东西熟悉得多罢了。为了想象我们认识他们，我们要深入到自己内心，看看我们欲望中最想得到的东西，也许这是我们所能做的最合理的事了。这样做等于设想最伟大的人只不过填补了某些空缺，而这些空缺的形状存在于所有人身上。在每个人身上（我假设）都有位置在等待着某种天赋。

因此，歌德是：我们对完美的智慧、博大的眼界以及杰出的作品的渴望。他代表着我们，诸位凡人，我们使自己接近于诸神的最成功的尝试之一。他将这个古老的许诺当作一个建议,他将它付诸实践,仿佛是对做出承诺的上帝表达崇高的敬意。

他对自己的看法正是具有令人惊异的多方面能力。他天生具有无穷的精力,正因为此,他逝世之后立刻跻身于精神寓言的神祇和英雄之列,跻身于那些名字具有象征意义的人物之列。我们说:歌德,正如我们说:俄耳甫斯,——他的名字立刻令人肃然起敬,在头脑中产生一个神奇的形象,——非凡的理解力和创造力,——非凡的生机、活力与安详,——他抓住和吞咽了人生经历中所有能够采摘、拥有和变形的东西,并将它们写成不朽的作品,——而他自己最终也变成了神话,因为他让后人永远创造和颂扬这个无可比拟的歌德,我们在一个世纪之后看见他从精神天空的最高处回来。

事实上,在世界的棋牌桌上,这个伟人是人类命运走得最为成功的招数之一。

然而在神秘的精神与偶然性的游戏中,如同在所有游戏中一样,需要研究一下游戏者的运气;我们虽不能彻底明了事实究竟如何,但通过分析事实可能如何,我们至少可以尝试着记录下最明显的情况。

歌德身上最令我惊异的首先是他的长寿。他是一个不断发展的人,是缓慢行动和逐步增长的理论家(这一点在他身上奇怪地与浮士德的创造者结合在一起,浮士德正是缺乏耐心的化身），他的生命漫长得让他足以多次体会到自身的每一次活力；足以对自己形成多种不同看法，而他又总能摆脱这些看法的束缚，发现自己越来越博大。他做到了认识自己、失去自己、重新找回并重新塑造自己、成为不同的同一个人和另一个人；他并且能从自身看到变化和增长的节奏。这种变化是长期的，它通过趣味、欲望、见解、个人能力的不易察觉的替换来实现，它让人梦想如果一个人顽强地生活，就会陆续体验到所有有趣的东西和所有令人反感的东西；也许就会认识到所有美德，而认识到所有恶习则属必然；最后，就会在任何方面耗尽一个事物所能激起的全部相反和对称的感情。总而言之，自我对一切做出回应；而生活归根结底只不过意味着可能性。

成就歌德的悠悠岁月里充满了头等重要的事件。在歌德生活的漫长年代里，世界给他提供了观察、思考、忍受、有时分散他思想的无数重大事件，一场普遍的灾难，一个时代的结束和一个时代的开始。

我们今天知道，歌德出生的时代是美妙的。他在这个充满乐趣和学识的世纪里成长，在那个时代，文明生活所需的最惬意的条件最后一次结合在一起。优雅、情感和狂放难解难分。心灵中最枯燥和最温柔的东西同时发展。数学家和神秘主义者出入贵妇的沙龙。到处可以看到最活跃和最自由的好奇心、令人愉快的思想交锋以及形式的精美。歌德定然尽情享受了生活的甜蜜。

所有这一切闪耀、燃烧随后熄灭。无套裤汉们迅速地涌进各国首都。战争持续二十三年。全新的战争:这不再是路易十五和德·托拉纳先生(M. de Thorane)的战争,幼年的歌德从那场战争中学会了法语并且领略了我们的古典悲剧。然而新的战争将改变世界上的一切;这不再是王公之战,而是原则之战,换言之:深刻的混乱。在这场战争中,王朝受到威胁,民族觉醒并意识到自己的全部力量;最后出现了一位非凡的天才,他跃跃欲试、大显身手,他想按照自己心目中的形象重铸欧洲,这些在一片喧嚣之中构成了新时代的序曲。

歌德亲眼见到这场狂风骤雨来临随后又归于平静,但这也许并不是最触动他内心的东西。对于某些人来说,大思想家们是否应当关注外部历史事件是个问题,他们是否应当关注、参与,还是尽可能视若无睹。至于歌德,他当然知道法国大革命以及随后的风风雨雨。他曾经和一支侵略部队一起进入过法国;他在德国接待过法国人。然而看上去所有这些并没有在他的思想上产生很多波动,对他触动更大的是意识形态的革命和战争,他参与其中并活跃在文化领域。

他看到古典的和分析的帝国在消亡,路易十四和路易十五统治下的法国正是如此。注定要消亡的还有固定的和富于理性的文学类型的专制、抽象的优雅、纯粹人为的巧妙的诱惑、对形式高贵而严格的要求。莎士比亚由于伏尔泰的推崇而成为全欧性的作家,正是他消灭了悲剧,将拉辛变成幽灵,将伏尔泰本人的全部戏剧也一笔勾销。赫尔德尔发现了被遗忘的日耳曼传统,宣称法兰西艺术已经走到穷途末路,他拦住正向西迈进的歌德。

与此同时,在德国内部出现了惊人的哲学和音乐成果。那些将成为19世纪深刻的思想之父的人们,如康德、费希特、黑格尔,以及那些将成为美妙的音乐之父的人们,在离歌德不远的地方生活和工作。此外,在造型艺术领域和历史考古学领域,埃及学院的著作、对赫库兰尼姆(Herculanum)的发现更新了人们对古代的认识。庞贝古城是在歌德出生那一年重见天日的。

最后,在歌德生活的时代,科学领域里牛顿始终占据统治地位,他神奇的权威甚至还在不断增长,他的理论通过拉普拉斯的工作可以解释当时世界体系中最细微的现象,从伏特到安培,电力被发现并被证实为宇宙的基本现象。化学也创立了。一切都预示着人类使用能量的能力将会惊人地增长。

关于生命界的科学也在急切地成长。形而上学是遭到上天摒弃的,所有那些经验、度量、计算可以完全吻合的领域也排斥它,但它却想附着并以某种方式混同于神秘的生命现象。一场大论战开始了,在很多方面这场论战仍在继续,并且还会继续下去。

简而言之,这就是从歌德的少年到晚年期间发生的,曾激励过他的最明显的事件和外部条件。

除此之外还应当加上个人生活中无休止的事件,他的交往、机遇、君王的友谊、女人、文学上的竞争;我们还要设想一下这位英雄、这位美男子、这位生气勃勃的人、这位迷恋享乐的人，然而也是不断变得博大的人，他如何妥善地处理生活中这些复杂的事件，如何获得自由并最终建立起不朽之名。

问题是我们在这个神奇多变的歌德那里，如何能够不迷失方向？

在歌德进行的美妙而深入的生物学研究中，他确认了生物的一些特性，而我注意到，他似乎恰好在最高程度上具备同样的这些特性。

没有什么比生物适应环境的能力更令他惊异的了。

然而，我认为他自己应当承认具有这种类型的天赋。正是凭借这种天赋，他对怂恿他的无数印象、欲望和阅读做出种种不同的反应，并且那么得体和优雅，有时也十分有力；他有时甚至对他自己行为的结果、对自己施加诱惑产生的结果，也采取同样的反应。

何况这位多变的天才在根本上是富有诗意的，他既精通令诗歌丰富多彩的隐喻和修辞，也擅长创造戏剧中的人物和情景。但无论是在诗人身上还是植物身上，都是同样的自然原则：所有生物都具有适应能力，根据这种可变化的能力可以度量其生存能力，也就是说：通过具有不止一种生存方式来保持万变不离其宗。

歌德，既是诗人又是普洛透斯[1]，他利用一次人生去经历了多次人生。他吸收一切，并将其化为自己的一部分。他

---

[1] 普洛透斯是希腊神话中的海神，变化无常且能预知未来。——译注

甚至将他居住和在其中功成名就的环境改变了面貌。魏玛应该崇拜他，他也得到了这种崇拜。他在那里找到了一片适合他的沃土，他也使这个地方声名远扬。还有什么地方比这片小小的土地更适宜成长并长得枝繁叶茂，枝蔓遍布世界各地？在那里，他是朝臣、心腹、要人、严谨的官员和诗人；收藏家和博物学家，——他还有闲暇满怀热情地主持剧院，同时还关注着他所研究的罕见的植物插条或幼苗，也许还要照看几只将要孵化的蚕茧。然而在那里，他也可以像透过表面玻璃那样，自由自在地观察政治和外交生活的缩影；他一面轻松地服从于一切礼仪规定，一面呼吸着自由惬意的空气。他也许是享受到完美的欧洲的最后一人。

集所有这些优势于一身是不够的。我们若受到命运太多眷顾，有时难免适得其反。一个充满甜蜜的人生也是暗藏危险的人生。如果普洛透斯的心受伤，他就毫无对策了。因此，他对自己的心要格外在意；他尽管能千变万化，但必须保护他独一无二的东西。如果说天神可以随心所欲地化身为公牛、天鹅或金雨，他却不能总是被束缚住、被困在他为了诱惑而化身的形象里，——简而言之，他不能总是变形为动物的样子。

但歌德从来不会失去自己。他凭借变形的天赋进入到机遇或思想为他提供的种种形式中去，但与这种天赋相伴随的，必然还有一种摆脱束缚和逃逸的天赋。在产生一种依恋的初期不会感到时间的流逝，然而一旦他感觉到这种依恋持续的时间不再奇妙,他就会感觉到强烈的不耐烦将他占据,这时再也没有什么柔情、习惯和利益能束缚住他了。没有人比他有更强烈的自由的直觉。他经历了人生、激情和世事,但他从来不认为什么东西真正具有那么大价值。当他逃跑和躲藏起来,似乎有魔鬼要掠走他时,我知道得很清楚他带走的是什么。他从最甜美的时光里攫取了无价的珍宝。他逃跑时带走的神秘匣子里封藏着一切可能性,一笔难以察觉的下一次历险和内心秘密的财富。他将未来、他所珍惜的未来从其他人那里猛然夺走。我们身上还有什么比未来更有活力和更迫切呢?说到底,我们的自私不过是未来的一道命令和对未来不确定的占有而已。

人生只有一次的强烈感觉占据着歌德。他需要一切,需要认识一切、体验一切和创造一切。为此他尽可能地发挥自己;他发挥自己的表象和创造的各种东西;但他小心翼翼地保留着他可能成为的自己:他非常珍惜自己的未来。归根结底,生活可以概括为这个悖论:对未来的保留,难道不是吗?

这样一来,我们就可以解释歌德对待爱情的自由态度了。众所周知,他在心灵的独立方面很容易表现出一种奇怪的大度。和所有人相比,他虽是抒情高手,但最不疯狂;他虽是情场高手,但最不迷失方向。他那头脑清醒的守护神命令他去爱;但爱,是为了他:从爱情中提取一切可以提供给精神的东西,提取一切爱情所激起的快感、内心的激情和能量,使所有这些服务于理解能力、更高级的对成功的渴望以及创作、行动和创造永恒的能力。他将每一个女人都祭献给了永恒的女性。

爱情是手段。每一个为了理想的爱情而牺牲的女人的爱情。爱情是一条蛇,若想描绘它则必须提防它。堂·璜算什么?这位贫乏的人什么也没有留下,而我们的天才远比他更耽于享乐,而且完全自由,无论他诱惑或者抛弃,仿佛都只是为了从不同的爱情经验中提取唯一令智力陶醉的香精?

所以歌德需要一切。一切,不仅如此,还要得救。因为浮士德应该得救。事实上,难道不值得得救吗?只有那些没有东西可以失去,甚至连自己也不能失去的人才不会得救,也不可能得救。

但对于这个表现出最罕见的不同天赋的人来说,没有什么比他的多重天性,比他所具有的丰富而相互独立的兴趣和天赋,更能表明他将赢得不朽之名。他对自己的看法当是超然于一切之外的。他的理性总是处于主宰地位,它在变幻不定而难以琢磨的歌德身上察觉到了鬼神信仰,它接受这个事实但想为这种信仰划定一个界限,然而歌德仿佛不得不将自己的绝对存在点、孤独和真实身份的中心置于很高的地方,以至于他的理性只好自己对自己做出解释,为这个独特的人生找到一个新的和普遍的意义。获得如此耀眼的成功、身为所有美好事物的大师,他的骄傲不断增长并升华到了超验的程度,从而使他变得无比谦逊。一棵雪松承认自己是最高大的树,其中不包含丝毫骄傲;通过这个神秘的鬼神信仰,歌德将其态度中的价值或表面的过失转移到了一个自然界的原则上,这个信仰想必向他表明:存在于我们自身、来源于我们自身并令我们自身吃惊的每一个强烈倾向,无论好坏,都应该让我们想到有某种来源于宇宙的意图,因为我们在自己内心找不到任何东西,可以让我们预见并向我们说明所谓的自发动作。正是这样,一旦歌德认为一条由大自然生成的法则是自己的激情、是自己维护独立和自由的反应的源泉,他就坚信不疑。他完全顺应事物,接受它们本来的样子,——也就是说,它们显现出的样子,他因此怡然自得,而这也正是歌德的光荣中最完美的方面之一。他宣扬完全服从,也就是听任感觉世界的教导。"我一向认为,"他说道,"世界比我的天才更有天才。"他认为在无论什么主体中,也没有任何东西比我们从最微不足道的客体中观察到的东西更有意义和更重要。对他而言,一片小小的树叶比任何言辞都有着更多含义;几乎直到他生命的最后一天,他还在对埃克曼[1]说没有任何话语比一幅画,哪怕是信手画出的,更有价值。这位诗人看不起词语。

然而在歌德的思想里,得救和最后的赎罪难道不是通过这种对表象的独特认可,以及这种关于客观性的奇异的神秘主义来换取的吗?我头脑中形成的,或者不如说自动形成后进入我头脑的一个想象的场面,借助一个简单的对比向我呈

---

[1] 埃克曼(Eckermann,1792—1854),歌德的秘书和朋友,他将1823—1833年间与歌德的谈话记录下来,后整理成书于1836年出版,即《歌德谈话录》。——译注

现出这种态度。

我想到了莎士比亚,他洋溢着生命然而也充满绝望。哈姆雷特(诸位回忆一下)掂量着一颗头颅:他感到可怕的虚空和一阵恶心……他于是厌恶地将它扔掉。但浮士德冷静地拾起这件阴森森的、可以混合任何思想的东西。他很清楚沉思默想不会带来任何结果;而且人通过思想活动迷失在死亡这个将来的过去里不符合自然正道。于是他极其认真细致地研究和辨认这颗头颅;他自己还将这种全神贯注的努力与从前辨认古代手稿的努力相比较……

研究结束之后,他嘴里发出的丝毫不是受到虚无启示的独白。且听他说:"哺乳动物的头是由六块主要骨头组成的:三块在后部包裹住宝贵的大脑和生命末梢,这些末梢分成纤细的网络由大脑传送到整体的内部和表面。三块构成前部,朝向它所掌握、环绕和理解的外部世界。"通过他看待知识的这种极为明确和独特的态度,他加强和确定了自己的存在。

他怀着浓厚的观察兴趣以及广阔的想象力,投入到对感觉世界的研究和再现中去。他像在《浮士德》第二部中优美地咏唱过的林刻斯[1]那样,从视觉中得到快感,他用眼睛来生活,他的一双大眼睛从不厌倦摄取形象和色彩。任何向他

---

[1] 林刻斯(Lynkeus)原为希腊神话中一位英雄的名字,以目光锐利闻名。歌德在《浮士德》第二部第三幕第二场中借用其名,将一守塔人命名为林刻斯,此人也具有非凡的眼力。——译注

反映出光线的事物都令他陶醉;他通过看来生活。

在他那里,可看见的东西与停留在内心生活那不稳定和难以描述的世界中的东西强烈地对立,以至于他明确宣称从来没有费心去探究过我们意识的这个层面。"我从来没有想到过思想。"他说。他并且在别处补充道:"人在他自己内心观察和感受到的东西,在我看来是他的生命中最微不足道的部分。他那样看到的更多是他缺少的,而不是他所拥有的东西。"

歌德是表象的坚定捍卫者。他对那些被视为事物表面的东西感兴趣并认为它们具有价值,我在他的这种态度中看到了极大的坦率和决心。

他明白,如果说我们感受到的无数感觉本身是没有用的,无论这些感觉多么无关紧要,然而正是从它们那里,我们出于一种毫无缘由的好奇心和一种纯属奢侈的注意力,提取出了我们的全部科学和艺术。有时我想,对某些人,正如对歌德,存在着一个外在生命,其强度和深度至少不亚于我们认为那些苦行者和苏非派教徒在幽暗的内心和秘密发现中所感受到的。对一个天生的盲人来说,当第一束痛苦而又美妙的强光照在视网膜上时,那该是多么重大的发现啊!当他渐渐获得极限认识——清晰的外形和物体时,会感到多么巨大、坚实而不可逆转的进步啊!

但相反的是,模糊混乱的感觉、回忆、紧张情绪和潜在的话语总是威胁着内部世界,我们渴望在其中观察和抓住的东西以某种方式歪曲、损害着观察本身。当我们刚刚能够对什么是就思想进行思考形成初步的概念时，一旦到达这个第二层面、一旦我们试图将意识提升到这个第二强力时，一切就立刻混乱了……

歌德观察、凝视，他时而在造型艺术作品中，时而在大自然中追寻着外形，试图解读出勾画或形成他的研究对象的那个东西的意图。同样是这个人，他充满激情、酷爱自由、感情多变、富于诗意和创新，当他身为观察者时又乐此不疲；他在植物学和解剖学方面进行细致入微的研究，并用最简洁明了的语言报告成果。

这又一次证明多方面的、通常几乎不可兼容的天赋，对那些最高明的头脑却是根本性的。

但是对于歌德来说，对外形的热爱并不局限在观察中得到愉悦；任何活生生的外形都是一种变形的要素，某种外形的任何部分都可能是另一部分的改变。歌德热切地关注变形这一概念，他在植物和脊椎动物的骨骼中隐约看见了这一现象。他寻找外形之下的力量，他识别形态上的细微变化；原因的连续性通过结果的时断时续向他显现出来。他发现叶子变成花瓣、雄蕊和雌蕊；在种子和芽之间有着深刻的一致性。他用最准确的语言描述适应性的效果、支配植物生长的几种趋向性、不同力量之间平衡的建立和重建，他描述在发展的内在规律以及环境和条件的偶然性作用下，这些现象时时刻刻发生的变化。歌德是生物变形论的奠基者之一。

他这样谈论植物:"植物在一种原本的、既一般又特殊的不变性之外,还具有一种灵活性和巧妙的可变性,后者使其得以改变自己来适应大地表面的种种不同条件。"他试图用一个共同的概念来理解所有植物种类;他相信"这个概念可以被表现得更加显著",——这个概念在他眼里表现为"在一株独一无二的植物看得见的外表之下,有着其他所有植物的理想类型"。他必须看见。

这是一个很值得注意的植物原型与进化观念的结合。

也许我们在这里指出这位伟人思想深处的关键点之一并不算冒失。一切都维系在智慧之中;这种智慧越广阔就越严密:或者说,它的广度只不过是其联结点的高度。也许他的这种预感、他发现和追踪生物的变形意志的这种欲望,来自从前他接触过的某些学说,这些半诗学、半秘传的学说在古代曾颇为盛行,到了18世纪末,一些了解其中奥秘的人又重新开始研究。比如相当诱人但很不确切的俄耳甫斯崇拜,这种神秘的教理设想,在任何事物之中,无论是有生命的还是无生命的,都有着某种隐秘的生命原则,以及向某种更崇高的生命发展的趋势;这种教理认为,在现实的任何成分里都酝酿着一个思想,既然任何事物和任何生命都包含着思想,那么通过思想的渠道作用于它们并非不可能;这类想法一方面表现出某种原始推论的执拗,另一方面也显示出一种主要导致诗歌或拟人化产生的直觉。

歌德看来深深地感受到了这种力量,它满足作为诗人的他，激励作为博物学家的他。总之，他在植物身上看到了一种受到神灵启示的现象，一种变形的意志，他说这种意志"在上升，它逐渐产生作用，使一种形态从另一种中诞生，就像在一架理想的梯子上，直到生物的最高点，两性繁殖"。

发现这种变形是值得他引以为骄傲的一件事。它清楚地显示了从诗歌思维到科学理论的过渡，或者说由直觉的和谐而导致的对事实的阐明。观察证实了艺术家内心所猜测的东西。树木结出了科学的果实。

同样，如果说歌德发现了颌骨间的骨头，那是因为他早已发现了它……

但是在歌德身上，这种突出的类比天赋与逻辑能力相对立，甚至煽动他与那种抽象变形的封闭模式保持距离。他观察表象的天赋太强，以至于跟不上演绎推理，推理得出的宝贵而又危险的结果往往让我们远离表象，将我们带到一个有时被称为想象的却无法想象的世界。这个十分完善的头脑也许缺乏数学思维。歌德不是数学家。他说自己"无论以什么方式，绝对不会操作符号和数字"。他并不觉得代数也是一种形态学，在某种意义上是数字有机的生成，它定义其类型、变形和结构。

然而，我也抓住了想在数学方面进行尝试的歌德：正是在他研究植物变形的论文里，我发现他想求助于数学，甚至是相当高水平的问题。他认为也许可以结合支配植物生产的基本力量和关系，来解释在植物身上观察到的变形，他这样写道："我深信，如果跟踪观察这个过程，我们就能解释花和果实何以具有如此丰富的形态。只是我们必须确定延伸、收缩、压缩和吻合等概念,并且能像操作代数公式那样操作它们,以便那样运用它们。"

没有人能够更清楚地定义象征性计算的一个变种了,它就像现代动力学和物理学所建立和经常使用的象征性计算中的某一个。

如果我强调歌德头脑中科学的一方面,是因为我认为当我们研究一个人时,关注他最经常思考的主题是很重要的。与纯粹的文学创作相比,也许歌德在这一类研究中倾注了更多精力和获得了更大的自豪感。他喜欢这样的惊喜(他的原话):"一位诗人,通常专注于由感情和想象所激发的精神现象,当他偶尔偏离一下正路时,顺便有一个重要的发现。"

这里,从另一方面看,值得注意的是这位伟人特有的模棱两可和远大志向。

他同卢梭一起抵抗流行于他年轻时代的分析方法,后者的榜样激励他投身到对生命的研究中去。数学和悲剧占据统治地位。牛顿定律的演绎引起整个知识界的关注和赞叹。在克莱洛、达朗贝尔、拉格朗日和拉普拉斯灵巧的手中,牛顿解释一切。伏尔泰又将其进一步推广并大唱颂歌。分析力学是科学中的王后。

但关于生命的科学才刚开始引起人们的注意。数学,在一个极其封闭的性质体系中,是一门结果和联结的艺术,是一种纯粹反复的诗歌,但它不能满足所有人。这个时代有浪漫主义的东西与它相背离。

总之,我们在歌德那里看到了几乎一整套反差、罕见而丰富的结合。他时而是古典主义者,时而是浪漫主义者。他是哲学家,却讨厌哲学的主要方法——主题分析;他也是神秘主义者,却是一位完全投身于外在观察的特别的神秘主义者。他试图形成一种既非来自牛顿,亦非来自上帝的关于自然的概念——至少不是各种宗教所信奉的上帝。他拒绝创造,他在有机体的进化中看到对创造无可辩驳的驳斥。另一方面,他也排斥仅仅用物理化学的力量来解释生命。

在这一点上,他的思想与我们相距并不遥远。与他相比,我们的优势在于掌握了自从他那个时代以来发现的大量事实。但我们关于生命的概念所取得的进步,仅仅在于可以用更确切的矛盾、更多和更复杂的谜来表述。

正是在这一点上,生命的本质与歌德的个性特征如此吻合。

因为歌德是一切希望;他排斥和避开一切可能减弱生活和理解的意愿的东西。如果矛盾可以丰富他,他不会在任何表面的矛盾面前退缩。他毅然决然地斩断所有关系,哪怕柔情绵绵;他愿意对所有弊病视而不见,哪怕近在眼前;只要他担心从这些关系和弊病中获得的生命还不及他付出的多。就像他喜爱的一株植物那样,他不断地转向那一瞬间最明亮和最温暖的地方……

古人兴许会将他想象成过去罗马所崇拜的那个面目奇怪

的神；那个用两张相反的面孔注视一切的过渡之神、变化之神——雅努斯（JANUS）。歌德，IANVS BIFRONS[1]，他的一张脸朝向行将结束的世纪；另一张，看着我们。同样，他还可以用一张标志着古典美的脸朝向德意志，而用另一张充满浪漫主义的脸朝向法兰西。

就是这同一尊奇异的雕像还可以看到其他许多双重性；还可以用两张面孔固定下来许多对称的前景、结合的深度以及互补的观点和注意力。因为罗马所有的雅努斯也不足以代表歌德身上所有的对立面、所有的反差——或者说，所有的综合。在他身上找到这些东西几乎成了一种游戏，而这种游戏甚至让人怀疑，他是否在自身形成了一种专门培养对立面的体系。

在歌德身上，抒情的心灵与植物学家宁静而坚韧不拔的心灵相交替。他是爱好者，也是创造者；他既博学又风流；他将高贵、率真与狂放结合在一起，也许靡菲斯特的这种狂放是承继拉摩的侄儿而来；当他履行公职时，他懂得在一丝不苟和热忱之外，还需要至高无上的自由。总之，他随心所欲地组合阿波罗与狄俄尼索斯、哥特式与古代风格、地狱与冥府、上帝与魔鬼；如同他在头脑中组合对俄耳甫斯的神秘崇拜与实验科学、康德与鬼神信仰，以及无论任何东西与其反面。

所有这些矛盾都提高他。他具有旺盛的生命力；他的诗

---

[1] 拉丁文：双面雅努斯。——译注

歌独领风骚;他对自己充满自信;他像一位战略家那样得心应手,——他是自由的,无论爱情、各派学说、悲剧、纯思维、对思想的思考,还是黑格尔、费希特、牛顿,统统不能束缚他——在精神世界中,歌德轻而易举地取得了独一无二和至高无上的地位,无人可以匹敌;他明显地占据着这个位置,或者不如说,显而易见地是他创造了这个位置,他用自己本人为这个位置制订了条件,于是在1808年发生了一件事,就像占星术预言必然发生的那样,这件事简直令人向往,值得传为佳话,更何况还有诗歌命运的巧妙安排,那就是拿破仑的召见以及他们的会面。

母亲们(她们也许在我们看不见的神秘的地方遐想),这些"凡人不知晓的女神,而我们也只是不情愿地提起她们"[1],——这些重要的线条应该交会,并且从它们的交会中应该诞生一个对人类思想有重大影响的事件。这两个举世无双的人应该相互吸引并有缘相会。重要的是诗人那令人仰慕而博大的目光与帝王的目光相遇,重要的是掌握着无数生命的人与掌握着无数思想的人互相认识,——或者说互相承认。

歌德从来没有忘记过这次会面;这一定是他最珍贵的回

---

[1] 语出《浮士德》第二部第一幕之《阴暗的走廊》中靡菲斯特的台词。"母亲们"(即"母亲"一词的复数形式)原为普鲁塔克所记载的西西里岛上一个与时空隔绝的虚无缥缈的所在。在《浮士德》中,靡菲斯特指点浮士德前去这个地方寻找古希腊美女海伦的形象。歌德借用这个名称乃是因为这个没有生命,只有众生形象飘荡其间的"母亲们"与其关于植物原形以及其他自然科学方面的观念相吻合。——译注

忆和最引以为豪的事件……

然而，那场面其实很简单；令人感兴趣的是，我们看到在场的有塔列朗亲王，他用心良苦，注意并控制着哪怕最小的细节，巴尔扎克对此甚为欣赏。

抬高这样一个话题的文学价值是件很容易的事，这使我犹豫是否要在上面花费笔墨。拿破仑自己建议，像他说的那样，不要作画，也就是说那些想象的应景之作，它们似乎是自愿地被画成假象和包含太多意义的场景。

然而，在这里，如何能够不浮想联翩，如何能够不给浪漫主义和过去的修辞手法以一定地位？无论是索邦大学还是法兰西学院对此都不反感。毕竟，反衬和对比都可能符合思想的某种必需。

如何能够不浮想联翩？我说过。

建立在行动智慧之上的帝国和自由智慧的帝国相互注视并交谈了一会儿……那是什么样的时刻！……有组织革命的英雄、西方的魔鬼、重兵在握的强者、胜利的诱惑者、约瑟夫·德·梅斯特[1]称之为世界末日预言过的那个人，那一刻在爱尔富特（Erfurt）召见歌德；——他召见他，并将他作为一个人，——也就是说，与他不相上下的人来对待！

那是怎样的时刻！……这一刻就是时间本身，1808年，此刻无价，星辰正当中天。

正是这一时刻主动对皇帝说出了契约中那些决定命运的

---

[1] 见第92页注[2]。——译注

话：让我停留下来……我真美呀[1]。这一时刻如此之美，欧洲所有的君主都在爱尔富特臣服于这位戴皇冠的浮士德脚下。但皇帝知道，在长远的将来，他真正的命运并不取决于战争的命运。固然，世界的命运在他美丽的手中；但他的千秋声名却掌握在握着笔的手中；他一心梦想英名传世，他最惧怕的就是毁谤和嘲讽，他知道他的丰功伟绩最终取决于几个天才的情绪。他想赢得诗人们的好感；出于政治考虑，他在自己周围，在王公们身边，聚集了德国最杰出的作家。

他们谈论文学。维特和法国古典悲剧被用来填充适当的时间。但醉翁之意不在酒。尽管在他们的言辞中，没有任何东西让人感到这次会面乃千载难逢，但是，一位是出生于科西嘉的皇帝，另一位使德意志思想重新回到了古典主义的太阳源泉，并且从形式的纯粹中窥探到了令人沉醉的秘密，——这个场景包含了多少事件、思想和可能性……但在这样的交谈中，殷勤之意是最主要的。每个人都想表现得从容自如，面露微笑。这是两个富有魅力的人，他们都试图令对方着迷。拿破仑将自己变成思想甚至文学的皇帝。歌德则显得自己就是思想的化身。也许皇帝对自己权力的真正实质有着比歌德所想象的更准确的意识？

拿破仑比任何人都更清楚，他的权力完全是富有魔力的，在这一点上甚于世界上的所有权力——是一种施加于

---

[1] 在歌德的《浮士德》中，浮士德与魔鬼订立契约，浮士德说，假如他对某个时刻说出"你真美呀，请停留一下"，他的生命就会完结。——译注

思想之上的思想的权力，——一种魅力。

他对歌德说：您是一个人。（或者，他谈到歌德时说：这就是一个人。）歌德投降了。他打心眼里感到受用。他被征服了。这位被另一位天才俘获的天才从此再也没有松绑。1813年。当拿破仑帝国转入低潮，整个德国群情激愤时，他采取不冷不热的态度。

——您是一个人。一个人？……换言之：*一切事物的尺度*，或者说：与这个人相比，其他人只不过是人的草样或断片，——几乎不成其为人，因为他们根本不是一切事物的尺度，——*而我们是，您和我*。在我们身上，歌德先生，有一种奇异的丰富性，有一种狂热，或者说一种天命促使我们去行动、去成功、去改变、去让世界在我们身后与从前不一样……

而歌德（这不再是我的想象），在梦想，并且联想到了他关于鬼神信仰的奇怪概念。

确实，波拿巴正是可以写进第三部《浮士德》的人物！

事实上，在这两个预兆式的人物，这两个新时代的预言家之间存在着一种奇怪的、只有在远距离才会被发现的相似性，以及一种完全自然而然向我显现出来的对称性。也许我从中演绎出的概念纯属想象；但将它视为自动产生的概念来判断吧。只需看看就会察觉。

他们两人的思想都具有超凡的力量和自由：波拿巴，在现实中爆发，他以急速和猛烈的方式引导和对待现实，他用狂暴的动作指挥无数事件构成的交响乐队，并将一个虚幻故事的速度和悬念运用到处理现实事务中来……他无处不在，处处获胜；甚至不幸也增添他的光荣；他在每件事上颁布指令，绝无遗漏。况且，完整行动的理想模式，也就是说，将想象的行动先在头脑中极其精确细致地构想出来，然后用猛兽般的迅捷和全部爆发力来执行，——他不折不扣地符合。也许，正是这种性格、正是他组织完整行动的能力，使他具有他那常常被人们注意到的古代面容。

在我们看来，他显得像个古人正如恺撒像个现代人，因为他们都可以进入到任何时代中行动。对于丰富而准确的想象力来说，没有什么传统会困扰它；至于新生事物，则正适合于它。完整行动无论何时何地都可以找到统治的对象。拿破仑有能力理解和操纵一切种族。如果可能的话，他可以指挥阿拉伯人、印度人和蒙古人，就像他曾带领那不勒斯人到莫斯科，带领撒克逊人到加的斯[1]。而歌德，在他的世界里，使用、召唤、调遣欧里庇得斯和莎士比亚、伏尔泰和三倍伟大的赫尔墨斯（le Trismégiste）、约伯和狄德罗、上帝本人和魔鬼。他能够成为林奈[2]和堂·璜、欣赏让-雅克[3]，也能在大公的宫廷里解决礼仪方面的难题。歌德和拿破仑，两人有时都出于自己的天性被东方所吸引。波拿巴欣赏伊斯兰教的简朴和尚武。歌德陶醉于哈菲兹[4]：两人都崇拜穆罕默

---

[1] 加的斯（Cadix），西班牙地名。——译注
[2] 林奈（Linné，1707—1778），瑞典博物学家和作家。——译注
[3] 指卢梭。——译注
[4] 哈菲兹（Hafiz，1320—1389），波斯最重要的抒情诗人。——译注

德。然而还有什么比被东方吸引更有欧洲味的呢?

他们两人都代表着最伟大的时代所具有的特征;他们同时让人想到神话时期的古代和古典时期的古代。这里还有另外一个值得注意的共同点:他们两人都宣称蔑视意识形态。无论他们中的哪个人都不喜欢纯粹的思辨。歌德不愿意想到思想。波拿巴对那些无须批准、核实和执行——即无须可感知的实际效果——就由思想建立起来的东西不屑一顾。

最后,两人在宗教方面采取相似的态度,即既有尊重也有轻蔑;他们不去区分不同的宗教,只将它们当作一种政治或戏剧手段来使用,而且他们在宗教中只看见各自戏剧的原动力。

一个也许是所有人中最明智的;另一个也许是最疯狂的;但正因为此,他们是世界上最引人入胜的人。

拿破仑有着雷电般的心灵,他在暗中集结军队准备战争,然后猛烈爆发,与其说靠的是力量,不如说靠的是出其不意,——就像自然界的灾难那样;——总之,是运用到军事艺术甚至政治中的火成论,因为他要让世界在十年之内变个样。

他们很大的区别正在于此!歌德不喜欢火山。他的地质学判定它们像他的命运一样。他采用的理论体系是深刻而缓慢的变化。他相信,并且几乎可以说喜爱,形成自然界的缓慢进程。他将活得很长。漫长、完满、高渺而逸乐的生命。无论人还是神对他都不算残酷。没有人像他那样懂得将创造的快感与超越和消耗的快感结合起来,并且满怀幸福。他懂得赋予他生命的细节、他的消遣,甚至他小小的烦恼以一种普遍的兴趣。将一切转化为精神的玉液琼浆是一个大秘诀。

一位智者,——人们这么说,——一位智者?——是的。为了全面,还带着一点必需的魔鬼气,——还有必需的绝对和不可剥夺的思想自由,为的是利用魔鬼,——最终愚弄它。

晚年的歌德,在欧洲的心脏,他自己就是思想界众人关注和仰慕的中心,他自己就是最广泛的好奇心的中心,他是生活的艺术以及探究生活趣味的最博学和最高贵的大师,他兴趣广泛而富于天才,*Pontifex Maximus*,也就是说,他是在各个世纪和各种形式的文化之间架设桥梁的重要建设者,他渐渐衰老但明亮依旧,置身于他的古董、植物标本集、雕刻、书籍、思想和知己密友之中。暮年歌德所说的每一句话无不成为神谕。他行使着某种最高职能,执掌着欧洲的思想,他的地位比当年的伏尔泰还要尊贵,因为他懂得利用后者摧毁的许多东西,故而无须承受仇恨,也不再煽起后者已经激起的愤怒。

他感到自己成了用黄金和象牙做成的朱庇特,虽至为尊贵却不失清醒,他是光明之神,在千变万化的外形之下,领略过无数美好的事物并创造了无数神奇;他看见众神环绕在他周围,其中一些是他作为诗人的创造;另一些是他珍贵而忠实的想法,他的变形、他反牛顿的色彩,还有他熟悉的精灵们、他的魔鬼、他的守护神……

他在一片霞光中被尊为神,远处也出现了几个可与他一较高下的人物。拿破仑也许是他最珍贵的回忆,皇帝的目光可还留在他的眼中?

在皇帝去世十年之后不久,沃尔夫冈·歌德也将消逝,在某种意义上,小小的魏玛是他美妙的圣赫勒拿岛,因为世界的目光聚集在他的住所就像曾经聚集在朗伍德[1],他也有他的拉斯·卡塞斯[2]和蒙多龙[3],他们名叫穆勒和埃克曼。

多么庄严的夜晚!他用怎样的目光看着圆满的金色人生!在生命的尽头,他凝视着,——我说些什么,——他还在谱写着自己的黄昏,黄昏的辉煌来自他的勤奋所收获的巨大的精神财富,也来自他的天才播撒出去的巨大的精神财富。

浮士德这时可以说:"时刻,你真美呀……我同意死去……"

但他受到海伦的召唤,他得救了,举世公认他是第一流的伟人,跻于一切思想之父与一切杰出诗人之列:PATER AESTHETICVS IN AETERNVM[4]。

---

[1] 朗伍德(Longwood)是圣赫勒拿岛上的一个地方,被流放的拿破仑在此居住直到去世。——译注
[2] 拉斯·卡塞斯(Las Cases,1766—1842),法国作家。他在圣赫勒拿岛上陪伴了拿破仑十八个月,在此期间他记下皇帝的谈话,后以《圣赫勒拿岛回忆录》为名出版。——译注
[3] 蒙多龙(Montholon,1783—1853),拿破仑的将军,他在圣赫勒拿岛上陪伴拿破仑直到后者去世,回到法国后著有回忆录问世。——译注
[4] 拉丁文:永恒的美学之父。——译注

司 汤 达[*]

——致法国大使儒勒·冈蓬先生[1]

我最近重读了《吕西安·勒万》,它和我三十年前十分喜爱的那本《吕西安·勒万》不完全一样。我急于想说的是,后一本书修正、提高和完善了前一本,它不仅唤起了我对当年阅读此书的美好回忆,并且还进一步增强了这种回忆。——我这样说并不意味着否认从前得到的乐趣。

让·德·米蒂在1894年前后首先出版了《吕西安·勒万》,但舆论对他有时表现得很苛刻。我倒情愿他当年提供给我们的版本是一个过后显得令人遗憾、删节过多、也许做了相当大改动的版本;我也知道米蒂本人曾授人以话柄,以至于一些严厉的批评并不仅仅针对他出版的这本书,而将矛

---

[*] 以《论司汤达,关于〈吕西安·勒万〉》为题,发表于1927年春季的《交际》(Commerce)杂志。

[1] 儒勒·冈蓬(Jules Cambon,1845—1935),法国行政官员和外交家,历任阿尔及利亚总督以及法国驻美国、西班牙和德国大使。1918年当选为法兰西学院院士。——译注

头对准了他这个人。然而我对他仍然心存感激，而且很可能在此只说一点关于他的好话。我们是在马拉美家中认识的，他常常赴那里的星期二聚会。在这些宝贵的晚间聚会结束之后，不止一次我和他一边闲聊，一边沿着长长的、光线暗淡的罗马街一直走到明亮的巴黎市中心，我们喜欢谈论的是拿破仑和司汤达。

那个时期，我正怀着浓厚的兴趣阅读《亨利·布吕拉的一生》和《谈论自身癖的回忆》，我喜欢这些书胜过那些著名的小说，胜过《红与黑》，甚至胜过《巴马修道院》。我不在乎情节和事件。我感兴趣的只是将各个事件联系到一起的那个有生命力的体系，对某个人的组织和他的反应；在情节方面，我只关心其内在情节。米蒂那时正在准备，——也可以说修改，——那本薄薄的《吕西安·勒万》，这本书刚刚在唐图（Dentu）那里发行，他就立刻寄了一册给我。这本书给我带来极大的快乐；我是它最早的读者之一，而且我到处表示对它的赞赏。

直到那时为止，我读过的有关爱情的描写无不令我不胜厌烦，无不显得荒唐或无聊。我年轻时将爱情摆得既太高又太低，以至于我在那些最杰出的作品中，也从来没有找到过任何足够有力、足够真实、足够强硬又足够温柔的东西。但在《吕西安·勒万》中，杜·夏斯特莱夫人那极其微妙的形象、主人公们高贵而深沉的感情、在默默无言中变得越来越强烈的依恋；以及克制这种感情、将其保持在一种对自己没有把握的状态下的高超技巧，所有这些都令我着迷和反复品味。也许当时我有自己的理由被这些难以言说的品质从内心里触动；况且，我很吃惊自己受到感动；因为当时这部作品让我神思恍惚却并不觉得难受，而且直到现在也不难受，它的笔法到了这样的地步，让我再也分不清哪些是自己的情感，哪些是作者的技巧传达给我的情感。我看见了那支笔和那个握笔的人。我没有不安，我不需要他的感情。我只请求他教给我他的方法。但《吕西安·勒万》在我身上奇迹般地制造了一种我痛恨的混淆……

至于书中描绘的外省和巴黎生活以及军旅、政治、议会和选举活动的场面，那是对路易-菲力浦最初几年统治所作的有趣的漫画，是生动和出色的喜剧，有时甚至是滑稽歌舞剧，——就像《巴马修道院》有时让人联想到轻歌剧，——这些让我看到了一场有声有色又有思想的演出。

我对第一本《吕西安·勒万》的印象是亲切而生动的。为什么不向可怜的米蒂的亡灵表示一点感激呢？是他让我享受到了几个小时的美妙时光。他给我的这本最初的、尚不完美的《吕西安·勒万》令我欣喜和感动；他出版的这本书有可批评之处，今后我也不会重读。正是出于这个理由，我要向这个第一版以及出版它的人，道一声亲切的再见。

我刚在上面写出滑稽歌舞剧和轻歌剧这些字眼，就预感到开罪了读者。读者很可能不喜欢将不同等级的文学混杂在一起；司汤达曾经受到过泰纳和尼采的赞扬，他几乎是个哲学家，把他归入那些只不过风趣而已的人之列不免令人讶异。但真理和生活是无序的；不令人惊异的亲子和亲属关系是不真实的……

因此我相信有么一条路，从司汤达经过梅里美、经过写作《狂想曲》的缪塞，也许通向了第二帝国时期那些小剧作，通向了梅亚克（Meilhac）和哈莱维（Halévy）笔下的那些王子和阴谋家？——这条变幻莫测的线可以追溯到很远。（但在精神世界里，一切都来自一切并去向各处。）

作为轻歌剧的爱好者，司汤达应该酷爱伏尔泰那些短小精悍和充满奇思妙想的小说。在这些敏锐而犀利的作品中，讽刺、歌剧、芭蕾舞、檄文和意识形态全都结合到一起，服务于一场猛烈的运动，这些故事在路易十五统治末期虽引起轩然大波却美妙无比，轻歌剧在拿破仑三世统治末期毫不留情地娱乐过人们，一个没有惰性的头脑能不想到它们高雅的祖先吗？我每每重读《巴比伦王妃》《查第格》《巴布克》和《天真汉》，都会觉得听到了一种不知该如何描述的音乐，它比奥芬巴赫等人的音乐要诙谐、辛辣和恶毒上千倍……

总而言之，我能想象拉努斯‐恩斯特可以在综艺剧院独领风骚，而杜布瓦利埃医生则可在王宫剧院大显身手。[1]

---

[1] 拉努斯‐恩斯特是司汤达的小说《巴马修道院》中的巴马亲王，杜布瓦利埃医生则是《吕西安·勒万》中的人物。综艺剧院（Variétés）和王宫剧院（Palais-Royal）是巴黎的两处著名演出场所。——译注

贝尔[1]从他出生的那个世纪幸运地继承了一笔难以估价的财富，那就是勃勃生气。沉重的权势和烦恼从来没有过如此敏捷的对手。他在古典主义者和浪漫主义者之间游移，二者都加剧了他对精确的热情。如果让他透过一个魔术瓶隐隐约约地看见他那充满学术味的未来，一定会令他十分开心（也从心底里感到得意）。他会在魔水中看见他的警句变成了一篇篇博士论文，他的癖好都成了金科玉律，他的玩笑话被发展成理论，种种学说从他那里产生，他短短的格言引发出长篇大论。他最喜欢的主题：拿破仑、爱情、力量、幸福，催生了连篇累牍的注释。哲学家们也开始研究他。饱学之士们睁大眼睛瞄准他生活中的细枝末节、他随手涂写的东西甚至他的供货商的发票。这位砸碎偶像的人，他的名字和遗物却受到了一种天真的并且天真地神秘的崇拜。根据惯例，他身上奇怪的东西激起了效仿。他自身的一切反面，他的自由、他的心血来潮、他对立趣味的反面都从他身上诞生。赢得荣誉的过程中有许多始料不及的事情。荣誉永远是神秘的，即便无神论者的荣誉也不例外。

让这个司汤达见鬼去吧！有时当司汤达的幽灵出现在某个不那么循规蹈矩的读者身上时，他这么说。

---

[1] 司汤达原名亨利·贝尔（Henri Beyle）。——译注

司汤达是他父亲的受害者，是那些束缚他或者烦扰他的正人君子们的受害者，——他是行政法院那些呆板的工作人员的不驯服的奴隶。那些帝国的支柱、顾问和报告人要不停地用回答、条文细则、数字、决定和精确情况来对付主人的狂热，来满足庞大的法兰西和永远处于关键时刻的局势的需要，这些人的愚蠢和品质他都从近处见识过、注意过、看透过并嘲笑过了；他看到有的人唯利是图，所有人都渴望升迁，他们老谋深算却又幼稚可笑，斤斤计较，空话连篇却又自以为是，自己常常受窘却又与人为难；在摧残心灵但于智力无益的堆积如山的卷宗和数字面前，在给权力造成存在、知晓、预见和行动的幻象的无穷无尽的文书面前，他们却表现得勇敢无畏……这些人愚蠢、贪婪、乏味、虚伪、处心积虑、操劳不息，贝尔多次描绘过他们的嘴脸、性格和行为，并且总是安排一个单纯的年轻人或者一个风趣的人作为他们的对立面。他对这些人的厌恶和他的自信使他相信，真正的价值并不存在于虚荣、废纸、谎言、礼仪和一成不变的生活之中。他注意到这些要人、这些让事情顺利运转所必不可少的人，一旦遇到突发事件却束手无策。一个国家倘若没有储备一些具有应变能力的人，那就是一个没有神经的国家，一切快速运行的东西都会给它造成威胁，从云端掉下来的东西就会将它化为乌有。

在贝尔的书中，我们很容易看出他本来想以轻松的态度来处理重大事件。他满怀深情创造的那些人具有清晰简洁的判断力，对事件能做出即时的、迅捷和出人意料的回应，——比如那些能把握、处理和对付各种局面的部长和银行家，他们既诙谐又不乏深沉，既精明又得体，人们清楚地感觉到他藏在他们身上，在他们的面具下面运筹帷幄，指挥若定，此外人们还感觉到他通过塑造这些人物在进行报复，报复自己无缘成为他们那样的人。任何作家都在自己的创作中尽其所能地补偿命运的不公。

在很多有价值的人物身上，其价值取决于他们多方面的潜能。亨利·贝尔既能够成为一个出色的1810年类型的行政长官，也同样可以成为一个藐视一切道德法度的狂人。这位怀疑主义者相信爱情。这位捣乱分子是爱国主义者。这位抽象的记录人对绘画感兴趣（也可以说努力或者假装对此感兴趣）。他自命为实证主义者，却对激情怀有神秘的崇拜。

也许自我意识的增长以及对自我的长期观察最终的结果，就是认识自己和使自己变得多样化？——思想在各种可能性之中不断发展，时时刻刻都在脱离它前一刻的状态，接受它刚才说过的东西，飞越到对面，自我回击并等待结果。我在司汤达那里看到了运动、热情、敏捷、活力，还有像狄德罗和博马舍之类令人钦佩的演员那种正大光明的犬儒主义。认识自己其实只不过是预见自己的未来；而预见的结果就是担当起一个角色。贝尔的意识就是一个剧场，在这个作家身上有很多演员的成分。他的作品中有很多话是对着台下大厅说的。他的那些前言是在对幕布面前的听众说话，它们冲着读者眨眼睛，做一些心照不宣的示意动作，它们想说服读者他是所有听众中最聪明的，他明白笑话里的秘密，只有他一个人体会得到个中深奥的玄机。"只有您和我"，这些前言说。

这一点成就了司汤达身后的盛名。他使他的读者以身为他的读者而骄傲。

贝尔忍不住要直接激活他的作品。他迫不及待地要亲自登台，时时都想出现在舞台上；他的作品中充斥着虚假的心里话、旁白和独白。他在人物身上摆布他的傀儡们，将他们组成一个相当完整的小社会，像在从前的戏剧里那样规定其中的角色类型。他塑造了情侣、老头儿、教士、外交官、学者、共和派人士和前近卫军士兵。这些人物比巴尔扎克笔下的人物更类型化；因此也刻画得更完整。他在他们身上看到的想法多于思想，感情多于冲动和他们占据的职位。例如说，对他而言，拿破仑是个英雄；是精力充沛、想象丰富、意志坚强的典型，他胸襟开阔且头脑极其清晰，他追求伟大的理想，他以司汤达式的强烈激情去热爱力量和光荣。然而巴尔扎克眼中的拿破仑则是帝国的组织者，他制订了《民法典》，完成、巩固并控制了革命，他重建了社会，他是历史上的一个传奇，并且由于神话的迅速流传而进入了政治领域。

贝尔看到的是拿破仑的古代面容和意大利特征，他在其强烈个性中看到了罗马和佛罗伦萨，恺撒和雇佣兵队长。而巴尔扎克看到的主要是法国人的皇帝。

可见，如果我们有兴趣的话，可以将巴尔扎克和司汤达之间的对比合情合理地构想和进行下去。他们两人的描写对象是同一个时代和同样的社会内容。他们是同一客体的两个富于想象力的观察家……

司汤达笔下的所有人物都具有这个共同的缺点或曰优点：在任何情况下，他们根据自己的形象或者状态，无一不显示出其原创者的某种反感或某种好感。

作家有时似乎很珍惜他所憎恶的人物。人们从折磨一些东西中得到乐趣，而自己却不知不觉地喜欢着这些东西。司汤达带着极大的快感去刻画、戳穿或撕裂他讨厌的人物。然后他又满怀兴致地嘲弄他们的愚蠢、卑鄙和算计。他笔下的人物无一没有被或多或少地嘲笑过；无一没有欺骗或被欺骗过；要么二者兼备，也属平常。甚至他最喜爱的那些人物，也往往因为自己心肠太软而吃苦头，被美所欺骗。

我们不清楚为什么司汤达没有投身于戏剧，其实他具有从事这一行的一切条件。如果有闲暇，倒不妨想想这个尚无答案的问题。也许亨利·贝尔写的剧作在那个时代还不能赢得观众的喜欢。

但在作家司汤达身上有着一个演员司汤达，他在自己的思想上竖起了一个舞台，——也可以说在他的心中，或者在他脑子里，——（词语并不要紧，问题只不过是指称一种时空，其中发生的事情只有本人才看得见，——人们在那里看见的东西与他所想和所做的难以区分开来)。

在这个私人舞台上,他不知疲倦地上演着自己的节目;他将自己的生活、事业、爱情以及种种不同的抱负,写成了一部永恒的剧作;他对着自己的冲动、天真和不同类型的"惨败"比画动作和念对白。

这出道德剧永远在上演中,无休无止地排演并随着场合的变化不断焕发出活力,其中出现了几个富于寓意的人物,或者说熟悉的实体:理想美、幸福、逻辑、金钱、高贵的风格……波拿巴的幽灵、耶稣会修士的剪影、最无赖的国王的傀儡,各色人等先后登台亮相,观众有时叫好,有时则喝倒彩。

这出哑剧中甚至有着某种音乐。人们偶尔听见一些近乎感叹的短语作为完全个人的主题在行文中爆发,它们仅有的价值就是神经信号,从中可以听见力量在聚集,最珍贵的记忆在复活,这样的愿望在苏醒:依然做过去的自己,依然向往曾经向往过的东西……

这些突然而短促的警句斩断时间的链条,搅动沉闷的日子,就像一个人突然听到集合的号声;就像在一个庸俗无聊的环境中,为了与百无聊赖和极度忧郁抗衡,与褊狭的境遇和痛苦的感觉抗衡,响起了个人价值的洪亮声音,它提醒独一无二的自我的存在,它就像嘹亮的军号,共和八年当这个新兵穿越阿尔卑斯山在前去与预备队会合的路上时,年轻的龙骑兵在马背上昏昏欲睡,正是这样的声音将他惊醒,令他精神为之一振[1]。

自负的利己主义的主题在他的笔端如此回响：想当年！……

另一个主题：关于太高的网。

骄傲将这些网张得太高，以至于任何真实的东西从来不会落入其中。虚荣在浅滩上张着网，东一下西一下地捕捞着某种明显的好处。

当涉及一个在公众面前露面的人时，这些骄傲和虚荣的问题是根本性的；它们奇怪地与才华混在一起，刺激后者甚至催生它、使它堕落或者持续地为它指引方向。因此我们借谈论司汤达之机来对这个问题作一番思考。一部作品所包含的虚荣或骄傲的比较数量是伟大的特征，文学批评的化学家们对此应该不断加以探究。它们从来不是无意义的。

司汤达是杰出的作家中最不愚笨的一个，但希望被阅读并永远感动读者的欲望仍然折磨着他。尽管他才华横溢，尽管自己的可笑之处令他吃惊、改变、清醒过来并嘲笑自己（好比我们刺痛自己为的是让自己恢复镇静和重新认识自己）让他感到其乐无穷，他却仍然游移不定，一方面他极想取悦于人并获得荣誉，另一方面他又执着于或者说沉溺于成

---

[1] 此处应指1800年司汤达只身骑马穿越阿尔卑斯山前往意大利与拿破仑的军队会合一事，当时司汤达年仅十七岁。——译注
据阿尔伯莱先生（M. Arbelet）认为，司汤达当时是龙骑兵而非轻骑兵。此外当他越过阿尔卑斯山时，他还没有被正式编入连队。——原注

为自己、为自己并只听从自己,这两方面是相对立的。他感到自己内心深处受着文学虚荣心的驱使;但在那里,稍前一点,他又感到了一种细密而奇怪的啮咬,那是只愿听从他自己的绝对骄傲。

我们的才华催促我们去运用它们;不断形成想法的结果是产生了一种要制造想法的奇怪的不耐烦。未来的作品酝酿在它未来的作者中。但是这种狂热要将我们的灵魂出卖给别人;但这种力量,当它最终恣意倾泻出来时,几乎总是带领我们远离我们自己;它将我们的自我带向他原本不打算去的地方。它将他带到一个展示、比较和相互评估的世界中,在那里,他在某种意义上,为自己而成为他对大量陌生人产生的效果的一个效果……名人渐渐只不过成为这些难以区分的陌生人的挥发物,也就是说一个被舆论创造出来的人,一个荒唐而公开的怪物,真实的人逐渐让位于他并适应他。

那些幸运儿就是这么一回事,他们的谦恭将他们推上祭坛,在那里人们看见这些可怜人被笼罩在金色之中,这些谦卑的人被供奉着。

我们听从力量的诱惑而牺牲了可能是我们心中最珍贵的东西;那些属于以及即将成为嫉妒、野性和难以言传的东西。这位天真的岛民和这位热爱荣誉的人(他也同样天真),最终都尽其所能地顺从一种唯一和相同的命运……

怎样才能摆脱智力的两种主要直觉之间的这种冲

突？——一种鼓励我们去漫无目的地怂恿、强迫和诱惑人心。另一种小心翼翼地向我们提醒不可克服的孤独和奇特。一种鼓动我们去抛头露面，另一种激励我们去存在并且在存在中肯定自己。这场冲突的一方是人们身上过多的人情味儿，另一方则毫无人情味儿并且丝毫感觉不到这类东西。任何坚强和纯粹的人都感觉自己不是人而是别的什么，他天真地拒绝并害怕承认自己是一种不断复制的物种或类型的无数样品中的一件。在所有深刻的人身上，某种隐藏的品质不断孕育出一个孤独者。这些人在与其他人接触或者回忆起其他人时，有时会感到一种特别的痛苦，其剧烈和突然令他们心碎，而且让他们立刻又缩回到一个无法描述的内心孤岛上。这条退路反映的是无人性和不可克服的厌恶，这种厌恶甚至可以发展到疯狂，就像有那么一位皇帝，希望全人类只有一个脑袋，好一刀就砍掉。但对于那些天性没有那么暴烈却更为内在的人来说，这种有力的感觉，这种人对人产生的顽念则可以孕育出思想和作品。为自己并非独一无二而感到痛苦的人，在进行将自己与他人分开来的创造活动中消耗自身。他的癖好就是变得与众不同。也许使他操劳不息和备受折磨的，并不是将自己置于一切之上，而是远离一切，从而置身于任何比较之外？"伟人们"令某些"无法类比的"人发笑。

巨大的"罪过"，——特别是神学家们美其名曰为骄傲的形而上学的罪过，——其根源也许在于人的内心，因为想成为独一无二的人而具有的那种感应性？但是，如果我们进一步思考这个问题,将它引得也许远一点,引到最简单的感情这条路上来,在骄傲的深处我们看到的只有对死亡的恐惧,因为我们只有从其他死去的人那里才能认识死亡,如果我们真的是这些人的同类,我们也终有一死。于是,这种对于死亡的恐惧,从它的幽暗之中滋生出了一种我说不清楚的狂热的愿望,即要成为非同类,成为独立的化身和独特的个体,也就是说成为一个神。拒绝成为同类,拒绝拥有同类,就等于拒绝成为凡人,并且盲目地希望自己与那些在我们身边一个个地经过然后消逝的人们不属于同一族类。比毒药更可靠地将苏格拉底引向死亡的三段论,形成其大前提的归纳和作为结论的演绎,它们唤醒了一种防卫和一种暗暗的反抗,其中对自我的崇拜就是可以轻易演绎出来的结果。

这就是我们追根溯源所找到的自负的源头。我对这个问题的探索也许离司汤达这个主题太远了一点;我刚才讲的一番话兴许更适合于尼采,用它来批注《瞧,这个人》比用来批注《亨利·布吕拉》更为恰当。但是,"多"包含并且阐明了"少"。受到毒害的自我一味夸张隐秘的情绪和心底的欲望,让它们变得可怕地敏感,而它们在差不多正常的自我身上是并不缺乏的。

至于司汤达式的自负,其中暗含着一种信仰,对自我——天性的信仰,对于这个自我来说,文化、文明和风尚通通都是敌人。我们了解这个自我——天性,并且只能通过我们的反应中那些我们认为或想象是原始的和真正自发的部分来了解它。这些反应在我们看来,越是独立于社会环境、习惯或者我们所受的教育,对于自负者来说就越珍贵和真实。

在自负者追求天性的愿望中,令我吃惊、觉得有趣甚至着迷的,是它必然要求和包含着一种约定。为了区别哪些是天性的,哪些是约定的,一种约定因而是不可或缺的。否则,如何将属于自然的东西与属于文化的东西区分开来?——天性是多变的;在每个人身上,自发行为的起因各不相同。如果说我们学到的东西甚至没有渗透到爱情中,传统的成分没有渗透到在爱情可能造成的狂热、激动、感情和思想的纠纷中,能让人相信吗?——如果我说天性是某个人的情绪和动作中直接散发自机体的东西,也就意味着有多少不同的气质,换言之有多少人,就有多少种成为天性的方式,每个人都会发现另一个人的言行远离自然,——他也会在自身发现同样的东西。

注意:身为爱谈自身癖者并用我们所了解的无所顾忌的方式使用他人的作品,实在可谓一种令人惊异的手段。

此外我们还清楚地看到,将"自然"与"天性"作为一个论题并以理论的形式提出来,未免让人觉得有趣。

每当文明状态令人感到束缚和律法多过好处时,由卢梭发轫的这个诱人而天真的体系就会重新显露出来,并且它还使那些重新创造它的人以及追随这些人的人为此而骄傲。这一体系是一种内心道德的方式,是一种为人处世的原则，是一种个性的宗教，是一种文学立场，是我在司汤达以及所有那些吐露心曲的人身上看到的，他们作为天才演员的性情的一种结果。下定决心成为自己，或成为一个真实的人，没有什么比这更有趣，也许也没有什么比这更滑稽；没有什么比这更令人振奋和更天真的了。在文学上这一简单而又重大的决定并不鲜见，例子不胜枚举，因为吸引力毕竟很强大。这样做的主要好处有：这是一种独树一帜（类似的迷信），并且仅仅通过存在就可以达到目的的简便方法；一旦完成第一步大胆举动之后，其后一切都顺理成章了；可以使用生活中那些无关紧要的细枝末节来营造真实；自由运用现成语言，并用那些在书中往往不被人注意的无聊小事来创造价值；暴露我们的习俗定然自有其魅力，因为它让那些通常被阴影取消和遮盖的东西清清楚楚地展现出来。

一般说来，作品中的犬儒主义意味着某种绝望的野心。当人们不知道如何做出惊人之举和如何活下去时，就只好出卖自己，献出自己的 *pudenda*[1]，呈现在众目睽睽之下。

总之，仅仅通过倾诉衷肠就带给自己也带给别人发现美洲的快感，大概是令人惬意的吧。所有人都很明白将看到什么；但只需比画一下动作，大家就被感动了。这就是文学的神奇之处。

---

[1] 拉丁文：羞耻。——译注

文学上的自负最终在于扮演自我这个角色；在于将自己变得比自然更加自然一点；变得与产生这个念头之前相比更加自我了。人们给予自己的冲动或者印象一个有意识的帮手，这个帮手通过不断地标新立异、期待自己，尤其通过记笔记，其形象越来越明确，并随着作家写作艺术的进步而在一部部作品中完善起来，人们从而用一个创造出来的人物替代了自己，而且在不知不觉中将这个人物奉为楷模。永远不要忘记在我们对自己的观察中，有无数任意性参与进来……

如果说司汤达是在交往了几个故意标新立异的英国人之后坚定了自负的愿望，这丝毫不会令我吃惊。这些人那时待在意大利，一心忙于做怪人，而且他们也有的是做怪人的条件，——外形、烦恼、冷淡、任性、金钱、必不可少的傲慢无礼以及他们那威名远扬的国家，但他们很清楚自己的国家不会因为受到冒犯而记恨在心，故而专以激怒它为己任。这些英国士绅对他的影响可能是相当有刺激性的。让我们想想他在这个世界上最憎恶的那些东西：狭隘、节俭、没有任何心血来潮、愚蠢而可鄙的习惯、所有反激情的品行——（惧怕舆论、惧怕花费、惧怕去喜欢所喜欢的东西），——这一切童年时代的他都从近处观察过并且忍受和诅咒过，这一切将格勒诺布尔[1]和整个法国外省在他的眼里变得面目可憎。

---

[1] 格勒诺布尔（Grenoble），法国东南部城市名，司汤达在此出生并度过童年和青少年时代。——译注

他痛恨传统、小城市、地方虚荣和强加的庸俗。他想到这些就怒发冲冠,于是做了自我这个岛上的岛民。

那个时候,对于故乡小村庄、钟楼和逝去的东西的迟到的热爱还没有被发明出来,这种热爱如今和过分的新颖奇怪地结合在一起。那时对地方色彩和祖先的崇拜还丝毫没有恢复,因为铁路以及现代经济混乱的后果,还丝毫没有让某些人感到对于或真或假的根的或深或浅的需要,也没有让他们感到对于几乎全是植物的环境的怀念,那些忍受过这种环境的人并不总是充分品味过它。

童年的印象在有些人性格的形成中起到了最明显的作用并留下了深刻的烙印,司汤达就是这样的人。他一生都将根据贝尔小时候的记忆来判断问题,他的判断总是立刻建立在这种记忆之上。他的父亲、他的塞拉菲姑姑、他的祖父母、他母亲优美的幽灵、他最早的朋友们和他的老师们,从来没有停止过为他充当敏感、恶意、愚蠢或烦恼的原型和标准。他将后来生活中遇到的所有人都与他们联系起来。当他成年时,已经具备了一整套性格。

一天,亨利·布吕拉过生日,他解开自己的裤子。为的是在皮带上写上:"我刚才满五十岁了。"

任何布吕拉的爱好者都会对这句自白沉思一番。它想回答的是什么问题呢?——这个不寻常的举动目的何在呢?将它记录下来的行为又意味着什么呢?——贝尔真的将这行字写在如此私密的簿子上了吗？——如果说这个小小的行为纯属杜撰，那么这个奇怪的杜撰是为了什么目的呢？——将来的哪个读者想从这个行为中得到启示？——作者是想"造成生动和独特的效果"呢，还是想用这个几乎可以说得上不得体的隐私细节，来表明其日记的真实性？*Hypotheses non fingo*[1]...

那些语言上的别出心裁又意味着什么呢？为什么有这么多混杂着并不难懂的英文和意大利文的句子？

为什么要这样写："《钦契》的作者的[2]信"？或者"多米尼克在市（原文如此）十七[3]岁上……"等等。

另外一些时候，他又玩一些天真的音节置换的游戏，——如士教、教宗[4]……

我真心希望他不要因此以为愚弄了那些好奇的人而扬扬得意。

在这些习惯中，我看到的只是玩弄密码的把戏。他装着在用数字写作，有点像演员装着在吃喝；也许他这样做是为了给自己一种与自己心有灵犀的感觉，——比一般的自我与

---

[1] 意大利文：我不作猜测。——译注
[2] 原文为英文。钦契家族是罗马的一个贵族世家。雪莱和司汤达都曾根据该家族的故事创作过作品。但此处的《钦契》作者是谁，所指不详。——译注
[3] 原文为英文：forthy（sic）seven. ——译注
[4] 司汤达玩弄文字游戏，将法文中"教士"（les prêtres）这一单词改写成"士教"（les trespres），"宗教"（la religion）改写成"教宗"（la ligionre）。——译注

自己的关系更亲密一点。

也许他隐隐约约地认为,本国语言即内心话语的语言迂回通过表达的途径,不露声色地向他暗示了某种根本不属于他,并且独立于他的民族的感觉方式?自由的自我存在于全世界任何地方,用一切语言来思考。

的确,任何珍视自己的个性并且具有强烈个性的人,都锤炼出了一种秘密语言。它在一个人的脑子里通行,就像一种语言在一个家庭或者一个很封闭的小团体里通行那样,比如在一对朋友或一对情人之间。一旦使用一套特定的语汇,默契就确立起来了。建立任何小范围内的相互理解,都是以牺牲普遍约定为代价的。司汤达与化名花样繁多的司汤达密谋——[莱奥多(Léautaud)数过他有一百二十九个笔名]——有时反对的是司汤达本人,永远反对的是蠢人、大人物和那些敏感的人。

是司汤达发明了 *happy few* [1] 这个词,这种显著的对于舆论中的秘密的趣味、对于有着相同好恶的小圈子的趣味,让我联想到自发结成团体的那一代人,他们的团体是非常紧密和热忱的,而且恰如其分地过激,五六十年以来曾两三度改变了我们的文学和艺术的所有新事物和新思想都出自其中。在某种意义上,他是启发了自然主义、巴那斯派和象征主义的那种"奥义"的始祖。经验告诉我们,

---

[1] 英文:少数幸福者。出自司汤达《巴马修道院》一书的卷首题词:致少数幸福者。——译注

小团体也有其好的方面。"大众"应当得到的是常规和经受过工业考验的产品。但工业革新所需要的反复试验和大胆探索只能在实验室里进行,只有实验室能实现极高的温度、极其罕见的反应、热情的程度和极细致的分析,如果没有这一切,科学和艺术的前景就不会有任何出人意表的东西了。

我上面提到的贝尔的几个特征,正因其难以解释而更加宝贵。它们也许取决于理论或怪癖。但我从中看出了某种算计、一种针对将来的读者的投机、一种通过不在意和表面的即兴发挥来进行诱惑的明显意图,——这一切隐含并巧妙地将一对一加入在作者和他准备诱惑的陌生人的关系之中……

司汤达以其自己的方式是个观念学者,他喜欢训诫和原则。他自己制造了一些有关行为和美学的公理;他还自认为擅长说理。那些在我们看来没有什么道理的东西他却大加评说,这并不是不可能的事。

至于怪癖,是显而易见的。但什么是怪癖?

在司汤达写的一页东西里,最令人吃惊、立刻揭穿他、吸引人或者让人生气的——是语气。他掌握而且偏爱文学中最个人化的语气。这种语气非常显著,它使说话人的存在显得非常突出,以至于它在司汤达研究者们的眼中为以下情形做了辩解:其一,他忽略、有意地忽略和轻视文体的一切形式上的品质；其二，形形色色的剽窃和大量的抄袭。在所有犯罪事实上，对于被告来说最要紧的，是让自己变得比他的受害者们有趣得多。贝尔的受害者们为我们做了什么？——他将别人手中死气沉沉的材料变成了可以阅读的作品，原因就在于他在其中掺入了某种语气。

那么这种语气是怎样产生的呢？——我也许已经说过了：对一切危险敏感；当你不乏风趣的时候，就像你说话那样写作，哪怕带着一些隐晦的暗示、删节、跳跃和括弧；几乎就像人们谈话那样写作；保持谈话气氛自由和愉快；有时干脆来段独白；无论何时何地，避免诗意的风格，并且要让人感到你在避免这种东西，你反对这种句子 *per se* [1]，这样的句子因为其节奏和音域听起来会太纯太美，它属于司汤达所嘲笑和憎恶的那种典雅的类型，他在其中看到的只有矫揉造作、装腔作势和私心算计。

然而，人们只能用另一种矫揉造作来抗击一种矫揉造作，这是一条自然的法则。

这个意图，他为自己规定的种种禁忌，只不过是为了让人听到一个真实的声音；他的自命不凡导致他想在一部作品中，将表现真诚的所有最突出的特征堆积起来。他在文体方面的发明也许就是敢于根据他所了解的，甚至——他巧妙地模仿的自己的性格来写作。

我并不讨厌他的这种语气。它有时令我感到愉悦，而且

---

[1] 拉丁文：本身。——译注

总是让我觉得有趣;但这与作者的意图相反,因为太多的真诚和稍嫌太多的生活,不可避免地对我产生了喜剧效果。我承认在他的作品中发现了三四处语气过于真诚;我看出了他想成为自己的计划,他想做一个真正的人却难免显得虚假。我们想要的那个真实,就这样在笔下不知不觉地变成了为了显得真实而做出来的那个真实。真实和真实的愿望在一起,形成了一个不稳定的混合体,其中酝酿着矛盾而且总有可能产生出一件被篡改的产品。

我们正是要在这个真实上做文章,怎么能不选择其最好的方面呢?怎么能不强调、修饰、装点,不努力做得比原型更清晰、更有力、更令人不安、更亲密和更突然呢?在文学上,真实是不可设想的。有时因为简单,有时因为怪异,有时因为过于精确,有时因为疏忽,有时因为承认一些多多少少不太体面的事情,但这些事情总是经过选择的,——而且是尽可能精心的选择,——总是如此,用种种方法,无论帕斯卡、狄德罗、卢梭还是贝尔,无论他们向我们暴露的是一个什么形象,道德败坏者、厚颜无耻者、道德说教者还是放荡不羁者,这个形象不可避免地根据心理戏剧的所有规则进行了照明、美化和粉饰。我们很清楚只有当一个人想制造某种效果时才会暴露自己。一个在广场上脱去衣服的圣人就明白这个道理。一切违背常规的东西也是违背自然的,隐含着努力、努力的意识、意图,也就是做作。一个女人脱光衣服,就如同她要进入舞台。

所以有两种篡改的方式:一种通过美化的功夫;另一种

则靠制造真实。

后一种情形透露出的期望也许最为迫切。它还标志着某种绝望，因为通过纯文学的手段已经不能激起公众的兴趣了。色情与真实从来就相距不远。

此外，那些忏悔录、回忆录或者日记的作者都抱有挑衅的希望，但他们毫无例外地都上了这种希望的当；而我们，则上了这些受骗者的当。人们想暴露的从来不是原样的自己；人们很清楚，一个真实的人关于他自己是怎样一个人并没有什么好告诉我们的。于是，人们写的是某个别的人的自白，这个人更引人注目、更纯粹、更邪恶、更生动、更敏感，甚至比可能的自我更加自我，因为自我有不同的程度。谁自白，谁就在撒谎，并且在逃避真正的真实，这个真实是不存在的，或者说不成形的，而且一般说来是难以辨认的。然而吐露心里话总是梦想着光荣、轰动、谅解和宣传。

贝尔在自己身上扮演着十来个角色：浪荡公子、爱说理而冷淡的人、艺术爱好者、1812年的士兵、多情种子、政界人物和历史学家。他为自己起了一百多个笔名，与其说是为了将自己藏匿起来，不如说是为了让自己感觉到在以多副面孔生活。正如一个巡回演出中的演员要在旅行箱里放入他的假发、胡须和系犬索，他也到处带着他的邦佩、他的布吕拉、他的多米尼克、他的铁器商人……在《一个旅行者的回忆录》中，他化装成一个正在生意旅行途中的富商，他就像在公共汽车上那样谈话，他装成经济学家，大谈特谈他对行政事务的看法，批评将要建造的铁路运行线并且还自己重新设计了一条。他通过装着害怕警察的密探来自娱,他怀疑有警察的岗哨,他利用一件显而易见的事情的数字和符号,如果他的害怕是假的和有意的,这件事就会很可笑。他尽量填充自己的生活;有时假装的担心会帮助他感觉到自己在生活。有时他过于喜欢神秘剧的模拟表演和表面的秘密,未免让人联想到波利希奈尔[1]……

这种气质酝酿出一部永远可以上演下去的故事,反过来,它也让司汤达从喜剧的角度来看待世间的一切事物。他对虚伪极其敏感,在社会上,他在百里之外就能嗅到伪装和掩饰的气味。他对普遍谎言的信念是坚定的,几乎可以说是根本的。他甚至到了去寻找和定义一个人不可能假装的东西(个人勇气和绝对乐趣)的地步。

这个如此"有意识"的人,却将"自然"看得无比重要。这位具有双重性的艺术家,却不懈地描绘那些简单的美妙人物,如法布利斯们、吕西安们,那些仍然单纯、勇敢、年轻和稚嫩的人物,他抓住他们进入社会的那一时刻,他们开始时天真地活动在谜团般的环境里。

他自己也伪装,向自己表现真诚。究竟什么是真诚的态度?——如果指的是人与人之间的关系,那么几乎没有什么困难,但当涉及自己与自己的关系时呢?——正如我在此一

---

[1] 波利希奈尔(Polichinelle)为法国传统木偶剧中著名的丑角,在法语中,"波利希奈尔的秘密"意味着"公开的秘密,尽人皆知的秘密"。——译注

再所说的那样,一旦这种"意愿"掺杂进来,这种对自己真诚的愿望就不可避免地成为一条虚假的原则。

外在的真诚是人的两副面孔的协调,一副是可见的,另一副是演绎出的或可能的。但如果要使内在的真诚这一概念具有意义,就需要采取某种行动、进行某种主体的分化,从而产生一个我无法名之的绝对观察者,以观察我们最新的、几乎刚刚出现的状态……然而这位观察者的职能是告诉我们,刚刚形成的思想与我们长期以来已有的或应该有的某种关于自己的想法是否相符。这一粗略的分析足以让我们看清掺杂到对于真诚的幻想中的某些常规俗套。这还不是全部:这些常规俗套本身必然是从外部世界借取来的,——比如说,来自道德训诫——(自我评判和自我责备是一出喜剧)。

喜剧和俗套包含某种用人们所知道的来替代人们是什么样的,——而人们并不知道自己是什么样的。

简言之,司汤达特有的真诚,——如同一切有意识的真诚,无一例外,——与他自己扮演的一出真诚的喜剧混合在一起。摆出真诚的态度实际上是无视观察者,即评判的存在,或将其排除在外。司汤达就这样以及用自己的心来度量他人的装假,在某种意义上他对于次要的"真实"极度敏感化了,而这种次要的"真实"是任何人都有的;并且任何人在他深思的意识里,都会提供给一个身份隐蔽的见证人。

几乎他听见的一切在他的耳朵里都是谎言。他将人们一眼看透，或自以为如此。

那个时代对于进行这类智力活动可谓天赐良机。

有史以来，形势从来没有如此有利于各色人等在社会上粉墨登场。五十年间政权十度更替。人们像他们所能够的那样在短命而又粗暴的政府下生活，所有这些政府都急于探测人心，谁也不反对欺诈。人们目击了重要人物们在瞬息之间摇身一变又故态复萌，帽徽的频繁更替，权力的幻象，正统王朝、自由、雄鹰，甚至上帝的进进出出；还目击了一出惊人的表演，看到很多人迷失在他们的誓言中，被他们的记忆、激情、利益、仇恨和预测弄得不知所措……有些人模模糊糊感到头上戴着一大堆帽子，有假发、教士圆帽、红帽子、插着三色羽毛的帽子、尖角帽和资产阶级的帽子。时事有时让人们感到出其不意，有时又证明人们的合法性；时而百合花卷土重来，时而1815年的火焰死灰复燃，时而1830年是一场骗局，这些事件使每时每刻充满变数，几乎将人们训练得一夜之间就可以从放逐他人者变为被放逐者，从嫌疑犯变为执法者，从高官变为逃犯，他们经历着一场多少有些危险的闹剧，最终，无论他们属于什么派别，在什么样的面孔下，大多数人除了金钱再也不信别的东西。这一讲究实际的特点在路易-菲力浦治下变得更为突出，在那个时代人们终于看到，经过半个世纪的政治和社会实验之后，发财致富无所顾忌和不加掩饰地成为最高追求、最高真理和终极道德。在各种制度的废墟之上，司汤达看到新世界建立起来了。他有机会观察到语言和交易的统治初期。议会制度在探索阶段，——这个制度从根本上说是富于戏剧性的，它在戏剧规则的严格制约之下，一切都表现为顿呼、对白和思想的突然转变；这个制度的基础是话语、煽动感情的事件、演出效果和舞台偶像。政党在形成中。人们目击了混乱而起伏的统计值、舆论、平均数和大多数可怕的降临，为了操纵这些东西立刻又发明出来了一套技巧，将原本已不纯洁的权力源泉败坏和污染，以及诠释那些无意识的权威意见；抽象神话的统治以及它们之间的争斗，黑色幽灵、红色幽灵的出现和捣乱，那些灵巧的耍把戏的人将这些幽灵召唤来，并将它们驯服和投影出来……

就在同一时期，金融业和广告联合起来登上政治舞台并引起反响。大宗交易的时代到来了。用工业来大规模改变世界面貌的行动开始了。但如果没有话语的威力，在那时所有科学加在一起也根本不能获得成功。商业的雄辩让"傻瓜们"无数的志向从四面八方诞生。宣传攻势、介绍资料和难以抗拒的广告，提高了那些投机商和公司低俗的声望，所有财富都在他们的召唤下动员起来了。大众的轻信超乎一切想象。

甚至在文学领域也发生了某种革命，它教给缪斯女神选举运动的那一套道德、暴力和招摇撞骗。在诗歌中形成了一些乱党，它们采取了政党所用的那些粗暴和激烈的方式。人们撰写宣言。《欧那尼》的首演就是一场真正的"政治集会"，有着有组织的支持者和反对者以及预先指定的位置和角色[1]。

所有这一切丝毫不利于普遍的坦诚。所有重要人物都在说谎、夸张和想象。难道还能是别样的吗?

那个时期所有的重要职位都被"变色龙"所占据;高踞其上的都是些精明的"风向标"。

人们听到最庄重的人在最神圣的场合说谎。无论他是基于佩剑、福音书还是宪章,所有人都被迫轮番庄重地迎合谎言。对和平、自由和宽宥的许诺;盟友的保障,统统都是谎言。军队的通报、历届政权的公告、任何派别的报纸都说过谎、正在说谎和将要说谎。人们在论坛上、在讲台上、在交易所里、在学院里说谎;甚至哲学也说谎,甚至艺术和风格!——夏多布里昂和诗的风格说谎。维克多·雨果先生和他的朋友们在每一个字眼上歪曲和夸大事实……

一位耐心的读者,如果他仅仅使用从多米尼克的作品、书信、日记和笔记中剪辑下来的句子,就可以描绘出1800年至1840年间关于谎言的功能的这幅小小的图画。

他的怀疑和轻蔑并不仅限于记录下他那个时代整个政治和几乎整个文学界的招摇撞骗。有时连学者们也未能幸免。

---

[1]《欧那尼》是雨果的剧本,于1830年2月首演。在该剧的表现形式上,雨果打破了古典主义戏剧的清规戒律,在古典主义和浪漫主义的支持者之间引发了一场激烈的争斗,从而成为历史性事件。——译注

我记不清他在什么地方讲过一个似乎真实的故事，是关于两个博学骗子的。这些狡猾之徒串通起来，表现出他们懂得那些深奥难懂的语言中的一种，这种语言讲授起来比听起来还容易一些，比如伊特鲁里亚语或史前墨西哥语。而当政者也乐得表现出礼遇科学和不给他们带来任何麻烦的人才，于是勋章、奖金和席位接踵而至。

然而贝尔却对数学怀有一种引人注目的尊重。他曾经为报考综合工科学校做过准备并且欣赏二次方程之美。他曾经希望通过学习代数而离开格勒诺布尔。后来他通过别的办法离开了那儿；但从短暂的备考中，他获得了可贵而又可怕的思维习惯，即认为模糊的东西以及其余所有那些占据头脑的无法证明的价值是无意义的。

我顺便指出，当他谈及同时代人时，也许唯有对杰出的拉格朗日一向只用最尊敬的口吻。

至于教士……

对于司汤达来说，教士是他偏爱的一种兴奋剂。司汤达时而以嘲讽的态度描绘一位揽镜自照的主教：一位自恋的主教对着圣器室的镜子练习如何高贵而柔美地祝福；时而司汤达以粗暴的方式谴责教会的欺诈或讥笑其愚蠢。甚至伏尔泰也不曾如此尖刻地品评过神职人员。他不曾冒险深入到教士的内心，去寻找他也许能够找到的东西，——无论是谎言还是最愚蠢的轻信，而贝尔总能在那里发现。除了好人布拉奈斯（Blanès），这位通晓星相学、豁达、懂得巫术并有一点异端倾向的修士，贝尔笔下的教士无一不是，而且不能不是伪君子或者蠢货[1]。绝无例外。绝无中间状态。关于宗教人士,我们看不到第三种情况,没有一个形象不是贬损的、伤风败俗的和荒唐的。

问题是存在的。对于那些对宗教漠不关心的人来说,教士是一个谜。问题是存在的,正因为有着这些置身于宗教之外的观察者而存在。聪明而不轻信的人必然将教士视为一个谜、一个怪物、一半是人一半是天使,他对之感到吃惊、觉得好笑并且往往不免担忧。他寻思:一个人怎么能作教士呢?

关于当教士的可能性这个微妙而又真实的问题,值得我们做一番思考。

只有当关于真诚的问题以某种形式回到头脑中时,我们才能谈论司汤达。教士——即职业信教者的问题,——只不过是信仰问题的一个特殊情形。在不信教的人眼里,信教者的真诚或者智力总是成问题的;有时反之亦然。在不信教的人看来简直难以设想的是:一个受过教育、安静专注的人,他有能力从其欲望和模糊的恐惧中抽身出来(或者说,他将这些欲望或恐惧仅仅视为个体的、器质的、几乎病态的东西),他也有能力与自己进行清晰的交谈,有能力分开领域与

---

[1] 保罗·阿尔伯莱先生向我指出,《红与黑》中的谢朗神父,以及皮拉尔神父应当与布拉奈斯一道划归司汤达笔下那些既有信仰又有头脑的教士之列。——原注

价值，他却不将那些讲述远古的或不足为信的奇怪事件的故事归入传说和寓言中去，而这些东西对任何宗教权威来说至关重要；他却意识不到证据和讲理的脆弱，而教义正建立在此基础之上；当他看到那些对人无比重要的启示和忠告，以危险的斯芬克斯之谜的方式向他提出时，其保证虚弱无力，其形式也与他一向要求于真实事物的形式相去甚远，他却不感到吃惊以至于否定。没有什么比毫无保留地评判某个与我们类似的人更困难的了。毫无疑问，信仰是存在的；但我们想知道的是，在那些有信仰的人身上，信仰是与什么共同存在的。不信教的人在那里看到了一种特殊性，尽管这种特殊性是有传染性的，他认为在一个思想卓越或超过常人的信教者身上确乎有着两个人，比如像桑德马尼安教派首领法拉代（Faraday）那样的人，或者像巴斯德那样的人。

当涉及信仰的连续性及其长期行动时，困难就更大了。不信教的人不会轻易承认，真诚的信仰可以与并非无可指摘的行为并存，他也不会轻易认为，信仰可以与思想的严密和睿智相协调。因此，如果他在一位信教者身上看到错误或恶习，他总是倾向于从中得出结论，说这位罪人的信仰纯属装模作样。信教者的罪孽在某种程度上诱惑着不信教者。一个人的"心理"趋向于另一个人的心理，这就是某种形式的陷阱。

司汤达在宗教逆流的大潮中 *visse, scrisse e amó*[1]。他看

---

[1] 意大利文：生活过，写作过和恋爱过。语出司汤达的墓志铭。——译注

到了《基督教真谛》的问世,我猜想这本如此令人厌烦并且影响巨大的书,在他身上会产生什么样的效果。通过这部作品,夏多布里昂开创了浪漫而生动的神秘主义,其文学甚至宗教的影响直至今日还绵延不绝。但司汤达在自身保留着必需的一切,使自己不被这信仰和崇拜之美及其感人力量的清新之风所诱惑。他烦闷的童年时代是在一些虔诚的人中间度过的,对此他怀有很不愉快的记忆。他对百科全书派的思想保持着充分信任,而且可能并没有丧失18世纪后半叶的人们曾经有过的伟大期望,那就是将人类知识归结到一个完美的体系之中,这个体系包含着精确、清晰地表述和合乎逻辑地组合的规律,它是按照那些美好而纯粹的分析结构的模式而建立起来的,克莱洛、达朗贝尔和拉格朗日等人曾经用这样的结构描绘过那个时代的人们所设想的物质世界。作为抽象的感觉论者,司汤达很能代表1760年对于1820年及其道德说教的反抗。

此外,司汤达还是颂扬个人力量的诗人,他公开宣称自己是国民公会那些残暴行动的崇拜者,他崇拜初出茅庐的波拿巴,整个过去对他的影响微乎其微。从过去当中他想记取的,只有那些过激的、相信个人力量的人物的个性特征。他对于一切属于传统的东西所怀有的感情,必然像所有那些难以忍受别人替他们思考、判断以及选择的人。

对于这类人来说,传统和宗教在本质上就是令人反感甚至丑恶的。他们从中看到建立在模仿之上的力量,这种模仿在必要时还通过喜剧得到加强,正如帕斯卡恰如其分地指出和建议的那样：

"效法他们开始时的方式；也就是好像他们相信似的那样做，从取圣水开始。"等等。

（让我们想象一下贝尔读这个句子时的表情，如果说他万一读过的话。）

也许在这些人的铁石心肠中，他们丝毫没有那种可以使所有人牺牲智力和自尊心的东西，没有那种使身体服从于喜剧，从而逐渐地让心灵服从于真理的东西。他们内心丝毫感受不到这种我们应该希望的事物的实质，这种实质与我们所受的教育、来自外部的规定以及日常的实践结合在一起，将宗教在一个人身上完成并建立起来。他们在生命的尽头只看见可恶的一刻钟。他们认为明天是根本不存在的，死亡对他们而言只不过是生命中最重要的财富之一：失去其他所有财富的财富。

可见，对持有这种想法的人们来说，存在着我前面所谓的教士问题。我们刚才说过，司汤达简单地解决了这个问题。他的心理结构以及这种结构对于第一印象必然做出的演绎，他的活力将其反感推向极端，并用一种过于简单以至于不真实、过于清楚以至于不适用于人的方式表达出来，这一切使他很容易产生一种方法上的巨大混淆。他说理的依据是他自己塑造出来的那些教士。他站在他们的位置上，他必然感到自己是个骗子或者缺乏头脑。因为他无法想象他们的信仰，他就将他们说成轻信。因为他很清楚他们并非人人都愚蠢地轻信，他就将谎言、欺诈和伪装加之于那些不轻信的人身上。

然而，声称通过纯粹的说理，就可以解决那些其因素不可能列举和定义的问题，这显然是一个错误，尽管这个错误十分普遍。只有纯属代数的问题人们可以在自身并通过头脑来处理。当涉及真实的事物时，问题应该由观察来解决。确实有一些真正的、思想丰富的教士，我自己的经验就向我保证了这一点。我认识这样的人，于我足矣。我并不是说我说明了这个问题；我的意思是，司汤达之所以有他那样的看法，原因只在于这个意外情况：他根本不认识我所认识的那样的人。

就这样，人们怀着看清问题的希望，却弄错了。司汤达对教士下判断的这个例子，立即可以引出一个普遍性的意见。那些自诩了解人心的人，大部分根本不能将他们自鸣得意的洞察力与他们对人的偏见分开来。他们辞锋尖刻或嘲讽。的确，什么也不如一贯的贬损态度那样让人看上去像心理分析家。人们一般认为，心明眼亮的人是那些看见黑暗面的人，这种看法有时是对的。

在这方面（这件事对喜欢联系的人们来说是十分有趣的），贝尔与那些对人最为无情的神父和圣师，以及那些最严苛的道德神学的宗师们站在了一起。虽然形式和意图很不相同，但怀疑的目光和几乎有罪的引出最坏结论的愿望却是一样的。最坏的情况是富于批评精神的人们的养料。恶则是他们的猎物。因此他们需要它成为规则。一个司汤达式的

"心理分析家",尽管他是感觉论者,也需要我们天性中的恶意。如果没有原罪,有思想的人们会成为什么样呢?

巴尔扎克更加阴郁,为了形成一种对社会更加深入、似乎更加透辟的看法,他在自己周围聚集了所有那些以观察或研究卑鄙无耻之事为能事者,其中有听忏悔的神父、医生、诉讼代理人、法官和警察,所有人都被指派来识破、规定和以某种方式治理一切社会渣滓。当我读巴尔扎克时,有时会有第二幻象,仿佛是侧景,我看见在一个宽敞而热闹的歌剧大厅里,任何肩头、光亮、闪烁、天鹅绒、上流社会的男男女女,都暴露或者对照在某只极其清醒的眼睛之下。一位身着黑衣的先生,很黑、很孤独,注视并解读着这奢华的一群人的内心。所有这些流光溢彩的人、这些面孔、这些肉体、这些宝石、这些迷人的窃窃私语、这些挂在脸上的微笑,在他的目光面前都算不上什么,他的目光将这个华美的聚会毫不留情地变为瑕疵、悲惨和秘密罪行的丑恶渊薮。他随处所见只有恶、不光彩的故事或者过错;他看见通奸、债务、堕胎、梅毒和癌瘤、愚蠢和贪欲。

然而,无论这种目光可以多么深刻,在我看来,它过于简单和偏执。每一次我们指责和评判,——却并未触及本质。

我们应当做一个"司汤达的独白"。它由从他的所有作品中抽取出来的句子连接而成。这样我们就可以一下子读到他的所有问题:

生活。取悦。被爱。爱。写作。不要受骗。成为自己，——然而也要发达。怎样赢得读者？以及怎样生活，蔑视或者厌恶一切派别。

在何处生活？——意大利在王公和教士们的统治之下。巴黎的天气糟透了，而且人人都在算计。激情太少，虚荣太多。可以在那儿当个才子。

还剩下未来。（他对后世还抱有幻想。）需要为将来的光荣而为自己制定一个政策。五十年后，我喜欢的东西会让人们普遍喜欢。让我成为自我的东西，将会激励那些掌握着最终光荣的人们。那时人们就会蔑视那些今天已经成名的东西。人们将会嘲笑梅斯特[1]和博那尔[2]。夏多布里昂和诗意的风格将会变得令人厌烦。此外人们会感到无聊。人们将会有上下两院，美国式的共和体制将会到处赢得胜利。虚伪将会换一副面具。

然而还要坚持下去，要穿越半个世纪。如何才能穿越四十年的浪漫主义，而不在到达文学的永恒之前死亡？需要有一条爱好者的链条、一个由少数幸福者组成的宗派将他引到泰纳[3]和保罗·布尔热[4]的时代，到那个神经质的、说德语的斯拉夫人尼采的时代，尼采喜欢力量的概念就像

---

[1] 见第92页注[2]。——译注
[2] 博那尔（Bonald，1754—1840），法国作家。他猛烈抨击经验论和无神论的唯物主义以及民主思想，捍卫君主制和天主教教义。——译注
[3] 泰纳（Taine，1828—1893），法国文学批评家、哲学家和历史学家。——译注
[4] 保罗·布尔热（Paul Bourget，1852—1935），法国小说家。——译注

喜欢毒品，他会将司汤达式的世界主义者转化为"优良的欧洲人"。

这个贝尔真是个有趣的人，他有着强烈的引起公愤的欲望，这种欲望又同一些更加美妙的野心结合在一起。他总是不失时机地指出，大家应该对他所说的话感到愤慨。在这一点上他做得相当成功。当他挑衅的时候，对艺术家他用风格，对权贵他用不敬，对女人他用厚颜无耻和诡计。这个才华横溢的人，他的饶舌、见解和"胆量"有时让人联想到从前那些旅行推销员，这些人在最后的驿车和最早的火车那段时间里，在客栈的饭桌上高谈阔论。但这位下榻在欧洲与爱大酒店的戈迪萨尔[1]是个第一流的原型。他贩卖的东西活着、仍将活下去并让别的东西活起来。他那闪闪发光的奇怪的劣质货还将激发许多哲学头脑。一些庄重的人费劲地想让自己变得像他那样灵活和清晰。

在我眼里，亨利·贝尔与其说是个文人，不如说是一位有头脑的人。他的个性特征太突出，以至于难以将他简单地说成是一位作家。这正是他招人喜欢和不招人喜欢的地方，总之我喜欢。

我看到皮埃尔·路依[2]辱骂这部不能容忍的书，他带着

---

[1] 戈迪萨尔（Gaudissart）系巴尔扎克《人间喜剧》中的人物，新兴资产阶级的化身。——译注
[2] 皮埃尔·路依（Pierre Louÿs，1870—1925），法国作家。——译注

一种奇怪的但也许有道理的愤怒,将《红与黑》扔到地上并踏上几脚……

但就是这个司汤达,无论他怎样,尽管缪斯、他的笔和他自己不情愿,已经成为我们文学中的半神之一,成为这种抽象而热烈、比其他任何文学更干涩和更轻盈的文学的大师,这也是法兰西的特征。这种体裁重视行动和思想,对装饰不屑一顾,对形式的和谐和平衡嗤之以鼻。它完全在讽刺、语气、警句和挖苦之中,它充满对思想的概括和活跃的反应。这种体裁永远是迅疾的,故意咄咄逼人的;它似乎没有年龄,在某种意义上也没有材料;它是极端个人的,直接集中在作者身上,它像一场交锋激烈的游戏那样令人不知所措,它将它同样厌恶的教条和诗学弃置于一旁。

关于司汤达的话,说不尽道不完。在我看来,这就是至高无上的褒奖。

用形式进行创造的维克多·雨果[*]

有人声称维克多·雨果死了,而且已经死了五十年了……但一位公正的观察家会对此表示怀疑。就在昨天,还有人攻击他,就像攻击一个活着的人。有人试图消灭他。这正是他活着的有力证据。话说回来,我很希望他已经死了,然而我敢肯定他没有死,所以才有人说他死了,才有人希望他死了。

如果一位作家去世半个世纪后还在引起激烈的争论,我们可以对他的未来放心。他的名字几百年后仍将充满活力。在未来的岁月里,抛弃和喜爱的阶段,受推崇和遭冷落的时候会有规律地交替出现。对于一种光荣而言,这是其长久稳定的一个条件。光荣成为周期性的了。

一位作家正是这样在文学的苍穹中跻身于太阳或者行星之列,然而另外某位曾经与他齐名的作家,当年的光彩也并不亚于他,但这位作家却不为人知地过去了,——像一颗流

---

[*] 1935年于巴黎广播电台。

星,闪亮一去不复返。

维克多·雨果在1830年时是一颗流星,但他不停长大、不断闪耀直至死亡。当时人们猜想他的卓著声誉和非凡影响将会怎样。首先,时间似乎在与它们作对。另一些诗人脱颖而出;他们创造了新的诗歌形式,在读者中引起了新的欲望。另一方面一些批评家和大大小小的才子们敢于毫不留情地评点他那卷帙浩繁的作品。他那巨大的、近乎可怕的光荣前景如何呢?

现在我们知道了。雨果,这颗流星,这颗曾以其万丈光芒照亮了整个世纪的流星,但是他也有可能像别的很多人那样渐渐黯淡下来,最后进入到遗忘的夜空,——雨果今天在我们看来仍然是文学天空中最大的星辰之一,是精神世界系中的土星或木星。

当一个人的全部作品进入这一高级行列,它就获得了这种颇引人注目的特性:所有对它的攻击,人们苦心搜寻出来的它的缺点,人们认为它的美中不足之处,所有这一切对它的好处都远远大于坏处。与其说它因此受到伤害,毋宁说它被重新激活和变得年轻了。它的敌人只是表面的敌人;事实上,它们有力地帮助它继续引起关注,帮助它再一次征服了文字作品真正的大敌:遗忘。一旦越过某一道界线,反对作品的一切努力只能巩固其现有存在,将舆论引向它,使它再一次认识到自身有某种长久的要素,异议、嘲笑、分析本身对这种要素都无能为力。

不仅如此:我们完全可以相信在这种情况下,当这些作品的缺点如作品本身一样鲜明时，它们会令作品的美好之处更加凸显，此外，它们还会让批评得到一些容易的胜利，而作品最终只会对此感到满意。

但这种长久的要素究竟是什么呢？这种特性使作品免于销声匿迹并确保一种金子般的价值，因为凭借这一特性，作品以某种美妙的不可腐蚀性来对抗岁月的侵蚀。

答案在此，我借用米斯特拉[1]的警句："唯有形式。"普罗旺斯的大诗人如是说："唯有形式保存精神的作品。"

为了阐明这一简单而又深刻的警句，只需考察一下原始文学。原始文学不是用文字写成的，它只能依靠人的活动，通过发音、听觉和记忆之间的一个交换体系才得以保存和流传。这样的文学必然是有节奏的，有时还是押韵的，它具有话语为了建立起对自己的记忆、为了让人记住、在脑子里留下深刻印象的一切手段。在那些还不懂得创造有形符号的时代，所有显得值得保存的东西都被写成诗的形式。诗的形式，也就是说其中包含节奏、韵律、和谐、修辞的对称、反衬等一切称得上形式的基本特征的手段。一部作品的形式即是那些可感知特征的整体，其身体行为自然建立起来并努力抵抗所有形形色色威胁着表达思想的解体原因，无论是不在意、遗忘，还是头脑中可能出现的反对它的异议。正如重量

---

[1] 米斯特拉（Frédéric Mistral，1830—1914），普罗旺斯作家、诗人，致力于弘扬法国南方的奥克语文学的菲列布里什运动（Félibrige）的主将之一。1904年获诺贝尔文学奖。——译注

和恶劣天气始终考验着建筑师的建筑，时间也在与作家的作品对着干。但时间只是一个抽象的概念。是前后相继的人、事件、趣味、时尚和观点，在对这部作品起作用并试图将它变得或无足轻重，或天真，或默默无闻，或索然无味，或可笑。然而经验证明，所有这些抛弃的理由都不能消灭一种真正确立起来的形式。这样的形式单枪匹马就足以使一部作品抵抗趣味和文化的千变万化，以及后来的作品中出现的新鲜花样和诱惑。

总之，只要以其形式的质量来对作品进行最后审判的时刻没有到来，就存在着一种价值的混淆。我们怎能料定谁将会长久？一位作家在世时可能会备受推崇和注目，产生巨大的影响；但其最终命运丝毫没有因这一幸运的成功而盖棺论定。这种光荣，哪怕是合情合理的，也往往会失去一切存在的理由，这些理由只存在于一个时代的精神之中。新颖变得陈旧；奇特可以模仿，而且已经过时；激情变换了表达方式；观点传播开来，风俗有了变化。只是新颖、充满激情、说明一个时代的观点的作品可以而且应该消亡。相反，如果它的作者懂得赋予它一个有效的形式，他就将作品建立在人的常性之上，人体的结构和功能之上，人本身之上了。他就这样预先使作品防备了印象的纷纭、观点的多变以及思想在本质上的游移不定。此外，一位作者通过将这种渊源深厚的力量传达给他的作品，表现出了活力和非凡的体能。活力和精力暗含着对丰富的形体节奏的沉迷和控制、无限的聪明才智、对自己的力量的信心以及放纵力量时的陶醉，而这些，不正是雨果的天才所具有的典型的能力吗？

雨果很可能会遭到评论的挖苦嘲讽，面对批评指摘，授对手们以大量不利于自己的口实，犯下许多错误；人们完全可以在他的作品中指出大量缺点和瑕疵，甚至败笔。但因为余下的部分灿烂辉煌，所有这些只不过是太阳表面的黑子。

不仅如此：雨果的作品和光荣经受住了一个人的全部作品和一份光荣可以经受的最严峻的考验。早在诗人生前，另一些诗人已经在发表作品了，这些诗人也许不如他伟大，但堪称稀世奇才，他们的作品中有着他所不具有的细腻、狂暴、深刻或一种新的魔力。我们可以相信这种新颖、这种神奇的完美、诡谲或魅力会削弱和摧垮大诗人的帝国。尤其因为所有这些诗人都或多或少公开地承袭他而来，这种结果更有可能发生。众所周知，务求不要追随或模仿某人，仍然是以某种方式模仿。镜子将图像翻转过来。

然而雨果永远傲然屹立。我个人的经验一成不变地向我证明这一点：每次当我，——四十五年前曾被那个时代的魔法师们的魅力深深吸引过的我，——每次当我打开一本雨果的书，我总会在从前翻阅过的某几页上，发现足以令我钦佩不已的东西。

我应该简明扼要地谈谈诗的这种强大力量是如何建立、加强和发挥的。

我试图说明形式的重要性，而在19世纪上半叶，形式被普遍忽略。人们丝毫不讲究语言的纯粹、丰富和特性以及诗句的音乐性。平易占了上风。然而，当平易不能达到超凡脱俗的境界时，它就是灾难性的。一般说来，浪漫派作家们几乎只关心听从心灵的冲动而行事，他们致力于传达心灵冲动的情绪，而并不留意读者的抗拒，不关心我谈到的形式问题。他们相信自己感情的冲动、激烈、独特和不加修饰的力量；他们毫不迟疑地对此加以表达。他们的诗句参差不齐得令人吃惊，他们用词模糊，笔下的形象往往不明确抑或落入俗套。他们对语言和诗学的丰富资源一无所知：要么就是他们视其为发挥天才的羁绊。但这是些天真的观念、可恶的懈怠。今天我们看到，诸如拉马丁、缪塞、维尼等大诗人，为所有这些忽略所苦到了何等地步，他们还将深受其苦。如果我们对后来的情况加以考察，就很容易证实这一点。我们会注意到，如果说这些诗人催生了难以数计的模仿者，但他们却后继无人，换言之，没有人能够发展他们所没有的思想和技巧。他们可以让人模仿，却不能让人学习。

然而雨果从他们当中站了起来。他看到了他们语言上的缺陷以及诗歌艺术江河日下，在这位行家眼中，他的对手们赢得的一切成功都不能掩盖这些情况。雨果不愧为行家里手。最能说明问题的，莫过于他为自己选择的真正的大师：拉丁语诗人中的维吉尔，尤其是贺拉斯。在法国作家中，他深入研究那些最坚实和最丰富的作家并取得丰硕成果，这些作家中很多人默默无闻、无人问津，其中几个实际上完全不为人知。我要谈的是16世纪末和17世纪初的诗人和散文作家，他们对雨果的影响是确定无疑的，他甚至从其中最默默无闻的一位那里借用了一两页。当我们从拉辛上溯到龙沙时,我们发现词汇变得丰富起来,形式更加严谨和富于变化。高乃依、杜巴达斯[1]和多比涅[2]曾是雨果的范例,但他也许在心中将他们与拉辛对立起来。如同任何真正的诗人,雨果是第一流的批评家。他的批评是以行动来表达的,他的行动是很早就将一门艺术的潜力与其对手的弱点相对照,终其一生他将通过不断实践来发挥这些潜力。

是的,他首先是个艺术家。在长达六十多年的时间里,每天从早上五点钟到中午,他都在诗人工作台前。在那里,他不遗余力地向一门技艺的容易之处和困难之处发起一次次进攻,他越来越将这门技艺作为自己的创作活动。想象一下这位创造者工作的情形吧。我说得很清楚:创造者,因为在他那里,形式的创造与形象和主题的创造一样激动人心和迫切。从《颂歌集》和《东方集》起,他似乎出于好玩而想象出一些不寻常的、有时是巴洛克式的诗歌类型。但正是这样,他对这门艺术的可能性样样熟稔。西蒙娜女士将向诸位就《精灵》(Les Djinns)做精彩的分析。那是他做的许多练习之一,他通过做这些练习对词语产生的效果尽在掌握之

---

[1] 杜巴达斯(Du Bartas, 1544—1590),法国诗人。作为新教徒,他曾追随奈瓦尔的亨利。他创作甚丰,尤以宗教诗歌著称。——译注
[2] 多比涅(Agrippa d'Aubigné, 1552—1630),法国作家。多比涅一生经历丰富,是坚定不移的加尔文派教徒,集作家、渊博的学者和骁勇善战的军人于一身。圣伯夫称其为16世纪"最生动的人物之一"。——译注

中。他最终达到了极点,但此举也颇为冒险。他终于懂得了或以为懂得了,通过修辞手段或技巧去解决所有困难,不仅是艺术上的,而且还包括思想上的困难。比如他懂得描写,或者不如说创造,将一切看得见的东西奇妙地呈现出来,他做成一片天空、一场暴风雨、一个加瓦尼漏斗地形(cirque de Gavarnie)、一个巨人,他带着一种超凡的、有时令人瞠目结舌的自由,去大胆地议论宇宙、上帝、生与死。批评家在这里有事可干了。他们很容易在这些大段大段华丽的亚历山大体中找出可笑和幼稚之处。但他们的热情也许看不到,一个非常深刻的训诫藏在这种往往令人惊诧的模式之中:诗人提出一切可能的问题,或者不如说对这些问题发起猛攻,然后仅仅在两个韵脚之间,通常是富韵,解决一切问题。实际上,无论思想关心的是什么问题,无论思想提出的是什么解决办法,其最终也只不过是(在思想能够表达它们的情况下)词语的组合、词汇的安排,它们的所有成分都乱七八糟地躺在词典里。有一天晚上,马拉美开玩笑地对我说,如果真有那么一个世界之谜,就将它在《费加罗报》的头版登出来。雨果也许会颇为自得,他曾在不经意间写过或者某一天能够写这个版面……

如果他没有写过这个版面,他也写过另外一些东西。他曾遍游词语的世界,尝试过一切体裁,从颂歌到讽刺诗、从戏剧到小说,以至文学批评和雄辩术。总之,看着他发挥他那无与伦比的遣词造句的才能真是妙不可言。在我们的语言中,从未有人将用准确的诗句表达一切的能力,掌握和运用到他那样的程度。也许到了滥用的地步。从某种意义上说，雨果太强了，他不可能不滥用才华。他随心所欲地将一切转化为诗。他在运用诗歌形式的时候，找到了将一种奇异的生活向任何事物传达的方法。对他而言，没有无生命的事物。没有什么抽象概念他不能让它说话、歌唱、抱怨或威胁，然而他笔下没有一行诗不是诗。没有一个形式上的错误。因为在他那里，形式高于一切。创造形式是他的头等大事。从某种意义上说，这种君临一切的形式比他本人更强大，诗歌语言于他如同魔鬼附体一般。通过一种奇异而又深具启发意义的职能倒置，我们名之为思想的东西在他那里成了表达的手段而非目的。在他笔下，我们可以明显地看出，一首诗的发展往往是对他头脑中突然出现的一个美妙的语言现象的演绎。雨果的情形值得进行深入细致的思考，本人在此不能道出万一。

在我们的话题行将结束之际，如何能够不听听这位超凡出众的人自己的声音，也许是他最美的诗句，也许是世上最美的诗句。雨果七十岁时写了一部关于泰奥菲尔·戈蒂耶的戏，他以下面这首诗来结束：

我们过去吧，因为这是法则；无人能够避免；
一切都倾斜了，这个伟大的世纪连同它的所有亮光
进入了这片茫茫阴影，在那里，我们脸色苍白，
逃亡。
哦！多么狂暴的声音在暮色中低回

人们正砍伐橡树准备赫拉克勒斯的柴堆!
死神的马群开始嘶叫
它们兴高采烈,因为闪亮的年纪就要遁消;
这个曾经制伏逆风的高傲的世纪
消逝了……哦,戈蒂耶!你与他们不相上下如同兄弟,
你走了,跟随大仲马、缪塞和拉马丁。
古代的水流已经干涸,人们曾在那里重返妙龄;
正如再也没有冥河,再也没有青春之泉。
冷酷的收割人手拿大刀走上前,
若有所思,一步步走向残留的田畴;
轮到我了;夜色盈满了我迷乱的眼眸
它在猜测,唉!鸽子的明朝
它对着摇篮哭泣却对着坟墓微笑。

回忆奈瓦尔[*]

我看见自己,——不,我以为看见自己,——坐在一张淡黄色的草编椅上,椅子脚细细的,是珊瑚红色,我的脚后跟搭在一根横档上,双手抱头,在读书,读着永远同样的几本书:一本1840年出的大部头,胆敢叫作《维克多·雨果全集》,——那是比利时出的盗版书,还有一本米歇尔·列维出版社的淡黄绿色封面的书:那就是《潇洒的波西米亚人》(*Bohème galante*),这本美妙的诗集令当年的我受益无穷,十二岁的我在其中找到了所需要的一切魅力和幻想。

奈瓦尔这个名字让记忆中这本淡绿色封面的书出现在我眼前,这个颜色唤醒了一切,我重又体验到了那些荒唐而又激烈的时光,它们靠着文字的魔法,避开了烦恼、责任和真

---

[*] 这篇文章是瓦莱里为奈瓦尔的诗集《幻象集》(*Les Chimères*)所作的序。该诗集配有吕克-阿贝尔·莫罗作的石板画插图,故文章的最后部分有关于吕克-阿贝尔·莫罗及其艺术的一番话。

实的日子。那时我一遍又一遍地读残酷的《布格-雅加尔》和可怕的《冰岛的翰》，由它们想到巴黎旧城、想到依然很新的新桥、想到《魔手》的神奇故事所唤起的一切阴森可怖、令人感动、异想天开和不容置疑的东西，这只手刚刚被刽子手从吊死的人身上砍下来，就用五个手指走了起来，像一只忙忙碌碌的螃蟹穿行在好奇的人们脚下，急于消失。也许我会把它画下来……我想象着一位大师也许可以用这个题材做一幅铜版画。我常常想象这个干活和取拿东西的器官获得的这种自由，想象一只终于摆脱束缚的手所感受到的陶醉，它变得富于冒险精神，在茫茫世界中想做点儿什么。我承认，当我定睛看着（这时再也听不见什么了）一位高明的演奏家的手指在键盘上疾走如飞时，往往会陷入这种奇怪的胡思乱想（有时还会想得很远）。

在我珍爱的这部《潇洒的波西米亚人》中，我还特别喜欢让我认识了伐卢瓦地区（le Valois）及其文学的一章，这是诗集中最动人的篇章之一。伐卢瓦是法国最富于诗意的地区，那里的文学应当称之为"民间的"，但这个词相对于如此精美的作品而言实在可恶。要知道题献给古老的法兰西谣曲的这几页东西，对某些当年二十岁上下的诗人不无影响，而那时我才十二岁。莫雷阿斯（Moréas）读过它们；另一些人也读过。

奈瓦尔是让这些优美篇章放射出光彩的第一人。不用说，从来没有任何一部诗选给予过这些从歌唱的乐趣中自发诞生的作品以任何位置。这些歌谣中有一些让我感到根本上的完美。我从中看到了一种对生活完全自然和巧妙的传达所具有的鲜活劲儿，它与我们那些用技巧组织起来的诗歌全然不同，后者既离不开作者的沉思和抽象追求，也离不开读者的学识修养和积极参与，我们甚至可以通过对比反差来定义这两种诗歌，前者几乎要让后者期待着从中探究出点儿深意。这一如此纯粹、如此平易优美的传统如何会枯竭？我们的民族似乎从此丧失了诗歌创造力，毫不设防地陷于愚蠢和粗俗的源泉中那些最低级，而且越来越低级的东西里，何以至此？

在那个时期我迷恋的几本书中，还有一本已经破损不堪的小册子，我之所以提起它，是因为还有比时间关系更重要的原因，让我的记忆将它与对奈瓦尔作品的记忆联系在一起。这本散了页的小册子号称《预言历书》，书里有几幅木刻插图令我怡然沉醉。这本书收录了一些想引起人们不安的胡言乱语、几篇咒语和占卜秘诀、一些鬼怪故事，最后还有一篇给人留下深刻印象但含糊其辞的文章（我不知道它在多大程度上是"历史的"），讲述普鲁士国王在凡尔登的招待会，作者让腓特烈大帝的影子本身出现在他跟前并对他说话……

这本小历书中一切模模糊糊、令人发晕的材料在奈瓦尔的头脑中都被美化了。

在奈瓦尔充满忧虑的智慧中，奇怪地分布着阴影和光明。我谈到过他对法国诗歌中最简单的声音所具有的非常优雅的趣味。他同样挚爱桑里斯（Senlis）周围的树木、溪流以及贡皮涅（Compiègne）那片高贵的森林，在那里，一天夜里，在一片林间沼泽地上，我曾看见满月在雾的轻纱上织出了一条由各种冷色构成的、银光闪闪的彩虹。这个美妙的冷冰冰的幽灵大概令奈瓦尔着迷过，他一向喜欢这类传说故事的背景，只是人们往往将它们放置到莱茵河畔。他精通德语，所以这条河边的故事和歌谣令他感到格外亲切。众所周知，歌德本人多么赞赏他翻译的《浮士德》第一部。在法国浪漫派作家中，也许他是深入了解这种抒情而又超验的德意志精神的唯一一人，而我们的浪漫主义正来源于此。但他芜杂的博学超出了一切临界界限，在这种明晰的语文学修养之外，似乎越来越贴近地加上了一个不确定的领域，在这个领域里，渊博的头脑产生的那些最富于诱惑力和最奇异的东西与某种幽灵知识相结合，这种知识里混杂着通神术、神秘哲学、魔法、破译的神话，以及一个过于渴望清晰的头脑所能吸收的一切神秘的东西。在他对神奇魅力的渴望里，既不缺乏魔法，也不缺乏炼丹秘术的许诺以及最大胆的思辨预示的前景。

在这样的头脑中，好奇心就是焦虑，那些被藏匿、遮掩和封存起来的东西尤其具有吸引力，这样的人禁不住认为，越难以获得的知识就越重要。他们研究那些晦涩的文本，并且相信秘密社团的秘密。按照这些社团的传统所声称的起源，奈瓦尔能够想象一个宗教社会的埃及，在法老的阴影下统治国家的僧侣们应该掌握着一件法力无边的宝物。但是，就在离他很近的地方，而且在并不十分遥远的时代，一门关于宗教奥义的学问和一种不准向俗人传授的真理在信徒之间传播，并且不时被意料之外的感悟所更新或重新发现，关于这门学问和这种真理的思想如果说没有形成，至少也伴随着一种极端的狂热得到了发展、维护和完善。就在奈瓦尔出生前几年，这种对神秘的热衷达到了顶点。如果我们试着探究思想的传承，如果我们将 19 世纪上半叶与前一个世纪具有近似倾向的那些人联系起来，就会很容易在我们的诗人身上发现斯威登堡（Svedenborg）的同时代人、圣－玛丁以及那些神智学者或神秘主义者所具有的特征，他很可能对这些人的作品有过深入思考，其中一些人还在他的《觉悟者》（*Illuminés*）中出现。在 1830 年到 1850 年间，他并不是唯一一个从幽暗的沉思中寻找光明的人。就在这个时期，正当司汤达以他自己的方式延续着某种敏捷、实证和灵活的清醒时，——这一脉传统也许来自狄德罗，或者博马舍，——巴尔扎克在他卷帙浩繁的一部分作品中，却不时表现出并非纯属文学的好奇心。他对那些极端的探索感兴趣；他相信护身符，他在《路易·朗贝尔》中塑造了一个过着不被允许的神启生活的主人公，他在《驴皮记》中杜撰或者说借用了一个令人不快的魔法故事。

这里自然而然出现了一个十分敏感的问题。对玄奥事物感兴趣、相信那些神异但又不过分的现象、相信超自然的生命的存在及其显现,我们是否应该认为,这些是精神幼稚症或精神错乱的症候?也许明智的做法是用统计数据来研究这个问题。在大量以严肃的方式关注不可见世界的人当中,有多少人表现出是真正的疯子?斯威登堡在他漫长的一生中始终过着完全正常的生活:院士、学者、著名工程师、高级官员、社会名流,他的幻象与他的社会行为是分开的,正如我们的梦想与我们的社会行为一样有区别。但相反的是,奈瓦尔在他接近他文学生涯的一半时,似乎有时失去了对自己内心活动的控制。不过他恢复了正常并且意识到自己曾经发过谵妄。在这些问题上,我认为应当十分审慎地运用容易产生谬误的因果律。究竟是某些想法能够导致永久性的功能混乱呢,还是某些病理状态能够引发某些想法(不是模糊的,而是相当有条理的想法)?我们无法用某种严格的方式去讨论这些问题;我们甚至不知道如何陈述这些问题。

此外,奈瓦尔的情形还因为"文学"变得更加复杂。热拉尔[1]是个作家。因此他对一切可以通过语言的手段而具有创造价值的东西敏感,无论是他的感知还是思想。L' Homo Scriptor,身为作家,他不可能不去想他写到纸上的东西对读者产生的效果。他有意无意也要斟酌词语的力量。但斟酌词语这一确凿的事实不可避免地会让具有批评精神的人推测

---

[1] 奈瓦尔原名热拉尔·拉布鲁尼(Gérard Labrunie),笔名为热拉尔·德·奈瓦尔(Gérard de Nerval)。——译注

出不够真诚：人们猜想那些进行写作的神秘主义者、传授秘术者、理解宗教奥义者以及蛊惑人心者有意滥用他们的表达力量，无论这种意识是得到承认的还是与生俱来的；我们知道，想对他人施加作用的意图或志向将我们变成了他人……

我不是说奈瓦尔想向我们传达的他的思想世界里的东西比他获得的更多；但是我不能忘记文学会扭曲它感兴趣的一切，因为它在本质上就是对语言功能的过度发挥，我也不能忘记文学中表现出的任何真诚、良好的信念和愿望，无一不会让人以为它们只不过是最蓄意和最诡诈的花招。《奥雷莉娅》和《火的女儿》里那些受到"神灵启示"的美丽章节，看上去并不是不可能只依靠才华就可以写出来的。在任何时代，文学都精通玩弄荒唐这个普通的概念。如今有很多作家致力于培养一种有条不紊和有限的疯狂：他们美其名曰为第二认识，而且不太费劲儿就获得了"通灵者"的身份或者说荣誉。眼下诗人们追求"惊恐状态"甚于歌唱状态。这种时髦十分有趣：它证明我们能够获得综合妄想狂，并将它凝聚在那些近乎诗的东西里，这些东西闪闪发亮，难以一一分开。有些人还以《以诺书》[1]或者《启示录》[2]作为范本，疯狂时代说明这样的选择不是

---

[1]《以诺书》是公元前 2 至公元 1 世纪时的伪经，内容芜杂而隐晦。——译注
[2]《启示录》是《新约全书》的最后一部，包含对世界末日的预言等内容。——译注

必要的。

当前在文学趣味方面出现的这些情况,使奈瓦尔获得了迟到的荣誉,但这种荣誉看来是能够天长日久的。过于长久以来,只有他悲惨的结局和与之相联系的传说,使他的名字不至于被彻底遗忘。好在近三四十年以来,人们开始读他并重新出版他的书,他最好的诗句被人们铭记在心:大家喜欢他。

他的作品为数甚少。并且还得承认,这很少的东西本身可以压缩为十几节诗句。其余部分柔弱无力,令人过目即忘,要么轻易地变成抒情歌曲的歌词,要么只能引起人们的怜悯,因为他所使用的浪漫的素材和修辞,连雨果的全部天才也不足以支撑,而波德莱尔则索性弃之不用。比如这首《武装的头颅》,奈瓦尔写得虽令人振奋,但意犹未尽,如果换了雨果,定能写得精彩非凡。尽管如此,我还是从这首诗中引几个奇怪的句子,正是其不协调让人不情愿地反复吟诵:

> 于是人们看见从炼狱深处出来,
> 一个满脸挂着胜利泪水的青年
> 他向天国的君王们伸出纯洁的手。

我们可以品味一下这神话般的混合。

但是使奈瓦尔成为诗人并永远拥有诗人之名的,主要是以下一些名篇:《德底夏多》(*Desdichado*)、《阿尔忒弥斯》

(*Artémis*)以及《金色诗句》(*Vers dorés*)。

人们再也忘不了这位可爱的"双手满是火焰的那不勒斯圣女"(火焰指的是金色树林里的阳光),也不会忘记巧妙的对称将"圣女的叹息与仙女的叫喊"既结合在一起又使之对立;人们还永远可以想象"这个纯洁的精灵在石头的皮下生长"。

这几首十四行诗的魅力不容置疑,在我们的文学中我没有看到相似的东西,这种魅力也许来自诗歌激发起来的对一个人的印象。这个人既柔弱又粗暴、既博学又天真、既具有叛逆精神又戴着假面具,他的绝望虽不明确,但人们可以感到它是深沉和真实的,对于被取消的生命的假想的回忆使他获得了表达的象征物,他的绝望与所有这些象征物交织在一起喷涌而出。古代世界以其秘传学说、基督教以其寓意、中世纪以其魔法、泛神论以其诗意,这一切使他掌握的杂乱无章的珍宝在博学的黑暗中熠熠闪光。这种芜杂的学识,其每一成分单独看都是含糊和不可靠的,但它们在一起却组成了丰富而令人陶醉的抒情材料。圣女、仙女、死神的骑士、美人鱼和女预言家、基督和克乃弗神(Kneph)[1],所有这些名字集中在几行诗句里,诗人则用一个词将自己依次化身为其中的每一个,这样传达了一种灵魂转世和招魂的混乱、神秘和令人心碎的感觉,种

---

[1] 克乃弗是埃及最古老的神祇之一,被埃及人视为世界的创造者,他通常以长着牡羊头的形象出现。——译注

种宗教传说中的死人和活人,都在招魂中来到错误记忆和诗歌创造的交界地带游荡。这让人想到将头脑中已获得的概念进行分解的一个阶段,在这个阶段里,所有概念都根据梦幻状态下十分灵活的法则被打破、重新组合或相互替代,哲学可以轻易地转化为寓言,如同寓言可以摇身一变成为哲学,与此同时如果缪斯女神参与进来,节奏、和谐和韵律就会做好准备,像一圈涌起的波浪那样在诗律的形式中托起心灵的起伏,并在它们的交织当中接纳思想和偶然的游戏所带来的惊喜,而诗律的形式是作为行为的声音与作为感觉的听觉二者天衣无缝的配合。

然而一种骇人的悲苦是所有这些诗篇共同的底蕴,诗中大量出现的鬼怪和质朴的神秘主义,并不能掩盖一个人的悲惨处境,反而使其越发明显,这个敏感的人陷于极度贫困之中,他焦灼的忧郁又提出了可怕的要求。我们所了解的奈瓦尔那阴森可怖的结局,加剧了我们读过这些诗后得到的痛苦印象。

我幼年读《潇洒的波西米亚人》时,并不知道这本优美的诗集的作者的命运。另一位大艺术家,梅里翁(Méryon),他的头脑也被阴森的幻象和阴影所纠缠,他曾经用有力的笔触将陈尸所周围的景象做成了一幅铜板蚀刻,1855年1月26日的场景就在那里结束。"上吊身亡",陈尸所的案件笔录上这么说。那天天气奇冷:零下十八摄氏度。尸体没有大衣。他穿着外套。人们发现他在两件白布衬衣下面穿了两件法兰绒背心。这些细节是残酷的。我们不禁想起爱伦·坡,也是在这么寒冷的天气里,他走在为他妻子送殡的行列后面,他裹着的披肩正是他的妻子死去时披盖的那一条。他没有别的东西可以穿戴。

在为文章做插图的所有刻印艺术中,石版画大概是诗歌最喜爱的方式。木材和铜自有其长处:它们对于散文体大有助益。但诗歌不是思想;它是将声音神圣化。因此诗歌偏爱在石料上轻轻刻画的艺术,柔软的画笔刻出的笔画总是那么生动灵活,可以像声调那样抑扬顿挫,有时隐而不见,就像在阴影里喃喃低语,有时则利用虚无,将阴影刻成纯黑色,犹如万籁俱寂。

吕克-阿贝尔·莫罗(Luc-Albert Moreau)听从诗歌的召唤,在他艺术家的心灵里有着两种产生魅力的力量:声音和线条,虚构和形式在他那里既互相争执又协调一致。他有自己喜爱诗人的方式,那就是在他内心的目光面前表现他们,同时他的手悬在即将来临的幸福上,在石灰岩细细的颗粒上,等待着诗人们的作品所创造的梦幻发出命令。

如同他从前为兰波做过插图,现在他又用形象化的创造来评说奈瓦尔,他感情中带着的尊重、审慎和分寸令我感动,但我几乎不敢对这一切妄加恭维。我深知,在我们这个时代谈论趣味是不被容忍的。这在过去曾是至高无上的颂扬,今天却被视为某种冒犯。但时代又有什么要紧,因为我们终究要从一个时代中走出来,因为有一天,只有当拿起笔或画笔的行为是为了反抗现存的东西和献给无限遥远的未来时,这样的行为才具有意义和深刻的价值……

正如歌德对奈瓦尔翻译的《浮士德》感到欣慰,奈瓦尔也会用陶醉的目光凝视着他自己的幻象,那是吕克-阿贝尔·莫罗经过再思考后所描绘的。

波德莱尔的地位 *

波德莱尔处于荣耀的巅峰。

这小小的一册《恶之花》,虽不足三百页,但它在文人们的评价中却堪与那些最杰出、最博大的作品相提并论。它已经被译成大多数欧洲语言:我将要就这个事实多说几句,因为我认为这在法国文学史上是绝无仅有的。

一般说来,法国诗人在国外不太为人所知也不太为人欣赏。我们的散文比较容易获得成功;但诗的力量却极难得到承认。17世纪以来统治着我们语言的清规戒律,我们特有的重音规则,我们严格的诗律,我们对简洁明了的追求,我们对夸张和可笑的惧怕,表达上的某种腼腆以及我们思想的抽象倾向,这一切使得我们的诗与其他国家的诗大异其趣,并且常常令别人感到莫名其妙。拉封丹在外国人看来平淡无奇。他们对拉辛则完全无法理解。他的和谐太过微妙,布局

---

* 1924年2月19日在摩纳哥讲座学会(Société de conférence)发表的演讲。

太过纯粹,语句太过高贵和细腻,对于那些对我们的语言没有深切了解的人来说,凡此种种无不难以感知。

维克多·雨果在法国以外为人知晓的基本上只有小说。

但随着波德莱尔,法国诗歌终于跨出了国界而在全世界被人阅读;它树立起了自己作为现代诗歌的形象;它被仿效,它滋养了众多的头脑。诸如史温伯恩[1]、加布里埃尔·邓南遮[2]、斯蒂凡·格奥尔格[3]等人,出色地显示了波德莱尔在国外的影响。

因此我可以说,在我们的诗人当中,如果有人比波德莱尔更伟大和更有天赋,却绝不会有人比他更重要。

这种奇特的重要性原因何在呢?一个像波德莱尔这样特别、与常人相距如此遥远的人,如何能够发动一场影响如此深远的运动?

这种身后的受宠、这种精神的丰富多产、这种无以复加的光荣,应当不仅仅有赖于他作为诗人本身的价值,还有赖

---

[1] 史温伯恩(Swinburne, 1837—1909),英国诗人和批评家。出身于贵族家庭,熟悉法国及意大利文学,崇拜波德莱尔和维克多·雨果。其作品是对维多利亚时代资产阶级道德的挑战。——译注
[2] 加布里埃尔·邓南遮(Gabriele d'Annunzio, 1863—1938),意大利作家。创作甚丰,涉及诗歌、小说、戏剧诸体裁。他的一生动荡不安,曾鼓吹民族主义,但后来遭到法西斯排挤。——译注
[3] 斯蒂凡·格奥尔格(Stefar George, 1868—1933),德国诗人。早年受浪漫主义影响,后来在巴黎与象征派诗人交往,并确立了自己的诗歌观念,形式严谨和晦涩的象征为其主要特征。——译注

于一些特殊的情形。特殊的情形之一就是批评的智慧与诗的才华结合到一起。波德莱尔应将一个至关重要的发现归功于这一罕见的结合。他生就逸乐和明晰;他的敏感苛求他对形式做最微妙的探寻;但如果他没有出于好奇,在爱伦·坡的作品里发现一个新的精神世界的话,这些天赋原本只不过将他造就成一个与戈蒂耶不相上下的诗人,或者一个优秀的巴那斯派艺术家而已。清醒的魔鬼,分析的天才,能够将逻辑与想象、神秘性与算计进行最新奇和最迷人的组合,出色的心理学家,挖掘和使用艺术的种种潜力的文学工程师,爱伦·坡身上所有这一切展现在他眼前并令他陶醉不已。如此多新颖的视角和不同凡响的前景使他着迷。他的天才因此而转化,他的命运因此而美妙地改变。

下面我还会谈到两个头脑这种神奇的接触所产生的效果。

但现在我要考察的是波德莱尔成长过程中第二个值得注意的情形。

就在他成年的时候,浪漫主义处于极盛时期;群星璀璨的一代人拥有文学的帝国:拉马丁、雨果、缪塞、维尼为一时之翘楚。

让我们设身处地地想一想吧,一个年轻人在1840年到了写作的年纪。滋养他的那些人正是他的直觉断然命令他去废除的人。他的文学生命是由这些人激发和养育的,是由他们的荣耀所激励的,是由他们的作品所决定的,然而,它却被必然地悬在对他们的否定、颠覆和取代之上了,这些人在波德莱尔看来占据了声誉的整个空间,并且他们中有人禁止他涉足形式的世界;有人禁止他涉足情感的世界;有人禁止他涉足多姿多彩的画面;有人则禁止他涉足深度。

他面临的问题是不惜一切代价从一个大诗人群体中脱颖而出,这些诗人由于某种偶然,在同一个时代不寻常地聚到了一起,每一个都生气勃勃。

波德莱尔的问题可以,——也应该,——这样提出来:"成为一个大诗人,但既不是拉马丁,也不是雨果,亦不是缪塞。"我不是说这句话有明确的意识,但它必定存在于波德莱尔心中,——甚至是他的根本所在。这是他至关重要的理由。创造的领域也是骄傲的领域,在其中,脱颖而出的必要同生命本身是密不可分的。波德莱尔在《恶之花》序言的草稿中这样写道:"杰出的诗人们很久以来就已经瓜分了诗的领地中最繁花似锦的地盘,等等。我将要做的是另外的事情……"

总而言之,他被心灵的状态和客观条件引向必须越来越明确地与人们称之为浪漫主义的制度,或者说制度的缺失,相对立。

我不会给这个词下定义。如果要试图这样做,须得在此之前失去一切严格的感觉。我在这里要做的,仅仅是还原当我们"处于初生态"的诗人与他那个时代的文学相碰撞的时候,他最有可能产生的反应和直觉。波德莱尔从那时的文学中获取了某种我们可以,甚至比较容易重建的印象。实际上,幸亏时光的流逝和文学事件后来的发展,——甚至幸亏波德莱尔及其作品,以及其作品的好运,——我们掌握着一种简单而又可靠的方法,来将我们对于浪漫主义的观念稍稍加以明确,我们的这种观念必定是模糊的,有时是得到认可的,有时则是完全武断的。这一方法在于观察继浪漫主义而起的是什么,是什么改变了它、纠正了它、与它形成对比并最终取而代之。只需要考察一下浪漫主义之后产生的运动和作品,它们不可避免和自动地是对浪漫主义是什么的准确回答。从这个角度看,浪漫主义是自然主义回击的东西,巴那斯派由于反对它而聚集起来;同样,它也是决定波德莱尔独特态度的东西。它几乎同时煽动起与自己背道而驰的追求完美的意愿,——"为艺术而艺术"的神秘主义,——以及观察事物并将其客观地固定下来的严格要求;一言以蔽之,对一种更坚实的内容以及对一种更巧妙和更纯粹的形式的渴望。关于浪漫派作家们的情况,没有什么能比其后继者们的全部计划和倾向更清楚地告诉我们。

也许浪漫主义的缺陷只不过是与自信不可分离的过激?……新生事物的少年时代是自负的。智慧、算计,总之,完美只有在节约力量的时候才出现。

无论怎样,一丝不苟的时代始于波德莱尔的青年时期。戈蒂耶已经在抗议并以实际行动反对形式问题上的懈怠,反对语言的贫乏和用词不当。很快,圣伯夫、福楼拜、勒贡特·德·李尔所做的种种努力,都将与简单的激情、无常的风格、泛滥成灾的无聊和怪异对立起来……巴那斯派诗人和现实主义作家们同意输在表面的强度、充沛和演说式的段落上，但他们将在深度、真实性以及技巧和精神水平上取胜。

简而言之，我要说的是，这些不同"流派"取代浪漫主义，可以看作一种深思熟虑的行为取代一种自发的行为。

浪漫主义作品，一般而言，难以经受一位挑剔而又精细的读者细致和充满抗拒的阅读。

波德莱尔就是这个读者。波德莱尔以极大的兴趣，——根本性的兴趣，——去感知、察看、夸大他在浪漫主义的大师们及其作品中仔细观察到的一切缺陷和漏洞。浪漫主义处于极盛时期，他可以对自己如是说，因此它会死亡；他可以用1807年前后塔列朗[1]和梅特涅[2]奇怪地看着世界的主宰的那种眼光，来看他那个时代的神和半神半人们……

波德莱尔看着维克多·雨果；要推测他的想法并非不可能。雨果高高在上；他与拉马丁相比优势在于材料远为有力和明晰。他词汇的丰富、节奏的多样、形象的丰赡压倒任何对手。但他的作品有时流于庸俗，失败在预言式的雄辩和无休无止的顿呼之中。他既同大众调情，也与上帝对话。他的哲学的简单、行文的不匀称和松散、细节的美妙与借口的不可靠和整体的不连贯之间常见的对比，总之所有一切能够刺激、教诲和将一位毫不留情的年轻观察者引向其未来的艺术

---

[1] 塔列朗（Talleyrand, 1754—1838），法国政治家。——译注
[2] 梅特涅（Metternich, 1773—1859），奥地利政治家。——译注

的东西，波德莱尔大概都一一记了下来，并且从雨果非凡的天才施加给他的崇拜中，辨析出了其作品中不纯粹、不谨慎和薄弱之处，——换言之，一位如此伟大的艺术家留待采摘的生活的可能性和赢得荣誉的机会。

如果多一点狡黠和高明，我们就会很容易将维克多·雨果的诗与波德莱尔的诗相比，目的在于展示后者是前者不折不扣的互补。我在此无须赘言。我们常常看到波德莱尔寻求维克多·雨果没有做过的事；而在那些维克多·雨果是不可战胜的方面他则不去尝试；他回到了一种不那么自由并谨慎地远离散文的诗律；他追求而且基本上总是能制造持续的魔力，这种品质于某些诗人是难以察觉、几乎是超验的，——但在维克多·雨果浩如烟海的作品中少有见到这种品质，即便有也难得纯粹。

况且，波德莱尔没有看到，或者说几乎没有看到最后的维克多·雨果，这时的雨果可以犯极大的错误，但也达到了美的极致。《世纪的传说》在《恶之花》两年后面世。至于雨果其后的作品，则是在波德莱尔去世很久以后才出版。我认为这些作品在技巧上远远高于雨果的所有其他诗作。这里不是合适的场合，我也没有时间在此发挥这一见解。我只能稍稍离题。维克多·雨果身上令我吃惊的是一种无与伦比的生命力。生命力，也就是说，长寿与工作能力相结合；长寿由于工作能力而加倍。在长达六十多年的时间里，这位奇人每天从五点钟工作到中午！他不停地进行语言组合，期望它们、等待它们、倾听它们对他的回答。他写了十万或二十万行诗，并且从这种不间断的练习中获得了一种独特的思维方式，那些肤浅的批评家们曾就此做出过他们所能做的评判。但是，在其漫长的生涯中，雨果没有放松过在艺术上完善和加强自己；也许，他在选择上犯越来越多的错误，他越来越丧失匀称的感觉，他用一些不确定、空泛和大而无当的词来使诗句变得累赘，他大量而轻易地使用深渊、无限、绝对，以至于这些骇人听闻的词语连平常使用中所具有的表面的深度也失去了。然而，在他生命的最后阶段，什么神奇的诗句他没有写过！没有任何诗句能在广度、在内部组织、在回响、在丰盈方面与它们相媲美。在《青铜绳索》《上帝》《撒旦的末日》中，在关于戈蒂耶之死的剧中，七十高龄的艺术家，他看到对手们一个个死去，他看到整整一代诗人从自身诞生，他甚至得以利用一位活得长久的先生可以从门徒那里得到的宝贵指点，这位杰出的老者达到了诗歌力量和高贵的诗歌艺术的顶点。

雨里丝毫未尝停止过通过实践来学习；而生命比雨果的一半长不了多少的波德莱尔则用完全不同的方式来发展自己。似乎他通过运用我上面提到过的那种批评的智慧，来弥补生命的短暂和预感到的时间不足。他只有二十年左右的时间来达到自己的完美，来认识个人的领域，来确定一种将使他的名字流传后世的独特的形式和态度[1]。他没有时间，他

---

[1] 我给你这些诗句为的是我的名字
　　幸运地到达遥远的时代……——原注

不会有时间随心所欲地通过大量的经验和作品来实现那些美好的文学计划。他必须抄最近的路，少进行摸索，省却重复的话和分心的事，即必须通过分析的路径寻找自己是什么，自己能做什么，自己想要什么，并且将诗人的自发能力与批评家的洞察力、怀疑主义、注意力和说理能力集于一身。

正是在这一点上，波德莱尔尽管原本是浪漫主义者，甚至以其品位而言是浪漫主义者，有时却能以古典主义者的面目出现。如何定义或者认为如何定义古典主义者有无数种方式。我们今天采用如下这一个：古典主义者是自身包含着一个批评家，并将其与自己的创作紧密结合在一起的作家。在拉辛身上有一个布瓦洛，或者说一个布瓦洛的形象。

总之，在浪漫主义当中进行选择，分辨出其中的善与恶、真与假、缺陷与品质，不正是对19世纪上半叶的作家们做路易十四时代的人们对16世纪的作家们做过的事吗？任何古典主义都以一种浪漫主义为前提。无论是人们归功于一种古典主义艺术的优势，还是人们对于它的非议，都与这一公理相关。古典主义的本质是后来居上。秩序以它要制伏的无秩序为前提。结构是人为的东西，它替代某种直觉和自然发展的初始混乱。纯粹是对言语进行无数次操作的结果，对形式的关注不是别的，只是对表达方式进行经过思考的重新组织而已。古典主义作品因此意味着修正一种"自然"产品的自觉和深思熟虑的行为，而这些行为是与对人和艺术的一种清晰和理性的概念相符的。但是，正如我们通过科学看到的那样，我们若要做成理性的作品或通过秩序来创造,只能借助一套规范。古典主义艺术正是以这些规范的存在、明晰和绝对权威为特征;无论它们是三一律,是诗律的戒条,还是对词汇的限制,这些表面看来是任意的规则自有其力量和弱点。尽管它们在今天已不被理解并且变得难以捍卫,几乎不可能被遵守,它们仍然源自对不含杂质的精神享受的条件的一种古老、细微和深刻的理解。

波德莱尔,置身浪漫主义之中,却让人想到某种古典主义者,但他也只是让人想到而已。他英年早逝,何况帝国时期旧古典主义可悲的残余在他那个时代留下恶名,他还生活在这种印象之下。问题丝毫不在于去激活已然死去的东西,而可能在于通过其他路径,去找回已经不在这具尸体上的灵魂。

浪漫主义者忽视了全部,或者几乎全部要求思想具有稍微难度的注意力和连续性的东西。他们寻求撞击、冲动和对比的效果。无论节制,还是严密和深刻都不会让他们过多考虑。他们厌恶抽象思考和推理,不仅在他们的作品中,而且在他们作品的准备过程中——这一点尤为严重。似乎那时的法国人忘记了他们的分析天赋。这里应当注意的是,浪漫主义者们起来反对18世纪远甚于17世纪,他们轻易地指摘那些人肤浅,而那些人的学识、对事实和观念的好奇、对精确和思想的关注远在他们之上,处于他们从未达到过的高度。

在一个科学即将取得长足进展的时代,浪漫主义表现出一种反科学的精神状态。激情和灵感自信它们只需要自己。

然而，在另一片天空之下，在一个正忙于物质发展的民族之中，这个民族对过去还不太在意，它安排着自己的未来并给各种性质的探索以最充分的自由，有一个人，差不多同时，带着一种明晰、洞察力和清醒，去考察精神事物，尤其是其中的文学作品，而这种明晰、洞察力和清醒，从未在一个具有诗歌创作天赋的头脑中达到这样程度的结合。在爱伦·坡以前，文学问题从未深入到前提的研究，从未归结为一个心理学问题，从未借助分析来着手并在这种分析中有意识地运用效果的逻辑和机制。作品与读者之间的关系首次作为艺术的积极基础被提出和论证清楚了。这种分析，——这一情况向我们保证了它的价值，——在文学作品的所有领域中也清楚地适用和得到证实。同样的观察、同样的区分、同样的量化意见、同样的指导思想，也适用于那些旨在有力和剧烈地作用于感觉、旨在以强烈的情绪和奇异的历险征服广大爱好者的作品，如同它们支配着最优美的体裁和诗人创造出的精巧结构。

我们说这种分析在小说领域就像在诗歌领域一样有效，说它既适用于想象和怪诞的作品，也适用于逼真性的重建和文学表现，就是说它的普遍性值得注意。真正具有普遍性的事物其本质在于丰富。到达一个俯瞰整个活动范围的制高点，就必然会看到大量的可能性：未开发的领域、有待开辟的道路、要开垦的田地、要建设的城市、要建立的关系、要推广的方法。因此，掌握着如此强大而且稳妥的方法的爱伦·坡成为好几种体裁的发明者是不足为怪的，他创作了最早也是最精彩的科幻小说、现代宇宙起源诗、刑事诉讼小说作品，还在文学中引入了病态心理，他的所有作品在每一页上都表现出的机智和机智的愿望，在其他任何作家身上都没有达到过这样的程度。

如果波德莱尔没有致力于将他介绍到欧洲文学中来，这个伟人今天或许已完全被人遗忘。这里不要忘记指出的是，爱伦·坡的全球性声誉只有在他自己的国家和英国显得微弱或受到怀疑。这位盎格鲁－撒克逊诗人奇怪地不为自己人所赏识。

值得注意的另外一点：波德莱尔与爱伦·坡相互交换价值。他们中的一个给另一个他有的东西；又从另一个那里得到他没有的。后者提供给前者整套新颖而深刻的思想体系。他启发他、丰富他、在大量问题上决定他的意见：写作哲学、关于人为的理论、对现代的理解和斥责、独特和某种怪异的重要性、贵族态度、神秘主义倾向、高雅和精确的品位、政治本身……波德莱尔整个沉浸其中，得到启发和深化。

但是，作为对这些财富的回报，波德莱尔使爱伦·坡的思想获得了无限的延伸。他将它介绍给了未来。这种将诗人变为自己的延伸，在马拉美的著名诗句中[1]，是行动、是翻译、是那些使波德莱尔在悲惨的爱伦·坡的影子下开启和得到保证

---

[1] 就像永恒终于将他变成自己…… ——原注

的前言。

我不去考察文学从这位伟大的发明者的影响中得到的所有东西。无论是儒勒·凡尔纳及其对手，加波里奥[1]及其同侪，还是在更高雅的体裁中，比如维里耶·德·李尔-亚当[2]或陀思妥耶夫斯基的作品中，都很容易看出《戈登·匹姆的奇遇》(*Aventures de Gordon Pym*)、《莫根街的奥秘》(*Mystère de la rue Morgue*)、《莉吉亚》(*Ligéia*)和《默启的心》(*Le Coeur révélateur*)曾经是他们大量模仿、深入研究然而从未超越的范例。

我想知道的只是，发现爱伦·坡的作品为波德莱尔的诗歌，以及推而广之为法国的诗歌带来了什么。

《恶之花》中有几首诗从爱伦·坡的诗中吸取了感情和内容。有几首诗中的某些句子完全是移植；但我要忽视这些个别的借用，从某种意义上讲，其重要性只是局部的。

我只抓住根本所在，即爱伦·坡关于诗歌的观念本身。他曾在不同文章中阐述过他的概念，这种概念是波德莱尔修正自己的观念和艺术的主要原动力。这一写作理论在波德莱尔的头脑中所起的作用，他从中得到的教益，这一理论从它的精神继承者那里得到的发展，——尤其是它巨大的内在价值，——要求我们对它进行一番考察。

---

[1] 加波里奥（Gaboriau，1832—1873），法国侦探小说的先驱。——译注
[2] 维里耶·德·李尔-亚当（Villiers de l'Isle-Adam，1838—1889），法国作家。出身于贵族世家，憎恶其生活时代的道德风尚。深受黑格尔的哲学思想影响。——译注

我并不隐瞒爱伦·坡的思想基础在于他自己形成的某种形而上学。但如果说这种形而上学指导、统治和启发我们谈到的那些理论的话，却没有深入到它们之中。它孕育它们并且解释其成因；却不构成它们。

爱伦·坡在几篇随笔中表述过关于诗歌的观念，其中最重要的一篇（这篇文章也最少涉及英语诗歌的技巧）题为《诗歌原理》(*The Poetic Principle*)。

波德莱尔被这篇文章深深触动，他得到的印象如此强烈，以至于他将文章的内容，不仅内容而且连同形式本身，都看作他自己的财富。

在一个人看来不折不扣地为他而做的东西，他会不由自主地将它看作由他所做的，也只有这样的东西他能将其据为己有……他不可抗拒地想占有切合他个人的东西；而语言本身用好（bien）这个词混淆了适合于某人并且令他十分满意的东西的概念与这个人的财产的概念[1]……

然而，尽管对《诗歌原理》的研究使波德莱尔深受启发并令他着迷，——或者，不如说，这一事实正说明他深受启发并沉迷其中，——他却没有将这篇文章的译文收入爱伦·坡的作品中；但他将其中最有意思的部分，几乎原封不动地放到了他翻译的《非同寻常的故事》(*Histoires*

---

[1] 在法语中，bien 一词作为副词是"好"的意思，作为名词是"财产"的意思。——译注

extraordinaires）的前言中。如果作者本人没有像我们将会看到的那样自己承认这件事，这一抄袭行为也许还值得怀疑：在一篇关于泰奥菲尔·戈蒂耶的文章中[1]，他又使用了我提到的那一整段，并且在此之前写下了这么几句非常清楚也非常惊人的话：我想，为了避免改写自己，有时是允许引用自己的。我于是要重复……接下来是借用的那一段。

爱伦·坡关于诗歌的看法究竟是什么呢？

我简要概括一下他的想法。他分析一首诗的心理条件。在这些条件中，他将从属于诗歌作品的维度（dimensions）的条件置于首位。他认为审视作品的长度有着独特的重要性。另一方面，他考察作品的内容本身。他轻松地论证了大量诗歌所关心的概念，其实散文就足以充当其载体。无论历史、科学，还是道德，用心灵的语言来表述都于事无补。尽管最伟大的诗人们都曾写过教训诗、历史诗或伦理诗，它们还是奇怪地将属于推论或经验论的东西，与个人内心的创造以及情绪的力量结合起来了。

爱伦·坡明白，在一个活动的方式和领域越来越明显地分离开来的时代，现代诗应当符合时代的趋势，他还明白现代诗可以要求实现自己的目的，并以某种方式在纯粹状态下进行创作。

就这样，通过对产生诗歌快感的条件所作的分析，通过将绝对诗歌定义为穷尽，——爱伦·坡指出了一条道路，他

---

[1] 收入《浪漫主义艺术》（*L'Art romantique*）中。——原注

讲授了一门很诱人也很严格的学说,某种数学与某种神秘主义相结合的学说……

如果我们现在来看看全部《恶之花》,如果我们仔细将这本诗集与同时期的其他诗作相比较,就会发现波德莱尔的作品明显符合爱伦·坡的训诫,也因此明显不同于浪漫主义的作品,对此我们不会感到奇怪。《恶之花》中既没有历史诗也没有传说;没有任何以叙事为基础的东西。在那里丝毫看不到长篇哲学议论。政治也根本不露面。描写很少见,而且总是有意义的。但是其中一切都充满魅力,富于音乐性,有着强烈而抽象的快感……豪华、形式和沉醉。

在波德莱尔最好的那些诗中,有一种肉体与精神的结合,一种庄严、热烈与苦涩、永恒与亲密的混合,一种意志与和谐极其罕见的联合,这将他的诗与浪漫主义的诗清楚地区分开来,也与巴那斯派的诗清楚地区分开来。巴那斯派对波德莱尔并没有过分亲切。勒贡特·德·李尔指责他贫乏。他忘记了一位诗人真正的丰富并不在于其诗作的数量,而更在于其效果的深广。只有随着时光的推移才能对此做出评判。今天我们看到,时隔六十多年以后,波德莱尔为数不多但独一无二的作品仍在整个诗歌的天空中回响,他的作品出现在我们的头脑中,让人无法忽视,大量由它衍生出来的作品加强了它,这些作品丝毫不是对它的模仿而是其结果,因此,为了不失公允,我们应该在薄薄的《恶之花》之外加上好几部第一流的作品,以及一批关于诗歌的从未有过的最深入和最细腻的研究。《古代诗歌》和《野蛮人诗歌》[1]的影响不及如此多样和深远。

然而，应当承认的是，如果波德莱尔同样受到这种影响，也许他就不会写作或保留在他诗集中可见到的某些很松弛的诗句。《沉思》是集子里最美的诗篇之一，但在这十四行诗句中，我总是吃惊地发现其中有五六句的确单薄。但这首诗的开头和结尾几句富于魔力，以至于中间的败笔不为人觉察而且容易让人觉得它们并不存在。只有非常伟大的诗人才能制造这样的奇迹。

前面我讲过制造魅力，刚才又提到了奇迹这个词；也许使用这些字眼时应当审慎，因为它们的意义强烈而又往往被随意使用；但如果要我替换这两个词，我只能代之以冗长而且也许有争议的分析，因此请原谅我省却这样的分析，诸位也省却聆听之苦。我将停留于空泛，只限于提示这种分析的大致情形。应当指出的是，语言所包含的情感能力与它的实用性，也就是直接具有意义的特性混合在一起。在日常语言中，这些运动和魅力的力量、这些情感生活的精神敏感性的兴奋剂，与平常和表面的生活所使用的交流符号和方式混为一体，诗人的责任、工作和职能就是将它们展示出来并使它们运作起来。诗人于是致力于和献

---

[1] 两部诗集均为勒贡特·德·李尔的作品。在前一部诗集中，诗人通过宗教传说故事，描绘了人类的梦想和困惑。在后一部诗集中，诗人通过对希腊-拉丁世界以外的宗教进行考察，对基督教表现出明显的敌意，诗人表达的情绪较前一部诗集中更为悲观。——译注

身于在语言中定义和创立一种语言；这个工作是长期、艰巨和棘手的，它要求思想具有最全面的素质，它永远不会完成，因为严格说来它永远不可能发生，这个工作试图建立一个人的话语，这个人要比任何真实的人在思想上更纯粹、更有力和更深刻，在生活中更激烈，在言语上更高雅和巧妙。这种非凡的话语以支撑它的节奏与和谐为特征，节奏、和谐应当与话语的形成十分紧密甚至神秘地联系起来，使得声音与意义再也不能分离，并且在记忆中无限地相互应和。

波德莱尔诗歌的生命力及其至今尚未衰减的影响力，当归功于其音色的饱满和异乎寻常的清晰。这个声音有时让位于雄辩，就像这个时代的诗人们通常所做的那样；但它基本上一直保持并发展着一种极其纯粹的旋律和一种极其稳定的音质，这使它有别于任何散文。

波德莱尔就这样巧妙地反抗了自17世纪中叶以来在法国诗歌中可以见到的散文腔倾向。值得注意的是这同一个人，正是得益于他，我们的诗歌才回归其本质，而他也是法国作家中最早对真正意义上的音乐产生强烈兴趣的人之一。这一趣味在著名的关于《唐豪瑟》和《罗恩格林》[1]的文章中表现出来，而我之所以提及，是由于音乐对文学的影响后来得到的发展……"所谓象征主义，可以简单地概括为好几

---

[1] 二者均为瓦格纳的歌剧，唐豪瑟和罗恩格林分别是剧中骑士的名字。——译注

派诗人想从音乐中收回其财富的共同意愿……"

我试图说明波德莱尔的现实重要性,为了使这一尝试不那么模糊和欠缺,我现在也许应该提起他作为美术批评家的一面。他认识德拉克洛瓦和马奈。他曾经试着掂量安格尔与其对手各自的价值,如同他能够就库尔贝与马奈的作品中大异其趣的"现实主义"进行比较。他对伟大的杜米埃充满敬意,后人也与他见解相同。也许他夸大了贡斯当丹·居伊[1]的价值……但总的说来,他的评判总是基于并且伴随着对于绘画最细微和最坚实的考察,至今仍是艺术批评这一极其简单,因此也极其困难的文类的典范。

然而波德莱尔最大的光荣,正如演讲一开始我就让诸位预感到的那样,也许在于他孕育了几位很伟大的诗人。无论魏尔伦,还是马拉美,抑或兰波,倘若他们在决定性的年龄上没有读过《恶之花》,他们就不会成为后来的样子。在这本诗集里,很容易指出哪些诗的形式或者灵感预示了魏尔伦、马拉美或兰波的这一首或那一首诗。由于这些关联十分清楚,而诸位的注意力也即将耗尽,我就不在此赘述了。我仅仅要指出的是,在魏尔伦那里得到发展的内心的感觉,以及神秘主义情绪与感官热情有力而骚动的交织;使兰波那短暂而剧烈的作品变得有力和生动的出发的焦灼,宇宙煽动的

---

[1] 贡斯当丹·居伊(Constantin Guys,1802—1892),法国画家。波德莱尔著有《现代生活的画家》一书,对居伊的作品大加赞赏,并以他的画作为范例,阐述自己关于现代美学和现代性的观念。——译注

急不可待的运动,对感觉以及感觉的和谐回响的深刻体会,在波德莱尔那里都清晰可辨。

至于斯蒂凡·马拉美,他最早的那些诗与《恶之花》中最优美和最严密的诗篇如出一辙,他继续了形式和技巧的研究以寻求最微妙的效果,是爱伦·坡的分析以及波德莱尔的随笔和评论向他传递了这种强烈的兴趣,并让他懂得这样做的重要性。魏尔伦和兰波在感情和感觉方面发展了波德莱尔,马拉美则在诗的完美和纯粹方面延续了他。

（圣）福楼拜的诱惑[*]

我承认对《圣安东尼的诱惑》有一点偏爱。

为什么不一开始就声明，无论是《萨朗波》还是《包法利夫人》都从未让我着迷？前者是因其博学、残酷和豪华的场景，后者是因其对平凡的"现实"细致入微的描绘。

福楼拜，连同他那个时代，相信"历史资料"的价值以及对现时完全真实的观察。但这些不过是无谓的信仰。艺术中唯一的真实，就是艺术。

福楼拜堪称世上最诚实的人和最值得敬仰的艺术家，但他的思想中却没有太多优雅和深度，他毫不设防地接受现实主义所倡导的如此简单的口号，以及试图建立在博闻强识与"文本批评"之上的天真的权威。

1850年前后风行一时的这种现实主义对以下两种观察方法不加区分：一种是以学者的方式进行精确的观察，一种

---

[*] 为1942年 J.- G. Daragnès 版《圣安东尼的诱惑》撰写的导言。

是用寻常的眼光对事物进行原封不动和不加选择的察看;它将这两种方法混为一谈,并且将它们一视同仁地与浪漫主义美化和夸张的激情相对立,而这种激情正是现实主义所揭露和摒弃的。然而,"科学的"观察要求通过一定的步骤将现象转化为可资使用的精神产品:也就是要将事物转化为数字,再将数字转化为规律。相反,文学追求瞬时的效果,它需要一种完全不同的"真实",一种对所有人的真实,因此这种真实不能远离众人的眼光,不能远离普通语言所能表达的东西。但就像人人呼吸的空气一样,普通语言人人都可以说,寻常的眼光又没有价值,然而作家最根本的野心必然在于与众不同。现实主义的教条本身——对平凡的关注——与作为独一无二和珍贵的个性而存在的意愿之间的对立,激发现实主义作家们去注重和追求文体。他们创造了艺术文体。他们在描写最平常,有时甚至是最卑劣的事物时构思精细,他们的写作技巧足以令人钦佩;但他们却没有发现,他们这样做的时候背离了自己的原则,他们创造了另一种"真实",一种他们杜撰的、完全虚构的真实。事实上,他们将一些最粗俗的人物,一些不可能对色彩感兴趣、不可能从事物的形式中得到享受的人物置于这样的环境中:对这些环境的描写需要有画家的眼光,需要有能力感知那些不为平常人所注意的东西。于是这些农民和小资产者在一个他们看不见的世界中生活和活动,他们无法看见这个世界,就像文盲无法解读一种文字。当他们说话时,他们的蠢话和他们的陈词滥调就混进了这个用一种罕见的、富于节奏的、字斟句酌的语言精心构筑的系统,这个系统让人感到作家对自己的尊重和想引人注目的用心。结果,现实主义奇怪地给人以最刻意的人为的印象。

现实主义最令人困惑的手法之一,就是我刚才提及的他们对"历史资料"的运用,他们将"历史资料"提供给我们的、关于某个或远或近的时代的材料当作"现实",并且试图在这个文字材料的基础上,写成一部让人感到这个时代的"真实"的作品。要在博学的虚幻基础之上建立起一个故事,而这种博学比任何幻想都更加虚无,每当我想象耗费在这上面的大量工作就痛心不已。任何纯粹的幻想都源自世上最真实的东西,即娱乐自己的愿望,并在我们自身各种敏感性的潜在性情中找到出路。人们只臆造那些可以被臆造也愿意被臆造的东西。但那些由博学勉强制造出来的东西必定是不纯粹的,因为文本是否得以流传的偶然,对它们进行阐释时的臆测,不忠实的翻译等因素,与博学者的意图、兴趣和激情掺杂在一起,更不用说编年史作者、抄写者、传道士和模仿者们也自有其意图、兴趣和激情。这类作品是中介者们的天堂……

这就是使《萨朗波》沉重,也使我读这本书时感到沉重的东西。我阅读那些无拘无束的古代传奇故事时愉快得多,比如《巴比伦王妃》,或者如维里耶[1]的《阿凯迪斯里尔》

---

[1] 见第205页注[2]。——译注

(*Akédysseril*),这些书不会让人想到别的书。

（我就文学而言的这些话，同样适用于那些在内心观察方面追求"真实"的作品。司汤达自诩了解人心，也就是说不会凭空杜撰。然而，他身上令我们感兴趣的东西却相反正是司汤达的创造。至于将这些创造纳入对普遍意义上的人的有机体的认识，这种愿望意味着要么对这门学科有一定粗浅的了解，要么就是一种混淆，好似一道佳肴带来的实际快感以及美食的准备过程，与最终获得的一份准确而没有个性的化学分析之间的混淆。）

福楼拜怀疑到了现实主义的意愿在艺术中带来的困难，以及一旦艺术成为首要要求这一矛盾就会发展，但也许正是这种怀疑，促使福楼拜产生了写一部《圣安东尼的诱惑》的念头，这种设想也并非不可能。这种"诱惑"——他一生的诱惑——对于他就像一剂对抗烦闷的隐秘解毒剂，（他承认）写作那些现代风俗小说和在外省资产者平淡的生活之上树立起一座座文体的丰碑令他烦闷不已。

另一件事可以刺激他。我想到的不是1845年他在热那亚的巴尔比宫看见的勃鲁盖尔的那幅画。这幅天真而又复杂的画是一些可怕细节的组合——长角的魔鬼、丑陋的动物和美娇娘，总之是些肤浅有时甚至可笑的想象——这幅画也许唤醒了福楼拜恶作剧和描写怪诞人物的愿望：他描写那些罪恶的化身，以及恐惧、欲望和悔恨等种种畸变的形象；但在我看来，促使他构思和动笔写作这部作品的动力本身，更多是阅读歌德的《浮士德》所激发的。在《浮士德》与《诱惑》之间，来源和主题都有着相似之处：两个传说都起源于民间，流传于市井，它们可以被看成"姐妹作"，有着共同的题铭：人与魔鬼。在《诱惑》中，魔鬼向孤独者的信仰发起进攻，让他的夜晚充满令人绝望的幻象、相互矛盾的理论和信条、使人堕落和淫荡的许诺。但浮士德已经什么都读过了，什么都见识过了，他已经烧毁了一切可以让人崇拜的东西。魔鬼通过图像向安东尼提议或展示的东西，浮士德自己早已了然，只剩下开始时最青春的爱情还能令他动心（对此我颇感意外）。一旦他自己的靡菲斯特经验向他显示出政治权势和财政幻术的虚无，他最终以生活的欲望为托词表现出一种悲怆的激情，一种对美的最高渴求。浮士德寻找那些还可以诱惑他的东西；安东尼则希望不被诱惑。

在我看来，福楼拜只不过隐约看见了《诱惑》的主题为一部真正的杰作所提供的动机和机会。仅从他对待精确性和参考资料的谨小慎微，就可看出他缺乏制造一部强大文学机器的果断气度和写作决心。

作者想通过数不清的片段、场景的出现和转换、主题以及各种不同声音来引起惊叹，对这些方面的过分关注在读者那里造成了一种不断增强的感觉：读者感到被困在一个突然间令人头晕目眩地爆发的图书馆里,其中所有的书都想同时大声喊叫出它们的成千上万个字,所有散乱的画夹同时喷射出它们的画儿。"他看书看得太多了",我们这样谈论作者,就像我们说一个醉汉喝得太多了。

然而歌德,在埃克曼〔1〕中,谈到他的《瓦尔普吉斯之夜》〔2〕时,这样说:

"数不清的神话形象争先恐后要进去;但我小心在意。我只采纳那些将我所寻找的图像送到眼前的形象。"

在《诱惑》中看不到这样的智慧。福楼拜始终被百科全书知识这个魔鬼所纠缠,他曾经试图通过写作《布瓦尔和佩居歇》来驱除这个邪魔。对于他来说,为了增添安东尼的魅力,翻阅那些大部头的二手资料以及贝尔〔3〕、莫勒里〔4〕、特雷武〔5〕之类的大词典是不够的;他还尽可能多地研究了他所能查阅到的原始资料。他主动地让自己沉醉于

---

〔1〕 见第 115 页注〔1〕。——译注
〔2〕《瓦尔普吉斯之夜》系《浮士德》第一部第二十一场,在第二部第二幕第三场又有《古典的瓦尔普吉斯之夜》与之相对应。根据德国神话传说,群魔于 4 月 30 日之夜,即瓦尔普吉斯之夜,举行聚会。——译注
〔3〕 贝尔(Bayle, 1647—1706),法国作家和哲学家,著有《历史与批评词典》。——译注
〔4〕 莫勒里(Moreri, 1643—1680),法国教士、诗人和学者,著有《历史大词典》。——译注
〔5〕 特雷武(Trévoux),法国城市,位于索恩(Saône)河畔。自 1701 年起,耶稣会士在该城出版《特雷武日志》,后又于 1704 年出版《特雷武词典》,以猛烈抨击狄德罗的百科全书和冉森派的异端学说。——译注

卡片和注释之中。但是，夜晚困扰隐修士的那些形象和警句的激流，这场魔鬼芭蕾的无数前奏曲，那些神祇、异端首领以及有寓意的魔鬼，福楼拜在它们身上倾注了大量精力，却没有对主人公如法炮制，主人公处于幻觉和错误的地狱般的旋涡中心，始终是一位可怜又可悲的受害者。

得承认，安东尼几乎不存在。

他的反应令人不安地软弱无力。人们吃惊地看到他既没有被更深地诱惑或迷惑；也没有被他看到或听到的东西更加激怒或感到义愤；对那些邪恶的花招以及折磨他的令人厌恶的、亵渎的漂亮言辞，他竟然无言以对，没有斥骂、嘲讽，甚至连喷涌而出的祷告也没有。他不可救药地被动；他既不让步也不抵抗；他等待噩梦结束，在此期间他只会时不时发几句平庸的感慨。他的对白都是失败，人们一直有强烈的愿望，像沙巴女王那样，刺痛他。

（也许他这样更为"真实"，也就是说更像芸芸众生？我们不是在一场可怕而荒谬的梦里吗，我们在做什么？）

福楼拜可以说迷恋于枝节而偏废了主干。那些背景、对比和"有趣的"精确细节游移于主题之外，是他从无人问津的故纸堆中东一处西一处找来的：于是，安东尼自己（这是一个屈服了的安东尼）失去了灵魂——我的意思是其主题的灵魂，这个主题的使命本是成为一部杰作。他错过了本应是最美的剧作之一，一部本应是第一流的作品。由于没有对能够有力地激活主人公的任何事情在意，他忽略了主题的本质本身：他没有听到对心灵深处的呼唤。那是什么呢？再简单不过，只是用形象表现出我们可以名之为诱惑生理学的那些东西，即在这个根本机制中，色彩、味道、冷与热、静与闹、真与假、善与恶都起着作用，并在我们身上以总是针锋相对的形式建立起来。显然，任何"诱惑"都来自我们看到或想到某种东西这一行为，这种东西在我们身上唤起我们缺少它的感觉。它创造了一种原先不存在或者在沉睡的需要，于是，我们在某一点上被改变了，被我们的某一个官能煽动了，而我们人的整个其余部分也就被这个过度兴奋的部分所牵引。在勃鲁盖尔的画中，老饕扯着脖子，伸向他眼睛盯着、鼻子吸着的羹汤，人们预感他的整个身躯都会跟着脑袋迎上前去，脑袋就要碰到目光的目标。在自然界里，根向潮湿的地方生长，枝梢向着阳光伸展，植物就在从不平衡到不平衡，从贪婪到贪婪的过程中成长。变形虫根据它将要摄食的微小猎物变形，然后将自己的整个身体拉向伸出去的伪足并聚合起来包围住猎物。这一机制是活生生的整个自然界的机制；魔鬼，唉！正是自然本身，而诱惑是任何生命中最明显、最持久、最不可避免的状况。生活意味着每时每刻缺少什么东西——改变自己以达到它——然后，又趋向重新置身于缺少什么的状态。我们依靠不稳定为生，通过不稳定而生活，生活在不稳定之中：这就是敏感性的全部内容，它是有机体的生命中魔鬼般的活力。这种不可战胜的力量对我们中的每一个人都是全部，它与我们自己完全相一致，它推动我们，它对我们说话也在我们内心自言自语，它变成快乐、痛苦、需要、厌恶、希望、力量或软弱，它支配着价值，在不同的日子或时间里让我们成为天使或野兽，与这种力量相比，还有什么更不寻常的东西可以去设想，还有什么更有"诗意"的东西要写成作品呢？我想到我们敏感质的多样性、激烈性和摇摆不定，想到它无尽的潜在资源和数不清的轮换交替，通过这些变幻，它分裂开来，欺骗自己，将其欲望和拒绝变出种种形式，它将自己变成智慧、语言和象征并对这些东西进行发展和组合，从而组成奇异的抽象世界。我并不怀疑福楼拜意识到了其主题的深度；但他似乎害怕深入下去到某一点上，在那里一切可以学习的东西都不再重要……于是他在太多的书籍和神话中迷了路；在其中他失去了战略思想，我想说的是作品的整体性，而整体性只能存在于安东尼身上，而这个安东尼，撒旦也许是其灵魂之一……他的作品终归只是一堆纷乱的时刻和片段；但其中一些仍将流传于世。即便如它现在的样子，我对它仍满怀敬仰，而每一次我翻开这本书，总能找到钦佩其作者甚于钦佩作品本身的理由。

斯蒂凡·马拉美[*]

1898年9月9日，一封来自他女儿的电报，告知我马拉美去世的消息。

这对我有如晴天霹雳，一下子击中内心深处，连自言自语的力量也没有了。经过这样的打击，我们的外表依旧，看上去仍然活着；但内心如同深渊。

我再也不敢进入自己的内心，我感觉到那里有一些难以忍受的词语在等待着我。从那一天起，有一些话题我再也没有真正去思考过。我曾经长久地期待同马拉美谈论这些话题；但他的骤然离世似乎使这些话题神圣化了，并永远禁止我再去关注它们。

那一段时间，我经常想到他；但从未将他当作一位会死去的人。他的性格和优雅使他成为最值得敬爱的人，对于我而言，他象征着诗歌领域最纯粹的信念。与他相比，所有其他作家在我看来，都丝毫没有认出真神便沉溺于偶像崇拜。

---

[*] 发表于1923年10月17日《高卢人报》（*Le Gaulois*）。

他最根本的追求一定是为了定义和制造最精妙和最完善的美。这一点首先决定和分开了那些最宝贵的因素。他致力于将它们组合到一起而又不混淆，从这里开始他远离了其他诗人，这些诗人中哪怕最杰出者也不免带有不纯粹的瑕疵，混杂着缺失并被长度所削弱。同时，他也远离了绝大多数，也就是说远离了唾手可得的荣誉和好处；他朝着独自一人喜欢的东西走去，朝着他想要的东西走去。他轻蔑也受到轻蔑。他使自己精心写作的东西免受潮流变化和时事变迁的影响，这种感觉令他欣慰。他思想的产物是荣耀的：它们美妙而且坚不可摧。

在马拉美为数不多的作品中，丝毫没有这样的疏忽：它们可以赢得大量读者并且暗中讨好读者令他们感到与诗人亲切；也丝毫没有那些表面的人情味，它们轻易打动所有那些分不清人性与普遍性的人。相反，人们可以在他的作品中清楚地看到最大胆、最持久和从未有人做过的努力，为的是克服我所谓的文学中的天真直觉。这是与大多数凡人决裂开来。

这里，也许应该对这样一个问题提出质疑：诗人是否应该要求读者的头脑做出明显和持久的努力？写作的艺术要沦为娱乐我们的同类和操纵他们的心灵，而无须他们的抗拒吗？回答是容易的，没有丝毫困难：每一个头脑都是自己的主人。对它来说很容易拒绝令它讨厌的东西。一点也不要害怕将我们封闭起来。让我们从你们手中落下。

但有些人并不满足于此,他们生气、抱怨,还有些人比抱怨做得更多一点。尽管我看到任何出色的东西无一没有经受过他们的愤怒,无一不是因为他们的轻蔑而益发强大,然而我不会责备他们,我明白他们的心。这是一种值得尊重的缺乏耐心,它推动人们贬斥、禁止和嘲笑他们不理解的东西。他们倾尽全力捍卫其智力的荣誉,他们要保住其智力的面子。我认为这是一件值得注意,甚至几乎是美好的事,那就是人们不能忍受加在自己身上的一种思想的失败,也不能独自承受这种失败:他们求助于他们的同类,好像镜子的数量……

一个淡泊名利的人可以设身处地地理解他。我所谈论的这个人,他通过近乎苦行的实践来达到他的极乐境界,在此之前他推却了他所从事的艺术的一切便捷及其幸运的结果,他极大地帮助了我们认识这门艺术的深度。但这种深刻只能有赖于我们自己的深刻:而我们的深刻有赖于我们的骄傲。

爱、憎、欲望是思想的光明,而骄傲是其中最纯粹的一道亮光。它向人们照亮了他们要做的事情中最困难的和最美的。它将褊狭燃尽并使人本身变得简单。它让人脱离虚荣,因为骄傲之于虚荣正如信念之于迷信。骄傲越纯粹,它在心灵中就越强大和越孤独,作品也就越经过深思熟虑和反复推敲,就会不断被放到永不熄灭的欲望之火中千锤百炼。艺术的对象,经过伟大心灵的冶炼而益发纯粹。艺术家逐渐脱离低俗和普遍的幻象,他的品行促使他去从事无形而浩大的工程。这种无情的选择吞噬着他的岁月,完成这个词不再具有意义,因为思想自身是什么也不会完成的。

对于大多数人而言,思想行为的诱惑力在于它是有用的,然而一旦脱离了这些诱惑力,思想的神秘行为就失去了其通常的动机和得到承认的理由。

马拉美在他的思想面前为自己找到了理据:他敢于将自己整个人放到最高级和最大胆的思想上作赌注。从梦想到语言的过程占据了这个极其简单的人生,使它充满了一个罕见的敏锐头脑的所有那些组合。他生活为的就是在自身实现一些令人赞叹的转化。茫茫宇宙,他看不见别的可能想象的命运,只执着于最终被表达。我们几乎可以说他代替了词语,不是在开始时,而是在一切事物终结之时。

从未有人带着这种精确、这种恒心和这种英雄气概的信念宣告过诗歌的尊严,在他眼中,除此之外一切皆为偶然……

关于马拉美的信 *

您怀着虔诚、深思和满腔敬爱来构想并且已经出色地完成了这本关于马拉美的书,尽管如此,您却希望序文出自他人之手,您要求由我来写。

但在此书卷首,我能说些什么呢,有什么内容它没有包含呢?或者我没有说过,或者所有人没有说过呢?

或者说,我若不作冗长而烦琐的解释就难以将问题说清楚,而这样对于读者们来说又过于抽象和艰深,除此之外有什么好说的呢?

我曾在不同地方讲述过关于我们的马拉美的种种回忆;阐述过他的某些意图;有时也曾指出他的话语在思考着的人们当中产生的回响,在他离世多年之后仍然令人惊奇地持久。但我自己一直不愿意写一部真正地和绝对地谈论他的书,还为此举出了无数有力的理由。我强烈感觉到要深入地谈论他,就不得

---

* 发表于《巴黎评论》,1927年4月1日。这是瓦莱里应让·罗耶尔(Jean Royère)之邀,以书信形式为后者即将出版的《马拉美》一书撰写的前言。

不过多地谈到自己。自从第一次接触,他的作品对我来说就始终是一个美妙的话题;而且很快,被认为是他的思想成为我无穷无尽的思索的对象。他不知道自己在我的内心历程中扮演了一个如此重要的角色,他仅仅凭着自己的存在就修正了我对如此多事物的估价,他在场的行动使我对如此多事情深信不疑,使我在如此多事情上坚定信心;更重要的是,它暗暗地禁止我去做很多事情,那些我始终分不清是怎么样以及对我意味着什么的事情。

在文学评论界,没有什么字眼比影响一词更容易和更经常地出现了,在构成美学的虚幻武装的那些宽泛的概念中也没有什么更宽泛的概念了。然而,在对我们作品的考察中,这种由另一个人的作品所引起的一个人思想上的逐渐变化,最能在哲学上令智力感兴趣并促其进行分析。

有时,一个人的作品从另一个人身上获取了一种非常独特的价值,从中孕育出了一些起作用的结果,而这些结果,不仅他不可能预见[1],而且其本身也往往无法辨认。另一方面,我们知道,这种派生的活动在一切类型的创造中都是至关重要的。无论是在科学还是艺术领域,如果人们关心结果的产生,就一定会发现,正在形成的重复或者驳斥已经形成的:用另外的语气来重复它、净化它、扩充它、简化它、填充或过度填充它;要么反驳它、歼灭它、推翻它、否定

---

[1] 正是在这一点上,影响与模仿大不相同。——原注

它；总之都是以它为前提，并且不为人知地利用了它。反面从反面中诞生。

我们说一位作者是富于独创性的，这时我们并不知道一些隐蔽的变形将他人变成了他；我们想说的是他正在做的相对于已经做成的，其依赖性是极其复杂和特别的。有些作品与别的作品相似；有的则相反；还有的与前面作品之间的关系如此复杂，以至于我们迷失在其中还以为它们直接来自于天神。

（为了深入探讨这个话题，还应当谈谈一个人对自身以及一部作品对其作者的影响。但现在不是场合。）

当一部作品或一个人的全部作品，并非通过其所有品质而只是通过其中的某一点或某一些对某人起作用时，这就是影响获得最有意义的价值的时候。当一个人的一种品质靠另一个人的全部力量独立地发展时，往往会产生极具独创性的效果。

马拉美正是这样，他在自身发展了浪漫派诗人以及波德莱尔的某些品质，他看到了他们身上最美妙地完成的东西，他为自己确定了不变的准则，即从每一点上获得罕见和不寻常的、只能从他们那里获得的结果，就这样，他逐渐从这一坚定的选择和严格的限定中演绎出了一种极为独特的方式；并且最终推导出了全新的理论和问题，它们与他诗歌领域中的父兄们的感觉和思考方式本身迥然不同。他将其先辈们天真的欲望、直觉的或传统的（即缺乏思考的)活动,代之以一种人为的、经过精密推理并通过某种分析而获得的观念。

有一天,我对他说,他具有大学者的禀赋。我不知道这个恭维是否合他的趣味,因为他并不认为科学和诗歌可以相提并论。相反,他将二者对立起来。然而我却不能不在一门精确科学的结构和马拉美明显的意图之间做一个比照,在我看来这一比照是无法回避的,马拉美有意于借助纯粹和明确的概念来重建整个诗歌体系,这些概念是通过他精细和正确的判断抽取出来的,是从语言功能的多重性在那些对文学进行思考的头脑中所导致的混淆中辨析出来的。

他的观念必然导致他所构思和写作的词句,与那些在平常使用中已经"明白无误"的词句相去甚远,习惯已经使这些词句变得几乎不用我们去领会就可以轻易地理解。人们所认为的他的隐晦来自他严格遵循的某种要求,就像在科学上,有时逻辑、类比和对结果的关切导致描述与即时观察跟我们所熟悉的描述大不相同,甚至导致表达法断然超越了我们的想象能力。

马拉美并无科学方面的修养和志向,但他冒险投身其中的事业却堪与数字和秩序的艺术家们的事业相比;他将自己的生命消耗在一种美妙的孤独的努力中;他在自己的思想中离群索居,就像任何殚精竭虑的人在远离混淆和肤浅的同时也就远离了人群,——这些证明了其思想的大胆和深度,——更不用说他终其一生以超常的勇气去挑战命运、世界和嘲笑,而原本他只需要稍微放松一下他的道德和意志,立刻就会显现出自己的本来面目——那个时代的第一号诗人。

　　这里要补充的是,他个人的见解,总的说来是十分清晰的,但其发展被当时笼罩整个文学界的那些不确定的思想推迟、扰乱和复杂化了,这些思想不停地光顾他。他的思想,尽管是孤独和独立的,但也从维里耶·德·李尔-亚当[1]奇幻的即兴之作中汲取了某些印象,而且从未完全摆脱某种形而上学,或者说某种难以定义的神秘主义。但是,通过其本性的一种非凡的反应,他将这些奇异的主题移植到了他真实思想的体系之中,并且将它们与其中最高级,也是他内心最珍惜和最亲切的思想协调起来。就这样,他最终愿意赋予写作艺术以一种普遍意义,一种普遍价值,他承认世界上至高无上的事物及其存在的意义,——就人们承认这种存在而言,——是,并且只能是一本书。

　　在我仍然稚嫩的二十岁上,当我正处于精神上一场奇异而深刻的转变的关键时期时,马拉美的作品使我深受震动;我经历了我当时所崇拜的偶像们带给我的惊奇、内心瞬间的激怒、晕眩以及眷恋的终结。我感到自己似乎在变得狂热;我体验到一股精神力量以迅猛之势将我决定性地征服。

　　美的定义是容易的:它是让人绝望的东西。但应当庆幸这种绝望,它让你醒悟、让你明了,而且像高乃依笔下的老贺拉斯所说的那样,——它拯救你。

---

[1] 见《波德莱尔的地位》一文,第 205 页注〔2〕。——译注

那时我已经写过一些诗；并且喜欢1889年前后在诗歌中应当喜欢的那些东西。"完美"的观念还像法则一样强大，尽管与此前一二十年它所具有的造型的和过于简单的含义相比，其含义已经更加微妙了。人们还没有胆量将价值，甚至无限的价值赋予瞬间之即时的、出乎意料的、不可预见的——还有什么？——无论什么样的产品。每一招都成功的原则还根本没有被宣布，相反，人们只欣赏那些有利的招数，或者人们以为如此的招数。总之，那时人们要求诗歌自动产生出的一种思想，与稍后人们认为富于吸引力的那种思想完全相悖：这是应该发生的。

但在那个时候，马拉美的只言片语给我们带来的启示，在精神上和道德上产生了多么大的影响！……在那个时代的氛围中有着某种宗教的东西，那时某些人在自身形成了对他们认为美的东西的一种热爱和崇拜，他们甚至将这种美的东西名之为超凡的。

《爱洛迪亚德》《午后》《十四行诗》以及人们在杂志上发现并相互传阅的片段，这些作品之间有着内在的联系，它们在分散于法国各地的信徒中传开，就像古代那些被授以奥义的人们，在相距遥远的地方通过交换金块或金条而联合起来，这些作品为我们筑起了一个坚不可摧的乐趣的宝库，它依靠自身就坚定地抗击了野蛮和亵渎。

这些奇异的、简直可以说绝对的作品中有着一种魔力。仅仅凭借其存在这一事实，它们就如同魔力和利剑般发挥作用。它们一下子将懂得阅读的人们进行了划分。它们谜一般的外表时刻刺激着文人们的神经中枢。它们似乎立刻而且准确无误地到达学者们最敏感的一个点上,强烈刺激着自尊心之所在的中心,那里储藏着我无以名之的自尊的源泉,那里有着不能忍受不理解的东西。

单单是作者的名字就足以从人们那儿得到有趣的反应:惊愕、嘲讽、雷霆震怒;有时则是无力的证明,真诚而又好笑。有人乞灵于我们那些伟大的古典作家,而后者也许无论如何也想象不到会有那么一天,人们用怎样一种散文体来乞求他们。另一些人则假装笑或者微笑,并且立刻找回了(通过脸上肌肉巧妙的运动,这种运动向我们保证了我们的自由)让那些自满的人们得以生活的优越感。不因为自己缺乏理解力而难过,并且老老实实地接受这一现实,就像接受不懂得一门语言或者代数的现实,这样的人是很少的。没有这些我们照样存在。

观察到这些现象的人可以品味一个美妙的对比:一部经过深思熟虑、从古至今最有意识、最用心写成的作品激起了大量的反应。

这是因为,一旦我们的目光落到上面,这部独一无二的作品就触及并冲击着普通语言的基本规范:如果你不是已经理解我,就不会读我。

在这里,我要说明一件事。我坦白,我承认那些抗议、嘲讽、那些不能看到我们所看到的东西的好人们,他们的情形是完全合情合理的。他们的感觉是正常的。不要害怕说出文学领域是一个广阔的消遣的帝国。人们拿起一本书,然后放下；甚至当人们不忍释手时，也可以感觉到这种兴趣来自轻松获得的愉快。

也就是说，一个美和幻想的创造者，根据其工作的宗旨本身，应该将其全部努力用于为大众创造无须或者几乎无须丝毫努力的享受。正是根据大众，他应该推断出什么可以触动、感动、抚慰、激励他们，抑或令他们欣喜。

然而大众有着多种类型：在他们当中并非不可能有这样的人，他不会设想没有辛劳就有快乐，他丝毫不喜欢不付出努力而获得的享乐，甚至于他的幸福中有一部分应当是他自己的作品，他要感受到他为之付出的代价，否则他就不会感到幸福。何况，一群特殊的大众还是可以培养的。

马拉美在法国创造了所谓艰深作者的概念。他明确地将必须付出的思想努力引入到艺术中来。正是这样，他提高了对读者的要求，并且他还带着一种真正光荣的令人钦佩的智慧，为自己选择了为数甚少的一群特殊爱好者，这些人一旦领略过他的作品，就再也不能忍受不纯粹、肤浅和毫不设防的诗歌。他们读过他之后，一切在他们看来都显得天真和松散。

这些美妙地写成的短小作品是完美的典型，它们令人敬服，其词与词、诗句与诗句以及运动与节奏之间的联系如此坚实，每一部作品都让人认识到一个由于其内在的平衡力量因而在某种程度上是绝对的事物，每一部作品都通过一种神奇的相互组合从而摆脱了那些改写和调整的模糊愿望，而当我们阅读大部分作品时都会无意识地产生这种愿望。

这些晶系的光辉如此之纯粹，好像从各个方面都已经界定，它令我着迷。也许，它们丝毫没有玻璃那样透明；然而，它们在其刻面上和其紧密的结构中以某种方式打破了思想的习惯，人们名之为晦暗的东西，实际上，只不过是其折光性。

我曾经试图想象其作者的思想所走过的路程和所做的工作。我心里想，这个人对每个词语都做过一番思考，对每种形式都掂量和列举过。我对这个与我如此不同的头脑的运作渐渐发生了兴趣，也许更感兴趣的还有其行为明显的结果。我想象着这些作品的作者。在我看来，它们似乎在一道思想的围墙内被详尽地思考过，在那里，任何东西若没有在预感、音韵的安排、完美的修辞及其相互呼应的世界中长时间地生活过，就不会获准离开；在那个做准备的世界里，一切都相互碰撞，但就在那里，偶然在等待时机、确定方向并最后在一个模子上结晶下来。

一部作品只有通过某种偶然事件将其抛出思想之外，才能离开一个如此具有反射性和富于回响的空间。它从可逆性跌落到了时间之中。我断定马拉美有着一个内在的体系，这个体系当与哲学家，另一方面也与神秘主义者们的体系有所不同，但与它们也并非没有相似之处。

由于我的天性，或者不如说由于刚刚在我身上发生的天性的一种变化，那时我正准备在一条很奇怪的道路上发展由一些诗造成的印象，这些诗向我显示它们的美经过如此精心的准备，以至于它们本身，在它们让我感觉到的这种隐蔽的工作面前黯然失色。

在那之前不久，我曾经想并且以许愿的形式天真地记下了这种见解：假如我要写作，我宁愿在完全有意识和完全清醒的状态下写乏力的东西，也绝不愿顺从忧虑，而在不能自控的情形下写一部堪称最美的杰作。

这是因为在我看来已经有很多杰作了，并且天才的作品也不在少数，因此想增加这个数目并无太大意义。说得更清楚一点，我认为一部完全有意识地写成并在思想的偶然中探寻到的作品，按照常理以及通过对明确的和预先规定的条件进行详尽的分析，无论这部作品完成后其外在价值如何，都会使其作者对自身有所修正，作者不得不重新认识自己并在某种程度上重新组织自己。我心里想，能够实现我们的价值和成就我们的，并非已然完成的作品及其外表或它在世界上产生的效果，而仅仅在于我们写作这部作品的方式。艺术和努力增加我们的价值；然而缪斯女神和运气只不过将我们抓住或离开我们。

就这样，我将从作品那里抽取的重要性赋予了施动者的意愿和考虑。但这并不意味着我赞成忽视作品，而是恰恰相反。

这种想法不仅是可怕的，而且对于文学来说还是相当危险的（但我在这个问题上从来没有改变过），它与我对一个人的崇拜奇怪地结合在一起又相互对立，而这个人根据他自己的思想却将写成的东西完全神圣化了。我在他身上最喜欢的东西，就是这种根本上有意识的特点，这种由极其完美的工作所表现的绝对主义的态度。在文学上，严肃的工作是通过拒绝来体现和实行的。我们甚至可以说它通过拒绝的数目来度量。如果有可能对拒绝的频率和类型做一番研究，这一研究会成为了解作家内心世界的主要来源，因为它让我们看清在一部作品的创作过程中，作家的性情、抱负和预见之间所进行的隐蔽的争论，另一方面，还能看到当时作家受到的激励和他采用的技巧。

对拒绝的严格履行、人们所抛弃的解决方法以及禁止自己采取的可能性的数量，都表现出了顾忌的性质、意识的程度、骄傲的品质，同样还有人们对公众未来的评判所感到的羞耻和种种担忧。正是在这一点上，文学与美学领域相接合：正是在这个范围内，天性与后天努力会发生冲突；文学会获得其抗拒容易的英雄和殉道者；美德得以体现，因此有时虚伪也会现形。

但是，抛弃那些不符合自己规定的法则的东西，这种意愿会对本人产生太多的束缚，因而造成那些反复推敲、不计辛劳和时间代价的作品少而又少，而且尽管这样的作品甚为严谨，其作者还是难免遭到出产贫乏的责难，虽然他对自己极其严格。大部分印刷出来的东西都是那么幼稚地脆弱、那么随心所欲、那么个人化的独白的产物；大部分无论什么人都可以如此轻松地杜撰，如此容易地改写、颠倒、否定甚至使它们变得不那么空洞，人们印行这么多东西，难以置信的是居然会有人去责备这样一个人，因为他没有在堆积如山的书堆上再加上几本，而是不惜花时间将自己的作品缩减至精华。然而更值得注意的是，指责并非来自这些数量有限的作品的爱好者，如果是他们，我们还可以理解，他们抱怨是因为其乐趣受到了限制；但相反，抱怨的是另外一些人，他们感到气愤的是有这样的作品存在，更有甚者，气愤得到这样的作品太少。

贫瘠的马拉美；造作的马拉美；过于晦涩的马拉美；然而也是最有意识的马拉美；最完美的马拉美；在所有从事过写作的人中对自己最为苛刻的马拉美，自从我对文学投以最初的关注起，就使我获得了某种至高无上的观念，一种关于文学的价值及其力量的极限观念或曰总量观念。

令我比加里古拉更幸福的是，他让我看到了这样一个头脑，其中概括了文学领域内纠缠我的一切，吸引我的一切和在我眼中拯救了它的一切。这个神秘的头脑权衡过一门普遍的艺术的所有方法；认识到了，简直是吸收了，极端的精神欲望所能催生的幸福、种种苦涩的滋味和最纯粹的绝望；它摒弃了诗歌中那些粗俗的魅力；在其漫长而深沉的沉默中，它判决和根除了个别的野心，为的是上升到一个高度，以构想和观察适用于所有可能产生的作品的原则；它在自己的巅峰状态体会到了一种统治词语世界的直觉，就像那些最伟大的思想家的直觉，后者通过对形式的分析和组合构造，超越了观念世界，或者说数字和大小的世界里一切可能的关系。

这就是我心目中的马拉美：一种也许与我对文学的见解完全相符的禁欲主义；我对于文学的真实价值一直心存疑虑。由于语言的性质本身，文学在他人那里引起的愉悦包含着大量误解和误会，这些误解和误会如此必要，以至于对作者思想的直接和完整的传达，如果这一传达可能实现的话，会导致艺术最美好的效果的消除和消失，对于停留在这一思考上的人来说，由此可以引起某种我无以名之的烦恼，它让人想尽办法在不确切的东西上进行投机，试图在他人那里诱发令人惊异并且对我们自己来说完全在意料之外的情绪和思想，就像一个没有经过思考的行为所引起的后果那样。读者的这些不可估计的反应，尽管对我们的作品是有利的（这样的事情时有发生），当它们令我们暗暗惊喜的虚荣心感到无比惬意时，内心深处的自尊却抱怨其严密性受到了冒犯。自尊丝毫不接受这样的荣耀，因为这只不过是个人的一件偶然的和外在的附属品，自尊还不免让我们感到它在存在与表象之间所划分的全部区别。

这些奇怪的想法使我从此对写作行为只不过赋予一种纯属练习的价值：这个建立在根据这一目标而重新定义和明确地普遍化了的语言特性之上的游戏，其目的在于让我们在使用它时变得非常自由和有把握，并且完全脱离同样的使用所引起的幻象，正是在这样的幻象之上，生活着文学——连同人们。

一方面是诗歌的倾向，另一方面是满足我的全部精神要求的奇怪愿望,这一在我的天性中可能非常强大的冲突就这样对我自己变得明了。我试着将二者都保留住。

我刚才已经对您说过,亲爱的罗耶尔,当我想到马拉美时难以避免爱谈自身癖。因此我要在此结束这一篇混合着思考与回忆的文章了。就影响的一个特殊情形进行一番细致和深入的分析,展示某一部作品对某一个人产生的直接和相反的效果,以及某种倾向的极端如何由另一倾向的极端所回应,也许不失为有意义的事情。

象征主义的存在[*]

对于很多人来说,单单象征主义这个名字就已经是一个谜。它好像是专门用来让人们绞尽脑汁的。我见过有些人在象征这个小小的字眼上没完没了地思索,他们将想象出来的深度加诸这个词上,并且试图弄清楚其神秘的反响。然而一个词就是一个无底深渊。

并不仅仅是那些没有文学基础的人在这三个清白无辜的音节[1]前感到如此困惑。文人、艺术家和哲学家有时也难免如此。但是,至于曾经享有过或仍然享有"象征主义者"这个美好头衔的那些人本身,即当人们谈论象征主义时必然会想到的那些人,人们只需举出他们的名字就可以给象征主义以最准确的定义的那些人,他们却从来未曾为自己起过这个名字,也从来未曾对这个词加以使用或滥用,像在他们身后人们所做的那样。

---

[*] 此文1938年曾以单行本印行(A.-A.-M. Stols, Mæstricht)。
[1] 在法文中,象征主义(symbolisme)一词有三个音节。——译注

我承认,我自己就曾经对这个词下过定义(也许我以好几种方式定义过好几次)。也许接下来我还会做这样的尝试。这是因为,每一个抽象的词,其含义在头脑中形成一团迷雾,没有什么比解开这个谜团更有诱惑力了。象征主义这个词让一些人想到晦涩、怪异、在艺术上过分的追求;另一些人则在其中发现我无以名之的美学唯灵论,或者某种在可见事物与不可见事物之间的感应;还有一些人则想到威胁着语言、诗律、形式和理性的自由和过渡。我知道什么?一个词的刺激能力是无限的。思想的一切任意性都可以在这里自由驰骋:人们既不能削弱也不能确认象征主义这个词的种种含义。

它终究只不过是约定俗成的一个词。

约定俗成的名词有时会引起轻蔑或引出让人开心的问题,这让我想到一个有趣的例子,它是杰出的天文学家阿拉戈(Arago)在不知什么地方讲述的一则逸闻。

阿拉戈在1840年前后任巴黎天文台台长。一天,杜伊勒利宫的一位使者来到他跟前,——这是一位王室侍从或副官,——此人通知他有一位高贵的大人物(阿拉戈没有其他说法)想参观天文台,并想在那里从近处凝望一下天空。在预定的时间,人来了。阿拉戈迎接了这位王室参观者,将他带到大望远镜前,请他将眼睛放在目镜处欣赏天空中最美丽的那颗星;他说:"这就是天狼星,大人。"看了一会儿之后,这位王公站起身来,带着一副知心的表情和会心的微笑,那是从来不会被人欺骗和总是了解事情底细的人才有的表情，他对天文学家低声说道："我们私下说实话，台长先生，您能肯定这颗美丽的星星真的叫作天狼星吗？"

而我们，当我们探索文学的天空时，在文学宇宙中的某个区域，即法国，在1860年至1900年之间（如果你们同意的话），我们也许会发现某种东西，某种独立的体系，某种聚成的星团（为了不让种种人吃惊，我不敢说它是发亮的），由一些与众不同并且自成一体的作品和作者形成的星团。这一星团，似乎就叫作"象征主义"；但就像阿拉戈的那位王公，我不能肯定这是否就是它真正的名字。

生活在中世纪的人们不太会想到他们生活在那个时代；生活在15世纪或16世纪的人们也不会在他们的名片上书写：文艺复兴时代的某某先生。对于象征主义者来说，同样如此。他们如今是象征主义者，当初并不是。

以上这些提示可以让我们清楚地理解我们此时此刻正在做的事情：我们正在创造象征主义，就像人们曾经创造过大量的精神存在，如果说这些存在总是缺少真实体现的话，却从来不乏定义，每个人都对它们进行定义而且可以随心所欲地这样做。我们创造着象征主义；我们今天让它在五十岁的幸福年纪上诞生；我们让它免于童年时代的摸索，少年时代的骚动和怀疑，以及壮年期的艰辛和烦恼。它诞生于功成名就之后。也许，可叹的是，在死去之后。是的，在1936年庆祝这个五十周年纪念。就是在1936年创造一个将永远是1886年的象征主义的事实；而且这个事实根本不取决于在1886年是否存在过某种叫作象征主义的东西。在作品中，在仍然活着的人们的记忆中,没有任何东西在这个指定的日期有过这个名字。美妙的是,我们将五十年前世界上没有的一件事,当作五十年前真实存在的事来庆祝。我高兴并荣幸地跻身于光芒四射的神话般的一代人。

那么我们开始工作吧。让我们来构筑象征主义,为了严谨起见,我们要参考资料和回忆。我们知道在 1860 年至 1900 年间,在文学领域确乎有过某种东西。怎样着手才能将它分离开来呢?假定我们已经形成了三个清晰的概念,或曰被认为是清晰的概念:一个让我们得以区分我们称作古典主义的一类作品;另一个勉强地定义了我们名之为浪漫主义的一类作品;第三个我们宣称其为现实主义。现在让我们来对图书馆进行一番挖掘和整理,将书籍一本一本地审阅,然后将同类的书放成一摞,——或者是古典主义的,或者是浪漫主义的,或者是现实主义的,这时就会发现某些作品不能归入以上任何一种类型。三摞书中的任何一摞都不接纳它们。要么它们表现出的特点与我们在上述定义中所预见的特点大相径庭,要么它们混合了我们已经区分得泾渭分明的一些特点。比如说,阿尔图尔·兰波的小册子《灵光集》应该归入哪一类?又该将马拉美的《牧神的午后》置于何处?前者与任何作品均无相似之处;后者在技巧和组合方面综合并超越了直到那时为止的所有作品。

于是我们试图将这些反叛的作品堆成第四摞。但怎么办?我们很容易发现在这两部作品之间没有任何共同之处。

或者不如说,它们之间的共同之处仅仅在于它们都同样不属于以上三撮。如果我们继续下去,我们就会越发感到困惑。魏尔伦,他也给我们带来了他特有的不同;在魏尔伦与维里耶·德·李尔-亚当之间,在梅特林克(Maeterlinck)、莫雷阿斯(Moréas)与拉福格(Laforgue)之间又有什么共同之处?人们也许会在魏尔哈伦(Verhaeren)、维也雷-格里凡(Vielé-Griffin)、亨利·德·雷尼叶(Henri de Régnier)与阿尔伯尔·莫凯尔(Albert Mockel)之间看到更多的相似之处。但是还有古斯塔夫·康(Gustave Kahn)呢,圣-波尔·卢(Saint-Pol Roux)呢,杜雅丹(Dujardin)呢?

我还得回到天文学,带着某种程度的放大,从中抽取出与其他天体有着明显区别的一团星体;我们将它定位,甚至命名。但是,我们随后再用放大的方法将这个遥远的体系拉近一些,我们看到它分解为颜色、大小和光泽各异的、互不相同的星星。就这样,我们观察的位置越近,我们越能够看到在我们未来的象征主义者中间出现了完全不同之处,他们在风格、方法、立场和美学理想方面的互不兼容,我们必然会得到这个双重结论,即在所有这些艺术家中间几乎没有理论、信念和技巧的统一;但是,这并不妨碍他们聚合在一起,被某种尚未显明的东西聚集到一起,因为这种东西根本不会仅仅从对他们作品的分析中显现出来,相反,这种分析让我们看到他们的作品是无从比较的。

既然几乎所有可能的和实际的因素——理论、方法、感觉和行为方式——看上去象是更多地将他们分开,那么是什么将他们联系到一起？如果我们将这种思想的凝聚仅仅归结为未来、归结为由于时间的流逝而发生的一种简化，也就是说将这些鲜明个性区分开来的东西在五十年后大概都烟消云散了，反之他们的相同之处却得到加强，这种说法是不能令人满意的。不是这样：确乎有着某种东西。我们知道（现在我们已经对比过他们的作品并且承认他们之间的不同是不可抹杀的），我们知道这某种东西并不存在于其艺术的那些显著特点中。并没有什么象征主义美学。这就是我们第一步行动的结果。

我们面临这样一个悖论：一个美学史上的事件却不能通过美学方面的考察来定义。他们形成团体的秘密还得在别处去寻找。我作一个假设。我认为这些如此相异的象征主义者是通过某种否定被结合到一起的，并且这种否定与他们的性情及其创造者的职能无关。这只不过是一个他们共有的否定，这种否定在他们每一个人身上都极其突出。尽管他们各各不同，但都同样游离于他们那个时代其余的作家和艺术家之外。尽管他们之间意见不一，相互对立，有时还强烈地相互排斥，恶语相向，甚至对簿公堂，但这一切都是徒然，他们在一点上达成了一致——而这一点，正如我对诸位说过的那样：与美学无关。他们一致同意，下定决心放弃多数人的赞同：他们不屑于征服大众。他们不仅断然拒绝希求读者的数量（在这一点上他们与现实主义作家们不同，后者极为看重发行量，渴望得到统计数字上的荣耀，他们最终甚至通过销售量来衡量价值),更有甚者,他们同样明确地摒弃那些对精英阶层有影响力的人和集团的评判。对于最具权威性的专栏批评家们的判决和嘲讽,他们嗤之以鼻;他们痛斥萨尔塞(Sarcey)、傅基叶(Fouquier)、布吕纳介(Brunetière)、勒迈特尔(Lemaître)和阿那托尔·法朗士(Anatole France)……他们同时既推却了受大众喜爱的好处,又藐视荣誉,但相反的是,他们颂扬他们的圣人和英雄,这些人也是他们的殉道者和道德楷模。所有受到他们仰慕的人都曾经饱受苦难:爱伦·坡在极度贫困中死去;波德莱尔曾遭到追捕;瓦格纳在歌剧院被喝倒彩;魏尔伦和兰波是流浪汉和犯罪嫌疑人;马拉美曾遭到过微不足道的专栏作家的奚落;维里耶在一间棚屋里席地而睡,身旁的小箱子里放着他的手稿以及他在塞浦路斯王国和耶路撒冷的封号。

至于他们自己,我们1886年的象征主义者们,他们没有报刊作靠山,没有出版商,没有通向正常的文学生涯的出路,无法在这条路一步步上升并累积资历,他们顺应这种常规以外的生活;他们办起了自己的杂志,自己的出版社,充当自己内部的批评家;他们逐渐培养出了经过挑选的一小群读者,对这些读者,人们也像对他们那样说尽了坏话。

就这样,他们在价值领域进行了某种革命,因为他们逐步替代了原有的关于作品的概念,那些作品煽动读者并投其所好,而在他们看来,作品要创造自己的读者。他们写作的目的远非为了满足某种欲望或预先存在的需要,而是希望通过写作来创造这种欲望和需要;如果他们认为写出来的任何东西可以征服哪怕唯一一个更高水准的读者,他们不怕它会令一百个读者扫兴或不快。

也就是说,他们要求思想的某种积极配合,这是非常值得注意的一个新情况,也正是我们的象征主义的基本特征。也许从我刚才所概括的放弃和否定的态度中引出以下结论既非不可能也并非错误:首先是我谈到的这个变化,它表现在能够成为作者的合作伙伴、能够成为读者的人,是那种有能力做出智力上的努力并经过这种努力所选择的人;其次是这个附带的后果,人们从此可以呈献给这位勤奋和高雅的读者这样的作品,其中不乏困难和不同寻常的效果,也不乏一个大胆和富于创造性的头脑所能进行的韵律甚至书写上的尝试。新的道路为敢于发明的人们敞开了。在这一点上,象征主义是一个发明创造的时代;以上我所做的简略论证,将我们从一个无关乎美学但真正关乎伦理学的考察开始,一直引到其技术活动的原则本身,那就是在艺术创造领域中的自由探索和绝对冒险,投身其中的人们自己承担一切风险。

就这样,艺术家摆脱了大众和传统批评,后者既是前者的向导又是其奴隶,他不用担心销售量,也丝毫不用考虑思想的懒惰和普通读者的局限,他可以毫无保留地投身于自己的探索。每个人都有自己的神明和理想;每个人都可以将自己的理论和奇思妙想发挥到极致,天知道是否有人剥夺自己的这种权利。天知道这一时期的革新是多么层出不穷、变化多端、令人惊异,有时甚至是奇怪的。一切都为这些寻求未知的文学宝藏的勘探者们所利用：科学、哲学、音乐、语文学、神秘学说以及外国文学。

此外，由浪漫主义所开创但未曾有规律地实行的各种艺术之间的交流形成了一个真正的体系，有时甚至过于明确。某些人写作时有意从音乐中借用他们可以通过类比的手法进行改造的东西；他们有时试图将作品写成乐谱的样子。另一些人，身为敏锐的艺术评论家，想在他们的风格中模仿一些色彩体系中的对比和呼应。还有一些人敢于创造词语并改变一下句法，好几个人让句法焕发出新的活力，而有些人则相反，还它以某些从前庄严的修饰。

从来没有任何文学运动比这次全面的思想运动更加巧妙、更关注观念，我对诸位说过的放弃是其共同原则。自这个动荡的时期以来，我所见过的文学领域内发生的所有一切，无论在胆识、对不定未来的影响，还是在对过去出人意表的借鉴方面，都是由在这个时代所完成的紧张而又混乱的工作来显示，或已经实现，或酝酿，或使之成为可能（如果不是很可能的话）的。

在这些作者周围，不知不觉地形成了一个信徒的小团体，就像《唐豪瑟》(*Tannhauser*)在歌剧院遭到著名的惨败时，在瓦格纳周围形成的小团体一样。这幸运的一小群人，这些*Happy few*[1]，人们也许会要求他们付出可贵的关注、热情，要求他们牺牲习惯和蔑视已知的东西；也许，他

---

[1] 英文：少数幸福者。见第151页注[1]。——译注

们的热情得到的回报只不过是世人和报刊的嘲笑,他们也许还会被那些并不懂多少英文但爱嘲弄的人冠以"假雅士"的头衔[1];然而,无论他们理解还是模仿,无论他们发现还是迎合,或者跟从,他们担负起了一种非常现实而且有用的功能:如此多一流的艺术家及其作品,其荣誉在今天已经得到了肯定,但当初如果没有这些信徒,情况又会怎样?

让我们来做进一步分析。我认为现在已经让诸位明白了这个情况:这些人在关于艺术的几乎所有问题上通常都存在着分歧,却有着一个共同的决心,那就是除了他们自己选择或树立起来的真理,绝不逢迎其他真理,摒弃他们那个时代的偶像及其维护者,为此不惜牺牲迎合大众趣味可能得到的一切好处,这一决心导致产生了一种全新和独特的精神状态,但这种精神状态没有得到原本可能的或曰想象中的充分发展,令我叹息的是,它在大约本世纪初年就消逝了。

众所周知,放弃是近乎苦修的东西。禁欲修行,就是试图通过一条艰巨的,甚至痛苦的道路,来塑造自己、练就自己并将自己提升到某种预感会更高级的状态。在艺术领域中表现对这种提升、这种"苦行"的渴望,这种渴望成为真正艺术家的生活和创作的一个条件,这就是我们可以在象征主义所有真正的参与者身上看到的全新的事实和深刻的特征,尽管当时象征主义这个名称尚未出现。

---

[1] "假雅士"一词为英文 snob。——译注

我前面指出过，我们称之为象征主义的统一性并不在于美学上的一致：象征主义不是一个流派。相反，它接纳了大量流派，甚至最背道而驰的那些流派，我说过：美学使他们产生分歧；伦理学将他们联结到一起。正是从这一点出发，我现在想进一步将你们引向我希望你们理解的观点。我们可以这样来表述这个观点：艺术的权威、美、形式的力量和诗歌的效力，在一群人的思想上从来没有如此迫切地要成为一种内心生活的基本内容，这种内心生活我们完全可以称为"神秘主义的"，因为有时它是自足的，它满足并支撑着不止一个人的心灵，如同某种确定的信仰。可以肯定的是，这种信念为某些人提供了长期的思想养分、行为准则和抵制诱惑的坚定信心，它还鼓励他们在最无望的条件下坚持自己的创作，尽管完成其作品的可能性十分微弱，而它们一旦被完成后得到理解的可能性也一样微弱。

我是以知情人的身份在此发言：在那个时代，我们曾经感觉到某种形式的宗教有可能诞生，诗情当是它的精华。

如果我们考虑到时代的因素、考虑到我们所考察的时期人们的精神面貌，还有什么更容易理解的呢？

但这段历史是一段特别生动的历史，因为重新认识思想的历史就是重新认识一个个可分离的个人，而不是从群体入手；这种考察试图认识的是特殊性，而不是以数目和统计形式出现的人的群体，像普通历史中看到的人群那样。之所以说这段历史特别生动，还因为它将内心事件以及个人的反应都视为事件：在这样的历史中，一种思想与其他历史中的一场战役同等重要；一个极其卑微、几乎默默无闻的人同一位英雄一样重要，同一位专制君主一样强大，同一位立法者一样具有权威。因此，一切都发生在感性和心智的领域内，都以印象、思想和我说过的个人反应的形式被加以分析。但是，在正进入思想成熟期的年轻人身上，我们观察到的效果更加显著，其反应也最为强烈和富于创造力。有一天，他醒来时有了一种新的判断，一种彻底否定其前一天的趣味和观念的严格判断，他突然发现从前的趣味和观念很幼稚：他意识到自己从前所作的只不过是接受别人教给他的东西；他反映的是周围人们的意见和论点，——换言之：他感觉到了自己从前以为喜欢的东西，其实并不是自己喜欢的，而且他一直努力不让自己去喜欢诱惑着自己的东西。这时他就与直到那时为止一直为他所接受的崇拜对象、价值判断和仿效典范的体系分离开了，——他试图靠自己成为自己。

然而，就在这同一时期他进入了现实经验的世界。我们不太清楚他在那里发现了什么。很难想象他在那里看不到失望、反感、现实的不完美以及种种丑恶现象，它们却是现实生活中最常见到的因素——也是自然主义流派最偏爱的主题……

我深信这就是最主要的事实，这个事实，通过某种形式的综合，让我们得以重新认识那个时代的精神以及那个将获得象征主义这一称谓的团体的精神。我想让你们了解一个五十年前的年轻人的心灵状态，我假定他有足够高雅的修养、情感和个性,使他时时刻刻体验到对第二重生活的需要以及对任何美的形式的渴望,如果不用这样的方法,如何让你们更好地理解在十来年的时间里,在所有国家,在某些人身上得到了肯定和发展的对纯艺术的这种虔诚?

他离开中学时会看到什么呢?需要说明的是他毫不遗憾地扔掉了所有那些实用的、以教育的行政管理为学习目的的书,这些书很长时间以来就令他生厌了。那些不幸的作者被肢解、被断章取义,变得枯燥无味,他们被加上了很多注释,最终被弄成了解剖的碎片,他们很自然地被当作僵尸。年轻人扔掉这些遗骸,这些历来被别人崇拜的残余。但现在他可以找到什么东西充当他的精神食粮呢?

他必然会尝试当时流行的东西。在1886年(因为我们选择了这个日期),他在书店的橱窗里能看到的(尚且不去理会那些无聊的书籍,这类书的产量和销售量总是很大),一边是一摞相当畅销的书籍:封面上印着十万、二十万的字样。这些是自然主义的小说,厚重,通常是金黄色的。

另一边,没有那么多人光顾,也远远没有那么显眼(因为这些是诗人),他可以发现浪漫派的作品,从拉马丁到雨果。离它们不远的地方,白色的小册子是当时流行的诗人:大大小小的巴那斯派诗人。如果下点儿工夫,兴许会找到一本《恶之花》。

但我们年轻的探寻者在这个书店里并没有找到完全令他满意的东西。现实主义作家们以一种残酷的力量和执拗过火地向他展示了这个世界,对这个世界他仅仅瞥了一眼,就已经感到恶心。另外，这幅精心描绘的图画虽然准确，有时还相当出色，然而在他看来却有失全面，因为他自己不在其中；并且，在这个充满瑕疵、为病态的遗传特征所困扰的人类世界和这些残酷的观察者的罗网中，他不能也不愿看到自己。他不愿看到在男人或女人身上生理反射多于思想，本能多于深度。另一方面，巴那斯派的诗人们曾一度令他崇拜，这段时间对于一个聪明人来说正好可以吸收他们那些方法和规范，只要遵守这些方法和规范就不难写出一些表面看上去艰深的诗句。很多浪漫派诗人忽略形式和语言，巴那斯派与之相对立并且成就卓然，然而他们的体系却将其引向了人为的严格、故意追求效果和美丽的诗句、使用生僻词汇、外国名词和完全表面的华丽，这一切都将诗歌的光芒遮蔽在了随意和无生命的装饰之下。如果韵律的丰富没有与诗句的贫乏形成对比，原本无可厚非；然而，一旦故意追求这种丰富性并以牺牲诗歌的所有其他品质，尤其是诗歌的整体性为代价时，这种丰富性就变得令人难以忍受了。这是一条绝对法则。美丽的诗句往往是诗歌的敌人：形成诗歌的整体需要很多思想和技巧，在这个整体中，人们不会想到从这里或那里分离出，——某一句让人忘掉其余部分的亚历山大体，——就像明星们在舞台上所做的那样。

我们虚构的这位年轻见证人，他的敏感让我们体验到我们将他置身其中的时代，他在那个时代的产品中找不到满足其愿望的东西。他丝毫没有被流行的作品迷惑。何况，当年轻人脱离青春期跻身成人之列时，他们环顾四周，万一他们满足于已经存在的东西,一切思想活动都会停止了。

但是,源自思想的作品以及当时的种种思想并不比书籍对他更有吸引力,也没有带给他们更多炽热的思想。无论是盛行一时的纯粹批判主义,还是自然主义作家们所采用并以小说形式来表现的进化论形而上学;无论是独断主义哲学,还是那些明确的信仰,后者刚刚遭到颇多非难,实证主义、决定论和哲学都对它发起过多次进攻,这一切都不能吸引他。他试图不加区分地抛弃一切建立在一种传统或某些文本之上的东西;正如他摒弃那些建立在某种辩论法和不同严谨程度的辩证法之上的东西;正如他认为建立在科学知识——无论是物理学、地质学还是生物学——之上的任何论断永远是暂时的和为时过早的,这样的论断在科学知识中挖掘结论而从不加以核实。他将所有这些学说进行比较;他在每一种学说中看到的,只不过是它尽力提出与其他一切学说相对立的论据。它们的总和在他看来等同于零。

他还剩下什么?在哪里逃避这种心智的虚无和因此而产生的无力?他剩下的还有成为自己、还有年轻,尤其是还有决心,任何东西如果他没有感到内心真正需要、没有感到自己内心最深处所期待,他就绝不接受;任何变化为语句的东西,如果其意义对他来说不是一种直接经验并代表他的情感宝库中的一种价值,他就绝不赞同。同样是偶像,他偏爱的只是发自内心所崇拜的,而不是别人所推荐的那些。他自问。他找到了答案。他发现只有一件事他可以肯定:自然和生活中的某些方面,以及人的某些作品在他内心引起的感动。他从在这些方面和这些作品中体验到的特殊的快乐中，从他自己内心对这样的时刻或事物所感到的奇异的需求中看到了它们的存在，它们对肉体的保存毫无用处，却同时带给他珍贵的感觉、无限多样的思想，有时还有思想、感情、严谨和幻想奇迹般的结合，还有神秘地联系在一起的快感和力量。我刚才指出过的"内心生活"的实质，以及我谈到过的对纯艺术的虔诚，其精神食粮不就在于此吗？为了简单地描述这种状态，我却不得不使用只有在最富有宗教意味的词汇中才会出现的字眼。

在我们所考察的时代，一种情形将美学情绪的紧张程度导向极限，而这种近乎神秘的美学情绪，其存在与象征主义密不可分。在所有表达和煽动方式之中，有一种发挥着极大的威力：它统率并超越其他一切方式，它作用于我们的整个神经世界，过度刺激它、深入它，令其上下波动起伏无常，平息它、粉碎它，不断带给它惊奇、抚爱、幻觉和风暴；它控制着我们的时间、战栗和思想：这种力量就是音乐，当音乐中的最强者处于巅峰之时，也正是我们刚刚诞生的年轻的象征主义者走上其命运之途的时刻：他陶醉在瓦格纳的音乐之中。

就像波德莱尔在他那个时代已经做过的那样，我们的年轻人寻找一切机会，聆听这种对他来说既是恶魔般的又是神圣的音乐。它既是他的崇拜对象，也是他的恶习；既给他教益，也是他的毒品；此外，它还像宗教仪式那样实现了全部听众合为一体,其中每个成员都获得了全部魔力,因为,一千来人集中在一起,出于同样的原因,合上眼睛,感受着同样的激奋,他们只感觉到自己的存在,但也由于内心的激情而与无数真正成为他们同类的邻人浑然一体,——他们构成了典型的宗教条件,活生生的一群人体现出的感情的一致性。

这就是1886年前后,星期天,在夏季马戏团的音乐会上,人们所看到的和感受到的。这是真正的祭礼,巴黎最高雅、最深刻、最热情、最独特也最善于模仿的人们纷纷前往。指挥走到乐谱架前,就像登上祭坛并获得了至高无上的权力;事实上也确乎如此,他将颁布法令,并展示音乐众神本身的权力。指挥棒举起来了:所有人都屏住呼吸;所有心灵都在期待。

然而,当颤动的弦乐器、沙哑或柔和的木管乐器以及嘹亮的铜管乐器响起来时,当它们建造并摧毁着声音的大厦、由天才策划的充满美妙变化的庙堂时,坐在过道座位的一排长凳上的人们的阴影之下,有一个人坐在那里,这位特殊的听众带着欣喜,但也带着一种高层次的竞争所引起的微妙的痛苦,陶醉在至高无上的交响乐中。

在出口处,热情的年轻人在等着他,想找到他。马拉美待之以微笑,这种发自内心的微笑流露出了从最绝对的思想中散发出的无比亲切,令人永生难忘。他们说着话。我们知道,终生萦绕着马拉美的问题,他始终思考和孜孜以求的对象,就是还诗歌以伟大的现代音乐从它那里夺去的同等力量。在此我并不打算指出其分析和探索的发展过程中某个具体的思想,他的作品就是他走过的足迹。我只想说,马拉美被这个力量问题所困扰,甚至可以说被激怒,他以前人从未有过的态度去审视文学:他用的是深刻、严谨和一种普遍化的直觉,我们的伟大诗人也许并不曾料到,他的方法接近于某些现代数学家,他们通过对科学的基础概念和基本规则进行层层深入的分析,重建了科学的基础并赋予它以新的广度和能力。

年轻人离开导师,他清醒过来,回到自己的住处,但他仍沉醉在思想之中,他刚刚从音乐中感受到的宏大气势和他刚刚听到的几句令人赞叹的言辞仍在他的身心回响,他同时感到既清醒又沮丧,既更加深刻也更加无力。就这样,他又回到那个街区,原封不动的生活重新攫住他,粉碎他的梦想,让他多少感到一些无忧无虑,渐渐地,尽管天才的作品仍令他感到沉重的压力,他又重新获得了巨大的勇气去构想另一些前景、另一些道路、另一些方式来证明自己,来感到自己是思想和表达法的源泉,是一个源头、一个创造者、一个诗人……

他走进一个咖啡馆,这样的咖啡馆如今几乎全都消失了,那个时代,它们在无数流派的创立中扮演过重要角色。一部文学史如果不提及这些场所在那个时代的存在和作用,就是一部死气沉沉、没有价值的历史。与沙龙一样,咖啡馆也曾是真正的思想实验室，是交流和碰撞的场合，是聚会和分化的方式，在那里，最大的精神活动、最丰富的混乱、极端的言论自由、个性的冲撞，思想、嫉妒、热情，最尖刻的批评、嘲笑、诅咒等等，构成了一种氛围，有时令人难以忍受，但总是令人激动，一切都奇怪地混杂在一起……

那些今天还活着并且光顾过——即便很少几次——这些明亮而又嘈杂的神秘之地的人们，能够在记忆中找到它们。他们会带着忧郁重新感受到那些在镜子之间度过的夜晚，在那里，缪斯们，她们今天早已消失了，梳妆打扮，整理着帽子上的面纱；当年围坐在桌边的人们如今已成亡灵，魏尔伦坐在这里，莫雷阿斯在那边，在层层叠叠的烟雾之下，在杯垫、勺子的噪声以及玩牌者的惊呼和几个争吵着的女人的尖叫声中，他们语不惊人誓不休。很多思想就是在那里形成并被表达出来的。

某个时候，这些特殊场所中的每一个都曾有过一个流派和一种教义。在那里，人们即刻就创办一份杂志，谁也不能预料它如何生存下去。但这无关紧要。重要的是找到名称和起草宣言。这才是头等大事。有时会发生这样的情况，在宣言的起草过程中他们就已经产生了分歧，一切都乱了套。我们的创办者中一半人换个咖啡馆，另立山头……

众所周知，当时引起争执的主要问题之一是关于自由诗的内部争吵。这个话题很棘手，我几乎不敢谈论它。摆脱传统规则的合理性、时机或者必要性；赞同以及反对的论证；正反双方都通过理论、事实、语音学和历史来提出证据……但为了讨论这个无休止的话题，诸位需要付出的耐心、注意力和勇气是我的解释不能补偿万一的。况且，这个问题还引出另一个症结所在。究竟是谁发明了自由诗，人们曾经在这个问题上争执不下。这一类的战争永远也没有停息。今天我不想冒险去重新点燃一场战火，很多这样的战争都不知是如何结束的。

但谈到象征主义，哪怕只是简略地谈谈，就不可能不在诗歌技巧的问题上稍作停留。我将仅向诸位指出几个事实；我只限于那些确凿无疑的事实。

通过约定俗成对普通语言的自由加以一定限制，格律诗就是由这些限制来定义的。我们可以，并且丝毫没有贬损之意，将这些规则与一种游戏的规则加以比较，它们在整体上具有这种显著的效果，那就是将它们所制约的特殊语言与普通语言清楚地分开。

它们时刻提醒着使用这种特殊语言的人，也同样提醒着倾听它的人：正在进行的话语并不在行为世界、在现实生活领域中鸣响。为了赋予它以意义，为了解释其形式，需要另一个世界，一个诗的世界。

要注意的是，这种强加在语言上的束缚在某种意义上是外在的，另一方面，它给我们以自由。如果我使用的形式时刻提醒我说出来的话语不属于真实事物的范围，听众或者读者就可以期待和接受思想的自由驰骋。另一方面，这种形式让我保持警觉，防止或者说应该防止我陷入散文体的危险。

另一个事实：所有诗人，自远古以降，直到我们所考察的时代，都在约定俗成的条件下运用这一体系。古人自不待言，当莎士比亚不写诗剧时，写的是押韵的十四行诗和合乎规则的作品。但丁的诗是用三联韵[1]写成的。无论贺拉斯还是维庸，无论彼特拉克还是邦维尔，无不如此。

巴那斯派出于对浪漫派的反动，已经比古典诗人的条件本身走得更远，但在1870年之后几年，也就是说正当巴那斯派如日中天时，——一场反叛性的运动发生了，其最初的震颤出现在兰波的某些作品中，在魏尔伦继《农神诗》之后写的那些没有什么巴那斯味儿的诗歌风格中。这些诗自由优雅，绝然不同于勒贡特·德·李尔的信徒们所写的那些具有雕塑般的外表并且铿锵有力的诗句。他们带来了一种简单而富于歌唱性的形式，这种形式有时从民间诗歌中汲取灵感。

稍后，一些人大胆地进行了革新。他们与常规断然决裂，只从自己对于节奏的直觉和耳朵的细微感受中，去寻找诗歌的节拍和音乐性。另一方面，作为这些尝试的基础，还有建立在语音学家们的著作之上的理论研究以及对声音的记录。我不可能在此阐述当时的各种理论；但我要指出伴随或者参与这一时期文学创造的那些重大的理论发展，它们往往十分高明，这是象征主义的一个特征。在1883年至1890年

---

[1] 三联韵（tierce rime）为但丁所创制的格律，每节三行，每行11个音节，最后以一个单行诗节收尾，其押韵格式为：aba，bcb，cdc，...，yzy，z。——译注

的那段时间里，许多大胆的人着手建立一套从当时流行的心理生理学的结论中引出的艺术理论。他们进行的研究包括：用物理学的方法研究感受，研究（假定的）通感，对节奏进行能量分析，这些研究对绘画和诗歌不无影响。用精确的数据来替代评论家使用的十分宽泛的概念，以及艺术家自己形成的十分个人化的思想，这样的尝试大概为时过早，也许纯属幻想：但我承认，其中我接触过的那些东西曾令我深感兴趣，但我的兴趣与其说在于内容还不如说在于趋势，也在于这些研究展示出的与那些先验的体系以及与辩证美学的徒劳的断言之间形成的反差。

另一方面，在同一时期，渊博的知识也为解放了的诗人们提供了15、16世纪创造出来的美妙范本。人们不怕从我们古老的文学中借取颂歌和小颂歌这样富于歌唱性的形式，还有那些已经从日常使用中消失却专门为诗歌而创造的优美词汇。这些借用，其想法的产生和实现都只有在摆脱巴那斯派的严格形式后才成为可能，有时它们不知不觉地导致了传统诗律的罗曼式复兴。事物的回潮和不可预见，这就是一个有趣的例子。

我们也看见，在另一个完全敌对的阵营里，进行着一种不寻常的试验：乐器派（instrumentisme）建立起来了。它在保留——或者说基本上保留——亚历山大体的同时，在普通规则上添加了字母发音与乐器音色之间的某种对应表。

这一切只不过表明了"象征主义"非常活跃的生活及其丰富创造，同时还展示了我们今天划归同一名称之下的人们内部的多样化。

然而敌人保持着警惕。实际上,敌人从来没有睡着过。那些既关注所有人的利益,也关注自己的利益(他们不容二者混淆)的人,刚刚察觉到我上面简单描述的文学运动在酝酿之中,嘲笑、微笑、滑稽模仿、蔑视、丑化——有时还有斥骂和责备,就开始进行大肆贬低和大举围歼,他们遗憾地看到那么多有才华的人却沉溺于荒唐的想象。我如今还仿佛听到一个正派人对我说:"先生,我是文学和法律双料博士,但你们的马拉美,我连一个词儿也不明白……"

主要罪状渐渐明确了……五十年来,它们没有改变过。它们一成不变:一共有三条。那些宣读它们的人并不怎么有创造性。让我们来数数塞伯拉斯[1]的三个脑袋,听听它们的发言吧:

其中一张嘴对我们说:晦涩难懂;

另一张说:矫揉造作;

第三张说:枯燥无味。

这就是刻在象征主义庙宇门楣上的题铭。

象征主义如何回答呢?它有两种方式来除掉龙。第一种是保持缄默,但要指出发行量的统计结果,马拉美、魏尔伦、兰波的书从一开始,尤其自1900年以来,发行量就一直上升。

第二种是开口说话:你们认为我们晦涩难懂?但谁强迫

---

[1] 塞伯拉斯(Cerbère)系看守地狱之门的三头犬。——译注

你们试着来读我们？如果有一条法令强迫你们这样做，否则以死罪论处，我们还可以理解你们的抗议。

你们说我们矫揉造作？但珍贵的反面是低贱[1]！枯燥无味？但是你们应该满意才对。如果我们是贫瘠的[2]，这个世界上就会少一点晦涩难懂和矫揉造作。

要承认的是，除了这些批评，象征主义还有其他敌人，但它们永远只能扰乱那些没有抵抗力的头脑。与象征主义作对的，有它的品质本身及其苦行的理想。另一方面还有现实生活的必需以及年纪，象征主义者们将命运过于严格地奉献给了一个过于纯粹的崇拜，但岁月的流逝使这样的命运越来越艰难，有时甚至越来越阴郁，还有他们扩大自己声誉的野心，作品的精妙必然限制了这种声誉的传播而使它只能成为少数人崇拜的对象；最后，一代又一代人成长起来，他们不再感受到同样的印象，他们身处的环境不再相同，他们自己也要存在和创造，这条命定的法则迫使他们无视或否认"象征主义者们"的意图、理由和价值；这一切都会导致我想向诸位介绍的这种精神的解体、腐化，以及在某些方面的普及化。

自20世纪开始以来，由于人类生活中已经非常凸显的混乱，这种对独立文化的追求，对趣味和探索的执着，已

---

[1] 在法语中，précieux 一词既有矫揉造作之意，又有珍贵之意。——译注
[2] 在法语中，stérile 一词既有枯燥无味之意，又有贫瘠、不结果实之意。——译注

经完全不可能置身于广告、统计数据的交换以及越来越干扰生活所有因素的骚动之外。艺术品的化学放弃了进行长时间的裂变，而纯粹的体质只通过这种裂变才能获得，它也不再培育水晶，因为水晶只有在宁静中才能形成和长大。它专注于制造炸药和毒品。

当时代的事件和风尚困扰着我们，当每个人的生活充满无聊和焦灼，当闲暇、轻松地生存，自由地梦想和深思变得如同金子一样稀有的时候，如何能够致力于缓慢的修炼，如何能够在微妙的理论和探讨上不惜代价？

正是这一点赋予象征主义以现实的意义，赋予这个过去的事件以价值，——事实上，总而言之，一个象征。

有利于思想向着深刻、精微、完美、强大而美妙的方向发展的条件已经消失了。目前一切都表明，独立的精神生活是不可能实现的。如果说在整个世界的喧嚣、在机器和武器和噪声、在人群的叫嚷、在操纵人群的那些人天真而绝妙的夸夸其谈之中，今天的诗人们还觉得呻吟不是毫无用处的话，六十年前诗人们发出的抱怨，与今天的诗人们可能发出的悲叹相比简直不值一提。

在我行将结束本文之际，我注意到"象征主义"从此成为一种名义上的象征，它所代表的精神状态以及有关精神的一切，与今天所盛行的，甚至占统治地位的东西完全对立。

象牙塔从来未曾显得如此高大。

纪念马塞尔·普鲁斯特[*]

尽管我对马塞尔·普鲁斯特的巨著所知甚少，尽管小说家的艺术本身对我而言是一种几乎难以想象的艺术，但是从我闲暇时读过的一点点《追忆逝水年华》，我清楚地知道，文学刚刚遭受到多么不同寻常的损失；不仅仅对于文学如此，对于在每个时代由赋予它以真正价值的那些人组成的那个秘密团体更是如此。

况且，假如这部鸿篇巨制我连一行也没有读过，仅仅看到纪德与莱昂·都德这两位思想相去甚远的人都在它的重要性上达成一致，就足以使我深信不疑；如此难得的一致只有当事实确凿无疑的时候才会发生。我们大可放心：如果他们同时说今天天气不错。

别的人会精确和深入地谈论一部如此有力又如此细腻的作品。还有人会讲述构思这部作品并给它带来荣耀的是怎样

---

[*] 发表于《新法兰西杂志》第112期，1923年1月1日。这是一期专号，纪念1922年11月18日刚刚去世的普鲁斯特。

一个人；而我，只是在多年前有过惊鸿一瞥。我在这里谈的只能是一种缺乏力量的见解，而且几乎不值得写成文字。本文只表达一份敬意，是一座不朽的坟墓上一朵会凋谢的花。

任何文学体裁都诞生于话语的某种特殊用法，小说懂得滥用语言的即时性和有含义的能力，来向我们传达一种或几种想象的"生活"，它创造其中的人物，确定时间和地点，讲述事件，它用隐隐约约、或强或弱的因果关系将这些生活串联起来。

而诗直接利用我们的人体组织并以歌曲为极限，它是听觉、声音形式和清晰的表达之间准确而连续的联系的一种练习；小说则想激发和支持我们身上这种普遍和不规则的期待，即我们对真实事件的期待：叙述者的艺术模仿它们奇怪的演绎，或者它们平常的片段。诗作为语言的装饰性和可能性的纯粹体系，它的世界基本上是封闭和自足的，而小说的世界，即便是志怪小说，是与现实世界相联系的，就像逼真的布景与可触摸的东西放在一起，观众往来其间。

营造"生活"和"真实性"的表象是小说家苦心孤诣的目的，它在于不断地引入观察，——也就是说小说家将可辨认出的因素融入自己的意图。一个由一些真实的和任意的细节构成的情节，将读者的现实生活与人物的虚构生活联系到一起了；正因为此，这些幻影往往获得强大的生命力，使得他们在我们的头脑中可以与真人相比。我们不知不觉就将我们身上具有的人性借给了他们，因为我们存活的能力暗含着让别人活下去的能力。我们借给他们的越多，作品越有价值。

然而小说与我们看到或听到的对事物的自然叙述之间的根本差异并不在此。小说也并非一定要有节奏、对称、修辞、形式，甚至没有什么固定的结构。只有一条法则，但它生死攸关：需要，——并且，也只需——情节的发展带领我们，甚至吸引我们，走向一个结局，——它可以让人感觉好像十分投入地经历了一场奇遇，或者感觉对虚构人物了如指掌。值得注意的是——我们可以很容易地以通俗小说为例来说明这一点———整套无足轻重的细节，其中每一个孤立地看毫无价值（因为我们可以将它们一个一个地转换为另一些同样简单的东西），但整体却会制造引人入胜和生活的效果。——我们不能据此引出任何结论来反对小说；至多只能责备一下生活，生活是大量事物完全真实的总和，而其中一些事物是虚妄的，另一些则是假想的……

因此，当我们的记忆重新拾起或评述我们经历过的一段时间时，它每次有序的展开所唤起和接受的东西小说都可以接受：不仅仅是肖像、风景以及我们称之为"心理"的东西，还有形形色色的思想、对一切人和事的影射。小说能够搅动和查阅整个头脑。

正是在这一点上小说在形式上接近于梦；我们可以用以下这个奇怪的特性来定义二者：它们的所有偏离都属于它们。

但人们往往将诗与梦相提并论，这种观点在我看来未免轻率。

与诗相反的是,一部小说可以被缩写,也就是说本身可以被讲述:它能够容许人们从中演绎出一个相似的面目;因此它的相当一部分内容可以随意成为暗含的。小说也可以被翻译,而无伤主旨。它可以在内部被展开或者无限延长,因为它可以分成数次读完……除了读者的闲暇和能力,小说的长度和多样性没有其他限制;我们能够强加给它的一切约束都不是由它的本质引起的,而仅仅取决于作家个人的意图和决定。

普鲁斯特极其巧妙地利用了这些十分简单又十分宽泛的条件。他没有通过行动本身去抓住"生活";而是通过大量的连接去汇合它,也可以说模仿它,这些连接是微不足道的形象就能轻易在作者自身找到的。他生活中的境遇在一生中植下了分析之苗,他将所有这些苗的根无限延伸。他的作品每一个片段都饶有趣味。我们可以任意翻开一页,它的生命力与上文,与某种已获得的幻觉毫无关系;它来自我们不妨称之为文本材料本身固有的活力。

普鲁斯特分割——还给我们造成可以无限分割的感觉——别的作家习惯于越过的东西。

而我们,对我们经历中的每一个因素,我们都低估了一种潜在的无限,这种无限只是我们的所有记忆能够在相互之间进行组合的可能性。为了在我们的生活中前进,并且符合条件,我们必然忽视我们深层天性中的这种紧迫特性。我们在内心深处是由一个自己生成的东西做成的;它自己生成是以损害可能性为代价的。仅仅凭借着我们的意识，我们就是永不枯竭的，——我们不可能停留在自身而不立刻受到那么多思想的影响，不能不看到这些思想相互替代，或者一种思想在另一种之中发展，打开一个新的视野……心灵只有当它创造、当它吞噬其创造物的时候才能不断起作用。它每时每刻都在设计另一些生命，孕育它的英雄和妖魔，描绘理论的蓝图，吟诗作赋……我们失去或以为失去的一切，人们对自己所期望的一切，这个有价值和无价值的宝库，我们每个人从中各取所需——也许这就是马塞尔·普鲁斯特所谓的失去的时间。在他之前，没有人，或者说几乎没有人，有意识地使用过这些资源。这种做法是在使用整个生命；他正是在这上面将生命耗尽。

普鲁斯特懂得运用一种异常丰富且相当细腻的内心生活所具有的力量，去表现一个自愿是，也应该是肤浅的小社会。通过他的创作，一个肤浅的社会的形象成为一部深刻的作品。

在此是否应该如此匠心独运？描写对象是否值得如此苦心经营和毫不懈怠地关注？——这个问题颇值得研究。

自命的"上流社会"只不过是由一些象征性人物组成的。任何人在那里都只以某种抽象的身份出现。所有权力都应该聚集一堂；金钱在某处与美貌交谈；政治与优雅在一起时变得驯服；文学与门第意气相投并邀品茗。一旦一种新的权势得到承认，它的代表人物就会没完没了地在"上流社会"的聚会中露面；社会上各色人等相继参加一个国家最高集团的沙龙、狩猎和婚丧嫁娶,这些活动很好地概括了历史的运动。

我上面谈到的所有这些抽象形象都有真实面目的人物作为依据,由此导致的对比和错综复杂的情况只有在这个小舞台上才看得到。另一方面,正如钞票只不过是一张纸,"上流社会"的人物与一种有生命的物质相结合就形成一种信用价值。这种组合对一位洞察入微的小说作者来说,极其有利于表达其意图。

不要忘记我们那些最伟大的作家几乎从来只着眼于宫廷。他们从城市中只提炼出喜剧,从乡村只提炼出寓言。但真正伟大的艺术,即简化的形象和纯粹的典型的艺术,其形象和典型是允许一个孤立情景的后果对称地、音乐般地展开的实体,这样的艺术是与一个遵循常规的圈子相联系的,在那里人们说的语言罩着一层面纱并充满限制,在那里表象支配本质,并堂而皇之地使后者处于束缚之中,这种束缚将整个生活变为机智的演练……

今天的"上流社会"不像昔日的宫廷那么井然有序。但它并不因此而不值得——也许凭借着某种混乱,凭借着其中引人注目的有趣的矛盾,——夏尔吕和盖尔芒特一家的创造者从中选择他的人物和机会,——其中一些相当微妙。但在他自己内心深处,马塞尔·普鲁斯特寻找过任何世界都需要的形而上学。

毋庸置疑,他的方法属于我们最可赞美的传统。我们有时发现阅读他的作品不太容易。但我总是回答道应该感激我们这个时代有难度的作家。如果说他们培养了一些读者，并非只是为了让这些读者阅读他们自己的作品。他们同时教会这些读者去读蒙田、笛卡尔、博须埃以及另外几个可能还值得一读的作家。所有这些伟人都以抽象的方式说话；他们说理；他们不断深入；他们仅用一个句子就勾画出一种完善的思想的主旨。他们不惧怕读者，他们将读者以及自己的辛苦置之度外。再过一些时候，我们就再也读不懂他们了。

诗论和美学

诗歌问题*

近四十五年来，我亲眼见到人们在诗歌领域的所作所为，他们进行了极其多样的探索，尝试了完全未知的道路，有时又回到某些传统；急剧的起伏波动和频繁更迭的体制似乎是当今世界的特点，总之，诗参与了这一切。组合的丰富而又脆弱，趣味的不稳定性，价值的迅速变化；最后还有对极端的信仰以及可持久的事物的消失，这些都是这个时代的特点，如果这些特点不是非常准确地对我们变得越来越迟钝的感觉本身做出反应，它们还会更加显著。

在最近半个世纪中，出现了一系列诗歌形式，从巴那斯派严格但容易定义的类型，直到最放纵的作品和最自由的尝试。我们应当，并且必须指出，在这些发明之外，还有某些往往非常巧妙的复兴：从 16、17 和 18 世纪借用的纯粹而高明的形式，其优美的魅力也许是永恒的。

---

* 发表于《新法兰西杂志》第 256 期，1935 年 1 月 1 日。此文也是次年出版的《〈新法兰西杂志〉诗人选集》的序。

所有这些探索都是在法国进行的；这一点值得引起注意，尽管这个国家曾出现过不止一个著名诗人，但它并不以诗歌著称。的确，将近三百年来，法国人不懂得诗的真正本质，选择的道路与诗完全背道而驰。我下面会很容易地证明这一点。这说明了为什么在我们的国家，通向诗的道路虽然不时出现，却不得不以反抗或反叛的形式出现；或者正好相反，它们集中在少数狂热的头脑中，这些人唯恐失去他们秘密的信念。

然而，在这个缺乏诗情的国家，19世纪最后二十五年里出现的诗歌方面的创新却惊人地丰富。1875年前后，维克多·雨果仍然健在，勒贡特·德·李尔及其信徒们正到达荣誉的顶峰，人们开始看到魏尔伦、斯蒂凡·马拉美、阿尔图尔·兰波的名字，他们是现代诗的"三王"[1]，他们带来如此珍贵的礼物和稀有的芬芳，流逝的时光并没有减损他们那些非凡的诗句具有的光辉和力量。

他们极其多样化的作品加上前辈诗人留下的丰富范例，在过去和现在都使在诗歌领域内以多种不同方式进行构想、感觉和实践成为可能。也许今天还有人追随拉马丁；另一些人则继续着兰波的道路。同一个人也可以改变趣味和风格，在二十岁时烧掉他十六岁时热爱的东西；我不知道什

---

[1] "三王"原文为 les trois Rois Mages，指基督教传说中耶稣诞生时前往朝拜的东方三王，又称三贤士或三博士。——译注

么样的内心变化使这种让人迷醉的力量从一个导师那里转到另一个。喜爱缪塞的人变得高雅起来，放弃他而投靠在魏尔伦门下。某个人早年受到雨果的熏陶，后来却全心全意崇拜马拉美。

这些心灵的过渡一般说来是在某一个方向上进行的，而朝另一个方向发展的可能性则要小得多：从《醉舟》久而久之过渡到长诗《湖》的情况当极其罕见。反过来，人们喜爱纯粹而艰深的《爱洛迪亚德》，也可以不失去对《爱丝苔尔的祈祷》的兴趣。

对原来喜欢的诗人失去好感，一见钟情也罢忍痛割爱也罢，改换门庭和改变兴趣，还有我们可以先后被毫无共同之处的诗人的作品所感动，这些都是头等重要的文学现象。而人们从来不谈这些问题。

但是，——当我们谈论"诗"的时候，谈些什么呢？

令我叹服的是，在我们感兴趣的所有领域里，任何一个领域中对事物本身的观察都没有像在诗歌领域中那样遭到忽视。

我清楚地知道在任何方面都是如此，因为人们害怕太纯粹的目光会驱散观察对象或令人失望。我不无兴趣地看到本人前不久写的关于历史的文章引起了不满，其实我写的东西只不过是一些任何人都能看到的简单事实。这场小小的骚动很自然也很容易预料到，因为做出反应比进行思考来得容易，并且这个最小努力必然在绝大多数人的头脑中占上风。至于我，我总是听从思想的冲动，它逃离可观察的对象，从一个字飞到另一个字，刺激着特别的感觉……我认为，不要仅仅观察那些习惯让我们去观察的东西，尤其要当心语言，它是所有习惯中最强大者。除了那些由词语，——换言之——即由他人向我们指出的地方，要尝试在其他地方作停留。

下面我就试着指出习惯上人们是如何探讨诗歌问题的，以及这种做法怎样牺牲诗的本来面目而将其弄得面目全非。

在"诗"的问题上几乎没有什么好说的，它对所有那些需要它的人都没有直接用处，在这些人内心深处，渴望诗或创作诗的奇异力量就像他们生命的一种无法解释的需求，或者像诗最纯粹的回答。

对于通常看来没有任何用处的东西，这些人却体会到必需，并且，在另一些人眼里完全随意的某些词语的安排，有时他们却看出不知什么样的规矩。

同样这些人，他们不会轻易听信别人而去喜欢他们不喜欢的东西，也不会不喜欢他们喜欢的东西，——从前和不久前，这是评论界所作的主要努力。

至于那些对诗的存在与否没有强烈感觉的人，诗对于他们来说也许只是抽象和神秘地被接受的东西：完全虚妄无意义的东西，——尽管一种应当尊重的传统赋予这个实体以一种不确定的价值，就像在大众的头脑中漂浮着的一些价值那样。在一个民主国家里人们对贵族封号的敬重，在此可充当一例。

根据不同性质的人，我认为诗的本质要么毫无意义，要么无比重要：在这一点上，它与上帝本身类似。

那些对诗并不很感兴趣的人，他们既不感到需要诗，大概也不会去创作诗，但不幸的是，其中不少人的职务或命运却是对诗进行评判，在诗的问题上夸夸其谈，刺激或培养对诗的兴趣；总之，就是去施放他们没有的东西。他们往往在这样的事情上投入了全部聪明才智和热情，其结果却是可怕的。

在"诗"这个优美而审慎的名称下，他们不可避免地被引导或者被迫去考察其他一切问题，唯独不理睬他们自以为关心的问题。他们自己没有料到，只要能天真地逃避或回避主要问题，就一切都好。只要不是主要问题，就一切都好。

比方说，他们列举诗人们使用的明显的手法；记录诗人们使用某些词的频率或没有使用某些词；公布诗人们最喜欢的形象；指出一个诗人与另一个的相似之处，或他们相互借用的地方。某些人试图揣测诗人们的内心意图，试图在骗人的透明度之下解读出诗人们作品中的意向和影射。他们乐意去探究人们已经了解（或认为了解）的作者生平，他们表现出的自满却让人清楚地看到他们如何迷失了方向，似乎人们可以从作者的生平中了解其真实的内心活动，似乎优美的表达法以及词语和声音美妙的、总是……天意的配合，是一个人愉快或悲怆的人生经历自然而然的结果。然而所有人都曾经历过幸福或不幸；那些最粗俗和最不富于诗意的人并非不曾体验过快乐和痛苦的极致。感受到不会导致让人感受到，——更不会导致：让人美妙地感受到……

人们寻找并且找到了这么多办法来处理一个问题，却甚至连其要旨都没有触及，人们运用的方法、关注问题的方式，以至于强迫自己付出的辛苦，这一切却是为了证明对真实问题不折不扣的无知，岂不令人叹服？

更有甚者：几百年来，探讨诗歌问题的大量高深的作品中，我们看到只有少得惊人的作品（我说"极少"为的是不要显得绝对）没有暗含对诗的存在意义的否定。这门如此复杂的艺术，其最显著的特征和最真实的问题就这样恰恰被那种注视它的目光所遮蔽了。

人们的做法是怎样的呢？人们对待一首诗就好像它可以被分解（并且应当如此）为一段自足的和由自身组成的散文话语；另一方面，还可以被分解为多少接近于真正意义上的音乐的一段特殊音乐，就像人声可以发出来的那样；但我们的音乐不用上升到歌唱的高度，再说后者只重视音节，没有保留多少词语。

至于散文话语，——也就是说，用另外一些词写成但具有同样功能的话语，——也要将其进行分解。人们注意到，一方面它可以被分解为一个小文本（这个小文本有时可以缩减为一个词或者作品的标题）；另一方面，可以被分解为一定数量的附加语句：修饰、形象、修辞格、形容语、"优美的细节"，其共同特点是可以被 *ad libitum*[1]引入、扩展或删除……

那么至于诗的音乐，我刚才讲的这种特殊音乐，对一些人来说，它是难以察觉的；对大多数人来说，是可以忽略的；对某些人来说，是抽象研究的对象，但这样的研究有时是高明的，总体上是没有成果的。我知道，有人已经付出了可贵的努力来解决这方面的困难；但我很担心努力用得不是地方。没有什么比那些所谓"科学的"方法（尤其是测量和录音）更具欺骗性了，这些方法总是用"一个事实"来回答一个甚至是荒谬的或者不恰当地提出的问题。它们的价值（正如逻辑的价值）取决于使用它们的方式。为了解决那些起源及倾向都纯属"主观的"问题，人们动用的统计数据、蜡上的画线、精确计时的观察当然会说明某种东西；——但是在这里，它们的神谕远非让我们摆脱困惑和结束一切争论，只不过在物理器材的掩盖之下带来了天真地伪装过的一套形而上学。

我们徒劳地计算女神的步伐，记录其频率和平均长度，但我们不能从中了解到她刹那间的优美秘密何在。可嘉许的好奇心已经被花费了不少来探究"发音"语言所特有的音乐的秘密，但直到今天，我们还没有看到这种努力产生出新的和重大的成果。然而，一切都在这里了。真知灼见的唯

---

[1] 拉丁文：任意地。——译注

一证明是能力：行为的能力和预见的能力。其余一切皆属文学……

然而我还是应该承认，这些研究虽然收效甚微，但值得称道的是至少遵循了精确的原则。其意图是极好的……在任何没有下赌注的事情上，我们这个时代很容易满足于差不多。与其他任何时代相比，我们的时代既更加精确，也更加肤浅：更加精确乃出于不得已，更加肤浅由自身所决定。对于我们这个时代，偶然比本质更珍贵。人们使它高兴，人却使它烦闷；而它害怕这种非常幸福的烦闷甚于一切，这种烦闷在更为安宁，也可以说更为空虚的时代，也许会给我们孕育出深刻、挑剔和合乎愿望的读者。谁，又为了谁，今天会在小小的词语上推敲？又有哪一个拉辛会向他的老友布瓦洛征询，为了得到允许将某行诗句中不幸的（infortuné）一词换成悲惨的（misérable），——但是他没有得到。

既然我做的事是将诗从散文及散文精神中稍微解脱出来，这些东西压迫着它并且用对了解或掌握诗的本质毫无裨益的知识来遮蔽着它，我能清楚地看到这类作品在当今时代不止一个人身上产生的效果。有时，某些领域染上的极其精确的习惯（大多数人对此都习以为常了，因为它被经常应用在实际生活中），想让我们觉得很多传统的思辨、论点和理论如果说不是难以忍受的，也是毫无意义的，然而这些东西也许还可以让我们思考一番，还可以刺激一下我们的智力，还可以让我们写作，甚至让我们翻看一些好书；但另一方面，我们从这些东西中感觉到，只需用更主动一点的眼光去观察，或者提出几个出乎意料的问题，我们就可以看到那些抽象的幻想、随意的体系和模糊的远景只不过分解为口头上的可能性而已。从此以往，所有那些只拥有它们所说的东西的科学都"潜在地"贬值了，而那些人们时刻感觉到并使用其结果的科学得到了发展。

让我们想象一下，一个有着较为严谨的思考习惯的人，如果有人向他推荐某些"定义"或某些"阐述"，声称这些能帮助他理解文学，尤其是诗，他头脑中会做出什么样的判断？独特个性和写作技巧是一部作品的价值所在，它们确保作品鲜活地保留下来，但我们很难将它们与所谓总体思想和"美学"倾向之类美丽的名词所指称的东西联系起来，这时他会怎样评价关于"古典主义""浪漫主义"和"象征主义"等等的议论？它们是抽象和约定俗成的词语：但它们是一点儿也不"恰当"的约定俗成，因为作者们在这些词的意义上一向存在争议；而且，这些词被制造出来仿佛就是为了引起争议并给没完没了的分歧制造借口。

显而易见，所有这些分类和鲁莽的观点丝毫不能增添一位热情的读者的乐趣，也不能用大师们在作品中使用的写作技巧来提高一位作者的水平：它们既不指导如何阅读，也不指导如何写作。更为严重的是，它们回避诗歌艺术中的真正问题；然而它们却让不少人有机会发表绝妙的无知妄言。有人借"人文主义"的美名写下了多少无聊的东西，为了让人们相信卢梭发明的"自然"又有人写下了多少蠢话！……的确，在成千上万徒然占据着公众的幻影中，这些思想的表象一旦被接受和吸收就好像它们真的存在一样，并且还会给一大堆具有某种学术独创性的组合以借口和理由。人们在维克多·雨果的身上巧妙地发现了一个布瓦洛，在高乃依那里看到一个浪漫主义者，在拉辛身上有着一个"心理学家"或者现实主义者……所有这些东西既不对也不错；——何况它们不能成为对的或错的。

我认为，总的说来人们根本不重视文学，尤其不重视诗。如同美一样，这是私人的事儿；每个人在一生中都会或多或少碰到这样的情况，即某个时候认出或感觉到了它，就像对痛苦和快感的体验一样；但还要更加偶然。我们永远不能肯定某件事物是否吸引我们；也不能肯定某一次我们喜欢（或不喜欢）它之后，另一次会不会仍然喜欢（或不喜欢）它。这种不确定挫败一切算计和用心，它使作品和个人的一切组合成为可能，使一切拒绝和崇拜成为可能，它使作品的命运与任何人的任性、激情和变化联系在一起。如果某个人真正喜欢某一首诗，我们会看到他谈论它就像谈论个人的情感，——万一他谈论的话。我见过这样一些人，他们极其珍视自己所狂热崇拜的东西，却不能忍受其他人对此也同样着迷甚至有所了解，他们认为自己的爱会因为被分享而受到损害。他们宁肯藏匿而不是推广他们喜爱的书籍，对待它们（为了他们自己的崇拜，不惜牺牲作者们普遍的光荣）就像东方国家那些聪明的丈夫对待他们的妻子，将其包围在秘密之中。

但如果人们愿意,就像习惯上那样,使文学成为某种有用的公益事业,使一个民族的盛名——总之,它是一种国家价值——与一些"杰作"的标题及其取得的胜利联系在一起;另外,如果要将这些精神乐趣的手段改变为教育手段,我们就要规定这些作品在年轻一代的培养和分类中的重要作用,——还须提防不要因此而损害艺术本来和真正的意义。这种损害在于用空洞和外在的精确或者陈词滥调,来替代乐趣或者由作品直接引起的兴趣的绝对精确,在于将作品变成为教育管制服务的一种试剂,什么东西可能对我有实在的用处。这些东西适合作为谈话、讨论、讲座、考试、论文以及一切此类外部事情的题材,——它们所要求的东西,与某个人的愿望和能力之间无情的单独交谈所要求的东西相去甚远。诗是在最彻底的放弃或最深沉的期待中形成或被传达的,如果要将它当作研究对象,那么要从这里入手:在本质中,而远非在其周边。

多么奇怪,——我简单的头脑还在对我说,——一个时代将工作的分解、行为的节约高效、措施的干脆简练推到了一个令人难以置信的地步,无论在工厂里、在工地上、在竞技场上,还是在实验室或办公室里,但它却在艺术领域内抛弃既得经验带来的好处,它不求助于别的东西,只求助于即兴发挥、闪电和以各种讨人喜欢的名目出现的偶然！……保证作品特有的完美的东西，靠作品各部分之间的联系而赋予其整体性和坚实形式的东西，以及最巧妙的手法也不能给予作品的所有品质都遭到蔑视，这种蔑视在任何时代从来没有得到过更有力的表现、表述、肯定甚至宣布。但我们是瞬息万变的。太多变形和五花八门的革命，太多东西急速地从被人欣赏变为遭人厌恶，从被人奚落变为无价之宝，太多东西被同时赋予太不相同的价值，这一切让我们习惯满足于最初的印象。当今时代，如何能念及长远，虑及未来，想到传诸后世？在我们看来，试图与"时间"抗衡，试图向生活在两百年之后的陌生人们提供一些可以感动他们的范本，是一件徒劳无益的事。我们几乎认为难以解释的是，如此多伟人曾经想到过我们，甚至他们之所以成为伟人正由于他们想到了我们。总之在我们看来，一切的一切都显得那么不可靠和不稳定，那么必定地偶然，以至于我们将感觉中和最不持久的意识中的偶然事件，当作如此多作品的内容。

总而言之，关于后世的迷信已经破除；对未来的担忧已然消逝；今天的读者不像从前那么敏感但更加天真，结构、手法的简练、高雅和完美对他们已变得不易察觉，这一切自然而然地使诗歌艺术以及这门艺术的智慧（就像许多其他事物一样）受到影响，以至于我们无法预见，甚至无法想象它们哪怕近在眼前的命运。一门艺术的命运，一方面与其物质手段的命运有关；另一方面与它相联系的，是那些对它感兴趣并且从它那里感受到满足了一种真正的需要的人的命运。

从远古直至今日,阅读和写作是语言表达的唯一交流方式,也是其唯一的工作和保存手段。但我们再也不能对它的未来负责了。至于人们,我们已经看到他们被众多眼前的幻象和直接的刺激所鼓动和诱惑,这些东西轻而易举地引起他们最激烈的感觉,向他们表现生活本身以及活生生的自然,我们不禁怀疑,我们的子孙能否从我们最了不起的诗人们那里以及普遍而言的诗歌中,体会到丝毫古旧的优美。

既然我的意图是通过人们通常看待诗的方式来指出人们对它的认识通常是多么错误,——它是人的聪明才智的可悲的受害者,有时甚至是最聪明的人的受害者,但这些人对它来说毫无意义,——我应当将我的任务继续进行下去并作几点明确的说明。

我首先要援引伟大的达朗贝尔:"这就是,据我看来,"他写道,"我们的时代要求于诗人的严格的、然而正确的法则:从此,它认为在诗中好的东西只是那些它认为在散文中优秀的成分。"

这句格言属于这类情况,其反面才恰好是我们认为应该想到的东西。对于一位1760年的读者来说,他只需说出这句话的反面,就可以找到在其后不久的时间里应该被追求和品味的东西。我的话丝毫不意味着达朗贝尔或者其时代弄错了。我想说的是,他以为在谈论诗,然而在这个名词下面他所想的乃是完全另外一回事。

天知道自从这条"达朗贝尔定理"宣布以来,诗人们是否做出过努力来驳斥它!……

一些人,出于本能的驱使,在其作品中尽可能地远离散文。他们甚至巧妙地摆脱了雄辩、说教、故事、哲学,以及一切只有损害语言的因素才能在智力上发展的东西。

另一些人更苛刻一点,他们通过对诗的愿望和乐趣及其原动力进行越来越细致和精确的分析,试图创造一种诗,它永远不能归结为表达一种思想,也不能被翻译为其他词语,否则就会死亡。这些人认为诗的状态要求有感觉能力的人全身心投入,传达这种状态与传达一种思想是两码事。他们还认为一首诗的字面意义并非也并不实现其全部目的;因此它根本不一定是唯一的。

然而,尽管有一些令人钦佩的研究和创作,人们还是习惯于依据散文及其功能来评判诗,在某种程度上,根据诗所包含的散文的数量来估量其价值;自16世纪以来,我们的民族气质变得越来越缺乏诗意[1];在文学教育中令人惊诧的错误;戏剧以及戏剧诗(即情节,它主要是散文)的影响,这一切使很多荒谬之处和实践得以延续,而这些荒谬之处和实践表现出对于诗歌状况极其明显的无知。

如果要将反诗歌精神的"准则"列一张表并非难事。这张表上将列举出研究、评判和谈论一首诗的方式,可以看出

---

[1] 在法文中 prosaïque 一词原意为"散文的,散文体的",引申为"乏味的,缺乏诗意的"。——译注

这些手段与诗人们所作的努力正好背道而驰。这些方式按惯例在教育中占有一席之地，这些徒劳而野蛮的方法只会从童年起就毁掉对诗的感觉，甚至于这种感觉可能带来的关于乐趣的概念。

在诗歌中区别内容和形式；主题及其展开；声音和意义；研究节律、格律和诗律，好像它们可以自然而轻易地与词语表达法本身、词语本身和句法分离开来；这些就是对诗不理解或者无感觉的症候。将或者让人将一首诗变成散文；将一首诗当作教育或考试的材料，这样做并非无足轻重的歪门邪道。如此挖空心思地颠倒一门艺术的原则是真正的堕落，相反，需要做的是引导人们进入一个语言世界，它与用符号来交换行为或思想的普通体系毫不相干。诗人运用词语的方式完全不同于人们出于习惯和需要对词语的使用。也许是同样一些词语，但丝毫不是同样的含义。"下雨了"，诗人关心的正是其无用之处，其言外之意；一切肯定和表明他不是在用散文体说话的东西，在诗人那里就是好的。韵律、倒装、修辞格的发挥、对称和形象，所有一切，无论是新发现还是老规矩，通通都是用以反对读者散文化倾向的手段（如同诗歌艺术的那些著名"规则"，正是为了不断提醒诗人们这门艺术的复杂世界）。不可能将诗人的作品归结为散文，不可能将作品讲出来，或者将它作为散文来理解，这是作品存在的无可争议的条件，除此之外，这部作品从诗学的角度没有任何意义。

在提出如此多否定意见之后，现在我本应当谈谈这个话题的积极方面；然而，如果要我作一番论述，尽管我尽力只保留和陈述那些人人都可以做出的见解和议论，但它们仍然是纯属个人的观点。我认为，在这部收录了极其多样化的倾向和创作模式的诗集前，冠以这样一篇论述甚为不妥。不做自己，或者只做到想做的地步，没有什么比这更困难的了。

关于美学的演讲[*]

各位先生：

贵学会不惧违背常理，因为它决定在此发言的人，——就像用一段幻想曲充当一部大歌剧之前奏，——只不过是一个业余爱好者，在来自各国美学领域最杰出的代表面前，他深感不安。

然而，我想请诸位注意的是，在本次大会的辩论开始的庄严时刻，让我在这个位置上发言，你们的组织者这个极端的、首先是令人吃惊的举动也许自有其考虑，它使一件有违常理的事转而具有深刻意义。

我常常想，每一门建立起来并且已经远离其起源的科学，在其发展过程中，不妨去问一个普通人，一个对这门学科相当陌生的人，我姑且认为他知道这门学科的名字，询问他对于该学科的对象、方法、结果以及可能的应用有什么想法，这样做有时可能是有用的，而且一定会很有

---

[*] 1937年8月8日，在第二届国际美学与艺术科学大会上的演讲。

趣。他可能做出的回答通常并不重要；但我相信，向一个简单而诚实的人提出的这些问题，在某种程度上反映了他的天真，当它们反馈到向他提问的学者们那里，会让他们重新思考某些基本的困难或者某些最初的规定，当人们满怀热情地深入到一项研究的微妙之处及其精细的结构时，这些基本的东西就会被忘记，轻易地从头脑中消失。

某个人对另一个人（我让此人代表一门科学）说：你在做什么？你寻找什么？你想要什么？你想达到什么目的？总之，你是什么人？被问的人大概会不无裨益地被迫回头想想其最初意图和最终目的，其好奇心的起源和主要原动力，以及其知识的实质本身。这并非没有好处。

诸位，如果这个天真的人就是贵学会为我指定的角色，我立刻备感轻松，我知道来此的任务了：我来高声说我不懂。

我首先要声明的是，仅仅美学这个名词就一直令我真心赞叹，它还在我身上产生了一种如果说不是威吓的话，也是令人目眩的效果。它让我的思想在两种想法之间踌躇，一种是格外诱人的关于"美的科学"，这种科学一方面可以使我们有把握地分辨应该喜欢什么，讨厌什么，欢呼什么，摧毁什么；另一方面，它可以教会我们有把握地去创造其价值无可争议的艺术品；与第一种想法相比较的是关于"感觉的科学"，它也同样诱人，也许比第一种想法还更加诱人。如果要我在两种命运之中选择，一种人知道如何和为什么某件东西被人称作"美的"，另一种人知道什么是感觉，我相信自己会选择做第二种人，我内心的想法是，这种知识，如果它可能存在的话（我很担心它甚至是不可设想的），很快就会向我解答艺术的一切秘密。

但正当我感到为难的时候，我想到了一种完全笛卡尔式的方法（因为今年应当纪念并追随笛卡尔），它拯救了我，这种建立在纯粹观察之上的方法，为我提供了一种关于美学的准确而且无可厚非的概念。

下面我遵照《方法论》[1]的建议，作一次"非常完整的列举"和十分总体的描述。我将自己置于（其实我已经处于这个位置）形成美学的围墙之外，然后观察从中出来的是什么。出来的是很多思想制造的很多东西。我找出其中的主题；我试着对它们进行分类，当我看到无须再形成新的类别时，就判断我观察到的数量足够满足我的意图。于是我就会在自己面前宣布，在某个日期，美学就是如此聚集和排列的整体。事实上，它可能是别的东西吗？还有比我的做法更有把握和更明智的吗？然而，最有把握和最明智的却未必总是最合适和最清晰的，我发觉，为了形成一个对我有用的关于美学的概念，现在我应当尝试将所有这些精神产品共同的对象用三言两语进行概括。我的任务是穷尽这浩瀚的材

---

[1] 此处指笛卡尔的著作《方法论》。——译注

料……我查阅；我浏览……我找到的是什么？首先，我偶然看到的是一页纯几何学；另一页属于生物形态学。这里有大量历史书籍。在收集到的东西里，解剖学、生理学、结晶学、声学样样都不缺；一门学科占一章篇幅，另一门占一自然段，几乎没有什么科学没有在其中占一席之地。

但我离预想还远着呢！……我开始涉足难以数计的技术领域。从石头的雕琢到舞蹈家的动作，从彩绘玻璃的秘密到小提琴清漆的奥妙，从赋格曲的卡农到失蜡的融化，从诗歌朗诵到彩色蜡画，还有裙装剪裁、镶嵌工艺、花园草图……多少各种规模、各个时代和各种开本的论著、画册、论文和著作！……在这些名目繁多得不可思议的诀窍和黄金剪切[1]面前，笛卡尔式的列举变得虚幻了。这些研究、方法和论文似乎浩如烟海无法穷尽，然而它们都与我思考并且希望得到一个清晰概念的对象有着某种关系。沮丧之下，我放弃了这些技术的解释……还剩下什么可供我查询呢？两堆重要性不等的东西：据我看来，道德在构成第一堆的作品中扮演着重要角色。我隐约看见其中涉及艺术与善之间断断续续的关系，我立刻从这一堆东西那里掉转身来，因为我更感兴趣的是另一种善。某种东西对我说，要用三言两语给美学下一个好定义，最后的希望就在那里……

---

[1] 黄金剪切（section d'or）为电影术语，指的是苏联电影艺术家爱森斯坦为创造理想的蒙太奇效果而采用的一种剪辑规则。——译注

我于是聚精会神，碰碰这最后的运气，这是一堆形而上学的产品。

就在这里，诸位，我认为我将找到你们的科学的萌芽和第一个词。你们的所有研究，就人们可能收集到的而言，都与哲学好奇心的一个初始行为有关。美学是某一天诞生于哲学家的留意或渴望的。也许，这个事件根本不是偶然的。哲学家从整体上把握事物并且将一切精神活动进行有系统的转化，他采取先提出问题然后寻找答案的方法，努力吸收各种各样的知识并将其归结为自身内在的一种表达法，在这个过程中几乎不可避免的是，他遇到了某些难以归类的问题，既不能将它们归入纯智力问题，也不能将它们划入纯粹感觉的范围，它们也不属于人们普通行为的领域；但它们与这些不同模式都近似，并将其如此紧密地结合到一起，以至于需要将它们与其他任何研究对象分开来加以考察，赋予它们一种不能缩减的价值和意义，也就是，为它们制造一种命运，在理性面前找到一条理由，在一个良好的世界体系中找到一种目的和必要性。

如此定义的美学，起初以及在很长一段时间里都在纯思维的空间内 *in abstracto*[1] 发展，它是在一定基础上被构筑起来的，奇怪而灵巧的人从普通语言的原材料出发，辩证地将它们尽可能分解，从中抽取出他认为简单的因素，用可理解的事物组成一个有对比的整体，不遗余力地建立思辨生活的

---

[1] 拉丁文：抽象地。——译注

居所。

刚刚诞生的美学,在视为自己领域内的那些问题的根本上,察看到了某种类型的快乐。

快乐,如同痛苦(我将此二者联系到一起仅仅是为了合乎修辞惯例,它们之间的关系,如果存在的话,当远比"相对称"的关系微妙),在智力活动中总是很棘手的因素。总之它们是无法定义、难以估量和不可比较的。它们体现了最典型的观察者和被观察事物之间那种相互混淆或者依赖,这种相互混淆或者依赖眼下正令理论物理一筹莫展。

然而,普通的快乐,即纯粹感觉上的事实,轻松地接受了一个令人尊敬却有限的功能角色:人们在保存个体的机制中为它指定了一个一般说来有用的功能,并且放心大胆地指定在种族繁衍的机制中;我并不反驳这一点。总之,由于从前那些相当有力的合目的性论据,快乐现象在理智眼中得救了……

但快乐和快乐各不相同。并非所有快乐都那么容易被领回到有序的事物中某个确定的地方。有些快乐对生活的和谐不起任何作用,另一方面,它们也不能被简单地看成是生物所必需的一个功能的反常。无论有用性还是滥用,都不能解释它们。这并不是全部。这类快乐与超出感觉范围的发展密不可分,这种发展总是将感觉与情感变化的发生联系在一起,这样的情感变化在智力的道路上延伸并变得丰富,并且有时要求人们聚合全部力量,从而促使人们采取外在行为对物质以及对他人的感觉和思想产生影响。

这就是关键所在。有一种快乐有时深入下去，直到给人一种幻觉，以为对引起快乐的原因有深刻的理解；有一种快乐刺激智力，向它挑战，并让它喜欢自己的失败；还有一种快乐能够刺激一种奇怪的需要，这种需要就是制造和再制造它似乎依恋的事物、事件，或对象，或状态，这种需要从而变成了无一定期限的活动的源泉，它能够迫使整个人生接受一条纪律、热情和折磨，它能够充实人生，如果说不是使其漫溢的话，——这种快乐向思维提出了一则非常似是而非的谜，它不能避开超验七头蛇[1]的欲望和纠缠。再没有什么比这类事实更值得哲学家付出坚强的意志，他在其中找到了由一种本质上的联系连接在一起的感觉、领会、愿望和行为，这一本质上的联系显示了这些字眼之间值得注意的相互关系，并与经院式的，或者说笛卡尔式的分割困难的努力截然相反。形式、物质、思维、行为和激情之间的结合；没有明确的目标，也没有任何可以用完善的概念来表达的结果；欲望及其报偿彼此更新；这种成为创造者的欲望也因此成为自身的原因；有时脱离任何特别的创造以及任何最终的满足，为了表现出为创造而创造的欲望，——这一切鼓励了形而上学精神：它像关注其他一切问题那样关注这个问题，它习惯于形成那些问题并发挥以普遍形式重构知识的作用。

然而以这一崇高境界为目标并希望在那里以至高无上的

---

[1] 七头蛇为希腊传说中的怪物，生有七头，斩而复生，后为赫拉克勒斯所杀。——译注

姿态出现的精神，它制造的仅仅是它认为代表的世界。它过于强大，以至于不能只看见那些显而易见的东西。它被唆使不知不觉地离开了它的模型，它拒绝其真实面目，它看见的只是混沌一片，以及那些可观察到的事物同时出现的混乱：它想忽略独特和不规则的事物，后者表达得很困难并扰乱方法的个体一致性。它有逻辑地分析人们所说的。它采取提问的方法，甚至从对手那里提取出后者根本想不到它会想的东西。它向对手指出在可见之物下面不可见的本质，其实那是偶然；它将其真实改变为表象；为了形式上的匀称平衡，它自得其乐地创造语言中没有的名词：如果缺少某个主语，它就通过一个表语让它产生；如果有对比的危险，区别就化为游戏，从而拯救整个部分……

这一切都行得通，——直到某一个地步。

就这样，在我所谈论的快乐之谜面前，哲学家正考虑为它找到一个明确的位置，一个普遍的意义和一个清晰的职能；快感、繁殖力以及能量的综合诱惑着他，但也令他感到困惑，这种能量与从爱情中释放出来的相似，他也是在那里发现的；在他看到的这个新事物上，他不能将必要与任意、沉思与行动、物质与精神分离开来，——尽管如此，他仍然想用通常的穷举法和逐步分割法来制服这个智力寓言中的怪物，狮身人面或者狮身鹰头怪兽，美人鱼或者马人，在其身上感觉、行为、梦想、本能、思考、节奏和过渡，就像活体内的化学成分那样紧密地结合在一起；有时，大自然将它信手送给我们，另外一些时候，我们却要付出巨大努力才能获得,为了得到它,我们不惜付出一切,精神、时间、执着,总而言之,生命。

辩证法,热切地追踪这个美妙的猎物,紧逼它,围捕它,将它逼进了纯概念的树丛。

正是在那里,它抓住了美的观念。

然而辩证法的狩猎是一场神奇的狩猎。在语言那迷人的森林里,诗人们故意迷失在其中并陶醉于这种迷失,他们寻找着意义的十字路口、出人意表的混乱和奇异的相会;他们不惧怕其中的迂回、意外和幽暗;——但兴奋地追逐"真理"的狩猎者,他沿着唯一的一条路一直走下去,这条路上的任何东西他都得抓住才不会迷失方向,才不会失去已经走过的路上得到的东西,最终他抓住的可能只是自己的影子。影子有时是巨大的;但终究是影子。

也许不可避免的,是将辩证法的分析方式运用到那些并不囿于某一确定领域,也不能用确切的词语表达出来的问题上,其结果只能是制造一些在一门学说划定的围墙之内的"真理",然而不驯服的真正的现实,总要来扰乱理想美的绝对权力及其定义的安宁。

我并不是说发现美的观念不是一桩了不起的事件,也并不否认这一发现催生了一些具有重大意义的积极成果。整部西方艺术史显示了,在长达两千多年的时间里,在风格和第一流的作品方面我们应该归功于这一发现的地方。抽象思维在这里表现出了与它在科学领域内同等的创造力。然而,这一观念自身却包含着我上面指出的与生俱来和无法避免的缺陷。

在这方面,纯粹、普遍性、严谨和逻辑是产生悖论的原因,最令人惊叹的例子是:在形而上学家们看来,美学应当将美与美的事物分开!……

然而,如果说的确没有什么科学是关于个别事物的,相反,也没有什么行为或创造在本质上不是个别的,在普遍中也没有任何感觉可言。现实拒绝接受思想试图强加于它的秩序和整体性。自然的整体性只有在特意为此目的而制造的符号体系中才会显现,而宇宙只不过是一个差强人意的发明。

总之,快乐只存在于顷刻之间,没有什么东西比它更属于个人、更不确定和更不可传递。人们对它所作的评判不容任何说理,因为人们分析的并非其主语,相反,而且事实上,还加上了一个不定性表语:说一个事物是美的,等于说它是一个谜。

既然我们已经将美与美的事物分开了,那么连谈论一件美的物品的场合都没有了。我不知人们是否注意观察过这个惊人的后果:一种形而上的美学,其推理试图用智力上的认识来替代现象引起的即时和特别的效果及其特殊反响,还试图让我们在感觉世界中碰到美的时候不要体验它。既然我们已经获得了美的本质,已经写下了普遍公式,对原则的掌握以及对其发展的把握已经穷尽、超越、代替了它与艺术之间的关系,那么,一切令我们陶醉的作品和事物都大可消失,或者只作为临时展示的例子和教育手段。

这个后果没有得到承认,——对此我并不怀疑——它几乎是不可公开承认的。任何一个美学辩证学家都不会承认，在实际生活之外他不再需要自己的眼睛和耳朵。此外，他们中的任何人也不会声称，只要借助那些公式，就可以轻松写出，——或者至少精确地规划出——无可争议的杰作，除了将其思想运用于某种计算之外，再也无须加上自身的其他东西。

何况，在这个假设之中，并非一切都是想象的。我们知道这类梦想曾经纠缠过不止一个人，而且是那些很有头脑的人；另一方面，我们也知道从前的批评家自以为掌握了可靠的信条，他们评价作品时使用甚至不惜滥用从这些原则中得到的权威。因为，在那些不确定的领域中起一锤定音的作用，没有比这更大的诱惑了。

一门关于"美的科学"，仅仅其意图就必然会被古往今来产生或接受的纷繁多样的美所粉碎。谈到快乐，只有事实可言。人们尽其所能地享乐，并享受他们所能够享受的；感觉的伎俩是无穷无尽的。最合理的建议也会被这些伎俩挫败，即便它们建立在最敏锐的观察和最机敏的说理之上。

譬如说著名的三一律，它们如此合乎注意力的要求，如此有利于结构的稳定和戏剧行为的紧凑，还有什么比它们更正确和更能满足精神的呢？

但是有个莎士比亚，还有其他人，并不知道这个规则却也大获成功。让我趁此机会告诉诸位，我脑子里产生的一个念头，并且我照它产生时那种突发奇想的脆弱状态和盘托出：莎士比亚，在戏剧上挥洒自如，另外他也写了很出色的十四行诗,这些诗中规中矩,显而易见十分讲究;与他那些为随便什么样的观众而即兴创作,有时就在舞台上修改的悲剧和喜剧相比,谁知道这个伟人不是更看重这些精心写就的诗作呢?

虽然蔑视或放弃最终令古典主义者们的规则衰竭,但这并不意味着构成这一规则的信条失去了价值;只不过人们原来赋予它的价值是想象中的,即认为其价值在于具有使一部作品达到最合乎愿望的效果的绝对条件。我所谓的"最合乎愿望的效果"(这是一个应时的定义),指的是一部作品产生的如下效果:人们即刻从中得到的印象以及最初受到的震撼,与人们经过从容思考并对其结构和形式进行研究之后所作的评价,相互之间尽可能少地抵触;相反,它们之间相互印证,分析和研究证实并增长了第一印象获得的满意。

很多作品碰到这样的情况(这也是某些作品有限的目标),除了最粗浅的效果,它们不能提供别的东西。如果仔细琢磨一下,我们就会发现它们仅仅靠某种不连贯性、不可能性和幻觉而存在,深入的关注、几个冒昧的问题和略为过分一点的好奇心,就会令它们处于岌岌可危的境地。有些纪念性建筑,人们建造它们只是想竖立一个引人注目的背景,这个背景要从一个特定的角度去看;这样的意图很容易令建设者牺牲某些品质,而一旦人们稍微离开预定的最佳位置,其缺失和毛病就会暴露无遗。公众往往混淆背景与整体艺术,背景是有限的艺术,其条件是相对于一个明确和有限的地点来设立的,需要有唯一的视角和某种照明；而在整体艺术中，材料、外形和力量之间的关系变得显著起来，结构和这些关系是其中最重要的因素，它们可以从空间中任何一点上被辨认出来，它们还以某种方式将一种我无法名之的感觉带入视野，这种整体、静态力量、肌肉对抗的感觉通过我们对自己整个身体的某种意识，让我们感到与建筑物浑然一体。

请原谅我离题发挥。现在回到我前面谈到的那种美学上来，它从事件中得到同样多的否定和理由，让它以为能够控制趣味，最终裁定作品的价值，为艺术家和公众所接受，并且强迫人们去喜欢他们所不喜欢的，痛恨他们所爱的。

然而，破灭的仅仅是它的奢望。它比它的梦想有价值。在我看来，它的错误只针对其自身及其真实本质；针对其真正价值及其功能。它自认为具有普遍意义；但相反的是，它是不折不扣的自我，即它是独特的。还有什么比它更独特呢？它与大多数倾向、趣味、已经存在的和可能诞生的作品相对立，否认印度和中国、"哥特式"和摩尔式的价值，抛弃世界上几乎所有丰富性，目的是得到和制造别的东西：一个对快乐敏感又完全符合理性地回顾和判断的事物，瞬间与长期发现之间的和谐。

在诗人们之间进行大辩论的那个时代（它离现在并不久远），一些人支持所谓的"自由诗"，另一些人赞成受种种规定约束的传统诗歌。有时我曾想，一些人所谓的大胆和另一些人所谓的拘谨只不过是纯粹的纪年问题，如果直到那时为止存在下来的只有自由诗律，如果人们突然看见有些想入非非的人发明了韵律和抑扬顿挫的亚历山大体,他们会叫嚷起来,说简直是发疯或者企图愚弄读者……在艺术上,很容易设想古今倒置,想象拉辛生活在维克多·雨果之后一百年……

因而,那种严格意义上的纯美学在我看来如同一个发明,而它自己并不知道如此,却自以为是某些显明之理颠扑不破的演绎。布瓦洛认为自己服从理性:他没有看到清规戒律的怪异和特别之处。还有什么比禁止元音重复更异想天开?还有什么比证明押韵的好处更微妙?

可见,将那些看似简单、明显和普遍的东西当作别的东西而非一种个人思考的局部结果,没有什么比这更自然,也许更不可避免的了。一切自以为普遍的事物都是一种特殊结果。我们形成的任何世界,它只与唯一一点相应,并将我们包围在其中。

然而,我并非认识不到那种建立在推理基础之上的美学的重要性,相反,我为它安排了一个积极的、能产生重大实效的功能。一种来源于思考并以理解艺术的目的为己任的美学对自己期许甚高,以至于禁止某些手法,或者为创作和享受作品规定条件,这样的美学事实上可以,并且已经,以某种艺术(而非任何艺术)的参与因素或程式汇编的方式为某一位或某一类艺术家提供了巨大的帮助。人们有可能将众多约定俗成的规则纳入它提出的原则之下,也可以根据这些原则决定一部作品所汇集和安排的细节。此外,在某些情况下,这些程式还可以发挥创造性作用,如果没有它们，很多想法人们永远也不会有。限制至少与过多的自由一样有创造力。我不至于像约瑟夫·德·梅斯特[1]那样说，一切约束人的东西都使人更加坚强。德·梅斯特兴许没有想到也会有太紧的鞋。但是，就艺术而论，他也许会回答我说，太紧的鞋会让我们发明崭新的舞蹈。

可见，我将所谓的古典艺术，即符合美的观念的艺术，视为一种特殊性，而丝毫不是最普遍和最纯粹的艺术形式。我绝不会说这根本不是我个人的感觉；但这一偏好除了属于我自己，并无其他价值。

我所使用的成见一词，在我的思想中意味着：理论家建立起来的原则，也即他完成的概念分析工作，这种分析的目的在于从判断的混乱过渡到有序，从事实到法规，从相对到绝对，在于建立在对教条的掌握中和美的意识的最高点上，这些原则作为被一种非强制性的行为所选择的规范在艺术实践中变得可行，其他一些规范同样有可能被选择，——这一条规范之所以被选中，并非出自一种无可避免的精神需要的压力，当人们一旦明白事关何如时，那样的压力是不可逃避的。

因为约束理性的东西从来只能约束理性。

我们以为理性是我们精神洞穴中警醒的女神，其实她在睡觉：她有时在我们面前显现，为的是让我们估量我们的行为可能造成的种种后果。她时不时（因为理性在我们意识中

---

[1] 见第92页注[2]。——译注

的显现是毫无规律可循的）暗示我们假装我们的判断完全平等，不带任何秘密偏好的预见以及论据的完美平衡；而所有这一切要求于我们的，是我们的天性最厌恶的东西——我们的不在场。这个庄严的理性希望我们试着将自己与现实同化，以便控制现实，imperare parendo[1]；然而我们自己也是现实的（要么什么也不是现实的），尤其当我们行动的时候，这就要求有一种倾向，换言之，某种不平等或不公正，其几乎不可克服的起源就是我们自身，它是特殊和与众不同的，这一点与理性相反。理性无视个体的存在，或将其视为同一，而后者有时也如法炮制。理性只关心有系统的类型和比较，只关心理想的价值等级，只关心对称假设的列举，而所有这一切的形成就决定了它是在思想中完成的，而非别的地方。

然而艺术家的工作，甚至其中纯属精神的部分，也不能归结为是在思想的指导下进行的。另一方面，材料、方式、时刻以及无数偶然（后者是现实的特征，至少对于非哲学家来说）将大量情况引入作品的创作过程，这些情况不仅为创作过程带来了难以预料和不确定的因素，并且还使艺术家难以理性地对创作进行设想，因为它们将创作置于事物的领域，那里形成的是事物；从可思考的，变为可感觉的。

另一方面，无论他是否愿意，艺术家不能绝对摆脱任意性的感觉。他从任意性出发向某种必然性发展，并从某种无

---

[1] 拉丁文：以便驾驭它。——译注

序向有序发展；但这种任意性和无序的感觉始终伴随着他，它们与自他手中诞生的东西和在他看来是必然和有序的东西相对立。正是这种对比使他感觉到自己在创作，因为他不能从他所拥有的演绎出他头脑中出现的东西。

在这一点上，他的必然性与逻辑学家的全然不同。它完全存在于这种对比的时刻，其力量来自这一决定性时刻的特性，然后要做的是重新找到这些特性并将它们 *secundum artem*[1] 转移或延长。

逻辑学家的必然性来自某种落在矛盾上的思维的不可能性：它的基础是严格保留约定俗成的符号体系，——即定义和公设。但这样将不可定义的和定义得不好的一切，本质上不是语言的一切，或者不能通过语言来表达的一切，排除在辩证领域之外了。没有什么矛盾是脱离措辞的，换言之，是在话语之外。因此，话语对于哲学家来说是一个目的，而对以行动为目的的人来说，它只能勉强算作工具。哲学家起先关注的是真实，他对此感到心满意足，而且认为真实在矛盾之外，但当他随后发现了美的观念并希望阐述其性质和结果时，他就不能不回想起他所追求的他的真实了；于是他就在美的名义下，追寻着某种第二类的真实：他在不知不觉中发明了一种美的真实；就这样，正如我前面已经指出的，他将美与时刻和事物分离开来，其中包括美的时刻和美的事物……

---

[1] 拉丁文：在技术上。——译注

当他回到艺术品时，他就想根据那些原则来进行评判，因为他的思想已经习惯于寻求一致性。首先他需要将其印象转化为语言，然后他才就语言进行判断，在统一性、多样性和其他概念上进行思辨。因此，他将一种真实的存在放在快乐的范畴内，是任何人都可以认识和认出的：他宣布在快乐面前人人平等，宣布有真正的快乐和虚假的快乐，并且人们可以培养一些评判者以做出准确无误的判断。

我丝毫没有夸张。毋庸置疑的是，人们坚定地相信有可能解决艺术和趣味方面判断的主观性问题，这种信心在所有那些梦想、试图和实现了建立一种教条式美学的人的思想中多多少少根深蒂固。诸位先生，应当承认，我们都被辩证恶魔的承诺所迷惑，我们之中没有一个人能逃避这种诱惑，没有一个人不经常从特殊逐渐转向普遍。这个诱惑者让我们渴望一切都可以归结为并完成于关于范畴的词汇，词语（*Verbe*）是一切事物的终结。但我们要用观察到的这一简单事实回答它：美对某个人的作用本身，恰恰在于让他变得缄默不语。

首先是缄默不语。但我们很快就会看到这一效果随后引人注目的发展：如果，不带有任何下判断的意图，我们尝试去描写刚刚体验到的情感事件留给我们的即时的印象，这种描写要求我们运用矛盾。现象迫使我们做出这样可怕的表述：属于任意性的必然性；通过任意性的必然性。

让我们设想自己处于这样的状态：一部作品令我们激动，它属于我们越了解就越向往的那一类作品（我希望，我们只需在记忆中搜寻一下就可以找到这种状态的例子)。这时我们会感到自己是各种新产生的感觉奇怪的混合,或者不如说,奇怪的交替,我认为这些感觉的特点是其出现和反差。

一方面,我们感到我们的意志的源泉或对象对我们如此适合,以至于我们不能设想它是别的样子。甚至在某些极度满意的情况下,我们也体会到自己在以某种深刻的方式发生变化,将自己变成其普遍感受力能够体验这种极端或极乐境界的人。

然而,我们也同样感受到,并且同样强烈,好像通过另一种感觉,在我们身上引起并发展这种状态的现象,向我们施加无形力量的现象,本来能够不是这样的;甚至,本来不应该是这样的,它是不太可能的。然而我们的享受或者快乐就像事实那样强大,方式,即令我们产生感觉的手段,其存在和形成却似乎是偶然的。在我们看来,这种存在是幸运的偶然、机遇、运气的馈赠的结果。请注意,在这一点上,我们发现在艺术品的效果和自然现象的效果之间有着一种特别的相似性,后者是由某种地质状况的偶然变化、由天空中阳光和水蒸气的一次短暂结合造成的。

有时,我们难以想象某个像我们这样的人,能够创造出这样非凡的效果,我们给予他的光荣表达了这种无力。

然而,这种矛盾的感觉在艺术家那里达到了最高点:它是一切作品的条件之一。艺术家与他的任意性密切相处,也生活在对他的必然性的期待中。他时时刻刻想得到后者;他在最难以预料和最无关紧要的情况下得到它,在效果的重大和原因的重要性之间没有任何关系，没有任何一致性。他期待着对一个本质上不完整的问题做出一个绝对准确的回答（因为它应该产生一个实施的行为）：他渴望着可能从他那里诞生的东西在他身上将会产生的效果。有时收获先于要求而得到，令一个满足而毫无准备的人吃惊。这种恩惠突然降临的情形最突出地表现了我们刚才谈到的伴随同一现象的那两种感觉之间的对比；在我们看来能够不是这样的摆在我们面前，与不能不这样的和应该是它本身那样的具有同等力量。

诸位，坦白地说，我从来未能更深入地思考这些问题，除非我冒险涉足我对自己所作的观察之外的范围。如果我就哲学本义上的美学的性质作了长篇大论，乃是因为它为我们提供了抽象思辨应用或强加到无限多样的具体而复杂的印象上的典型例子。结果是它所谈论的并不是它认为在谈论的，况且也没有得到证实是人们可以谈论的。然而它的创造力却是无可争议的。无论涉及戏剧规则、诗歌规则，还是建筑标准、黄金剪切，希望建立一门艺术科学的愿望，或者至少，制订一些方法，以及以某种方式征服或以为最终征服一片领地的愿望，都曾经诱惑过那些最伟大的哲学家。正因为这样，前不久我还混淆过这两类人，并且因此遭到了甚为严厉的指责。我曾以为在达·芬奇身上有着一个思想家；斯宾诺莎在某种程度上是诗人或建筑师。我也许弄错了。但那时在我看来，一个人外在的表达形式有时甚至比他欲望的性质及其思维的展开方式更加重要。

无论怎样，没有必要补充说我没有找到我寻找的那个定义。我并不讨厌这个否定的结果。假如我真的找到了这个定义,我有可能会否认与它相应的事物的存在,会声称美学并不存在。然而,无法定义的东西并不一定是可以否认的。据我所知,没有任何人自诩定义过数学,然而也没有任何人怀疑数学的存在。某些人曾经试图定义生活;但其努力所获得的成功却总是徒劳无益的:生活照样继续。

美学是存在的;甚至还有美学家。在结束讲话之际,我要向他们提出一些想法或建议,请他们将其视为一个无知或天真之辈,或幸而二者兼备的人的想法和建议。

我又回到前面考察和研究过的那一堆书籍、专著或论文,你们知道其中的内容是多么五花八门。我说,难道不能将它们进行归类吗?

我将第一组命名为:感觉学(*Esthésique*)[1],我将所有那些有关感觉的研究放在这里;尤其是那些以没有均匀和明确的生理作用的感觉兴奋和反应为对象的著作。实际上,这些是生物体可以不要的感觉变化,其整体(包含着,虽然十分稀少,必不可少的或有用的感觉)对我们非常珍贵。我们的财富正存在于其中。我们纷繁多样的艺术都取自它用之不竭的源泉。

另一堆汇集了所有关于作品创作的书;一个关于完整的人类行为的总体观念,即从其心理和生理的起因,直至对材

---

[1] Esthésique 为瓦莱里所造的词,与"Esthétique"(美学)仅一个字母之差。在法文中,"esthési-"为含有"感觉,感性"之意的前缀,故在此译为"感觉学"。——译注

料或个人的行为,这一观念有助于划分这第二组资料,我姑且名之为诗学(*Poétique*),或者创作学(*Poïétique*)[1]更为妥帖。一方面,关于虚构和写作的研究,偶然、思考以及模仿的作用;文化和环境的作用;另一方面,对于技巧、手法、工具、材料、方式以及行为帮助的研究和分析。

以上分类相当粗略,而且也是不够的。至少还需要第三堆,以收录那些研究我的感觉学和我的创作学的交叉问题的作品。

但我提出的这个意见却让我害怕自己的意图是否有虚幻之嫌,我预料这里将产生的每一篇论文都会证明我的意图的虚妄。

在尝试过一阵美学思想之后,我还剩下什么呢?由于缺乏一个明确和果断的观念,我能否至少概括一下我所作的多种多样的探索呢?

回到我自己的思考,我得到的几乎只是否定的建议,总之这是值得注意的结果。难道分析不正是仅仅通过否定来定义某些数的吗?

以下是我所想的:

有一种快乐的形式是不可解释的;其范围难以界定;它既不局限于它诞生于其中的感觉器官,也不局限于感觉领域;根据不同的人、场合、时代、文化、年纪和环境,其性质、机

---

[1] Poïétique 一词亦系瓦莱里所造,与"Poétique"(诗学)相差一个字母,在此根据上下文意思,权且译为"创作学"。——译注

会、强度、重要性和后果不尽相同；它煽动行为的原因并不总是一成不变，这些行为被安排给不同的目的，以及胡乱分布在整个人群里一些人；这些行为制造出不同类型的产品，其使用价值和交换价值都甚少取决于其自身情况。最后一个否定：迄今为止，人们为了定义、调节、规范、度量、稳定或保障这种快乐及其产品所付出的一切努力都是徒劳和无成效的；但是，因为在该领域内一切都应该是不可界定的，这些努力并非完全徒劳，其失败有时仍然不失为奇怪地富于创造力……

我不敢妄言美学研究的是一个否定体系，尽管这一说法中包含着真实的成分。如果我们面对面地正视那些问题，即关于快乐以及产生快乐的力量的问题，肯定的答案，哪怕仅仅说说而已就是对我们的挑战。

相反，我想表达的是一种完全不同的想法。在诸位的研究中，我看到了极其广阔和光明的前景。

让我们来看看：所有发展得最完备的科学，甚至在其技术上，今天都在你们研究领域内的知识中寻求帮助或协作。数学家们谈论的只是其推理和论证的结构之美。他们的发现是通过认识到形式的相似性而得到发展的。有一次，爱因斯坦先生在庞加莱学院（l'Institut Poincaré）[1]的讲座快结束的时候说，为了完成关于符号的理想构架，他不得不"引入某

---

[1] 庞加莱（Henri Poincaré，1854—1912），法国数学家，理论物理学家，科学哲学家。爱因斯坦的狭义相对论受到过庞氏理论研究的启发。庞加莱学院1928年在巴黎成立，是一个国际数学和物理研究交流中心。——译注

些建筑学的观点"……

另一方面，物理学目前处于古老图片的危机之中，这种古老的图片，过去一直为物理学提供着清晰的物质和运动以及各个层次上可识别和可定位的地点和时间；并且它还掌握着连续和相似性给它的巨大便利。但它的行动能力超乎一切预料，而且超出了我们一切用图像再现的手段，甚至破坏了我们古老的范畴。然而，对于基础物质，物理学有着我们的感觉和感知。尽管如此，它将它们视为一个外部世界的物质，我们对这个外部世界有一定的作用；但它抛弃或者忽视我们即时印象的感觉和感知，因为它不能在"可度量的"条件下，即在我们认为固体应有的稳定性的相关条件下，使这些即时印象适应一种可复制其感觉和感知的做法。例如，色彩在物理学家看来只是一个无关紧要的情形；他只留心其中频率的一个大致迹象。至于对比效果、色彩互补以及其他同类现象，他就置之不顾了。这样我们可以看到一个有趣的情况：对于物理学家的思维来说，色彩印象的特点就像从一系列递增和不确定的数目中为了某个值而发生的偶然，但与此同时，这位学者的眼睛却将其视为一个两两对应的有限和封闭的感觉整体，也就是说，如果其中一种感觉以一定强度出现并持续一定时间，另一种感觉就会随之出现。如果有人从来没有看见过绿色，他只需看看红色就行了。

当我思考物理学遇到的新困难时，当我想到它每天必须进行和修正的所有那些不确定的半实体、半真实的创造时，有时我曾想，说到底，视网膜是否也会有它自己对于光子的看法和关于光的理论,触觉小体、肌纤维及其神经分布的奇妙特性是否在制造时间、空间和物质的大事中起着重要作用?物理学也许应当回过头来研究感觉及其器官。

但所有这一切,难道与感觉学没有丝毫关系吗?如果我们在感觉学中引入某些不均匀的因素和某些关系,我们不就很接近于难以定义的美学了吗?

我刚才向诸位指出了互补现象,这一现象以最简单明了的方式向我们表明了一种真正的创造。某种感觉使一个器官疲惫,这个器官就要逃避这种感觉,同时发送出一种对称的感觉。我们同样还会发现很多自发的创造,它们是作为一个感觉不足的印象体系的补充而出现的。我们只有及时在星辰之间画线将它们连起来,才能够看见天空中的星座,我们只有将声音连成一个序列,并且在我们的肌肉器官中为它们找到一个行为来替代这些不同事件的多样性,找到一个或多或少有些复杂的产生过程,才能够听见很接近的声音。

这些都是基础的工作。艺术,也许就是由这些因素组合而成的。用对称或相似之物来补充和对应的需要,充实一段空白的时间或一片空旷的空间的需要,填补一个空缺、一个期待的需要,或者用喜欢的图样来遮盖粗俗的礼物的需要,这些都是一种力量的表现,这种力量经过智力从实际行动的经验中借取的大量手段和方法对它进行变形而得到加强,终于上升为伟大的作品;某些人达到了人类天性能够通过掌握其任意性而获取必然性的最高程度,是他们创作了这些作品,作为对真理本身以及对我们自身一切可能的不确定性的回答。

诗与抽象思维[*]

人们在观念中往往将诗与思维,尤其是"抽象思维"对立起来。人们说"诗和抽象思维",就好比说善与恶,恶习与德行,冷与热。很多人想当然地认为,依靠智力进行的分析和工作,要求精神在意志和精确方面所作的努力与诗不协调,诗有别于其他的地方正在于天真的思想、丰富的表达法以及优雅和幻想,这些特点使人们一眼就能认出诗。如果人们发现某位诗人具有深度,那么这种深度也与哲学家或学者的深度属于完全不同的性质。有些人甚至认为,对其艺术进行思考以及将严谨的推理运用到风花雪月的诗句中,都只能破坏诗人的创作,因为他渴望达到的主要的和最有魅力的目的,应该是传递刚刚诞生(而且是幸运地诞生)的创造激情留给他的印象,这种印象令人惊奇和讨人喜欢,能够使诗无限期地免于任何事后的批评性反思。

---

[*] 这是 1939 年 3 月为牛津大学扎哈霍夫讲座(Zaharoff Lecture)所作的演讲。

这种观点有可能包含某些真实的成分，尽管其简单的论断让我怀疑其来源的科学性。我感到我们未经任何思考就学会并采纳了这个反命题，并且它以字面上对比的状态牢牢地扎根于我们的头脑中，好像它代表着两个明确的概念之间的一种清楚和真实的关系。应当承认，我们称作我们的精神的那个人物总是急于下结论，它偏爱这一类的简单化，因为后者为它提供一切便利去形成大量组合和判断，去展开逻辑，去发挥修辞才能，总之，去尽可能出色地完成作为精神的职责。

然而，这个习惯性的对比，几乎被语言定型了的对比，我一向认为它过于唐突，同时也过于简单，它让我不得不更贴近地对事物本身作一番考察。

诗、抽象思维。这说出来很容易，而且我们立刻认为所说的事物非常清晰和准确，可以继续向前而无须回到我们自己的经验上来；可以建立起一种理论和开始一场讨论，其借口、论据和内容就是这一组因为简单而格外诱人的对立。人们甚至可能在此基础上建立起整个形而上学——至少一种"心理学"——形成一套精神生活、知识、精神产品的发明及创造的体系，这一体系必然会发现，它的结果同样也是原因，那就是词汇上的不协调……

至于我，本人有一个奇怪而危险的癖好，那就是愿意在一切问题上都从开端开始（换言之，从我个人的开端开始），也就等于重新开始，在一条路上重新走一遍，好像别的许多人未曾开辟过这条路，未曾在这条路上走过……

这条路就是语言提供给我们或者强加给我们的。

在任何问题上,在进行任何深入的研究之前,我要考虑到语言;我习惯于像外科医生那样,首先洗净双手并准备好手术场地。我称之为清理语言状况。请原谅我的这个表达法将话语的词汇和形式比作外科医生的手和器械。

我认为,当我们的思想与一个问题最初接触时要小心。要当心在我们思想中说出一个问题的头几个词。一个新问题在我们身上起先处于童年时代;它牙牙学语;它发现的只是些不认识的词语,其意义及其引起的联想纯属偶然;它被迫借用这些词语。但就这样,它在不知不觉间改变了我们真正的需要。我们毫无意识地放弃了我们原先的问题,最终还以为选择的是完全属于自己的意见,却忘记了这个选择只不过是在一大堆意见上进行的,而这些意见是其他人以及偶然的或多或少有些盲目的作品。政党的计划也是如此,其中没有一个是(也不可能是)准确地回应我们的感觉和利益的那一个。如果我们要从中选择一个,我们就会逐渐变成该计划或该党派需要的那个人。

哲学和美学的问题因各种五花八门而又陈旧的研究、争论和解决方法而被弄得模糊不清,这些研究、争论和解决方法都产生于一个很狭窄的词汇范围内部,每个作者都根据自己的倾向来利用词语,以至于这些作品的总和给我造成的印象,是在古人的地狱里专门为那些思想深邃的人而保留的一个区域。一些达那依德[1]、伊克西翁[2]和西西弗[3]在那儿永无休止地劳碌,他们要填满无底的大桶,要将滚动的岩石往上推,换言之,他们要重新定义的永远是那十来个同样的词语,这些词语的组合构成了思辨知识的宝藏。

请允许我就这段开场白再提请大家注意一件事并补充一幅图画。要注意的是:诸位一定观察到了这个奇怪的事实,某个词,当你在日常语言中听到或使用时,它是明白无误的,它在一个普通句子中被迅速说出来时不会引起任何歧义,但是,当我们将它从日常使用中抽取出来单独分析时,当我们使它脱离其暂时功能然后寻找其意义时,这个词立刻神奇地变得令人费解,它具备一种奇异的抗拒力,挫败一切对它进行定义的努力。几乎可以说是滑稽的,是想想我们时时刻刻放心使用的一个词其准确意义到底是什么。比如,我随便抓住时间这个词。这个词,只要它参与到一句话中,并且是由某个愿意说点什么的人所说出来的,它的意思就是绝对清晰、准确、诚实和忠实的。但现在它被抓住双翼单独揪了出来。它进行报复。它让我们相信它的意思多于它的功能。它本来只不过是手段,现在变成了目的,变成了可怕的

---

[1] 达那依德(Danades),希腊神话中达那俄斯的五个女儿的总称。她们在新婚之夜杀死各自的丈夫,后被罚永不停息地将水注入一只无底桶。——译注
[2] 伊克西翁(Ixion),希腊神话中的人物,因引诱赫拉而受处罚,被缚在燃烧着火焰的轮子上,永不休止地转动。——译注
[3] 西西弗(Sisyphe),希腊神话中的人物,被罚在地狱里将一块岩石推上山坡,每当推至山顶,岩石滑下,他又重新开始往上推,如此往复不已。——译注

哲学欲望的目标。它变为谜、深渊和对思想的折磨……

生活一词亦复如此，还有其他所有词。

我认为这个随处可见的现象很有批评的价值。此外我还为它描绘了一幅图画，向我们很好地展示我们的词语材料的这种奇怪的状况。

每个词语，每个使我们得以迅速越过思想的空间，使我们能够跟上有着自己的表达法的思想冲动的词语，在我看来就像一条搭在壕沟或者大山裂隙上的薄板，它要承受急速运动中的人从上面经过。但是，这个人从上面经过时不要滞留，不要停下来——尤其不要为了考验这块薄板的承受力而在上面跳舞嬉戏！……脆弱的桥立刻就会摇晃起来或者断裂，一切都掉进深渊。回顾一下你们的经验；你们会发现，只有借助于我们使用词语时的速度，我们才能理解他人，才能理解我们自己。千万不要在词语上认真推敲，不然就会看到最清晰的话语也被分解为谜，分解为或高明或不那么高明的幻象。

但是如何做到思考——我想说的是：再思考，深入思考那些看上去值得深入的问题——如果我们认为语言本质上是临时的，就像钞票或者支票是临时的，我们称之为它们的"价值"的东西让我们忘记了它们真正的本质，它们只不过是通常脏兮兮的一张纸片？这张纸片已经经过很多人之手……但是词语也经过了那么多嘴、那么多句子、那么多使用和滥用，以至于必须采取一些绝妙的预防措施以避免自从语言诞生以来，我们所思考的，我们力图去思考的，以及词典、作者和整个人类希望我们去思考的问题，在我们头脑中造成太大的混淆……

因此，诗和抽象思维，这样的字眼一被说出来，我就当心不要相信它们向我暗示的意义。我转向自己。我将在自身寻找我真正的困难，对自己真正的状态进行真实的观察；我将看到自己理性的一面和非理性的一面；我要看提出的对立是否存在，又是如何生动地存在的。我承认，我习惯对头脑中的问题进行区分，弄清哪些问题是我自己可能想出来的并且表达了我的思想真正体会到的一个需求，而另外一些则是别人的问题。在后一类问题中，有些（就算百分之四十）在我看来根本不存在，徒具问题的表象而已：我感觉不到它们。至于其余部分，有些在我看来表达得很不好……但并不意味着我是对的。我的意思是，当我试图用独立于惯用语的、非语言的价值和意义来替代语言惯用法时，我看看在自己身上会发生什么。我在那里看见天真的冲动和图画，我的需要和我个人经验未经加工的产品。感到惊异的是我的生命本身，是它应该为我提供我的反应，如果它能够的话，因为只有在我们生命的反应中才有着我们的真实性的全部力量，也就是说必要性。来自这种生命的思想从来不会和它一起使用某些词语，在它看来，这些词语只有用于外部需要时才是有用的：它也不会使用另一些词语，它觉得这些词语深不可测，只能歪曲它的真实力量和价值。

于是我在自身观察到了那些我完全可以称之为诗的状态，因为它们中的一些最终以诗的形式结束。它们的产生没有明显的原因，只起源于某个偶然事件；它们根据自己的天性而发展，就这样，我发现自己在某一段时间内偏离了我最经常采用的思维体系。然后，当我的周期完成之后，我又回到我的生命与我的思想平常进行交流的那个体系上来。但也有过这样的情形，一首诗已经完成，而周期完成时也在它后面留下了某些东西。这个封闭的周期是一个行为的周期，这个行为似乎在外部引起和形成了一种诗的力量……

另一些时候，我还注意到一件更小的事情引起——或似乎引起——完全不同的偏离，性质和结果完全不同的偏离。比方说，一些想法突如其来的接近，一种相似性将我攫住，就像一声号角在丛林中响起，它让人竖起耳朵，它有可能将感觉协调起来的全身肌肉引向树林深处的某一点。但是这一次，占据我的不是一首诗，而是对这种突如其来的精神感觉的分析。从我所处的状态中分离出来的丝毫不是来得多少比较容易的诗句；而是某个准备加入我的思维习惯的命题，某个从此将为后面的研究充当工具的程式……

请原谅我在你们面前这样暴露自己的内心活动；但我认为，与其模拟独立于任何人的认识和没有观察者的观察，不如讲述自己的体会更有用。事实上，一切理论都是某个人的自传中经过精心安排的一个片段。

我在此无意要教给你们什么。我将要讲的内容没有你们不知道的；但也许我用另外的秩序讲出来。我不会对你们说，诗人并非总是不能推理出一条三率法；逻辑学家并非总是不能在词语中看出概念、类和三段论的借口以外的东西。

我甚至要在这一点上补充一条矛盾的意见：如果逻辑学家永远只能是逻辑学家，他就不会也不能成为逻辑学家；如果另一位永远只能是诗人，而没有一点点抽象和推理的能力，他就不会在身后留下任何诗的痕迹。我由衷地认为，如果每个人不能了解自己的生活以外的其他许多生活，他就不能了解自己的生活。

我自己的经验也向我显示了，同一个自我具有很不相同的面目，无论他经过接二连三的专门化成为善于抽象思维的人还是诗人，其中的每一种面目都是对完全不受约束的和表面上与外部环境相协调的状态的偏离，那种状态是我们生存的中间状态，对交换无所谓的状态。

首先让我们看看，将在我们身上形成诗歌手段的最初的和总是偶然的震动可能包括些什么，尤其要看看它的效果是什么。问题可以用这样的形式提出：诗是一门语言的艺术；话语的某些组合可以产生别的组合所不能产生的，我们名之为诗意的情感。这是什么样的情感？

在我自身，我是凭借一个特点认出这种情感的，那就是普通世界中，无论是外在的还是内在的，其中一切可能的事物，即生命、事件、感觉和行为保持它们平常的原样，然而它们的表面与我们通常的感觉方式突然处于一种难以定义，然而又完全正确的关系之中。也就是说，我们所认识的这些事物和生命——或者不如说代表着它们的观念——以某种方式改变了价值。它们相互呼应，它们以不同寻常的方式结合在一起；它们变得（请允许我使用这个表达法）音乐化了，相互共鸣，如同和谐地回应。如此定义的诗的世界与我们能够想象的梦的世界极为相似。

既然梦这个字眼已经出现在我的讲话中，我就顺便谈一下在现代，从浪漫主义以来，在梦的概念与诗的概念之间造成的一个完全可以理解的混淆。无论梦（le rêve）还是梦幻（la rêverie）都不一定是诗的；它们也可以是，但是在盲目中形成的形象如果是和谐的，那也只不过出于偶然。

然而，我们有关梦的回忆，通过普通和频繁的经验，告诉我们，我们的意识可以被一种存在的产物所侵占、填充和完全渗透，这种存在的事物和生命看上去与它们前一天一样；但其含义、关系以及变化和替代方式却完全不同了，也许它们作为象征或譬喻，向我们代表着我们普遍感觉当时的波动，即没有被我们特殊化的感官所控制的感觉。诗的状态就是以差不多同样的方式在我们身上留驻、发展并最终分化。

也就是说，这种诗的状态完全是不规则、不稳定、不由自主和脆弱的，我们得到它和失去它都出自偶然。但这种状态不足以造就一位诗人，正如我们在梦中看见财宝并不意味着我们醒来时就能看见它在床下闪闪发亮。

一位诗人——请不要对我的话感到诧异——其职能不在于去感觉诗的状态：那是属于个人的事儿。他的职能在于要在别人身上创造这一状态。人们认出诗人——或者至少，每个人认出他的诗人——根据的是这一简单事实，即他将读者变成"受灵感启示的人"。实际上，灵感是读者慷慨地归功于他的诗人的：读者将在他身上发展起来的力量和优雅的超验价值赠送给我们。他在我们那里寻找并且找到了令他沉醉的美妙原因。

但诗的效果，以及某些作品对这一状态进行的人为的概括则完全是另一回事；就像感觉之不同于行为。一个连续的行为比任何瞬间发生的事情都要复杂得多，尤其当它要在一个像语言这样约定俗成的领域内进行时。在此诸位可以看到，习惯上与诗相对立的抽象思维一词开始出现在我的解释中了。我们过一会儿再回到这个问题上来。现在我想给你们讲述一个真实的故事，目的是让你们感受我自己是如何感受它的，并且用最清楚的方式，感受在诗意的状态或情感，哪怕是富于创造力和独特的情感，与创作一部作品之间的全部区别。这是大约一年前我在自己身上观察到的令人颇为惊异的现象。

我从家中走出来，想散散步，随便四处张望一下，从令人烦恼的工作中放松。我沿着我居住的那条街走，一种节奏突然抓住我，让我不得不服从它，它很快让我感觉到一种奇怪的运转。好像某个人在操纵我的生活机器。另一种节奏这时赶上第一种并和它联合到一起；在这两种规律之间建立起了不知什么横向的关系（我尽我所能地解释）。它结合了我正在行走的双腿的动作和我喃喃诵读着的不知什么歌，或者不如说借用我在喃喃自语着的歌。这种组合变得越来越复杂，其复杂程度很快超过了我根据平常的和可采用的节奏能力所能合理地创造的一切。于是，我提到过的奇怪感觉变得几乎是痛苦和令人忧虑的了。我不是音乐家；我对音乐技术一无所知；但这时多声部展开的音乐折磨着我，其复杂程度是诗人永远无法想象的。因此我想一定是弄错了人，这一恩赐找错了人，因为我对这样的馈赠无计可施——若在一个音乐家身上，它也许会获得价值、形式和持续，然而这些分分合合的声部对我却是徒然，它们巧妙而有组织地进行，令无知的我陶醉和绝望。

大约二十分钟过后，幻觉突然消失了；它将我抛在塞纳河边，我的困惑不亚于寓言中的鸭子，看见从它孵的蛋中诞生出一只天鹅。天鹅飞走了，我的惊奇转化为思考。我深知散步常常让我保持活跃的思维，在我的步伐和思想之间有着某种相互作用，我的思想修正我的步伐；我的步伐激励我的思想——总之，这是很值得注意的，但也是比较容易理解的。也许，我们不同的"反应时间"之间形成了一种协调，有趣的是，应当承认在纯肌肉的行动体系和种种形象、判断与推理的产生之间，可能有着一种相互修正。

但在我讲述的这个情形中，我走路的动作会通过一种很巧妙的节奏系统扩散到我的意识中来，而不是在我身上引起人们称之为"思想"的形象、内心话语和潜在行为。至于思想，它们是我很熟悉的一类东西；我懂得如何记录、诱发和控制它们……但对于我那突如其来的节奏，我却不能声称有同样的把握。

那么应当怎样来看待这件事呢？我想象在走路的过程中，思想活动应当回应一种在我脑子里积极进行着的整体兴奋；这种兴奋尽可能满足和放松自己，只要它能够消耗能量，它并不在乎漫不经心哼出的是思想、回忆还是节奏。那一天，它以节奏直觉的形式消耗自己，当这种直觉发展时，我的意识中那个知道自己不懂音乐的人还没有苏醒。同样地，我想在梦见自己飞翔的那个人身上，那个知道自己不会飞的人还没有觉醒。

请原谅这个冗长的真实故事——其真实性至少像这类故事可能做到的那样。请注意，我所讲述或者以为讲述的一切都是在我们称之为外部世界、我们称之为我们的身体和我们称之为我们的思想之间发生的——并且要求这三大力量共同参与某种协作。

为什么要对你们讲这些？我的目的是阐明在由精神——或者不如说，由我们的全部感觉自发产生的产品与创作作品之间存在的深刻差别。在我的故事中，一件音乐作品的内容被慷慨地给予了我；但我却没有组织能力去抓住、固定和重新描绘它。大画家德加经常对我提起马拉美说过的这句非常正确而又简单的话。德加有时也写写诗，还留下了一些美妙的诗句。但是，在他绘画之余的这项工作中，他常常感到很大困难。（何况他是这样一个人，无论在什么艺术中他都要尽量制造困难。）有一天，他对马拉美说："您的职业真可怕。我想要的东西得不到，然而我却满脑子都是思想……"马拉美回答道："亲爱的德加，写诗用的根本不是思想。而是词语。"

马拉美说得对。但是德加所谓的思想，其实是最终可以用词语来表达的内心的话语或形象。但被他称为他的思想的这些词语和内心的句子，精神的这些意图和感知——并不是所有这一切就可以写成诗句。因此还有另外的东西，一种修正、一种变形，无论它是否急遽、是否自发、是否艰辛，它必然会介入到产生思想的这种思维、提出各种问题及解决方法的这种内心活动中来；此外，还有那些不同于普通话语的话语，即诗句，它们以奇怪的方式排列起来，除了符合它们将为自己制造的需要之外不符合任何需要；它们永远只谈论不在场的事物，或者内心深刻感受到的事物；它们是奇怪的话语，似乎不是由说出它们的人，而是由另一个人写成的，似乎不是对聆听它们的人，而是对另一个人说的。总之，这是语言中的语言。

让我们来看看这些秘密。

诗是语言的艺术。然而，语言却是现实生活的产物。首先请注意，人与人之间的任何交流只有在现实生活中才具有某种确定性，并且只有通过现实生活才能得到证实。我向你要火。你给我火：你明白了我的意思。

但是，当你向我要火的时候，当你说出这几个无关紧要的词语时，可以带着某种我能够注意到的语气，某种音色，——某种语调，或紧或慢。我听懂了你的话，因为我几乎不假思索就递给你所要的东西，那一点点火。然而事情还没有完。奇怪的是：声音，如同你那句短短的话的形象，回到我这里，在我脑子里重复；好像它很高兴在我这里；而我呢，我喜欢听它重复，这个短短的句子几乎已经失去了意义,已经不再起作用,但它还想活下去,但和从前的生命完全不同。它获得了一种价值;它是以牺牲已完成的意义来获得这种价值的。它制造了继续被听见的需要……现在我们接近了诗歌状态的边缘。这个微不足道的经验将足以向我们揭示不止一个真理。

它向我们显示了语言可以产生两类完全不同的效果。第一类,倾向于引起完全取消语言本身的东西。我对你说话,如果你明白了我的话,这些话本身就被取消了。如果你明白我的意思,那就意味着这些话从你的思想中消失了,它们被一件对等物,被形象、关系、冲动等所取代;这时你会掌握可以将这些思想和形象重新转化到另一种语言中的东西,这另一种语言可能与你接收到的很不相同。理解在于或快或慢地用完全不同的东西来替代一个声音、时间和符号的体系,简而言之,对听话的那个人来说,它意味着内心修正或重新组织。这一命题的反证是:如果那个人没有明白,他就会重复,或让人重复那些词语。

因此,如果一段话语的唯一目的就是理解,那么其完美性显然体现在构成这段话语的话能够很容易地转化为完全不同的东西,首先是语言转化为非语言;然后,如果我们愿意,转化为一种有别于初始形式的语言形式。

换言之,在语言的实际使用或抽象使用中,话语的形式,即外貌,可感知之物,以及话语的行为本身不会被保存下来;一旦达到理解的目的,它就消亡;它消解在明确的意义中;它行动过;它发挥过作用;它让人理解:它生活过。

然而相反的是，一旦这个可感知的形式凭借它自己的效果而获得一种为人们所接受的重要性，并且在某种程度上得到尊重；不仅得到注意和尊重，而且令人渴望，进而重新拾起它——这时某种新的情况就会发生：我们不知不觉地起了变化，准备按照一个制度并在不属于实际生活范围的规则下来生活、呼吸和思考——也就是说，在这个状态下发生的一切，将不会被某个确定的行为所分解、完成或取消。我们进入的是诗的世界。

请允许我借助另一个概念来证实诗的世界这个概念，这个概念与它类似，但因为简单得多，解释起来也就更加容易，那就是音乐世界。我请诸位作一个小小牺牲：集中一会儿精力到你们的听觉能力上。一个普通的感觉器官，比如听觉器官，能向我们提供我们的定义所需要的一切，并且能使我们避免普通语言的常规结构及其历史纠葛可能会带给我们的一切困难和烦琐。我们通过耳朵生活在声音的世界里。这个整体一般说来是松散的，它由一切机械活动无规律地构成，耳朵可以用自己的方式来进行解释。但耳朵本身还从混乱中分离出来另一个特别引人注目而又简单的声音整体——也就是说，那些很容易被我们的感觉辨认出来并为它充当标记的声音。这是一些相互之间有关系的因素，它们自己和我们一样对此很敏感。这些有特殊地位的声音，在我们听来，其中两个之间的间隔如同它们中的每一个那样清晰。这些就是音（son），这些发声单位适合于形成清楚的组合，进行连续或同时的交织，无论连贯还是交叉皆清晰可辨：这就是何以在音乐中存在着抽象的可能性。现在该言归正传了。

我要指出的只是杂音和乐音之间的对比是纯粹与不纯粹，有序与无序之间的对比；在纯粹感觉与其他感觉之间进行区别有助于我们创作音乐；在物理学的帮助下，音乐创作可以被控制、统一和系统化，因为物理学能够让节拍适应感觉，能够获得最重要的结果，即教会我们借助乐器以稳定不变的方式制造这种发声感觉，实际上，乐器是节拍的工具。

这样，音乐家掌握着一套完美的系统，其中特定的工具使感觉和行为准确地相对应。从这一切可以得知，音乐形成了一个绝对自我的领域。音乐艺术的世界，是乐音的世界，它与杂音的世界泾渭分明。一个杂音仅仅让我们注意到某个孤立的事件——一条狗，一扇门，一辆汽车——然而当一个乐音发出时，单独一个音，就能够唤起整个音乐世界。在我正在对诸位讲话的这个大厅里，你们听见的是我的声音，如果这时定音笛或一件音调很准的乐器响起来，你们一听见这个与众不同而又纯粹的声音，这个不会与其他声音混淆在一起的声音，你们马上就会有一种开始的感觉，感到一个世界的开始；一种完全不同的气氛就会立刻形成，一个新秩序就会产生，而你们自己会无意识地调整自己来迎接这种新环境。因此，音乐世界，连同它的一切关系和比例，存在于你们自身——就像在一种液体里，盐已经饱和，只需一粒小小的水晶的分子碰撞，晶体世界就会显示出来。我不敢说：这样一个体系的晶状思想……

我们这个小经验的反证是：在音乐厅里，正当交响乐在整个空间回响之时，如果一张椅子倒下，一个人咳嗽，一扇门关上，我们立刻会有一种不知什么中断的感觉。某种难以形容的东西，其性质如同一种魔力或者一片威尼斯的玻璃，粉碎了或者破裂了……

诗的世界却不是如此轻而易举地建立起来的。它存在，然而诗人却不具有音乐家拥有的巨大便利。诗人面前没有专门为其艺术而制造的、以美为使用目的的一整套工具。他要借用语言——共同的声音，这是一个由词汇以及传统的和非理性的规则构成的体系，它是用奇怪的方式建立和加工的，用奇怪的方式形成系统的，是用极其多样的方式被听和被说的。在这里，根本没有什么物理学家来规定各要素之间的关系；根本没有什么定音笛、节拍器，根本没有人来建立音节，没有关于和声学的理论。但相反，有的是词汇的发音和语义变化。没有什么是纯粹的；有的是听觉和心理极不协调的刺激混杂在一起。每个词都是一个声音和一个意义的同时叠加，但它们之间没有任何联系。每个句子都是一个非常复杂的行为，我相信，迄今为止，没有人能够给它下一个勉强过得去的定义。至于对这个工具的使用，至于这一行为的方式，你们知道使用它的方式是多么五花八门，有时会导致什么样的混淆。一段话语可以有逻辑、有意义，却没有任何节奏和节拍可言。它可以悦耳动听，却荒诞不经；它可以既清楚又空洞；既空泛又美妙。为了设想一下它那出奇的繁杂，——而它反映的只不过是生活本身的繁杂，——我们只需列举一下所有那些针对这一多样性而建立起来的学科,每一门学科研究的是其中某一方面。我们可以用多种不同方法来分析一篇文章,因为它可以轮流划归语音学、语义学、句法、逻辑学、修辞学、语史学,还不要忽略格律学、诗律学和词源学……

诗人就这样被这些词语材料所纠缠,他不得不同时考虑声音和意义两个方面;不但要满足和谐和音乐性,而且要满足不同的智力和美学条件,尚且不论约定俗成的规则……

可见,如果诗人要有意识地解决所有这些问题,他要付出怎样的努力……

尝试还原我们的一个复杂活动,或曰一个完整行为的本来面目总是一件有趣的事,这类行为要求我们在精神、感觉和原动力等方面同时专门深入,为了完成这个行为,还要求我们必须对所有那些我们知道在其中起作用的功能有所了解和安排。即便这种具有想象和分析双重特征的尝试是粗略的,它却总能说明一些问题。至于我本人,我承认,我一向关注作品的形成或制作过程远甚于作品本身,我习惯于,或者说这是我的一个癖好,只从行为的角度去评价作品。在我看来,一位诗人,是从某个事件起经历着一种隐蔽变化的人。他偏离了其无拘无束的平常状态,我看到一个执行者、一个制造诗句的活的体系在他身上形成。正如我们突然发现在动物身上有着一个敏捷的猎手,发现它们可以筑巢、建桥、钻洞挖沟,我们在人的身上也会发现这种或那种复合构造将其功能运用于某项特定工作。试想一个很小的孩子：我们都曾经是这样的孩子，他身上具有许多种可能性。出生几个月后，他同时，或者说几乎同时，学会了说话和走路。他获得了两种行为能力。也就是说现在他具备了两类可能性，偶然的环境和情况时时刻刻从这两类可能性中提取它们所能得到的东西，以回应孩子的各种需要或者想象。

孩子学会使用双腿以后，他发现自己不但能够行走，而且还能跑；不但能够行走和跑，而且还能够跳舞。这是一个重大事件。他一下子为四肢发明并发现了一种第二类用处，一种动作方式的推广。实际上，如果说行走只不过是一个相当单调而且没有什么改进余地的活动，那么舞蹈，这种新的行为形式，却有无限的创造潜力，无限多样的变化和动作。

但在语言方面，难道他没有发现类似的进步吗？他的说话能力在进步；他发现除了索要果酱和否认他犯的一些小错误，语言还大有用途。他将获得说理的能力；当他独自一人时，他会从想象一些事情中得到乐趣；他会重复那些因为奇怪和神秘而令他喜欢的词语。

这样，如同行走和跳舞，他意识到了散文和诗这两种不同的类型以及它们之间的区别。

很长时间以来，这一对比就令我惊叹并且深感兴趣；但在我之前，已经有人注意到这一点了。根据拉康[1]的说法，

---

[1] 拉康（Racan，1589—1670），法国诗人，马莱伯的弟子。——译注

马莱伯[1]就曾应用过这一对比。据我认为，它的意义不仅限于简单的对比。我从中看到了一个基本的类比，它与人们在物理学上发现的那些类比一样丰富，物理学上的公式代表着对表面上各不相同的现象的测量，但我们注意到这些公式却具有同一性。现在让我们来看看这一对比究竟是如何进行的。

行走，如同散文，瞄准一个确定的对象。行走这个行动是指向某个事物的，我们的目的就是与这个事物会合。指挥行走步伐的是一些实际情况，比如对某事物的需要，欲望的驱使，我们的身体、视力、地面的状况等等，它们为行走规定方向、速度，为它指定一个确定的期限。行走的所有特点都取决于这些同时发生而又每次都特别地结合在一起的条件。一切通过行走实现的移动无一不是特殊的，只不过它们每一次都被完成的行为，即实现的目标，所取消或者掩盖。

而舞蹈则完全不同。它也许是一种行为体系；但这些行为的目的在其自身。舞蹈不朝向任何地方走去。如果说它追求某个目标，那也只是一个想象中的目标，一种状态，一阵欣喜，想象中的鲜花，一种生活的极端，一个微笑——它最终出现在那个希望从空荡荡的空间得到它的人的脸上。

因此，舞蹈不是要执行某一个其终点位于我们周围某个地方的确定行动；而是要通过一种周期性和可以就地实施的

---

[1] 马莱伯（Malherbe，1555—1628），法国诗人，在亨利四世和路易十三两朝均担任官方诗人，主张用和谐而明晰的语言来表达永恒的主题，强调规范在文学创作中的重要性。其诗歌理论在一定程度上为古典主义文学奠定了基础。——译注

动作来建立某种状态并使之保持兴奋；这样的动作对视觉可以说毫不在乎，而是通过听觉节奏来达到兴奋和自我调节。

然而，无论舞蹈与行走以及那些实用性动作之间有多么大区别，请注意一个极其简单的事实，那就是它与行走使用的是同样的器官、同样的骨骼和同样的肌肉，但这些器官、骨骼和肌肉的协调方式和受刺激的方式不同。

在此我们又看到了散文和诗之间的对比。散文和诗使用的是同样的词语、同样的句法、同样的形式、同样的声音或音色，但这些因素之间的协调方式不同，受到的刺激不同。因此，在我们的心理和神经组织中分分合合的某些联系和组合的不同造成了散文和诗的区别，然而这些运作方式的要素却是一样的。这就是为何我们不能将诗和散文一视同仁。在很多情况下，对前者来说是正确的东西，当我们想在后者那里找到时却失去了意义。但最重要的和决定性的区别在下面。当行走的人实现他的目标时——我已经对诸位说过——当他达到某一地点、书籍、结果时，这些东西曾是他渴望的对象，对它们的渴望使他行动，对这些事物的拥有立刻明确解除了他的全部行动；结果吞噬了原因，目的掩盖了方式；无论行为如何，剩下的只有结果。对实用语言来说同样如此：我刚刚用来表达我的意图、愿望、命令和意见的语言，完成任务之后的语言，一俟达到目的就消散了。我发送它的目的是让它消亡，让它在你们的头脑中彻底转化为别的东西；当我注意到我的话语不再存在这个事实时，我知道我被理解了：它被它的意思——换言之，被属于你们的形象、冲动、反应或行为完全替代了：总之，被你们的一种内心变化替代了。

由此可以得知，这类语言以被理解为唯一目的，显而易见，其完美体现在它容易转化为任何其他东西。

相反，诗不会因为存在过而死亡：它生就是专门为了从它的灰烬中复活并且无限地成为它从前的样子。诗体现出这样的性质，那就是它试图以自己的形式再现：它刺激我们照原样复制它。

这是所有性质中最奇妙和说明问题的一个。

我想请诸位看一幅简单的图像。请设想一个在两个对称点之间晃动的钟摆。我们假设这些极端位置中的一个代表语言的形式，即可感知的特点，声音、节奏、重音、音色、起伏——简言之，行动中的声音。另一方面，与另一点，即与前一点相对称的那个点联系起来的是一切表达意义的价值，即形象、思想；感情和记忆的兴奋，潜在的冲动和理解的形成——简言之，所有构成一段话语的内容和意义的东西。现在请注意诗在你们身上产生的效果。你们会发现，对于每一句诗，你领会到的意义不但没有摧毁传达给你的音乐形式，反而要求再次得到这种形式。从声音下落到意义的活钟摆试图攀升回它敏感的出发点，似乎在你的头脑中产生的那个意义本身，只有在这种产生它的音乐本身才能找到出路、表达和回应。

这样，在形式与内容、声音与意义、诗与诗的状态之间，表现出了一种对称，一种重要性、价值和权力的平等，这在散文中是没有的；它与散文的规律相反——后者表现出语言的两个部分之间是不平等的。诗的机制中最根本的原则——即用话语产生诗的状态的条件——在我看来，就在于表达与印象之间这种和谐的交换。

在此我提出一个小小的意见，我姑且称之为"哲学的"，言下之意我们可以不必理会它。

我们的诗的钟摆从我们的感觉出发，摆向某种思想或感情，然后回到对感觉的某种回忆和重新产生这种感觉的潜在行为。然而，所谓感觉本质上是在场（présent）。除了感觉本身，也许还加上可能修正这种感觉的行为冲动，对在场没有别的定义。但相反，所谓的思想、形象和感情却总是，以某种方式，不在场事物的产品。记忆是一切思想的实体。预见及其摸索，欲望，计划，隐约的希望和畏惧，这些就是我们主要的内心活动。

总而言之，思想要做的事，就是赋予我们身上不存在的东西以生命，并且无论我们愿意与否，赋予它以我们的现实力量，让我们将部分当作全部，将形象当作现实，让我们以为可以摆脱自己亲密的身体而看见、行动、承受和拥有，让我们将身体弃置一旁，让它坐在椅子上抽着香烟，只有突然电话铃响起或听见一声命令，或者常常当我们的肠胃需要补充给养时，才又想起它的存在……

诗的钟摆摇晃在声音和思想之间，在思想和声音之间，在在场与不在场之间。

从以上分析可以得出结论，一首诗的价值存在于声音与意义不可分割的关系之中。然而，这个条件似乎不可能实现。在一个词的声音与意义之间没有任何关系。同样的东西在英文中叫HORSE，在希腊文中叫IPPOS，在拉丁文中叫EQVVS，在法文中叫CHEVAL[1]；但是，无论如何，这些词汇中的任何一个也不能给我关于所指动物的概念；无论如何，关于这个动物的概念也不会带给我这些词汇中的任何一个——如果没有这些，我们也许会很容易懂得所有语言，首先是我们自己的语言。

然而，诗人要做的事，就是带给我们话语与精神之间密切联系的感觉。

应该承认这实在是一个神奇的结果。尽管它并非极其罕见，我仍然称之为神奇的（*merveilleux*）。我所谓神奇的，指的是当我们想到古代法术制造的那些幻觉和奇迹时，这个词语具有的含义。我们不要忘记，在成百上千年的时间里，诗歌形式曾被用于施行法术。那些从事这一奇异活动的人一定对话语的力量深信不疑，他们尤其相信这种话语的声音比其意义更加灵验。咒语往往是没有意义的；但人们并不认为它们的威力取决于其知识性内容。

让我们来听听这样的诗句：

> 回忆之母，情人中的情人[2]……

---

[1] 即马。——译注
[2] 该诗句出自波德莱尔《恶之花》中的《阳台》。原文为：Mère des Souvenirs, Maîtresse des Maîtresses...——译注

还有:

> 平息吧,哦我的痛苦,请安静一些[1]……

这些话语对我们(至少我们当中的一些人)产生影响,却并没有传达什么意思。它们要说的意思也许就是它们没有什么意思;同样的手段通常对我们传达一定意思,但它们却借助这些手段行使完全不同的功能。它们像一个音乐和弦那样作用于我们。它们制造的印象在很大程度上取决于共鸣、节奏以及音节数目;但也同样来自意义的简单接近。在上面的第二个句子中,智慧和痛苦这两个模糊的概念之间的协调以及柔和庄严的音调,产生了一种无法估量的魅力:倘若形式和内容没有同时出现在写下这一诗句的那个暂时的人脑子里,他就写不出这句诗。相反,他处于其心理存在领域的一个特殊阶段,在这个阶段里,话语的声音和意义取得或者说保持同等重要性——这在实用语言的习惯和抽象语言的需要中是没有的。在这个相对罕见的状态下,声音和意义的不可分离性、愿望、期待,以及它们之间密不可分地组合在一起的可能性被获得和要求,或者说被给予并有时被急切地盼望。

---

[1] 该诗句出自波德莱尔《恶之花》中的《沉思》。原文为:Sois sage, ô ma douleur, et tiens-toi plus tranquille... 在法文中,sage 一词在不同语境中有"智慧的""明智的""文静的"等多重意思,在该句中,取其"文静、安静"之意,译为"平息吧"。该形容词的名词形式是 sagesse,意为"智慧",故作者在下文中说该句在智慧和痛苦两个概念之间有一种协调。——译注

它之所以罕见，首先因为生活的一切需求都与它作对；其次，它与语言符号粗略的简单化和呈上升趋势的专门化相对立。

虽然语言的一切特性都模糊而又和谐地出现在这种内心变化的状态中，但这种状态并不足以产生一首高贵的诗所能带给我们的这件完整的物品、这种美的组合和这种才思的汇聚。

我们这样得到的只是一些碎片。世上一切宝贵的东西，金子、钻石、有待雕琢的宝石，都分布、散落和深藏在大量的岩石或沙砾之中，偶然才能发现它们。如果没有人类劳动将它们从沉睡的黑暗中发掘出来，将它们搭配、修改并制成首饰，这些宝藏就什么也不是。这些在一堆不成形的材料里的小片金属，这些形状怪异的水晶，只有聪明的劳动才能使它们熠熠生辉。真正的诗人要做的就是这样的工作。面对一首很美的诗，我们清楚地感觉到，无论一个人多么有天赋，他也难以不假思索地即兴创作，除了费点写字或口述的工夫，他能毫无困难地将幸运的发现连贯而完整地记录下来。由于努力的痕迹，推敲、后悔、付出的大量时间、痛苦的日子和厌恶都已经过去，都被最终回到作品的精神所抹杀，所以某些只看到完美结果的人认为，这个结果来自他们称之为灵感的一种奇迹。于是他们将诗人视为一种暂时的中介。我们若有兴趣对纯粹灵感的理论进行一番严谨的阐述，将会从中演绎出奇怪的结论。比如说，我们将会发现，一个诗人如果仅限于传达他接收到的东西，向陌生人发送他从未知中得来的东西，那么他丝毫用不着理解他根据一个神秘声音的口述而写成的东西。他就有可能用他不懂的一种语言来写诗……

实际上,在诗人身上确乎有着一种特殊性质的精神力量:在某些极其宝贵的时刻,它在他身上显示出来并使他明白自己的情况。对他来说无限宝贵的……我说:对他来说无限宝贵的;因为,可叹的是,经验告诉我们,这些在我们看来具有普遍价值的时刻有时却是没有结果的,它们最终只能让我们思考这个警句:只对一个人有价值的东西没有任何价值。这是文学中铁的法则。

然而,凡是真正的诗人必定是第一流的批评家。若对此有所怀疑,就根本不要去设想什么是脑力劳动,这是一场与时刻的不平等、结合的偶然、注意力的涣散、外部消遣进行的抗争。思想令人难以置信地多变,它既富于欺骗性也往往会犯错误,它既产生很多难以解决的问题,也提出很多虚幻的解决办法。在这包含一切的混乱之中,也包含着某些严肃的机会,这些机会让人认识自己,让人从自身选择值得从此时此刻抽取出来并加以精心使用的东西,一部出色的作品如何从这种混乱中诞生?

这还不是全部。任何真正的诗人,远比人们一般所认为的更加擅长正确推理和抽象思维。

但是,我们却不能在他说出的或多或少具有哲学意味的话里去寻求什么真正的哲学。我认为,最真实的哲学不在于我们的思考对象,而在于思考行为本身及其运用。如果你从形而上学中剔除所有最常用或特殊的字眼,所有传统词汇,也许你会发现你的思想并没有因此变得贫乏。相反,也许你还让它变得轻松、变得年轻了,你自己也将摆脱他人的问题而只专注于自己的困难和惊奇,它们与别人无关,你从中能真正和立刻感到智力上的刺激。

然而,文学史告诉我们,诗却曾经多次被用于陈述论点或假设,诗所特有的完整语言,其形式(即声音的行为和感觉)与内容(即精神的最终变化)同等重要的语言,却被用于传达"抽象的"思想,而这些思想相反的是独立于其形式的——或者我们认为如此。一些很伟大的诗人也曾进行过这类尝试。但无论进行这些极其可贵的尝试的人多么有天才,他也不能使跟随思想的注意力与跟随音乐的注意力相协调。在此,*DE NATURA RERUM*[1]与事物的本质相冲突。诗的读者的状态并非纯粹思想的读者的状态。舞蹈者的状态不是在艰难的地形上前进并进行地形测绘和地质勘探的人的状态。

然而我也说过,诗人自有其抽象思维,或者说,其哲学;并且我还说过,它在诗人的行为本身中起作用。我这样说乃是因为我观察到这样的情形,无论在我自己身上还是在别人那里。在此,如同在其他地方,除了援引我自己的经验或者司空见惯的现象,我没有其他参考、其他意图或其他借口。

作为诗人,我经常注意到,我的工作不仅要求我置身于前面谈到过的诗的世界,而且还要求我进行大量思考、决

---

[1] 拉丁文:论事物的本质。——译注

定、选择和组合,如果不这样,缪斯和偶然的一切可能的才华就像宝贵的原材料堆在没有建筑师的工地上。然而,一位建筑师本人却并不一定是用宝贵的原材料构成的。诗人,作为诗的建筑师,也不同于有待他建造的宝贵材料,任何诗都是由这些材料组成的,但组成方式却各不相同并且要求于诗人的脑力劳动也完全不同。

某一天,有人对我说抒情诗是热情,还说那些伟大的抒情诗人的颂歌是一挥而就的,是在谵妄的声音和思想的狂风骤雨中写成的……

我回答他说完全正确;但这并不是诗的一种特权,众所周知,为了建造火车机车,设计者必须采用每小时八万公里的速度才能完成其工作。

事实上,一首诗就是用词语来制造诗的状态的一种机器。这台机器的效果是不确定的,因为在思想活动方面没有什么是肯定的。然而无论这种不确定的结果如何,建造机器却仍然要求解决大量问题。如果诸位觉得"机器"这个字眼儿不恰当;如果我这个机械的比喻在你们看来显得有失斯文,请注意哪怕写作一首很短的诗也可能用好几年时间,而这首诗对读者的影响却在几分钟内就可以完成。在几分钟之内,读者受到的冲击却是诗人在长达几个月的寻找、期待、耐心和烦躁中积聚起来的发现、对照以及捕捉到的表达方式的结果。他归功于灵感之处远远多于灵感可以带给诗人的东西。他想象,那个可以不停息、不犹豫、一气呵成地进行创作的人,那部将他带到一个万物生灵、激情、思想、声音和意义都同出一源的世界的尽善尽美的作品，二者之间根据特殊的回音规律在交流和应和，因为我们的感觉、心智、记忆和语言行为能力在日常生活中极其难得和谐一致，能够使它们同时激奋的只能是一种特殊形式的刺激。

也许我应当在此指出，写作一首诗——如果我们将这件工作看作刚才提到的那位工程师设计和建造火车机车一样——也就是说弄清楚有待解决的问题——看来是无法实现的。在任何艺术中也没有如此之多需要协调的独立条件和功能。我在此不会赘述其细节。我只限于提醒诸位我谈到过的声音和意义的话题，此二者之间的联系纯属约定俗成，但诗人却要尽可能有效地协调它们。由于词语的双重性质，它们经常让我联想到数学家们满怀感情地操作的那些复杂的量。

幸运的是，某些人在某些时刻具有我不知道的一种能力，它让事情变得简单，并解决了我谈到的那些与人类力量相称的难以克服的困难。

由于一个出乎意料的事件，内在或外在的，一个人的诗人意识方才觉醒：一棵树，一张面容，一个"主题"，一阵感动，一个词语。时而，一开始出现的是表达的愿望，表达自己感觉的需求；但时而恰好相反，形式的某个要素，一个表达法的雏形寻找其产生的原因，在我的心灵中为自己寻找某种意义……请注意这两种方式都有可能首先出现：有时是某种东西想表达出来，有时是某种表达方式想找到什么来表达。

我的诗《海滨墓园》（*le Cimetière marin*）在我内心是以某种节奏开始的，那是四六划分的十音节法语诗。当时我还没有任何想法可以填充这一形式。渐渐地，漂浮不定的词语固定下来了，主题也因此越来越明确，我不得不开始工作（很长的工作）。另一首诗《庇蒂亚》(la Pythie)，起先以一行八音节诗出现，其抑扬顿挫是自动形成的。但这行诗是一个句子的一部分，而如果这个句子存在的话，还意味着有其他句子。这类问题可以有无数解决方法。但在诗歌上，由于格律和音乐条件，大大限制了不确定因素。我们来看看发生的事情：我的片段像一个活物那样运行起来，因为它浸润在我思想的愿望和期待为它提供的环境里（大概是富有营养的），滋生和繁殖出了它缺少的一切：它前面的几行诗和后面的很多行。

请原谅我以自己为例；但我难以在别的地方找到例子。

诸位是否认为我关于诗人和诗的概念相当奇特？但试想我们最微小的行为意味着什么。想想一个人说出一个简短而清晰的句子时，在他身上会发生些什么，想想当济慈或者波德莱尔面对一张白纸的时候，需要些什么才能写成一首诗。

还应当想到在一切艺术之中，也许我们的艺术需要协调的独立成分或因素最多：声音、意义、真实、想象、逻辑、句法以及内容和形式两方面的创造……而这一切借助的是普通语言这一本质上是实用性的工具，这一处于不断变化之中，不断遭到污染，为所有人所使用的工具，我们的任务是从中提取出一个纯粹、完美的声音，它悦耳动听，无损瞬间的诗的世界，它能够举重若轻地传达远远高于自我的某个自我的概念。

诗学第一课 *

部长先生，大使先生，女士们，先生们：

我是怀着一种不同寻常而又感动的心情登上这个讲台的，在我这样的年纪，一切都告诉我们不要再企图有所作为，然而我却要开始一种全新的生涯。

我感谢各位教授，你们使我荣幸地加入你们的行列，我还要感谢你们的信任，你们不仅接受了开设一门名为"诗学"的课程的建议，并且对提出这一建议的人充满信任。

你们也许想到了，某些领域在严格意义上不属于也不能成为科学研究的对象，因为其本质基本上是内在的，并且它们密切依赖于对它们感兴趣的人本身，然而，如果说它们不能被讲授，至少也能够作为个人经验的成果以某种方式传达出来，这种经验与一个人的生命一般长，因此，在这种特殊

---

* 1937年12月10日，在法兰西公学（Collège de France）"诗学"课程上的第一次讲课。

情况下,年龄成了一种合理的条件。

我同样感谢法兰西学院的各位同人,是他们会同在座诸位提出了我的候选人资格。

最后我要感谢国民教育部长先生,是他同意设立这一教席并向共和国总统先生建议对我的任命。

先生们,在开始我的讲解之前,我还必须首先向我杰出的朋友约瑟夫·贝蒂叶(Joseph Bédier)先生表达我的感激、尊敬与仰慕之情。在此没有必要重复这位学者兼作家的光荣和卓越成就,他是法兰西文学的荣耀,我也不用向诸位讲述他作为一位行政官员所具备的亲切而又有说服力的威仪。但是,教授先生们,我必须要说的是,正是他与你们中的几位一起,有了在今天所实现的这件事情的想法。他用贵学院的魅力来吸引了我,而他当时正要离开这个机构,是他说服我,我能够担任这项工作,在此之前,我从来没有想到过我会占据这个位置。最后,经过与他的一席交谈,从我们所交换的问题和思考中确定了这门课程的名称。

我要做的第一件事应当是解释我所使用的"诗学"(Poétique)一词,我恢复了这个词最原始的意义,它与目前通行的意义不同。我想到了这个词,而且认为只有它才适合用来指称我准备在这门课上讲授的那种类型的研究。

通常人们认为这个用途广泛的词要么意味着关于写作抒情诗和戏剧诗的规则、约定或戒律之大全,要么意味着如何写诗。但我们应当看到，该词语的这个意义已经陈旧，与事实不再相符，我们要赋予它另外一个含义。

就在不久以前，所有艺术门类都甘愿根据其性质被置于某些强制性的形式或模式之下，同一类型的所有作品都要遵守这些形式或模式，人们可以并且应该学习它们，就像学习一门语言的句法。无论一部作品产生的效果是多么强大或多么巧妙，人们却不认为它足以证明作品的意义并使作品具有普遍价值。事实不能带来权利。很早以来人们就发现，每一门艺术中都有一些实践经验值得推荐，有一些规则和限制有助于艺术家成功地实现其意图，而艺术家了解并遵守这些规则和限制于他自己大有裨益。

然而，由于一些权威人士的作用，某种法制观念逐渐形成并替代了最初来自实践经验的建议。人们经过一番推理确立了严格的规则。它以明确的形式被表述出来；批评用它来武装自己；一个矛盾的结果也随之产生：艺术上的一条纪律，它将推理出来的困难与艺术家的冲动对立起来，然而它长期以来却颇受青睐，究其原因，在于它仅仅通过引证明确的法规或准则，就可以让人们轻而易举地对作品进行判断或归类。

对于那些梦想进行创作的人来说，这些形式上的规则还带来另外一个便利。十分严格的条件，甚至那些苛刻的条件，它们让艺术家免于做出很多非常棘手的决定，它们使艺术家推卸掉在形式方面的许多责任，同时，它们还往往激励艺术家去进行一些他在最自由的状态下永远也不会想到的创造。

但是，无论人们对此感到惋惜还是欢欣，艺术中的权威时代已经过去很长一段时间了，"诗学"一词现在几乎只能让人想到那些陈旧而又束缚手脚的规定。因此，我认为可以从与词源有关的一个意义上来重新认识这个词，但我不敢说它就是创作学（Poïétique）[1]，生理学上谈及造血的（hématopoïétique）或造乳的（galactopoïétique）功能时使用这个词。但总之我想表达的就是做（faire）这一非常简单的概念。我所关心的做，即 poïein，最终表现为某件作品，下面我要对这一类人们习惯于称为精神作品（œuvres de l'esprit）的作品加以限定。这些作品是精神为自己而创造的，它调动一切可以使用的物质手段以达此目的。

任何作品，作为我所说的这种简单行为，都有可能促使我们就这一普遍性进行思考，都有可能使我们形成一种明确程度不同、严格程度不同的质疑态度，这一态度将作品看成一个问题。

这样的研究并非不可或缺。我们可以认为它是徒劳无益的，甚至可以认为这种企图是虚幻的。更有甚者：有些人认为这样的研究不仅是徒劳的，而且是有害的；甚至，他们也许应该认为它是有害的。比方说，人们认为，一位诗人有理由担心分析会损害他独特的品质和即兴创作的能力。除了艺术上的磨砺以外，他本能地拒绝其他方式来深化其品质和能

---

[1] 关于这个词的含义，作者在《关于美学的演讲》一文中有更详细的说明，参看第310页注〔1〕。——译注

力，拒绝通过理性的论证来使自己更好地掌握这些品质和能力。要知道，我们最简单的行为，我们最熟悉的动作是不能完成的，我们最微不足道的能力，如果我们在脑子里想到它；如果我们为了使用它而彻底了解它，它就会成为我们的障碍。

阿喀琉斯如果想到了时间和空间就不能战胜乌龟。

然而，相反的情况也有可能发生，也许人们对这件稀奇事产生极大的兴趣，并且认为跟踪这件事有极其重大的意义，也许人们会带着更多乐趣，甚至更多热情来考察创造行为本身，而非创造出来的事物。

先生们，正是在这一点上，我的任务必然有别于从前一方面由文学史所完成，另一方面由对作品的批评所完成的任务。

文学史所研究的是作品在其中被创作、显示出来并制造效果的外在情形。它将有关作者的情况、他们的生平及其作品的遭遇当作看得见的事情来告诉我们，我们可以指出、协调和阐释这些事情留下痕迹。它搜集传统和资料。

我没有必要在此重复，正是在这里，你们杰出的同事阿贝尔·勒弗朗（Abel Lefranc）先生以其渊博的知识和新颖的观点讲授过这门学科。但是，无论是对作者及其时代的了解，还是对文学现象更替的研究，只能激发我们去推测那些以其成就而在文学史上占有一席之地的人的内心世界。如果说他们在文学史上赢得了一席之地，那是两个条件共同作用下的结果，我们可以一直认为这两个条件是相互独立的：一个必定是作品的生产本身；另一个是作品的某种价值的生产，它是由那些了解并欣赏已产生的作品的人所确立的，是他们使作品享有盛名，并使它得以流传和保存，使它获得后续的生命。

我刚才提到了"价值"和"生产"两个词。我要对此稍加说明。

如果我们想探究创造精神的领域，不要惧怕首先立足于最普遍的观察，即那些使我们得以前进而不必走过多回头路的观察，这样的观察还让我们看到最多的类比，即描述事实和思想的相近的表达方式，而这些事实和思想由于其性质，使人往往难以对它们做出直接的定义。所以，我请诸位注意从经济学借用的几个词：对于我们准备探讨的各种活动和人物，如果我们只关心它们的共同之处而对它们的不同类型不加区分的话，恰当的做法也许是将它们简单地归纳在*生产*（production）和*生产者*（producteur）这两个名称之下。同样，在区分读者、听众和观众之前，我们不妨将各类作品的这些支持者用经济学名词笼统地称为*消费者*（consommateur）。

至于价值这一概念，众所周知它在精神世界如同在经济世界中一样扮演着头等重要的角色，但精神价值比经济价值要微妙得多，因为它与无数五花八门的需要相关，就像生命存在的需要那样。如果我们还知道《伊利亚特》，如果金子经过成百上千年后仍然不失为一个（多少有些简单）但相当引人注目并且受到普遍尊重的实体，那是因为稀有、不可模仿以及其他一些特性，使《伊利亚特》和金子有别于其他东西，使它们成为享有特殊地位的事物，成为价值的标准。

不必强调我用经济学所作的比喻，清楚的是，工作的观念，创造和累积财富、供给和需求的观念，自然而然地出现在我们感兴趣的领域里。

无论是它们的相似之处还是它们的不同应用，这些名称相同的概念提醒我们，在看上去相去甚远的两类事实范畴中，都出现了人与他们所处的社会环境的关系问题。此外，正如存在着一种经济学上的类比，在有组织的精神生活的现象和社会生活之间，同样存在着一种政治上的类比。有着一整套精神权力的政治，一种对内（言下之意，很内部的）政策和一种对外政策，后者作为文学史的原动力，应当成为文学史的主要对象之一。

一旦我们开始审视精神世界，当我们以为在作品形成的阶段能够将精神世界视为一个完全封闭的体系时，如此普遍化的政治和经济就成为一些概念深深渗透到大多数这样的创造之中，并且始终处于这些活动的邻近地带。

一位最专注于其研究的学者或艺术家，他似乎与世隔绝地处于自己的世界中，独自面对最自我和最客观的东西，但在内心深处，他却预感正在形成中的作品将激起的外部反应：人是难以孤独的。

对外部反应的考虑必定存在于创作者的头脑中；但它与作品的其他因素微妙地组合在一起，有时它伪装得很巧妙，竟至于几乎不可能将它抽取出来。

然而我们知道，创作者的某个选择或某种努力的真正意义常常是在创作本身之外的，并且他多少有意识地考虑到了将会产生的效果及其对生产者的后果。因此，在他的工作中，精神不停地在同一者与他者之间游移；凭借对第三者的判断的特殊感知，修正着最内在的自我所创造的东西。因此，当我们对一部作品进行思考时，我们可以采取这两种相互排斥的态度中的一种。如果我们准备按照某个方面所接受的那些严格规定来进行，我们必须非常细致地区分关于一部作品的产生的研究和我们对其价值的研究，后者意味着该作品在此地或彼地，在这个或那个人头脑中，在这个或那个时代所造成的效果。

为了证明这一点，只需注意在一切领域中，我们真正能够知道或者以为知道的要么是我们自己能够观察的，要么我们自己能够做的，我们不可能在同一种状态和同一种注意力下，既对产生作品的精神，又对制造该作品的某种价值的精神进行观察。没有一种眼光能够同时观察这两种功能；生产者与消费者是本质上分开的两个体系。作品对于前者是终结；对于后者，则是种种大异其趣的发挥的起始。

由此可知，任何宣称生产者、作品和消费者三者之间某种关系的判断，——这类判断在批评中并不鲜见——都是虚妄的判断，它没有任何意义，经受不起任何思考。我们只能考察从作品到其作者的关系，或者从作品到它一旦完成后所影响的那个人的关系。前者的行为和后者的反应是永远不能混淆的。两者对作品形成的观念也是不相容的。

如此往往导致一些意外的产生,其中不乏有益者。有时误解是富于创造力的。有大量效果——包括很强大的,——要求所涉及的两种活动之间没有任何直接的关联。比如说,某一部作品是长久用心的成果,它包含了大量尝试、反复、删减和选择。它经历了几个月,甚至多年的思考,它也有可能包含着整整一生的经验和心得。然而,这样一部作品的效果却在转瞬之间显示出来。短短一瞥足以欣赏一座宏大的建筑,感受其震撼力。两个小时之内,悲剧诗人苦心经营的一切,他一行一行地写出来的诗句,他为了安排戏剧结构而付出的全部辛劳;或者,作曲家构筑的和弦和乐队的组合;或者,哲学家的一切思考,多年来他在自己的思想中徘徊,等待着领会并接受其最终的布局,所有这些信念的行为,所有这些选择的行为,所有这些脑力的交易,最终以完成作品的状态给他者的精神造成冲击、惊异、眩晕或茫然失措,他被突然置于这种高负荷的智力活动的刺激之下。这是一件过度的行动。

人们可以(言下之意很粗略地)将这种效果与另一种效果相比较:我们将一大堆东西一部分一部分地搬到一座高塔上,不管搬了多长时间,也不管搬了多少趟,然后将它扔下去,几秒钟之内坠地。

我们就这样感受到一种超人的力量。然而大家知道,效果并不总是能产生;在这一智力机制中,也许由于塔太高,由于那一堆东西太大,我们看到的结果有可能是无意义的或消极的。

相反,我们假设重大效果产生了。那些承受这一效果的人,那些对力量、完美、大量巧妙的手法和美丽的意外感到惊奇不已的人,他们却不能也不应该想象所有内心的工作、剥离出来的可能性、对有利因素漫长的提取和精微的推理,这些内心活动得出的结论看上去犹如占卜,简言之,他们无法想象经过创造性精神的化学家所处理,或者经过马克斯威尔(Maxwell)式的精灵在混乱的思维中挑选的大量内心生活;于是这些人就想象出一个法力无边的人,他能够创造这些奇迹,只发送他想发送的无论什么东西。

这样的作品对我们产生的影响与我们自己即兴创作的能力是无法类比的。此外,作品中某些因素是通过某种侥幸的偶然在作者头脑中出现的,却被视为其精神的一种独特能力。就这样,轮到消费者变成生产者:首先,他是作品价值的生产者;其次,根据他直接运用的因果律(它实际上只不过是一种通过精神进行的创作方式的天真的表达法),他变成创作出令他钦佩的作品的那个想象中的人的价值的生产者。

也许,如果伟人们同样意识到自己的伟大,就不会有自己心中的伟人。

因此,我想得出的结论是,尽管这个例子非常特殊,却让我们懂得了生产者和消费者的思想和情况之间的相互独立,或者说互不了解,对于作品的效果来说几乎是至关重要的。兵法家们在著作中常常鼓吹的兵不厌诈在这里自然得到了肯定。

总而言之,当我们谈论精神作品时,这意味着,要么是某种活动的终结,要么是另外某种活动的起始,这样造成了两类不相关联的变化,其中每一种都要求我们进行与另一种不相容的特殊的调节。

作为可感知的事物。还剩下作品本身。这是第三类考察,与前两类都大不相同。

我们将作品视为一个客体,纯粹的客体,也就是说,除了能够不加区分地运用到所有客体中的东西,不要掺入我们自己的任何东西:这种态度在很大程度上以不生产任何价值为标志。

现在,对于这样一个对我们没有任何作用的客体,我们能做些什么呢?但我们是能够对它做点什么的。我们可以根据其时间或空间性质来测量它,数数一篇文章有多少个词,一行诗句有多少个音节;指出某一本书是某个时代出版的;一幅画的布局模仿了另一幅;指出拉马丁的某半句诗在托马斯的诗中也存在,维克多·雨果的某一页属于1645年一位默默无闻的弗朗索瓦神父。我们可以指出这样的推理是一种谬误推理;这首十四行诗不合规则;这只手臂不符合解剖学,这样用词有违习惯。所有这些结论都来自那种近似于纯粹物质操作的操作,因为这种做法实际上是将作品,或作品的片段,叠加到某个模型上。

用这样的方法来处理精神作品,不能将它们与一切可能

的作品区分开来。这种方法将它们与事物一视同仁,并向它们强加了一种可定义的存在。要记住的关键点是:

我们可以定义的一切立刻与创造精神相区别并相对立。精神从中一下子得到两样东西,它可以加以操作的材料和它可以利用来进行操作的工具。

至于精神已经定义的东西,它将其置于自己所能触及的范围之外,正是在这一点上它显示出了自知之明,它只信任不同于自己的东西。

我上面向诸位就作品的概念作了一些辨析,这些辨析不是通过细微的分析,而是通过简单地参考直接观察所得来划分这一概念,它们有助于说明一个观点,我将利用它来开始对精神作品的生产进行分析。

我以上所说的全部可以概括为这样几个词:精神作品只存在于行为之中。离开了这一行为,剩下的只是一件与精神没有任何特殊关系的物品。将你们欣赏的一尊雕塑搬到与我们很不相同的一个民族里:它只不过是一块没有意义的石头。一座帕特农神庙只是一个小小的大理石采石场。当诗人的一篇作品被当作语法难点或例句汇编来使用时,它就不再是一篇精神作品,因为人们对它的使用与它产生的条件全然无关,另一方面人们还拒绝承认它具有给作品带来一定意义的消费价值。

纸上的一首诗只是一种文字,一种听任我们处置的文字。但在它的一切可能性中,有一种,唯一的一种,最终将这篇作品置于它将获得行动的力量和形式的条件下。一首诗是一段话语，它在目前的声音和将要来到和应该来到的声音之间要求并且引起一种连续的联系。这个声音应该成为一种必要，那首诗是它激起的情感状态唯一的口头表达。去掉声音以及需要的声音，一切都成为任意的了。诗变成了一系列符号，它们之间的联系仅仅在于一个接一个被实际地勾画出来。

基于这些原因，我要不断谴责一种可恶的行为，那就是滥用那些写得最好的诗篇在年轻人心中建立和发展诗的情感，那就是将诗当作物品一样来处理，那就是腰斩诗，似乎布局不算一回事，那就是容忍，如果说不是要求的话，用我们知道的那种方式来朗诵诗，用诗来测验记忆力或拼写；一言以蔽之，那就是置这些作品的精髓于不顾，无视使这些作品成为它们而非任何其他作品的东西，无视赋予它们特有的品质和必要性的东西。

诗的执行才是诗。除此之外，这些奇怪地组合在一起的语句序列是难以理解的制作。

精神作品，无论诗还是其他体裁，只与产生使它们自己产生的那种东西的东西有关，与其他绝对无关。也许，在对一首诗的理解上可能出现分歧，作品的行为在不同的人那里也会引发不同的印象和意义，或者不如说反响。但在这里，这条平淡无奇的意见应该在我们的思考中占有头等重要的意义：一部作品可能产生的这些不同而又合情合理的效果，正是精神的标记本身。此外，与这种多样性相应的，正是作者在创作过程中面临的多种多样的道路。这是因为精神本身的任何活动，总是伴随着某种在不同程度上感觉到的不确定的氛围。

请原谅我的这个表达法。但我找不到更好的。

让我们设想一下当一部作品令我们激动不已时的状态，那样的作品我们越拥有，或者说它们越拥有我们，就越令我们渴望。这时我们感到心中涌起很多新的感觉，其交替和反差尤其突出。一方面，我们感到影响着我们的作品如此适合我们，我们不能对它有别样的理解。即便有时在极度的满意中，我们感到自己在以某种深刻的方式变化着，以便使自己成为感受力能够胜任如此完美的乐趣和理解的人。但我们也同样强烈地感觉到，好像通过一种完全不同的感官，在我们身上引起并发展这一状态的现象，使我们承受其威力的现象，原本是不能甚至不应该存在的，它属于不可能的事物之列。

正当我们的享受或者说我们的快乐是强烈的，强烈得如同一个事实时，——这种快乐的中介——即诱发我们的感觉的作品，其存在和形成在我们看来却是偶然的。这种存在看上去像一种神奇的偶然产生的效果，是幸运慷慨的馈赠，在这一点上（不要忽视这一点）我们发现艺术品的这一效果与大自然的某些现象的效果之间有着特殊的相似之处：地形的起伏，或者夜晚天空中光线与水蒸气短暂的聚合。

有时，我们难以想象某个像我们这样的人，竟能创造出如此非凡的效果，我们赋予他的荣誉表达了我们的无力。

然而无论在生产者身上完成的这些运作或活动的细节如

何，一切都将以看得见的作品而告终，并且通过这个事实本身得到一个绝对的最终确定。这个结局是一系列十分混乱的内在变化的结果，但它们在作家的手提笔的那个时刻转化为一道唯一的命令，无论圆满与否。然而，这只手，这个外在行为，必定会或好或坏地消解我刚才提及的那种不确定状态。进行创造的精神似乎处于别的地方，它试图将一些与自己的特点截然不同的特点印在其作品上。它深知不稳定、不协调和不连贯是自己最常见的状态，它似乎要在一部作品中逃避这一切。于是，它抗拒每时每刻要承受的来自各个方向的各种类型的干涉。它吸收五花八门的小事件；它排斥穿越其他思想的形象、感觉、冲动和思想的任意替代。它反抗自己被迫接受、制造或发送的东西；总而言之，它反抗其天性及其偶然的和瞬间的活动。

在它的沉思中，它围绕自己的定位点嗡嗡叫。只要能消遣，一切办法都好。圣伯尔纳注意到："*Odoratus impedit cogitationem.*"[1] 甚至最清醒的头脑里也免不了有矛盾；正确的结果是一个例外。并且这种正确也是逻辑性很强的人的诡计，像思想发明出来反对自己的所有诡计那样，它的办法是将思维的因素，即它称之为"概念"的东西以范围或领域的形式具体化，使这些智力上的事物在一定时间内独立于精神的起伏波动，因为逻辑，归根结底，只不过是对符号体系的稳定性的思辨。

---

[1] 拉丁文：嗅觉妨碍思考。——译注

但这里有一个令人吃惊的情况：这种总是很急迫的分散，对于作品的创作来说几乎同集中一样重要和有益。作品的精神，它与自己的流动性、与自己与生俱来的焦虑和自己的多样性、与任何专门态度的消失和自然衰败进行着抗争，另一方面，它就在这个条件里找到了无与伦比的资源。我前面提到的不稳定、不协调和不连贯，对它而言既是连贯的创造或创作中的羁绊和限制，也是当它思考的时候能预感到蕴含着丰富可能性的宝库。对它而言，这是它可以期待从中得到一切的储备，让它有理由希望：还没有得到的解决方法、信号、形象和词语，实际上比它看见的离它更近。它总能在半明半暗中预感到它所寻找的真理或决定，它知道后者受制于某种微不足道的事物，后者就在这无意义的干扰中，虽然这种干扰似乎让这一真理或决定无限期地离开了它。

有时，我们希望看见出现在我们思想里的东西（即便只是一个普通的回忆），对我们也像一件珍贵的物品，我们通过一块包裹着它并且不让我们看见它的布料来拿它或触摸它。它存在，但它不属于我们，一件小事就将它揭穿。有时我们祈求应该存在的东西，它已经被条件决定了。我们希望得到它，我们被阻拦在一些不知什么因素面前，它们对我们同样是迫切的，但其中任何一个也还没有脱离出来满足我们的要求。我们恳求我们的精神表现出一点不均等。我们的愿望就像用一块磁铁放在一堆混合的粉末上，铁屑一下子被吸了出来。似乎这类精神活动中在愿望与事件之间存在着某些非常神秘的关系。我并不是说精神的愿望建立了某种远比磁场复杂的场，它有能力召唤出适合我们的东西，这个形象只是一种方式，用来表述一个观察到的事实，我后面还会讲到它。但是，无论终止我们的期待、结束我们的思考或者解除我们的疑虑的精神事件多么清晰、明显、有力、美好，没有什么是不可挽回的。这时，后一刻对前一刻的产品有着绝对的权力。因为归结为自己唯一实体的精神并不掌握完成，它绝对不能连接自己。

当我们说我们在某一个问题上的意见是最终意见时，我们这样说是为了使这个意见成为最终的：我们求助于其他人。我们的声音高声宣称我们内心形成的坚定的话语，它比后者更让我们感到踏实。当我们认为某种想法已经完成时，我们从来没有把握，如果我们重新思考这个问题，是否会完善或摧毁我们已然完成的东西。正因为此，一旦精神生活运用于一部作品，它就会立刻分裂开来反对自身。一切作品都要求自愿的行为（尽管它总是包含很多那样的组成部分，在其中根本没有我们称之为意愿的东西）。但是我们的意愿，我们表达出来的权力，当它试图转向我们的精神本身并试图使其服从时，总是归结为简单的终止，归结为一些条件的保持或更新。

事实上，我们只能直接作用于我们精神体系的自由。我们降低这种自由的程度，至于其余，我的意思是，至于在这种限制下可能发生的变化和代替，我们老老实实地等待我们渴望的东西产生，因为我们只能等待。我们毫无办法精确地从我们自身得到我们所期望获得的东西。

因为这种精确性,我们希望得到的结果和我们的欲望,它们属于同样的精神实体,当它们同时活动时也许会相互干扰。我们知道常常有这样的情况发生,当我们对一个问题已经失去了兴趣,过一段时间却会得到梦寐以求的解决方法,似乎是对我们的精神重获自由的奖赏。

我以上针对生产者所讲的一切,对于作品的消费者也同样适用。在后者身上,价值的生产,比方说,将表现为理解、强烈的兴趣,他为了更好地掌握作品而准备付出的努力,这种价值的生产会让我们观察到类似的情形。

无论我准备写一页东西还是准备理解一页东西,在这两种情况下,我都进入了一个不那么自由的阶段。在这两种情况下,对我的自由的限制可能表现为两种完全对立的类型。时而,我的任务本身鼓动我继续下去,并且,我非但不感到它是一桩苦差,它偏离了我的精神最自然的运行,我反而全力以赴,兴致勃勃地顺从我的意图向前走,乐此不疲,直到它突然扰乱了思维,扰乱了思想活动,随之而来的是短期正常交流的无秩序,分散和安静的无所谓状态。

但时而,束缚占据主导地位,把握方向越来越艰难,工作艰辛却收效甚微,方法与目的相对立,维持精神张力的资源越来越不稳定,并且与我们应当维持其力量和行动的理想目标越来越陌生,我们很快就会疲惫不堪。这就是我们的精神的两种使用方式之间的巨大反差。我将利用它来向你们说明,我尤其强调只能在无论是生产还是消费的行动中考察作品，我的用意与我们所能观察到的完全相符；同时，另一方面，它帮助我们在精神作品之间进行一个非常重要的区分。

在这些作品中，习惯上有一类被称作艺术品。要明确这个词语的意思并非易事，尽管我们有必要对它加以明确。首先，在作品的生产中，我看不出有任何东西可以明确地让我划分出一类艺术品。我在人们的头脑中到处都发现一些注意、摸索、顿悟和黑暗、即兴创作和尝试，或者迫切的重来。在所有人的头脑中，都有火焰和灰烬；谨慎和冒失；方法及其反面；千姿百态的偶然。艺术家和学者，所有人都在这种奇异的思维生活的细节中同化了。我们可以说，在每一时刻，活动中的头脑的功能差异是难以辨别的。但如果我们转而审视完成作品的效果，我们就会发现某些作品有着特别之处，这种特别之处将它们聚拢起来并与其他所有作品形成对比。某一部与众不同的作品分解为一些完整的部分，其中每一部分都包含建立一种欲望并满足它的东西。这样的作品，其每一部分都同时供给我们食物和兴奋剂。它在我们身上连续地唤醒一种渴望和一种源泉。为了补偿我们出让给它的自由，它令我们喜爱它强加于我们的囚禁，并令我们感到一种美妙的即时认识；而所有这一切，都让我们心甘情愿地耗费我们自己的能量，它在一种十分符合我们器官能力的最大收效的模式上展现我们的能量，以至于努力的感觉也变得令人陶醉了，我们为了更美妙地被占有而感觉自己是占有者。

于是我们付出越多，我们越愿意付出，同时还以为在接受。行动、表达、发现、理解、解决、征服的幻象激励着我们。

所有这些有时会发展为奇迹的效果,像一切掌握着感觉的东西一样,是完全同时的;它们通过最短的途径进攻那些指挥我们情感生活的战略要点,通过我们的情感生活来限制我们智力的自由,它们加速、暂停甚至调整不同的功能,这些功能的协调或不协调最终让我们感受到生命的起伏变化,从静如止水到狂风骤雨。

大提琴仅凭它的音色就能占据很多人的肺腑。有一些词,它们在一位作者笔下出现的频率向我们显示,它们在他那里具有完全不同的回响,从而也具有它们通常没有的富于创造性的力量。这是一个例子,说明那些个人的估价,那些只对一个人有意义的重大价值,在精神创造中一定起着不同凡响的作用,因为在精神创造中独特性是头等重要的因素。

这些思考将有助于我们了解诗那相当神秘的结构。奇怪的是人们费尽心机去写这样一段话语,它应当同时遵守一些毫不相干的条件:音乐的、理性的、意义的、暗示的,并且它要求在一种节奏和一种句法之间,即在声音和意义之间,建立或维持一种联系。

这些部分之间没有任何可理解的关系。应当由我们来想象它们之间深刻的内在联系。

这一切有什么用?恪守节奏、韵律和词语的旋律会妨碍我思想的自由活动,这样一来,我再也不能畅所欲言了……但我究竟想要什么？问题在此。

结论是我们应当想要那些应当想要的东西，以便使思想、语言及其从外部生活中借用的惯例、直接属于个人的节奏和声音等一切协调起来，这种协调要求各自做出牺牲，其中最值得注意的是思想将要做出的牺牲。

以后我会解释这种变化如何成为诗人语言的标记，以及有一种诗的语言，其中的词语不再是实用而自由的词语。它们不再按照同样的吸引力来结合；它们承载着同时起作用并且具有同等重要性的两种价值：它们的声音和即时的心理效果。它们让人联想到数学家们的复数，语音变量与语义变量相结合产生了延长和汇合的问题，而诗人们是蒙上双眼来解决这些问题的，——但他们，只是时不时地，解决问题（这是最重要的）……时不时，这可是一个大词！这就是不确定性，这就是时刻以及个人的变化无常。这就是我们最主要的事实。这个问题有待仔细讨论，因为一切艺术，无论是否是诗歌艺术，就在于抵抗这种时刻的变化无常。

我上面在对作品这一总体概念的简要考察中所勾勒的一切，意在最后指出我为了探究精神作品的生产这个广阔领域时采取的立场。我们已经试图让你们对这些问题的复杂性有所了解，在这些问题中我们可以说一切都同时介入，在这些问题中人自身最深刻的东西和大量外部因素结合在一起。

所有这一切概括为这个句子：在作品的生产中，行动与难以确定的因素相接触。

在每一门艺术中，一个复杂的，一个要求付出长期的工作、最抽象的注意力、十分精确的知识的自愿行动,在艺术的实践中要适应一种自身根本不可克服的状态和一种完善的表达方式,后者与任何可以定位的目标无关,人们既不能确定也不能通过一系列统一确定的行为来达到某个目标;一切以这部作品为结果,其效果应当是在某个人身上重建一个类似的(analogue)状态,——我不是说相似的(semblable)(因为我们对此永远一无所知),——但是类似于生产者的初始状态。

这样,一方面是难以确定的因素,另一方面是必然已完成的行动(action);一方面是一种状态,有时只是一种产生价值和推动力的感觉,这种状态唯一的特点就是不对应于我们经验的任何已完成阶段;另一方面是行为(acte),即必不可少的决心,因为一个行为意味着奇迹般地逃离可能性的封闭世界并进入事实的世界;这个行为,以其所有精确性,不断被制造出来抗拒精神;它脱离了不稳定状态,如同朱庇特的精神产生了全副武装的密涅瓦,古老的画面仍然充满意义!

在艺术家身上,实际上有时——这是最有利的情形——同一内心创造活动同时而且不加区别地给予他推动力、直接的外在目的以及行动的手段或技术装备。通常他为自己建立起一种执行体制,在此期间,活跃程度不同的交换在要求、知识、意图、手段、一切脑力因素和工具因素、一个行动的所有行动因素之间进行,但刺激这个行动的原因并不存在于普通行动的目的所处的世界,因此,它不能预见有待完成的行为的程式以便稳步达到目的。

最后，通过回忆这个很值得注意的事实（尽管在我看来它很少被注意到），一个行为的执行，作为一个不能用确定的词汇来表达的状态（即该状态取消的恰恰是作为起因的感觉）的结果、出路和最终确定，我决定采用尽可能普遍的人类行为类型作为这门课程的一般形式。我认为，应当不惜一切代价，通过对不可胜数的材料进行观察和思考，以确定一条简单的线路、某种最短的途径，据我所知，迄今为止还没有人从整体上进行过这样的研究，那么在其中寻找一种固有的秩序纯属幻想，也不要幻想寻找一种没有重复的展开，让我们得以根据变量的发展来列数问题，因为这样的变量并不存在。

一旦精神受到质疑，一切都受到质疑；一切皆是无序，并且一切反抗无序的反应与它同属一类。因为这种无序也是其创造力的条件：它包含着希望，因为这种创造力与其说依赖于意料之中不如说依赖于意料之外，与其说依赖于我们所知道的不如说依赖于我们所不知道的和因为我们不知道。如何可能是别的样子呢？我试图涉足的领域是有限的，但只要我们注意不超越我们自己的经验、自己的观察所得和自己体验到的方法，那么一切都在我们的能力范围之内。我尽力永不忘记人人皆是万物的尺度。

论　诗[*]

我们今天来谈论诗。

这是个时髦的话题。令人吃惊的是，在一个懂得如何做到既实用又放荡的时代，在一个人们本以为与一切思辨活动相去甚远的时代，还有这么多人不仅对诗歌本身，而且对诗歌理论感兴趣。

因此，今天我准备谈一些比较抽象的问题；这样一来我有可能讲得简短些。

我将提出关于诗歌的某种观念，我只谈论那些完全从观察中得到的事实，并非所有人都能在自身或者通过自身观察到，或者，至少，通过轻松的推理而得到这些事实。

我准备从头开始。我关于诗歌观念的阐述必然从考察这个名称本身开始，看看它在常用语中是如何被使用的。我们知道，该词有两个意思，也就是说两种完全不同的功能。首先，它指的是某一类情绪，一种特别的情感状态，

---

[*]　1927 年 12 月 2 日，在年鉴大学（Univetsité des Annales）发表的演讲。

形形色色的事物和情形都可以引发这种状态。我们说一种风景是富有诗意的；我们也可以这样说生活中的一种情形；有时我们还这样说一个人。

但该词还有第二种词义，第二种更狭窄的意思。诗，在这个意义上，让我们想到一门艺术，一种奇怪的技巧，其目的就在于重新建立该词的第一种意思所指称的那种情绪。

随心所欲地重建一种诗意的情绪，不是依靠那些这种情绪可以在其中自发产生的自然条件，而是借助于语言的技巧，这就是诗人的意图，这就是与第二种意义上的诗联系在一起的观念。

这两个概念之间的联系和区别，就像在一朵花儿的芬芳与化学家致力于全部重新创造这种芬芳的行为之间的联系和区别。

然而，人们时时刻刻都在混淆这两个概念，这样造成的结果是，大量的评论、理论甚至作品在原则上就是有缺陷的，因为它们使用同一个词来指称两种不同事物，尽管两者之间有一定联系。

我们首先谈谈诗意的情感，谈谈主要的情感状态。

你知道大多数人面对自然景色时会或多或少强烈而纯粹地体验到的感觉。落日、月光、森林和大海令我们感动。重大事件、情感生活的关键时刻、爱情的困扰、对死亡的想象，这些都是引起我们或强或弱、或有意或无意的内心波动的机会或直接原因。

这一类情感与所有其他人类情感都不相同。它们之间的区别何在？这正是我们目前要探究的问题。对于我们来说，重要的是尽可能清楚地将诗意的情感与普通情感区别开来。进行这种区分是很棘手的，因为它在事实上从来没有实现过。人们总是发现在主要的诗意兴奋中混杂着柔情、忧伤、愤怒、畏惧或希望；个人特有的兴趣和情感总是与这种作为诗歌特征的普遍感情结合在一起。

所谓普遍感情。我的意思是，在我看来，诗意的情感或状态包含一种初露端倪的感知，一种对一个世界的逐步感知，这个世界也可以说成是一个完整的关系体系，其中的生命、事物、事件和行为，如果它们与那些充斥并组成感觉世界，即它们出自其中的直接世界中的东西两两对应地相似的话，另一方面，它们也与我们普通感觉的模式和规律处于一种难以界定却极其合理的关系之中。于是，这些已知的事物和生命以某种方式改变了价值。它们相互呼应，它们以与在通常条件下完全不同的方式结合在一起。它们变得，——请允许我使用这个表达法，——音乐化了，变得可度量了，它们彼此回应。如此定义的诗的世界与梦的世界有颇多相似之处。

既然我已经提到了梦这个字眼，那我就顺便谈谈在现代，自浪漫主义以来，在诗的概念与梦的概念之间造成的一种可以理解却令人遗憾的混淆。无论梦（le rêve），还是梦幻（la rêverie），都不一定是诗的。它们有可能是；但在盲目中形成的形象如果是和谐的，也只不过出于偶然。

然而，梦通过平常而频繁的经验让我们明白，精神的普通反应和感知的一系列迥然不同的产物可以将我们的意识侵占、填充和组成。梦给我们提供了一个封闭世界的熟悉例子,在这个世界里,一切真实的事物都可以得到再现,但一切事物只根据我们深层感受力的变化而显现和改变。诗的状态也是以差不多同样的方式在我们身上建立、发展和瓦解的。换言之,它是极其不规则、不稳定、不由自主和脆弱的,我们得到和失去它都出于偶然。在我们生命的某些时期,这些宝贵的感情和形成并不出现。我们甚至认为它们是不可能存在的。我们得之于偶然,也失之于偶然。

然而,人之所以为人,就在于他有意愿和能力去保存或重建对他来说重要的东西,使其免于事物的自然消逝。于是,人为这种高级情感做了他曾为一切要消亡的和令人遗憾的事物所做或试图做的事。他寻找并且找到一些方法,从而按照自己的意愿固定或重现自己最美或最纯粹的状态,以复制、传递和长久地保留自己的热情、陶醉和心情激荡的表达方式;而且,由于一种幸运而奇妙的结果,这些保存手段的发明同时给了他想法和能力,去发展和人为地丰富其天性不时赋予他的诗意生活的片断。他学会了从时间的流逝中去提取、从环境中去分离出这些美妙而又偶然的形成和感知,如果这个人只停留在瞬间的感觉而没有创造力和洞察力的话,如果不用创造来补救纯粹感性的自我的话,这些形成和感知就很可能会无可挽回地失去了。一切艺术的建立,根据各自的本质,都是为了将转瞬即逝的美妙延续和转化为对无限的美妙时光的把握。一件作品只是这种增殖或可能的再生的工具而已。音乐、绘画、建筑，都是对应于不同感官的不同模式。然而，在所有这些制造或再现一个诗意世界的方式中，在对它加以组织以使它变得持久并用审慎的工作来扩充它的方式中，最古老，也许也是最快捷，却是最复杂的方式，——是语言。但是语言，由于其抽象的性质、其特别作用于智力的，——换言之，间接的效果，——其实用的起源或功能，使致力于将它运用到诗歌上的艺术家面临一桩极其复杂的任务。倘若人们意识到有待解决的困难，也许从来就不会有诗人。（假如为了走路，需要想象并清楚地掌握最简单的步子的所有因素的话，就没有人能够学会走路了。）

但我们在此并不是为了写诗。相反，我们要将诗视为不可能写作的，目的是更清醒地领略诗人们付出的努力，想象他们的大胆和疲劳，他们的风险和毅力，赞叹他们的直觉。

我试着用三言两语让诸位了解一下这些困难。

我刚才说过：语言是一种手段，一件工具，或者不如说在实际生活中形成并服务于实际生活的一整套工具和操作。因此，它必然是一种粗略的手段，每个人都使用它，调整它以适应自己目前的需要，根据不同场合来改变它，使它配合个人的身心状况。

众所周知，我们有时让语言经受了什么样的考验。词语的意义，它们之间配合的规则，它们的发送和改写，这些对我们来说既是娱乐又是折磨。也许，我们会考虑到法兰西学院的决定[1]；也许，教育机构、考试，尤其是虚荣，妨碍我们任意发挥。此外，印刷术在现代社会对于保存这些书写惯例有着巨大的影响。由于以上原因，起源于个人的词义变化在一定程度上被推迟了；对于诗人而言，语言最重要的品质显然一方面是其音乐特性或可能性，另一方面是其无限的表意价值（这种价值支配着从一种意义中派生出来的那些意义的传播），然而这些最重要的品质在个人的任性、创举、行动和使用面前也是最没有保障的。每个人的发音及其特殊的心理"经验"，在通过语言进行的传达中不可避免地加入了一种不确定性、造成误解的可能性和难以预见的因素。请注意这两点：语言除了应用于生活中最简单和最普通的需要之外，它完全是一种准确性工具的对立面。并且除了某些极其罕见的巧合之外，除了某些表达方式和感觉形式的巧妙组合之外，它不具备任何成为诗歌工具的条件。

总之，诗人苦涩而又矛盾的命运迫使他将一种日常生活和实用的产物用于特别的和非实用的目的；他将借用起源于统计学的毫无特色的手段，来实现抒发和表达最纯粹和特别的自我。

将诗人掌握的原始材料与音乐家所掌握的相比较，没有什么方法能更好地让人理解诗人面临的困难任务。看看当他

---

[1] 法兰西学院自17世纪成立以来，院士们每周聚会一次，就法兰西学院词典的词条进行讨论，这一惯例延续至今。——译注

们准备创作，准备从设想过渡到行动时，各自拥有的材料。

音乐家何其幸运！音乐艺术的发展为他提供了得天独厚的条件。他的手段是十分明确的，他的创作材料早已被制作好摆在他面前。我们可以将他比作蜜蜂，只管采蜜就是了。整齐的蜂巢和蜡质的蜂房已经摆在他面前。他的任务已经明确并且限于他自己最好的方面。作曲家亦如此。我们可以说音乐预先存在并等待着他。音乐早已写成了！

音乐是如何创造出来的？我们通过听觉生活在一个声音的世界里。从全部声音中有一类特别简单的声音分离出来，换言之，这一类声音很容易被耳朵分辨出来并且充当耳朵的定位标记：这些因素相互之间的关系是直觉的；这些准确而又引人注目的关系既可以被我们也可以被它们的因素本身清楚地感知。我们感觉两个音之间的间隔就像一个音那样明显。

就这样，这些发声单位，这些音（son），它们适合于形成连贯的组合，形成连续或同时的系统，其结构、连贯、交织和交叉呈现在我们面前。一旦我们清楚地区分乐音与杂音，就可以看出二者之间的一个对比，这是一个极其重要的印象，因为这一对比是纯粹与不纯粹的对比，可以归结为有序与无序的对比，其原因也许在于某些能量规律的作用。但我们不要离题太远。

因此，这种区分使音乐创作成为独立的活动和对乐音世界的开发，对声音所作的这一分析在物理学的帮助下得以完成，或者说被控制、统一和系统化，而物理学也趁此机会发现了自己是关于节拍的科学，这门科学从古代起就能够让节拍适应感觉并获得最重要的结果,即借助乐器以稳定不变的方式制造这种发声感觉,实际上,乐器是节拍的工具。

这样,音乐家掌握着一套完美的系统,其中特定的工具使感觉和行为准确地相对应;他的活动的所有因素都分门别类列举在他面前,他对其创作手段有精确的了解,他不仅懂得如何使用它们,并且它们已经深入到其内心深处成为他的一部分,这种了解使他得以预见和创作,而无须挂虑其艺术的材料和普遍机制方面的问题。

由此可知,音乐拥有一个绝对自我的领域。音乐艺术的世界,是乐音的世界,它与杂音的世界泾渭分明。一个杂音仅仅让我们想起某个孤立的事件,然而当一个乐音发出时,单独一个音,就能够唤起整个音乐世界。在我正在对诸位讲话的这个大厅里,你们听见的是我的声音和种种其他声音,如果这时突然响起一个音符,如果定音笛或一件音调很准的乐器响起来,你们一听见这个与众不同的声音,这个不会与其他声音混淆在一起的声音,你们马上就会有一种开始的感觉。一种完全不同的气氛就会立刻形成,一种特殊的期待状态就会产生,一种新秩序,一个世界就会诞生,而你们的注意力会调整自己以迎接这种新情况。不仅如此,你们的注意力还会试图以某种方式主动发展这些苗头,试图制造一些与接收到的感觉属于同一类型,同样纯粹的后续感觉。

反证同样存在。

如果,在音乐厅里,正当交响乐在整个空间回响之时,一张椅子倒下,一个人咳嗽,一扇门关上,我们立刻会有一种不知什么中断的感觉。某种难以形容的东西,其性质如同一种魔力或者一片威尼斯的玻璃,粉碎了或者破裂了。

然而,由于音乐艺术的性质和通过对这门艺术的直接掌握,任何作曲家都可以获得这种气氛、这种强大而又脆弱的魔力和这个乐音的世界。

而诗人的装备却完全不同,他远没有如此幸运。尽管诗人所追求的目标与音乐家的目标并没有太大的不同,但诗人却不具有我刚才指出的音乐家拥有的巨大便利。他每时每刻都要创造或者再创造音乐家唾手可得的东西。

诗人处在多么不利和混乱的状态下!摆在他面前的是普通语言,这一套工具如此粗略以至于任何逐渐明确起来的知识都抛弃它而创立自己的思想工具;诗人却要借用这一套传统而非理性的词汇和规则,它被无论什么人改变,被奇怪地使用、理解和编码。没有什么比这种本质上的无序更不适合于艺术家的意图,他要时时刻刻从中提取出他想创作的有序的因素。诗人没有物理学家为其艺术的各要素规定稳定的特性、它们之间的关系以及同样的发送条件。根本没有什么定音笛、节拍器,根本没有人来建立音节,没有关于和声学的理论。除了语音和语义的变化,没有任何可以确定的东西。何况语言的作用方式丝毫不同于乐音,后者作用于一个独一无二的感官,作用于听觉,而且这个感官尤其善于期待和集中注意力。相反,语言将极不协调的感觉和心理刺激混杂在一起。每个词都是一些相互之间没有关系的效果瞬间的组合。每个词都组合了一个声音和一个意义。我弄错了：它同时包含多种声音和多种意义。多种声音，几乎可以说，法国有多少个省，每个省有多少个人，就有多少种声音。这对于诗人来说是一个很严重的情况，他们预见的音乐效果被读者的行为所破坏或歪曲了。多种意义，因为每个词向我们暗示的形象通常很不相同，其附带形象更相去甚远。

话语是复杂的东西，它包含着一些在事实上有联系，但性质和功能都相互独立的特性。一段话语可以有逻辑、有意义，却没有节奏和任何节拍；它可以悦耳动听，却荒诞不经；它可以清晰而又空洞，宽泛而又美妙……但是，为了设想一下它那出奇的繁杂，我们只需列举一下所有那些针对这一多样性而建立起来的学科，每一门学科研究的是其中某一方面。我们可以用种种不同方法来分析一篇文章，因为它可以轮流划归语音学、语义学、句法、逻辑学、修辞学，还不要忽略了格律学和词源学。

诗人就这样被这些变幻不定和纷繁芜杂的材料所纠缠；他被迫轮流考虑声音和意义两个方面，他不但要满足和谐和音乐性，而且还要满足不同的智力条件：逻辑、语法、诗的主题、各类辞格和修饰，尚且不论约定俗成的规则。可见，完成这样一段话语要付出怎样的努力，要奇迹般地同时满足如此多要求。

文学艺术那些不确定而又细微的行动就这样开始了。但这门艺术向我们显示出两个方面，它有两大模式，这两类模式在各自的极端状态下是相对立的，然而在过渡阶段却往往交织在一起。有散文,也有诗。在两者之间,是它们的各种混合类型;但今天我要在它们的极端状态对其进行考察。为了更清楚地看问题,我们可以将这种极端的对立加以稍许夸大:可以说语言的一个极端是音乐,另一个极端是代数。

我准备借助一个我熟悉的比喻让大家更容易明白我对这个问题的看法。有一天,我在国外一个城市谈到这些问题时,引用了同样的比喻,一位听众递给我一段引文,我才明白这并非什么新观点。也许从前它只对我而言是新的。

这段引文是这样的。它摘自拉康[1]给夏普兰[2]的一封信,信中拉康提到马莱伯[3]将散文比作行走,而将诗比作舞蹈,就像我下面要做的那样:

拉康写道:"无论您说我的散文是优雅的、天真的还是活泼的。我恪守本人的启蒙先生马莱伯的训诫,在我写的段落中永远不要追求和谐、节奏以及其他装饰,但求清楚明了地表达自己的思想。此翁(马莱伯)曾将散文比作普通的行走,将诗比作舞蹈。他说,在那些我们不得已而为之的事情上,有一些疏忽是可以理解的,然而在那些我们出于虚荣心而做的事情上,如果仅仅表现平庸就未免可笑。瘸子和痛风病患者不得不走路,但没有任何东西强迫他们去跳华尔兹或者五步舞。"

---

[1] 见第332页注[1]。——译注
[2] 夏普兰(Chapelain,1595—1674),法国诗人和文学批评家,他参与制订了法国古典主义文学的原则。——译注
[3] 见第333页注[1]。——译注

拉康为马莱伯作的比喻，也是我自己作过的比喻，在我看来是很容易领会的，很直接的。我还要向你们指出它的内涵是很丰富的。用一种奇怪的精确可以对它大加发挥。它也许不仅仅是一种表面的相似。

行走如同散文，总是有一个明确的目标。它是朝向某个目标的行为，我们的目的就是达到这个目标。一些现实条件，如目标的性质、我对它的需求、我的愿望的动力、我的身体以及地面的状况制约着行走步伐，为它规定方向、速度和终点。行走的所有特点都取决于这些同时发生而又每次都特别地结合在一起的条件，因此这类位移没有两次是完全相同的，每一次都是特殊的创造，但每一次都在完成的行为中被取消或者吸收了。

舞蹈则完全是另外一回事。也许，它也是一种行为体系，但其目的在于自身。它不朝向任何地方。如果说它追求某种东西，那也只是一个想象中的目标，一种状态，一种快感，想象中的鲜花，或者某种心醉神迷，一种生活的极端，一个顶峰，一种巅峰状态……然而，无论舞蹈与实用性动作之间有多么大的区别，请注意一个极其简单却至关重要的事实，它使用与行走同样的四肢、同样的器官、骨骼、肌肉和神经。

完全一样的是，散文和诗使用同样的词语、同样的形式、同样的音色。

因此，运用于相同的因素和机制上的关于运动和运作的某些暂时的规则或协定的不同造成了散文和诗的区别。这就是为何我们不能将诗和散文一视同仁。在很多情况下，对前者来说是正确的东西，当我们想在后者那里找到时却失去了意义。通过这个例子（为了举例），很容易立刻证明使用倒装句的正确性；改变习惯语序可以说是法语词汇的基本特性之一，但这种改变却在不同时代都遭受过批评，据我看来，在批评者的理由中，有一些不妨可以归纳为这样一句无法接受的话：诗是散文。

我们的比喻是经得起深入分析的，不妨将它进一步引申开。一个人行走。他从一个地点移动到另一个，他走的线路一定是最不费力的线路。请注意这一点，如果诗总是遵循走直线的策略，就不会有诗。有人对你说："如果你想说下雨的话，就说下雨了！"但诗人的目的永远不是也不能是告诉我们下雨了。不需要一位诗人来说服我们带上伞。如果我们将诗置于说下雨了这个体系，看看龙沙[1]、雨果会变成什么，节奏、形象、音韵以及世上最美的诗句会变成什么！只有分不清不同体裁和时刻的人，才会责备诗人使用了间接的表达法和复杂的形式。他不懂得诗意味着决定改变语言的功能。

我回到行走着的人上来。当这个人完成他的动作时，当他达到他所渴望的地点、书籍、结果和物品时，对这些事物的拥有立刻解除了他的全部行动，结果吞噬了原因，目的掩盖了方式，无论其行为和步骤的模式曾经是怎样的，剩下的

---

[1] 龙沙（Ronsard，1524—1585），法国文艺复兴时期的著名诗人。——译注

唯有结果。马莱伯提到的瘸子和痛风病患者，无论他们如何艰难才走到椅子跟前，然而一旦他们坐上去后，就与能够轻快地一步达到目的的最灵巧的人一样稳稳当当。这与使用散文的情况是完全一致的。我刚刚用来表达我的意图、愿望、命令、意见、要求或者回答的语言，完成任务之后的语言，一俟达到目的就消散了。我发送它的目的就是让它消亡，让它在你们的头脑中彻底转化为别的东西，当我注意到我的话语不再存在这个事实时，我知道我被理解了。它被其意义，或者说至少被某种意义所完全彻底地取代了，换言之，被属于听话者的形象、冲动、反应或行为所取代了；总之，被听话者内心的一种变化或再组织所取代了。但如果一个人没有明白，他就会保留和重复词语。这样的体验并不鲜见……

可见，这类语言以被理解为唯一目的，显而易见，其完美体现在它容易转化为任何其他东西，转化为非语言。如果你们明白了我的话，我的话本身对你们就不再有任何意义；它从你们的脑海里消失了，然而你们拥有了它的对等物，你们拥有了以思想和关系的形式来恢复这些话语意义的东西，这些话语可以表现为完全不同的形式。

换言之，在散文所特有的对语言实际而抽象的运用中，形式不被保存，在被理解之后不再继续存在，它在意思明了之后解体，它行动过，它让人理解过，它存在过。

但相反的是，诗不会因为使用过而死亡；它生就是专门为了从它的灰烬中复活并且无限地成为它从前的样子。

诗有这样一个值得注意的效果，我们可以通过这一点来定义它：那就是它试图以自己的形式再现：它刺激我们的头脑照原样复制它。如果借用一个工业技术上的词语，我就会说诗的形式会自动地回收。

这是所有性质中最奇妙和说明问题的一个。我想请诸位看一幅简单的图像。请设想一个在两个对称点之间晃动的钟摆。我们假设其中的一个点代表诗的形式、节奏的力量、音节的音色、朗诵的身体行动以及词语异乎寻常的组合带给人的最简单的心理惊诧。与另一点，即与前一点相对称的那个点联系起来的是作用于智力的效果，对你而言构成某首诗的"内容"或"意义"的观点和感情，这时请观察一下你的心灵或者注意力的活动，当它服从于诗时，当它顺从而驯服地承受天神的语言的不断冲击时，看看它从声音到意义，从形式到内容之间的活动，开始时一切就像平常使用语言时那样进行；但随后你会发现，就每一行诗而言，活动钟摆会回到其起始点，即词语和音乐的那个点上。产生的意义在它来自其中的形式本身找到了唯一的出路和唯一的形式。这样，在形式与内容，声音与意义、诗与诗的状态之间，显露出了一种摆动，一种对称，一种权利和价值的平等。

在我看来，印象与表达之间这种和谐的交换是诗的机制，即用话语产生诗的状态最重要的原则。诗人的使命就是靠技巧去寻找并靠运气去找到我向你们分析过其运转活动的语言的这些特殊形式。

这个意义上的诗与任何散文有着根本上的区别：它尤其

与那些致力于造成一种现实幻象的对事件的描写和叙述截然不同，也就是说，与小说截然不同，后者的目的是将真实的力量赋予叙述、肖像、场景以及其他对真实生活的再现。我们很容易观察到，这种区别甚至通过形体表现出来。请注意对比小说读者与诗歌读者的态度。他可以是同一个人，但当他读不同作品时表现极不相同。看看当小说读者沉浸于作品传达给他的想象生活时是什么样子。他的身体不复存在。他双手支着前额。他仅仅在精神里存在、运动、行动和静止。他被他吞下的东西所吸收了；他不能把持自己，因为不知什么魔鬼在逼迫他前进。他想了解后面的情节和结局，他陷于某种精神错乱之中：他采取立场，他胜利，他悲伤，他不再是自己，他只是一个与其外在力量相分离的头脑，换言之，他沉浸在想象世界中，他正经历着某种轻信的危机。

诗歌读者的情形完全不同。

如果诗真正对某人产生影响，绝对不是通过分裂其天性，通过同他传达一种虚假的和纯粹心理的生活幻象。诗不会强加给他一种虚假的现实，要求他心灵驯服，克制身体。诗会扩展到整个身心；它用节奏来刺激其肌肉组织，解放或者激发其语言能力，鼓励他充分发挥这些能力，它对人的影响是深层的，因为诗的目的是引发或者再造活生生的人的整体性与和谐，当人被某种激烈的感情所占据时，他的任何力量也不能闲置一旁，这时就表现出了这种非凡的整体性。

总之，诗的作用与普通叙述的作用之间的区别是属于生理范畴的。诗在我们的行动功能更丰富的领域中展开，它要求我们的参与更接近于完整行为，而小说更多地让我们服从于梦想和我们产生幻觉的官能。

但我要重复的是，在文学表达方式的这两极之间，还存在着无数过渡程度和形式。

对诗的领域做出定义之后，我现在应该看看诗人的操作本身，即有关写作和手法的问题。但这样做意味着走上一条荆棘丛生的道路。在这条路上，我们会看到无尽的折磨、没完没了的争论、考验、谜团、烦恼，甚至绝望，这一切使诗人的职业成为最没有把握和最令人疲惫的职业之一。我上面提到的马莱伯说过，当诗人完成一首好的十四行诗以后，他有权利休息十年。并且他还承认：完成的十四行诗意味着某种东西……至于我，我不太懂得这几个词……我将它们理解为被抛开的十四行诗。

然而我们还是要碰碰这个困难的问题：

写诗……

众所周知，有一种很简单的写诗的方法。

只需要有灵感，一切都会自然而然地完成。我希望实际情况果真如此。那样生活会好过一些。不管怎样，我们接受这种天真的回答，但让我们来检验一下其结果。

满足于受到灵感启发的人，他必须承认，要么诗的产生纯属偶然的作用，要么它来自某种超自然的传达；无论哪一种假设都将诗人降低为一种可怜的被动角色。在这两种情况下，诗人要么变成一个盆，成千上万个小球在里面晃动，要么他成了一张会说话的平台，一种思想驻扎在其中。无论是平台还是盆，总之不是一个神，——而是神的对立面，自我的对立面。

不幸的作者，他也不再是作者，而是签署人，就像报纸发行人一样的负责人，他被迫对自己这样说：

"在你的作品中，亲爱的诗人，好的地方不属于你，不好的地方却无可争议地属于你。"

奇怪的是，不止一个诗人满足于，——如果说他不是对此感到骄傲的话，——做一件工具，一种暂时的中介。

然而，经验和思考向我们指出，相反，那些以复杂的完美和巧妙的展开令读者叹服的诗，那些使读者强烈感受到它们是奇迹、运气和超凡的因素完成的诗（因为在一部作品中不可思议地集中如此多优点是一件令人可望而不可即的事），同样也是艰苦磨砺之作，另一方面也是智慧和不懈努力的纪念碑，是意志和分析的产物，完成这样的作品要求多方面的才能，而不能认为它们仅仅记录了热情和陶醉。面对一首很美而又有一定长度的诗，我们清楚地感觉到，一个人难以不费别的工夫而只需记录或传送他脑子里出现的东西，难以不假思索就即兴写出一段特别自信、材料连贯、保持和谐并充满巧妙思想的话语，一段新意迭出的话语，在其中丝毫没有意外，没有乏力的痕迹，没有令人扫兴的败笔来破坏诗歌的魅力和有损我前面谈到的诗的世界。

这并非因为造就一个诗人需要别的东西，某种不能被分解、不能被解析为可确定的行为和工作时间的品质。飞马——马力和飞马——小时[1]尚未成为诗歌力量的法定单位。

诗人有一种特殊的品质,某种他特有的个人能量。在某些无比珍贵的时刻,它在他身上显示出来并使他明白自己的情况。

但这只是一些时刻,这种高级的能量(也就是说,人的其他所有能量也不能组成或代替它)只能通过一些短暂而偶然的表现来存在和起作用。

需要补充的是,——这一点相当重要,——它在我们精神的眼睛里照亮的宝藏,它为我们自己制造的思想或形式,还远远不能在其他人眼里获得同样的价值。

这些无比珍贵的时刻,这些赋予它们所制造的关系和直觉以一种普遍尊严的时刻,同样易于产生一些虚幻或难以传达的价值。只对我们有价值的东西没有任何价值。这是文学的法则。这些美妙的状态实际上是一种缺失(absence),在这样的状态下会碰到一些只在这种情况下出现的自然的美妙事物,但这些美妙的事物总是不纯粹的,我的意思是它们混杂着卑劣或虚妄、无意义或者不能承受外部光线的东西,或者还有不可能挽留和保存的东西。在激奋的光芒里,并非一切闪光的都是金子。

总之,某些时刻向我们泄露出我们自己最好的部分所潜藏的深处,但这最好的部分支离破碎地混在不成形的材料里,以奇怪或粗糙的面目出现。我们要做的是将这些贵重金属从

---

[1] 飞马是诗歌灵感的象征,原系神话传说中诗神的坐骑。——译注

一堆东西里分离出来,并将它们熔炼之后做成一件珍宝。

我们若有兴趣对纯粹灵感的理论进行一番严谨的阐述,将会从中演绎出奇怪的结论。比如说,我们必然会发现,一个诗人如果仅限于传达他接收到的东西,向陌生人发送他从未知中得来的东西,那么他丝毫用不着理解他根据神秘的口述而写成的东西。

他不会对这首诗产生作用,他不是它的来源。他可以对通过他而发生的一切完全置身事外。这一不可避免的结果让我想到从前人们所相信的魔鬼附体。我们在从前那些讲述审讯巫术活动的资料中可以读到,那些人通常确信有魔鬼附身,他们被判刑的罪状是,尽管他们目不识丁,但当他们发作的时候却在目瞪口呆的审判者面前用希腊语、拉丁语甚至希伯来语讨论、争辩和诅咒。(我想,他们说的不会是没有眼泪的拉丁语。)

这就是我们要求于诗人的吗?诚然,诗的本质是一种以其引起的自发的表现力为特征的情感。但诗人的任务不能限于承受这种情感。那些从激动中喷发出来的表达方式只在偶然情况下才是纯粹的,它们挟带着很多渣滓,包含着大量缺点,其结果将会干扰诗的展开和中断延长的回响,而诗人本应该在一个陌生的心灵里引发这种回响。因为,如果诗人瞄准其艺术的最高境界,他的愿望只能是引导某个陌生的心灵进入其和谐生命的神圣时间之中,在这段时间里,可以形成和度量一切形式,他的全部感觉力量和节奏力量应和对唱。

至于灵感,它是属于读者并为读者而准备的,正如诗人的任务是让人思考,让人相信,他要尽力做到让人们只能将一部过于完美,或者过于动人的作品归功于天神,因为它们不可能出自凡人不稳定之手。艺术的目的本身及其技巧的原则正是传达对一种理想状态的印象,在这样的状态下,获得这一状态的人将能够自发地、轻松自如地、有力地创造一种卓越而又完全符合其天性和我们命运的表达方式。

艺术的一般概念*

一、艺术一词起初的意思是行为方式，此外别无他意。这一无限制的词义在使用过程中消失了。

二、其后，该词的词义渐渐压缩为指称各种类型的自愿行为，或者说由意志所决定的行为之行为方式，只要这种行为意味着施动者方面有一定的准备，或一定的训练，或至少一种特别关注，并且预期实现的结果可以用不止一种行动方式进行。我们说医学是一门艺术；我们同样也可以说犬猎、骑术、品行举止或者说理是一门艺术。有行走的艺术、呼吸的艺术，甚至还有缄默的艺术。

由于为达到同一目的而采用的不同行动方式通常并不具有同样的效率或和谐，另一方面，对于某一特定的执行者来

---

* 发表于《新法兰西杂志》第266期，1935年11月1日。此文也是1935年版《法兰西百科全书》第16、17卷"当代社会中的艺术与文学"的前言。

说，获得这些方式的机会也并不均等，于是行为方式的质量或价值的概念就自然而然地引入了艺术一词的含义。因此可以说：提香的艺术。

但这种说法混淆了人们赋予行为发生者的两个特点：其一是他特有的和天生的才能，属于他个人的不可传递的特性；另一方面在于他的"学问"，他获得的可以表达和可以传递的经验。在明了这种区分的情况下，我们可以得出结论，任何艺术都可以学习，但并非艺术的全部。然而，这两个特点的混淆几乎是不可避免的，因为它们的区别说起来容易，但在对每个具体情形的观察中却难以辨别。任何收获都要求至少有某种获得的天赋，然而一个人身上最突出、最根深蒂固的才能却可能不产生效果，或者说在别人看来没有价值，——如果某些外部情况或某种有利环境不将本人唤醒，或者说如果文化的资源不给他养分的话，那么甚至连他本人也不知晓这种才能的存在。

简言之，在这个意义上，艺术是行为方式的质量（无论其对象是什么），它意味着行动方式的不均等，因此也意味着结果的不均等，——二者都是施动者不均等的后果。

三、现在必须在艺术这一概念上附加一些新的思考，以便说明这个概念是怎样被用来指称某一类作品的制造和乐趣的。如今我们要将所谓的艺术的作品（l'œuvre de l'art）与艺术品（l'œuvre d'art）区分开来，前者可以是任意一种类型、出于任意一个目的的制作或行动，而我们将要探究的是后者的基本特征。也就是要回答这样一个问题："凭什么我们认为一件物品是艺术品,或者一个行为体系是以艺术为目的来完成的?"

四、一件艺术品最显著的特点可以名之为无用性,但要明确以下几点:

我们通过自己的感官接收到的大部分印象和感知,在那些保存生命的主要器官的运作中没有起任何作用。它们有时给这种运作带来一些饮食上的麻烦或变化,要么是因为它们的强度,要么是作为符号鼓动或感动我们;但是很容易看出,每时每刻驻守在我们身上的无数感官兴奋中,只有很小的一部分,也就是说微不足道的一部分,才对我们纯粹生理意义上的存在是必要的或有用的。一条狗的眼睛看见了星星;但这个动物的生命与看这一眼完全无关:它立刻就将这事儿忘了。这条狗的耳朵听见了令它警觉不安的声音,但这声音只不过让狗做出即时的并且完全有限的行为。它不会在这种感知中逗留。

因此我们的绝大部分感觉对于我们的基本功能是无用的,而那些对我们有一点儿用处的感觉是完全可传递的,并且尽快就与描述、决定或行为进行了交换。

五、另一方面,考虑到我们可能做出的行为,我们要在上面指出的无用性的概念之上叠加(如果说不是结合的话)任意性的概念。因为我们接收的感觉超出必需,那么从严格意义上讲,我们拥有的运动器官的组合及其行为也超出必需。我们可以画一个圈,让我们脸上的肌肉运动,有节奏地行走,等等。尤其是,我们能够用自己的力量制作一种没有任何实用意图的物质,然后扔掉或放弃我们做的这件物品;从我们生存必需的角度来看,这种制造和抛弃都同样无意义。

六、尽管如此,我们可以让每个人与其生活中值得注意的一个领域相对应,该领域由所有那些"无用的感觉"和"任意的行为"构成。艺术创造就在于试图给予前者某种有用性;给予后者某种必要性。

但与前面所讲的那种与生存相关的有用性和必要性相比,这种有用性和必要性根本没有那么明显和普遍。每个人根据自己的天性去感受它们,并且绝对权威地评判和使用它们。

七、然而在我们那些无用的印象当中,时而也会有一些引起我们的注意,并鼓动我们渴望其延长或更新。它们有时也会让我们期待另一些同样类型的感觉,这些感觉可以满足它们建立起来的某种需要。

于是视觉、触觉、嗅觉、听觉和动作时不时诱使我们停留在感觉中,诱使我们做出反应以便在强度和时间上加强对它们的印象。这一行为以感觉为起点和目的,并且感觉还在它选择方式时加以引导,这样的行为与那些实用性质的行为截然不同。事实上，与后者相应的那些需要或冲动一旦得到满足就平息了。饥饿的感觉在餍足的人那儿停止了，说明这一需要的图像也随之消失。在我们所谈论的排他感觉的领域里却完全是另一码事：满足令欲望新生；回应令要求再生；拥有令对占有物的胃口大增：简而言之，感觉激发了对它的期待并复制它，任何明确的期限、任何确定的界限、任何解除行为也不能直接取消这种相互激发的效果。

组织一个具有这一特性的可感知事物的体系，这就是艺术问题的根本所在；这是必要条件，但远远不够充分。

八、我们应当强调一下上面这一论点，为了说明其重要性，我们要借助于一个由视网膜感觉引起的特殊现象。如果视网膜接收到一个强烈印象，这个器官对给它印象的色彩做出的回应是"主观地"发射出另一种色彩，这一色彩与前一色彩互补并且完全由前者决定，而前者也让位于它之前的色彩，如此继续下去。如果这个器官不是因为疲劳过度让这种置换告一终极的话，它就会无限地进行下去。这一现象显示了局部感觉可以作为绝缘制造者而行动，它产生前后相继或者说对称的印象，其中每一个看来都必然产生其"解毒剂"。然而，一方面，这种局部特性在"有用视觉"中不起任何作用，——相反，它只能形成干扰。"有用视觉"从印象中只抓住能让它想到其他事情的东西，唤醒一个"思想"或激发一个行为。另一方面，由互补的色彩组成的统一的对应关系定义了一个关系体系，因为每一种现实的色彩都有一种潜在的色彩与之相应，每一种色彩感觉都有一种确定的替换物与之相应。这些关系以及其他类似关系在"有用视觉"中不起任何作用，但是它们也有起重要作用的地方，那就是在可感知事物的组织中，在赋予那些没有生死攸关价值的印象以某种次要的必要性和有用性的努力中，我们前面讲过，这种必要性和有用性是艺术概念的基础。

九、如果，从晃动的视网膜的这种基本特性，我们过渡到四肢的特性，尤其是其中最灵活的那些肢体；如果我们观察可能有的那些没有任何用处的动作和努力，我们发现在所有这些可能性中，在触觉和肌肉感觉之间，存在着无数结合，我们上面谈到的相互对应关系的条件、无限重复或延长的条件就是通过这些结合得以实现的。触摸一件物品，这只不过是用手寻找某种接触的秩序；如果，无论是否认出这件物品（并且忽略我们通过头脑得知的有关知识），我们执着于或被鼓励要无限地重复这个包裹的动作，我们就会逐渐感到我们的行为不是任意的，而且还会感到重复这一动作的某种必要性。重复这一动作以及完善我们对该事物的局部感觉的需要，意味着它的形状比另一件东西更适合维持我们的行为。这一有利的形状阻碍所有其他可能的形状，因为它格外吸引我们在它身上继续一种原动力感觉与接触感和力量感的交换，多亏它，这些感觉相互之间形成互补，手的按压与移动相互呼应。如果我们随后寻求在一种适合的材料中塑造一种可以满足同样条件的形状，我们就在做艺术品。人们也许可以用"创造感"来粗略地表达上述内容；但这不过是一种矫饰的表达法，大而无当。

十、简言之，当个人简化为只与生存直接相关的那些东西时，的确有些活动是完全可以被他忽略的。此外，这样的活动也与真正的智力活动相对立，因为它是感觉的发挥，而感觉倾向于重复和延长的东西却是智力倾向于消除和超越的，——正如它为了明了话语的意思而倾向于取消听觉实体和话语的结构。

十一、但是另一方面，这种活动自己将自身与空洞的娱乐相对立。感觉，作为其原则和目的，最忌空洞。如果兴奋减少，感觉就会自发地反对。每当人们无所事事或无所用心时，自身状态就会发生以某种发射为标志的改变，这种发射试图在感觉的力量和行为之间重新建立起交换的平衡。在空无一物的表面勾画图案，在寂静中哼唱歌曲，诸如此类只不过是对缺乏兴奋的回应和补充——似乎这种我们用简单的否定来表达的缺乏积极地作用于我们。

在这里我们可以无意中发现艺术创造的萌芽本身。我们知道艺术品创作有这样的特性：它可能在我们身上唤醒的任何"想法"、它向我们暗示的任何行为都既不能决定它也不能使它衰竭：人们闻一朵花总也没完没了，沁人心脾的花香让我们不断想闻它；没有什么回忆、思想和行为可以取消它们的效果，并将我们从它们的制约中完完全全解放出来。这就是一个想创造艺术品的人追求的东西。

十二、就艺术领域中这些既是基础的也是根本的事实所作的分析，可以较为深刻地修正人们通常对感觉持有的概念。人们将那些纯粹接收的或传递的特性归于感觉的名下，但我们看到它同样具有创造的本领。正因为此我们强调互补。如果一个人从来没有见过绿色，他只需盯着一件红色的物品看一会儿，就可以自己获得从未有过的感觉。

我们还看到感觉并不只限于回应，它有时也会要求和相互呼应。

所有这一切并不局限于感觉。如果仔细观察头脑中图像的产生、效果和奇怪的循环交替，人们就会在其中找到一样的对比、对称关系，尤其是其不定的再生方式同我们在特定的感觉领域内观察到的一模一样。这些东西的形成可能是复杂的，要用很长时间，可能会复制出外部生活事件的表象，有时还会与实用性的要求结合在一起，——但这些无损它们来自于我们上面探讨纯粹感觉问题时所描述的方式。重新看见、听见和无限地体验之需要是尤为突出的特征。喜爱形式的人抚摩青铜或石头永不厌倦，它们令他的触觉感到愉悦。音乐爱好者轻声哼唱令他着迷的曲调。孩子要求再讲一遍故事并大喊：再来一遍！……

十三、人巧妙地利用我们感觉的这些基本特性创造了神奇的效果。历代产生的大量艺术品，这些人类感觉和情感生活的工具，其手法之多样、类型之丰富，每每想到就令人赞叹不已。但这种巨大的发挥只有在我们的某些官能的协助下才能得以实现，在这些官能的行为中，感觉只扮演一个次要的角色。那些对于我们的存在而言不是无用的而是必不可少或有用的能力是由人来培养的，它们因此变得更加强大和精密。人对物质的左右越来越准确和有力。艺术懂得从中获益，为实际生活的需要而建立起来的种种技术向艺术家提供了工具和方法。另一方面，智力及其抽象途径（逻辑、方法、分类、事实分析和批评有时与感觉相对立，因为它们与感觉相反，总是朝着某一界限进行，追求某一确定的目标，——一个公式、一个定义、一个规律——它们并且试图通过约定俗成的符号来穷尽或替代所有感觉经验）也用反复重建的思想给艺术带来（或多或少有利的）帮助，这种思想由明晰并且有意识的行为构成，充满极具概括性和表现力的符号和形式。这种介入，连同其他效果一道，催生了美学，——或者不如说形形色色的美学，——它们将艺术视为认识问题，试图用观念来加以阐明。但在本义上的美学，即属于哲学家和学者的美学之外，艺术中智力的作用问题值得进行更为深入的研究，我们在此不过提及而已。我们仅仅暗示一下众多现代艺术家们所创造或追随的难以数计的"理论"、流派、学说，以及那些永无休止的争论，参与争论的永远是这出"艺术喜剧"中那些同样的人物：天性、传统、创新、风格、真实、美，等等。

十四、在我们这个时代，艺术被视为一种活动，它不得不服从于这个时代普遍化的社会生活的状况。它在全球经济中占有一席之地。艺术品的创造和消费不再是完全相互独立的了。二者有组织起来的趋势。艺术家的事业又变得和从前的时代一样，那时艺术家被看作开业者，也就是说一种得到认可的职业。在很多国家，国家试图支配艺术；国家承担起了保存艺术品的责任，它还尽量"鼓励"各种艺术。在某些政治体制下，它试图将艺术与其劝诫行动结合起来，在这一点上它模仿的是自古以来一切宗教所从事的事情。艺术从立法者那里得到了一种身份，这种身份确定其作品的性质及其活动的条件，这种身份还认可这样一个悖论：一种比法律所永久确定下来的大多数权利有着更坚实的基础的权利，却只获得一段有限的存在时间。艺术有它的新闻机构、对内对外政策、学校、市场和评估其价值的交易所；它甚至还有存放艺术品的大银行，几个世纪以来"创造性"感觉的努力、博物馆、图书馆等等，使巨大的资本逐渐在这里聚集起来。

就这样，艺术同实用工业比肩而立。另一方面，普通技术日新月异令人惊叹，它们使在任何领域做出任何预见成为不可能，这些变化通过创造前所未有的运用感觉的方式，必然会对艺术本身的命运产生越来越大的影响。照相技术和电影的发明已经改变了我们关于造型艺术的概念。某些观察或记录方式（如阴极射线示波器）预示了可以对感觉进行细致入微的分析，这种分析引导我们想象对感觉采取行动的方法是完全可能的，与这些方式相比，音乐本身甚至"波"的音乐会显得机械组合过于复杂，构思过于陈旧。在"光子"与"神经细胞"之间可以建立起令人惊异的关系。

然而，强大的新生事物已经改变了人类生活，它们在观念和精神上还造成持续的混乱状态，种种迹象可以让我们害怕强度和精确的增长以及这种混乱状态会使人的感觉越来越迟钝，使人的智力不如从前那样灵敏。

美学创造[*]

对于"创作"而言,无序是至关重要的,因为创作的定义就是某种"秩序"。

这种秩序的创作同时兼具两个方面的特性,一是自发的形成,我们可以将其与天然物体的形成相比较,这些物体自己呈现出对称或"明白易懂"的形象;另一方面是有意识的行为(换言之:它可以让人区分和分别表达目的与方式)。

总之,在艺术作品中,永远存在两个构成因素:第一是那些我们不用去构想其成因的因素,它们不能用行动表达出来,尽管它们随后可以由行动加以修正;第二是那些明确的、能够被思考的因素。

在任何作品中这些因素都占有一定比例,这一比例在艺术中起着重要作用。根据这种或那种因素的发展占据优势,可以区分时代和流派。一般说来,一门在时间上未曾间断过

---

[*] 1938年发表于国际综合中心(Centre International de Synthèse)的手册,这是一期关于"创作"(L'Invention)的专号。

的艺术，其历史上相继发生的种种反动都可以归结为这一比例的改变，即作品的主要特征由深思熟虑代替自发，或者相反。无论怎样，这两种因素始终存在。

以音乐创作为例，它要求将从"声音世界"中分离出来的旋律的或节奏的思想转化为行为符号（其效果将是声音），"声音世界"中的声音被视为"无序"的——或者不如说，被视为一切可能的秩序潜在的整体，只不过这种个别的确定形式本身不是我们所能构想的。音乐的情形具有特别重要的意义，——因为这一情形在最纯粹的状态下向我们展示了自发形成与有意识创造相结合的方式。音乐具备大量选择，——即从全部噪声中提取出来并与之有显著区别的声音，这些声音排列并标记在乐器上，乐器通过行为使声音照原样被制造出来。既然声音的世界是这样明确和井然有序的，那么在某种意义上音乐家的头脑处于一个唯一的可能性体系：音乐状态被赋予了他。如果一个自发的形成发生了，它立刻就会确定与整个声音世界的一系列关系，而思考工作就会在这些已知条件上实施其行为：这个工作在于发掘已知条件与其各因素所属的领域之间的种种关系。

最初的思想就是这样。如果它激发了将其变为现实的需要或欲望，它就给自己定下了一个目的，那就是作品，这时有关这一目标的意识就会调动一切方法，从而成为完整的人类行为。考虑、成见和摸索出现在这个我称之为"明确的"阶段里。对于自发创造来说是陌生的"开始"和"结束"的概念，也只有在美学创造具有制造的特征时才出现。

在诗歌领域，问题要复杂得多。我将其困难概述如下：

一、诗歌是一门语言的艺术。语言是各种不同功能的组合，这些功能由在使用中得到的反应加以协调，而使用中充满无数摸索。原动的、听觉的、视觉的和记忆的因素形成稳定程度或强或弱的组合；它们产生、发送的条件以及接收的效果根据不同的人而大不相同。发音、语调、声音的气质、词语的选择；——另一方面，激起的心理反应、说话对象的状态……凡此种种都是独立的可变成分和不确定因素。某一段话语丝毫不重视语音谐调；另一段则不考虑逻辑联系；还有一段不在乎逼真性……不一而足。

二、语言是一种实用工具；它与"我"越贴近，即它用最简便的方式来表达自己的所有状态，它的美学功效（音色、节奏、形象的共鸣等）就越经常地遭到忽视，变得难以察觉。人们最终像看待力学上的摩擦一样，来看待这些美学功效（书法的消失）。

三、诗歌，语言的艺术，因此必须与实用、与现代日益加剧的实用做斗争。它要突出所有能将它与散文区分开来的东西。

四、因此，诗人与音乐家完全不同且不如音乐家幸运，他必须在每一次创造中创造诗歌的世界，——换言之，即心理与情感状态，在其中语言的作用完全不同于表达这正是、过去是或将来是什么的意义。一旦目的达到（理解），当实用语言被摧毁、被吸收时，诗歌语言应当致力于形式的保留。

五、因此对于诗人而言，意义并非语言根本的、最终唯一的因素：它只不过是其组成部分之一。诗人的操作是借助词语的复合价值来进行的，也就是说通过同时组合声音和意义（我简言之……），正如代数在复杂的数字上进行操作。我对这一形象表示歉意。

六、同样，话语意义的简单概念对于诗歌来说是不够的：刚才我谈到由形象引起的共鸣。我想指的是，由词语和词语外形的组合所产生的心理效果，这样的组合是独立于句法关系的，是通过它们的相邻关系产生的相互影响（即非句法的）而进行的。

七、最后，诗歌的效果是瞬时的，如同一切美学效果，如同一切感觉效果。

况且，诗歌从根本上讲是"实在"的。一首诗歌只有在朗诵的时候才存在，其真正的价值与这种实施的条件密不可分。这也就是说讲授诗歌何其荒唐，讲授全然不关心发音和朗诵。

综上所述，可见诗歌创作是艺术创作中很特殊的一个类别；其原因在于语言的性质。

这种复杂的性质使得诗歌诞生的情形可以很不相同：有时某一个主题，有时一组词语，有时只不过一种节奏，有时（甚至）诗律形式的一个图解，都可以成为起因并发展为结构严密的作品。

指出这些起因有着相等的价值是一个重要事实。在我上面列举的事情中，我忘了提到那些最令人吃惊的情形。一张白纸；一段空闲的时间；一个笔误；阅读中的一个错误；一支握在手中感觉愉快的笔。

我不准备深入探究有意识的工作并将它解析为行为。我只是非常简单地说明了什么是本义上的诗歌创作的领域，我们不能像人们经常所做的那样，将这一领域与既无条件也无材料的想象领域混为一谈。

作者简介：

保罗·瓦莱里（1871—1945），法国象征派诗人，法兰西学院院士。他的诗作富于哲理，追求形式的完美，主要作品有《年轻的命运女神》《海滨墓园》等。《文艺杂谈》是他最重要的随笔集，体现了他在诗歌理论和文艺批评领域的卓越建树，许多篇章也包含他对人类文明所面临危机的思考。

译者简介：

段映虹，文学博士，北京大学法国文化研究中心主任。主要学术兴趣为尤瑟纳尔作品研究、17世纪法国文学，译著有《创作人生——玛格丽特·尤瑟纳尔》《论埃及神学与哲学》《苦炼》等。

法兰西思想文化丛书

《内在经验》
[法]乔治·巴塔耶 著　程小牧 译

《文艺杂谈》
[法]保罗·瓦莱里 著　段映虹 译

《梦想的诗学》
[法]加斯东·巴什拉 著　刘自强 译

《成人之年》
[法]米歇尔·莱里斯 著　王彦慧 译

《异域的考验：德国浪漫主义时期的文化与翻译》
[法]安托万·贝尔曼 著　章文 译

《浪漫的谎言与小说的真实》
[法]勒内·基拉尔 著　罗芃 译

《罗兰·巴特论戏剧》
[法]罗兰·巴特 著　罗湉 译

《1863，现代绘画的诞生》
[法]加埃坦·皮康 著　周皓 译

《暴力与神圣》（即出）
[法]勒内·基拉尔 著　周莽 译

《入眠之力》（即出）
[法]皮埃尔·帕谢 著　苑宁 译

《文学第三共和国》(即出)
[法]安托万·贡巴尼翁 著 龚觅 译

《细节:一部离作品更近的绘画史》(待出)
[法]达尼埃尔·阿拉斯 著 东门杨 译

《犹太精神的回归》(待出)
[法]伊丽莎白·卢迪奈斯库 著 张祖建 译

《人与神圣》(待出)
[法]罗杰·卡卢瓦 著 赵天舒 译